Grundriß des Klosters Rupertsberg

1 *Torhaus*
2 *Nikolauskapelle*
3 *Zugangsweg*
4 *wehrhafter Eingang*
5 *Schulgebäude*
6 *Konversenbau, Backhaus, Laienrefektorium*
6a *Latrine*
7 *»Die Kanzel«, ehemaliger Verteidigungsturm*
8 *Wirtschaftsgebäude und Ambulanz mit Zugang von außen, Aderlaßhaus*
9 *Wohngebäude für Sekretär und besondere Gäste*
10 *Friedhofskapelle, ehemalige rupertinische Kirche*
11 *Pater-Benediktus-Garten, Friedhof nebst Obstgarten*
12 *Westflügel mit Äbtissinnenwohnung, Vorratshaus mit Weinkeller*
13 *Südflügel, Refektorium*
14 *Küche, darüber Scriptorium*
15 *Vorraum zum Hildegardisbrünnchen*
15a, b, c *Anbauten von außerhalb der Klostermauer*
16 *Dormentbau (Kapitelsaal, Leseraum, Einzelzellen), darunter Hypocaustum (beheizter Wärmeraum)*
17 *Kreuzgarten mit Zisterne und Kreuzgang*
18 *Abteikirche*
19 *Anbau mit Anbindung an die Mauertreppe. Priesterwohnung*
20 *Wehrerker*

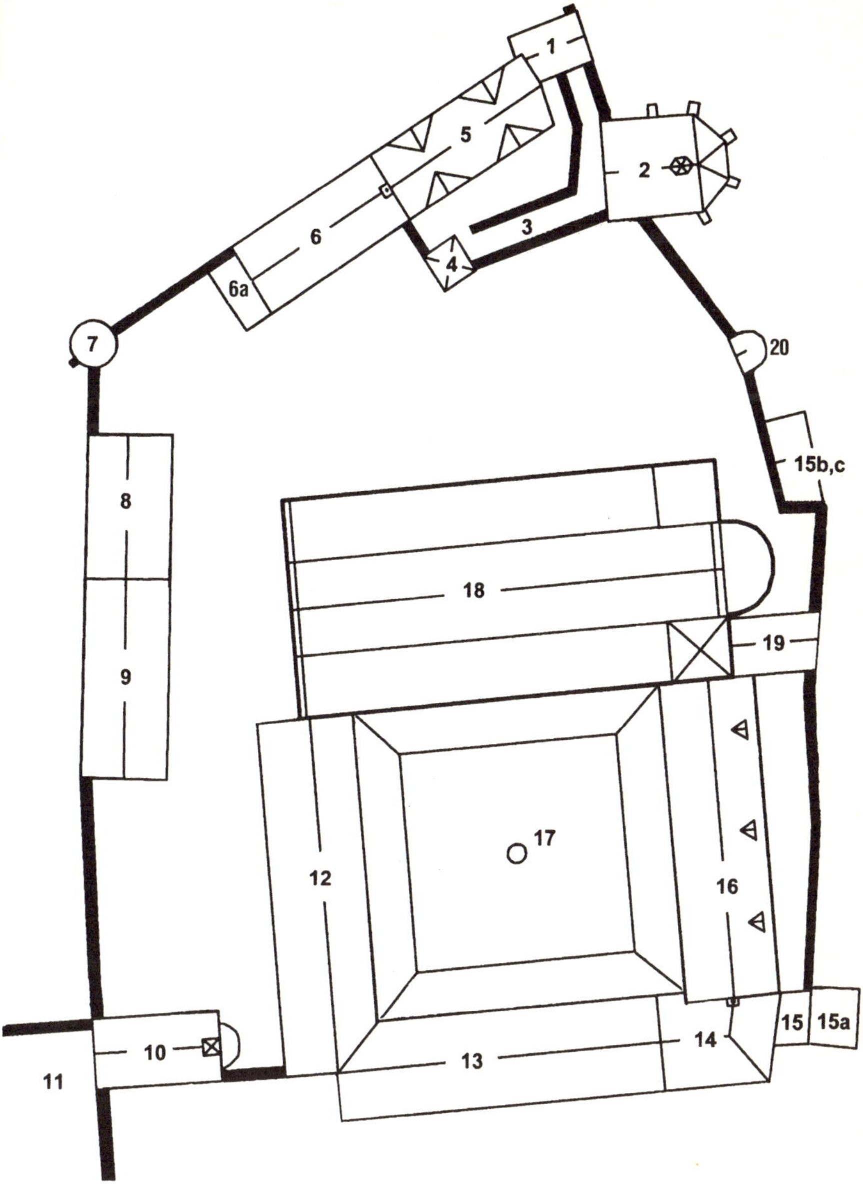
1
2
3
4
5
6
6a
7
8
9
10
11
12
13
14
15
15a
15b,c
16
17
18
19
20

Der Fall Hildegard von Bingen

Dieses Buch ist ein Roman. Die Handlung ist frei erfunden, wenngleich im historischen Umfeld der Hildegard von Bingen eingebettet. Bezüge zu und Anspielungen auf Ereignisse des aktuellen Zeitgeschehens sind ebenso gewollt wie unverzichtbar, selbst wenn sie zu Lasten der einen oder anderen historischen Genauigkeit gehen. Der Anhang enthält ein Glossar.

Edgar Noske

Der Fall Hildegard von Bingen

Emons Verlag

Umschlaggestaltung: Atelier Schaller, Köln
Umschlagzeichnung: Heribert Stragholz
Umschlaglithografie: Media Cologne GmbH, Köln
Druck und Bindung: Clausen & Bosse GmbH, Leck
Printed in Germany 2000
ISBN 3-89705-184-2

www.emons-verlag.de

Der Kampfkühnen vom Kühnsbusch

Die Mißgunst gleicht dem Satan

Die Mißgunst schafft nichts Gutes. Sie verletzt und verdrängt vielmehr auch den, der in ihr zu stehen scheint. Sobald aber die Mißgunst sich mit dem Haß verbindet, setzt sie alle Kräfte der Menschenseele in Bewegung. Ein Mensch nämlich, der in der Schwärze der Mißgunst noch dem Haß folgt, entbehrt der Glut des Heiligen Geistes, in welchem der frohe und nie zu Ende gehende Tag aller Wonnen besteht. Eine solche Freude kann ein haßerfüllter Mensch nicht kennen, da er sich am Wohlergehen der anderen nicht mitfreut. Mit seinem verbitterten Haß nagt er vielmehr an allem, weshalb er dem Teufel gleicht, der bei seinem ersten Auftritt bereits den Haß in sich keimen fühlte, wodurch er auch allen Schmuck der Himmel verlor. Versuchte er doch, über Mißgunst und Haß Gott Widerstand zu leisten. Die aber Gott dienen wollen, erröten ob solchen Tuns und weisen dieses Übel weit von sich, damit sie dadurch nicht den Spiegel ihrer Seelen verdüstern.
Dies alles ist gesagt über die Seelen der Büßer, die geläutert und gerettet sein wollen, und es ist die Wahrheit. Der gläubige Mensch achte darauf, und er halte es fest im Gedächtnis seines guten Gewissens.

Hildegard von Bingen: Liber vitae meritorum

Wer aus Versehen Giftiges zu sich genommen oder von einem anderen vergiftet worden ist, koche Ringelblumen in Wasser und lege die dann warm auf den Magen. Dadurch wird das Gift aufgelöst und ausgeschieden.
Ferner wärme er guten Wein, lege solche Blumen hinein und erhitze dann den Wein stärker. Wenn dieser dann nur noch lauwarm ist, trinke man ihn. Davon wird das Gift durch die Nase und als Schaum durch den Mund hinausgeschleudert.

Hildegard von Bingen

Teil 1 – Der Weg

Rheinhessen – Juni 1177

Am gegenüberliegenden Ufer zogen sich die Weinberge in dichten Lagen den Hang hinauf. Während die westliche Seite und der Strom bereits im Schatten lagen, badeten die Rebstöcke auch jetzt noch, am späten Nachmittag, im warmen, goldgelben Licht. Der Schiefer zu ihren Füßen blitzte immer wieder auf, als sei er mit Juwelen gespickt.

Ein erhebender Anblick, den das Rheintal zwischen Bacharach und Bingen bot, für den der kurzgewachsene, mollige Mönch, der auf der Ladefläche eines flußaufwärts rumpelnden Ochsenkarrens kauerte, jedoch kein Auge hatte. Mit leidender Miene sehnte er das Ende der Fahrt herbei, wobei er immer wieder seine Sitzposition änderte. Aber was er auch versuchte, ob er die Beine ausstreckte oder anzog, ob er sein Gewicht auf nur eine Gesäßbacke verlagerte oder sich gar auf die Fersen hockte, das quälende Afterjucken wollte nicht nachlassen. Wie er wußte, wurde es durch kleine blutgefüllte Bläschen im Bereich des Darmausgangs verursacht. Nur wenn sie platzten, ließ die Pein vorübergehend nach.

Sein Frater Castor, der im Heimatkloster die Rolle des Medicus einnahm, hatte ihm schon vor Jahren geraten, längeres Sitzen zu vermeiden und sich möglichst viel zu bewegen. Ein wahrhaft praktikabler Rat, wenn man – bei aller Bescheidenheit – der Gelehrteste unter den Brüdern war und den ganzen Tag nichts anderes tat, als theologische Schriften zu studieren oder selbst zu verfassen. Abhilfe hätte bestenfalls ein Stehpult geschaffen, aber seine Ablagefläche war zu klein.

Um körperliche Bewegung und Gewichtsabnahme war es auch schlecht bestellt. Zum einen aus Zeitmangel, zum anderen weil der kleine Mönch mit Leidenschaft aß und trank, um nicht zu sagen völlte. Damit verstieß er natürlich gegen die Benediktregel der »discretio«, aber da er mit leerem Magen zu keiner geistigen Leistung fähig war, blieb ihm nichts anderes übrig, als jeden Tag aufs neue zu sündigen. Er selbst nannte es »das kleinere Übel«, und sein Abt ließ ihn, wohlwissend, was er an ihm hatte, gewähren.

An einem Tag wie diesem wäre der füllige Benediktiner trotzdem zu

Fuß unterwegs gewesen – zumal der Ochsenkarren keinen Zeitgewinn brachte –, hätte ihm nicht auch noch ein eingewachsener Zehennagel zu schaffen gemacht. Genau genommen nicht mehr der Nagel selbst, denn das dornenspitze Stück, das ihn gequält hatte, hatte er vor drei Tagen, als er bei seinen Brüdern auf dem Michaelsberg in Siegburg zu Gast gewesen war, mit einem Messer abgesäbelt. Dabei hatte er sich allerdings tief ins Fleisch geschnitten, und da das Messer unsauber gewesen war, zierte den dicken Zeh seines rechten Fußes nun eine taubeneigroße, pralle Eiterblase. Der Zeh selbst hatte eine bläuliche Färbung angenommen und pochte. Mehrfach war der Mönch versucht gewesen, die Blase aufzustechen, fürchtete aber, dadurch noch mehr Schaden anzurichten. Also tröstete er sich damit, daß er sich noch heute abend in kundige Hände begeben würde.

Der Name des leidgeprüften Benediktiners war Wibert von Gembloux. Er war zweiundfünfzig Jahre alt, gebürtiger Wallone, stammte aus der Nähe von Namur und wurde weit über die Mauern seines Klosters hinaus als theologische Kapazität und fachkundiger Ratgeber in religiösen Fragen geschätzt. Dies war seine zweite Reise in den Rheingau, um Hildegard von Bingen, der berühmten »Prophetissa teutonica«, seine Aufwartung zu machen.

Der erste Aufenthalt lag nun schon fast zwei Jahre zurück. Seinerzeit, im Herbst 1175, hatte er sich vier Tage lang als Begleiter eines Lütticher Kanonikers im Kloster auf dem Rupertsberg aufgehalten. Eine Gelegenheit, die sich kurzfristig ergeben hatte und die Wibert sich nicht hatte entgehen lassen. Nachdem er Hildegards mystische Glaubenslehre, den »Liber Scivias«, und den »Liber vitae meritorum« studiert hatte, drängte ihn sein religiöser Eifer, sein Wunsch nach Vervollkommnung seines theologischen Wissens, Hildegard persönlich kennenzulernen. Er wollte Näheres über ihre seherische Begabung erfahren.

Auch jetzt noch, als er sich auf der Ladefläche des Karrens hockend an die erste Begegnung mit der »Posaune Gottes«, wie sie sich selbst nannte, erinnerte, lief ihm ein leichter Schauer über den Rücken. Von der kleinen, hageren Greisin, die sich wegen einer Gehbehinderung nur mühsam fortbewegen konnte, ging eine geradezu unwiderstehliche Faszination aus.

Ihre klare, eindringliche Stimme fesselte, ohne je laut zu werden, die volle Aufmerksamkeit aller. Stand man ihr von Angesicht zu Angesicht gegenüber, wurde man von ihren dunklen, geheimnisvollen Augen in Bann gezogen. Augen, die fähig schienen, in des Menschen Herz zu blicken. Augen, wie man sie eigentlich nur bei einer viel Jüngeren als einer bereits weit im achten Lebensjahrzehnt Stehenden erwartet hätte. Dazu verströmte Hildegard eine Ruhe und Ausgeglichenheit, die beruhigender wirkte als ein Melissenaufguß. Kein Vergleich mit der an Hysterie grenzenden Eile und Umtriebigkeit, die Bernhard von Clairvaux zu eigen gewesen war, und die Wibert, als er dem »heimlichen Papst« einmal begegnet war, so abgestoßen hatte.

Gleich vom ersten Augenblick an hatte Wibert eine tiefe Vertrautheit zwischen Hildegard und sich gespürt. Ihm war beinahe, als hätten sie sich schon früher gekannt, als seien sie alte Freunde, oder mehr noch Mutter und Sohn, die nur durch widrige Umstände für längere Zeit getrennt gewesen waren. Und Hildegard schien ähnlich zu empfinden. Sie widmete ihrem wissensdurstigen Gast außergewöhnlich viel Zeit, in der sie seine unzähligen Fragen zu ihren Visionen offen und in aller Ausführlichkeit beantwortete. Wiberts Glaube erfuhr eine neue Dimension.

Hinzu kam das freundliche Miteinander, das die Schwestern pflegten und das sich auf die Gäste übertrug. Ein Umgangston, der so ganz anders war als der ruppige, der in Gembloux vorherrschte. So verspürte Wibert bei seiner Abreise einen Trennungsschmerz wie noch nie zuvor in seinem Leben. Ihm war, als verlöre er seine Familie.

So tief waren die Eindrücke, daß Wibert seit der Rückkehr nach Gembloux tagtäglich an die glückliche Zeit mit Hildegard zurückdachte und darauf sann, der verehrten Mutter baldmöglichst einen erneuten Besuch abzustatten. Das sollte sich jedoch als schwieriger erweisen, als er erwartet hatte.

Eine für das darauffolgende Frühjahr geplante Reise in den Rheingau, die Wibert, sein Abt Johannes und einige Mitbrüder im Anschluß an eine Wallfahrt nach St. Quirin in Neuss geplant hatten, hatte der Abt von einem Tag auf den anderen ohne Begründung abgesagt. Es war eine seiner gefürchteten einsamen Entscheidungen, mit denen er das Klosterleben so häufig durcheinanderbrachte. Wibert war entsetzt, mußte sich aber zähneknirschend fügen. Die Monate gingen ins Land, ohne daß sich eine neue Möglichkeit zu reisen ergeben hätte.

Statt dessen erreichte den Konvent Ende des Jahres das Gerücht, Hildegard sei gestorben. Völlig aufgelöst zürnte Wibert seinem Abt und versuchte verzweifelt, brieflich Näheres zu erfahren. Wochen voller Ungewißheit vergingen, bis im Januar 1177 die erlösende Botschaft eintraf, die Seherin habe nur schwer krank darniedergelegen, erhole sich inzwischen jedoch wieder.

Aber nicht nur um Hildegards Gesundheitszustand war Wibert besorgt, er bangte auch um ihr seelisches Wohl. Nachdem sie bereits vor vier Jahren ihren langjährigen Sekretär Volmar verloren hatte, ein Verlust, den sie nie recht verwunden hatte, war im vorletzten Winter Volmars Nachfolger Gottfried, der zudem noch das Amt des Klosterpropstes versehen hatte, verschieden. Wer nunmehr Hildegards Visionen niederschrieb, die Abschriften beaufsichtigte und wer den Schwestern auf dem Rupertsberg geistlichen Beistand gab, entzog sich Wiberts Kenntnis. Er befürchtete, niemand, denn wochenlang war ihm Hildegard jede Nacht im Traum erschienen und hatte ihn um Hilfe angefleht.

Schließlich hatte Wibert sich nicht mehr zügeln können und seinen Abt um Erlaubnis gebeten, allein nach Bingen reisen zu dürfen. Johannes zeigte sich jedoch derart störrisch, daß Wibert zuletzt nur noch einen Ausweg sah: Er fälschte einen Brief, in dem Hildegard ihn angeblich zu sich einlud, woraufhin Johannes ihm einen zweimonatigen Aufenthalt in Bingen gestattete. Ein Frevel, für den Wibert damit rechnen mußte, dereinst in der Hölle zu braten. Andererseits, so fragte er sich, war sein Verhalten nicht entschuldbar, ja, war es nicht geradezu seine Pflicht gewesen, diese Sünde zu begehen, um Hildegard in ihrer Not beizustehen?

Der Karren krachte in ein knietiefes Schlagloch, und Wibert wurde gewaltig zusammengestaucht. Demütig hob er den Blick zum Himmel und bat um Vergebung. Es gab keine Rechtfertigung für sein Tun. Auch Hildegard, hätte sie davon gewußt, hätte sein Verhalten keineswegs gutgeheißen. So sehr sie auch Verständnis für menschliche Schwächen hatte, die Lüge verabscheute sie wie der Teufel das Weihwasser.

Wibert wandte den Kopf und warf einen Blick voraus, vorbei an dem Ochsen und dem schmutzstarrenden Bauern, der das Tier führte. In der Entfernung deutete sich bereits der Bogen des Stroms an, hinter dem die Nahemündung mit dem Berg des heiligen Rupert lag. Vor Einbruch der Dämmerung würde er sein Ziel erreicht haben und sich vielleicht schon morgen nützlich machen können.

So sehr er dem Wiedersehen mit Hildegard entgegenfieberte, so unwohl war ihm, wenn er an Sigewiza, die Cellarin des Klosters, dachte. Die aus einer vornehmen Kölner Familie Stammende hatte vor zehn Jahren noch als unheilbar vom Teufel besessen gegolten. Sieben Jahre lang hatten die Mönche des Klosters Brauweiler vergeblich versucht, der jungen Adligen den Satan auszutreiben. Erst Hildegard war es gelungen, sie zu heilen, nachdem die Kranke nach Bingen gebracht worden war. Nach ihrer Genesung war sie aus Dankbarkeit der Gemeinschaft auf dem Rupertsberg beigetreten.

Klein, schmächtig und häufiger krank als gesund, aber mit einem frechen Mundwerk ausgestattet, sah Sigewiza neben der Verwaltung des Weinkellers ihre vornehmliche Aufgabe darin, Hildegard vor Überlastung und zu großer Zudringlichkeit der Besucher zu schützen. Eine Aufgabe, der sie mit der Gewissenhaftigkeit und Schärfe eines Wachhundes nachkam. Verständlich, daß Wibert mit seiner Wißbegierde von ihr als natürlicher Feind betrachtet wurde. Gleich zweimal waren sie während der vier Tage aneinandergeraten, und es hatte nicht viel gefehlt, und Sigewiza hätte ihn des Klosters verwiesen.

Andererseits hatte die junge Nonne, die ihm im Januar die frohe Kunde übermittelt hatte, Hildegard lebe entgegen der Gerüchte doch, berichtet, Sigewiza liege auf das Schwerste erkrankt darnieder und es gebe wenig Hoffnung. So war es denkbar, daß es dem Herrn zwischenzeitlich gefallen hatte, die einst Besessene abzuberufen. Nicht daß Wibert dies gewünscht oder auch nur begrüßt hätte, keineswegs, aber so war nun mal der Lauf der Dinge, daran änderte auch der Frömmste nichts.

Wie auch immer, er würde es bald erfahren.

Kloster Rupertsberg

Es war doch später geworden, als Wibert gehofft hatte, denn der Schatten, den er warf, betrug bereits mehr als doppelte Körperlänge. Sicher hatte die Vesper schon begonnen.

Klein kam er sich vor, als er sich dem Kloster den Weg vom Fluß herauf näherte, so imposant war die Anlage. Eine baumhohe Stützmauer, über die die Türme der Abteikirche aufragten, fing das Plateau zur Nahe hin ab. Die Mauerkrone war teilweise mit Zinnen versehen, was den Eindruck von Wehrhaftigkeit noch verstärkte. Die umfriedete Gesamtfläche der Klosteranlage betrug annähernd zweihundert Schritte im Quadrat. Es war beeindruckend, welche Leistung Hildegard auch als Bauherrin vollbracht hatte. Wibert mußte daran denken, daß er sich als Kind so Masada vorgestellt hatte, jene Festung hoch über dem Toten Meer, in der die Juden der römischen Belagerung zwei Jahre widerstanden hatten.

Der Torwächter war derselbe wie zwei Jahre zuvor. Ein geheilter Aussätziger, dem die Krankheit tiefe Narben ins Gesicht gefressen hatte. Ob er den späten Gast wiedererkannte, war ihm nicht anzumerken. Bei der großen Zahl an Besuchern, die Jahr für Jahr ins Kloster kamen, war das eher unwahrscheinlich.

Wibert deutete auf seinen Fuß und sagte, er könne rechts nur mit der Ferse auftreten und möge als erstes zur Krankenstation geführt werden. Ohne ein Wort zu sagen, nahm ihm der Wächter daraufhin sein Bündel ab, schulterte es und führte ihn zum zweiten Tor, das ein Stück oberhalb neben dem Zugang zum Schulgebäude lag. Kühl, beinahe schon kalt war es in dem Gang zwischen den doppelt mannshohen Mauern. Trotzdem kam Wibert ins Schwitzen, weil er versuchte, mit dem Wächter Schritt zu halten.

Das zweite Tor wurde von einem Fallgitter gesichert. Das hatte es vor zwei Jahren noch nicht gegeben. Ein Zeichen dafür, wie unsicher die Zeiten geworden waren.

Der Wächter übergab Wiberts Bündel einem ungefähr zehnjährigen Knaben mit einer Hasenscharte und sichelförmigen Beinen. Dazu murmelte er eine Anweisung, die Wibert nicht verstand, und ging zurück auf seinen Posten. Wibert folgte dem Jungen über den gepflasterten Hof.

Mächtig erhob sich die Nordseite der Abteikirche vor ihnen. Wibert schnupperte. Dem Gästerefektorium zur Rechten entströmten verlockende Essensdüfte und machten ihm bewußt, wie wenig er den Tag über gegessen hatte. Plötzlich knurrte sein Magen so laut, daß er sich schämte. Eilig humpelte er weiter. Die Behandlung seines Fußes hatte Vorrang, essen konnte er später.

Gegenüber dem Westportal der Kirche lagen zwei aneinandergebaute ziegelgedeckte Gebäude. Das niedrigere beherbergte, wie Wibert wußte, neben den Wirtschaftsräumen die Krankenstation mitsamt Behandlungsraum, einem Aderlaßraum, der Salbenküche und einigen Kammern für Bettlägrige. Das andere Gebäude diente Reisenden und Gästen des Klosters als Quartier. Früher hatte hier auch der Sekretär der Äbtissin seine Schreibstube gehabt.

Unerwartet ging der Knabe am Eingang zur Krankenstation vorbei. Nicht einmal, als Wibert ihn anrief, blieb er stehen, sondern verschwand im Gästehaus. Wohl oder übel hinkte Wibert hinterher.

Es dauerte einen Moment, bis sich seine Augen an die Dunkelheit im Flur gewöhnt hatten. Geradeaus lag die Treppe, die ins Obergeschoß führte. Linker Hand gingen zwei Türen ab. Unter dem Türstock der hinteren stand der Knabe und gab Zeichen.

Als Wibert den kleinen Raum betrat, stutzte er. Vor ihm saß der älteste Mensch, den er je gesehen hatte. Die durch das Fenster einfallenden letzten Strahlen der untergehenden Sonne beschienen ein tiefgefurchtes Gesicht wie aus Granit gehauen. Der Mann hinter dem Schreibpult mußte an die hundert Jahre alt sein. Bekleidet war er mit einer schlichten Mönchskutte, trug an den Fingern aber mehrere kostbare Ringe. Während der Knabe Wiberts Bündel ablegte und den Raum verließ, deutete der Alte auf den Stuhl vor dem Pult.

»Setz dich, Bruder.«

Wibert dankte und sank schwer auf die Sitzfläche. Durch das Gehen auf der Ferse war sein rechtes Bein völlig verkrampft. In seinem Zeh klopfte es, als säße dort ein zweites Herz. Die Anstrengung und die Hitze des Tages ließen seine Zunge am Gaumen kleben. Währenddessen betrachtete der Alte ihn aus lebhaften braunen Augen mit dem Interesse eines Botanikers, der eine seltene Pflanze entdeckt hatte.

»Du also bist Wibert von Gembloux«, sagte er schließlich bedächtig. Die Stimme war fest, ohne jedes Tremolo des Alters. »Der Ruf, der dir vorauseilt, ist beachtlich.«

»Ich bin nur der Geringste der Brüder«, sagte Wibert. »Verzeih meine Unwissenheit, ehrwürdiger Vater, aber der Knabe sagte mir nicht, zu wem er mich führen würde.«

»Jonas' Worte hätten dir nicht viel genützt, ihm fehlt die Zunge. Ist man mit seinem Gestammel nicht vertraut, versteht man ihn nicht.« Er lehnte sich etwas zurück, wodurch sich der Schatten des Fensterkreuzes auf seinem Gesicht abzeichnete. »Ich bin Hugo, Domkantor von Mainz. Auf besonderen Wunsch des Mainzer Erzbischofs Christian von Buch diene ich meiner Schwester zur Zeit als Sekretär.«

»Dann bist du ein Bruder der verehrten Hildegard?«

»So ist es. Der zweitälteste und der letzte noch lebende, seit Roricus im letzten Jahr abberufen wurde.«

Wibert verspürte einen kleinen Stich. Auf diesem Posten konnte er sich also nicht mehr nützlich machen.

»Wie geht es der hochverehrten Mutter? Ist sie wieder genesen?«

»Die Heilung schreitet nur sehr langsam voran, so daß sie ihren Pflichten lediglich für wenige Stunden am Tag nachkommen kann. Wir unterstützen sie, wo wir nur können.«

»Wir?«

»Ansgar, ein Kanonikus von St. Stephan aus Mainz, dient dem Konvent derzeit als Spiritual.«

Das war der zweite Stich. Wibert war noch nicht einmal so lange auf dem Rupertsberg, wie es dauert, ein Ei zu kochen, und wußte bereits, daß seine Reise vergeblich gewesen war. Daß Hildegard seinen Beistand erbeten hatte, war nichts weiter als ein Traum gewesen. Hier wurde er so dringend gebraucht wie ein Unwetter.

»Selbstverständlich tragen die Schwestern selbst am meisten zur Entlastung ihrer Mutter bei«, fuhr Hugo fort. »Allen voran Hiltrudis, die die Aufsicht über das Scriptorium führt, Hazzecha, die trotz ihrer Jugend Eibingen vorsteht, Sigewiza, die –«

»Oh!«

Die Querfurchen auf der domkantorlichen Stirn wurden noch tiefer. Hugo hatte die Brauen hochgezogen. »Die Namen der Schwestern sollten dir von deinem letzten Besuch vertraut sein.«

»Gewiß. Es ist nur … War nicht auch Sigewiza auf Leben und Tod erkrankt? In Gembloux erhielten wir diese Nachricht.«

»Mal trifft es die eine, mal die andere, wie es der Wille des Herrn ist. Besonders in der kalten Jahreszeit. Dazu kommt der tägliche Umgang mit Kranken und Aussätzigen. Bedingt durch Hildegards Ausfall hatte Schwester Sigewiza die Leitung der Krankenstation übernommen.«

»Dann werde ich wohl alsbald das Vergnügen haben«, sagte Wibert und klang so munter, als habe er soeben ein dreiwöchiges Heilfasten angetreten. Murmelnd fügte er hinzu: »Hesekiel dreißig Vers sechzehn.«

»Wie bitte?«

Wibert grinste ein wenig hilflos. »Mir wird angst und bange.«

»Du hast Schwierigkeiten mit deinem Fuß, sagte mir der Knabe. Ist es das, was dich ängstigt?«

»Er schmerzt schauderhaft.«

Hugo beugte sich über das Pult, während Wibert sein Bein ein Stück anhob. So konnte der greise Kantor einen kurzen Blick auf den angegriffenen Zeh werfen.»Das sieht wahrhaft übel aus«, sagte er. »Du hättest zuerst die Krankenstation aufsuchen sollen.«

»Ja«, seufzte Wibert. »Der Gedanke kam mir auch schon.«

Hugo bimmelte mit einem winzigen Glöckchen, das neben einem Kupferbecher der einzige Gegenstand auf der Schreibfläche war. Der Ton war heller als Vogelgezwitscher. Daß irgendwer das Läuten hören würde, erschien Wibert unwahrscheinlich. Und doch tauchte bereits nach wenigen Augenblicken der Junge mit der Hasenscharte auf.

»Jonas wird dich nach nebenan führen«, sagte Hugo. »Sobald der Abendgottesdienst beendet ist, werden die Schwestern sich deiner annehmen. Gott segne dich.«

Beim Hinausgehen stieß Wibert ausgerechnet mit dem kranken Fuß an die Türschwelle. Ein fürchterlicher Schmerz fuhr ihm hoch bis ins Gesäß und ließ ihn aufjaulen. Außerdem war ihm mit einem Mal glühend heiß, und er fühlte sich wie zerschlagen. Sicherlich hatte er Fieber. Nur mit Mühe schaffte er die wenigen Schritte bis ins Nebengebäude, immer wieder mußte er sich an den Wänden abstützen. Im Behandlungsraum stieß der Junge einen kehligen Laut aus und zeigte auf eine Pritsche. Wibert legte sich darauf und schloß erleichtert die Augen. Das Pochen im Zeh spürte er bis in den Hals.

Eilige Schritte wie von einem kleinen Nagetier huschten über den Boden, und der Lufthauch eines Ärmels fächelte kühle Luft an Wiberts glühende Stirn. Er schlug die Augen auf. Das Gesicht, das sich über seines gebeugt hatte, war zweifellos das Sigewizas. Er erkannte sie sofort, obwohl sie noch schmaler war als vor zwei Jahren. Ihre Miene war nicht unfreundlich, wie er befürchtet hatte, sondern voller Sorge.

»Wie fühlst du dich?« fragte sie leise und tupfte seine Stirn ab.

Wibert wollte antworten, aber seine Zunge war dick und schwer wie

Blei, er konnte sie nicht bewegen. So brachte er nur ein gurgelndes Geräusch zustande und schüttelte den Kopf. Aber Sigewiza hatte ihn verstanden. Mit einem feuchten Tuch berührte sie seine Lippen, was er als wunderbar wohltuend empfand. Dann schob sie das Tuch zwischen seine Zähne.

»Es wird weh tun, wenn ich die Blase aufschneide«, sagte sie. »Beiß auf das Tuch.«

Wibert nickte tapfer.

Sigewiza schnallte seine Handgelenke mit zwei Lederriemen an der Pritsche fest.

»Das ist nur zu deinem Besten.«

Das hoffte Wibert auch.

Sie ging zu einem Schränkchen und entnahm ihm einen Feuerstein. Vorsichtig fuhr sie mit der Daumenkuppe über die Klinge. Mit ihr hätte man ein Rosenblatt halbieren können.

Ein einziger Schnitt genügte, und die Blase gab ihren Inhalt spritzend frei. Wibert bäumte sich auf und brüllte trotz des Leinentuchs zwischen den Zähnen wie ein frisch aufgespießter Keiler. Während Sigewiza den Eiter in einer Schale auffing, flößte ihm eine Novizin ein Gemisch aus Hirtentäschel, Brachwurz und Weißwein gegen die Wundeiterung ein. Eine Mischung, die besser schmeckte, als die Rezeptur vermuten ließ.

Nachdem auch das Sekret abgeflossen war, begann die Schwester Medica, die Wunde zu reinigen. So behutsam sie dabei auch vorging, Wiberts Schmerzgrenze wurde dabei überschritten. Stöhnend hob er den Kopf, verdrehte die Augen – und verlor die Besinnung.

»Männer«, murmelte Sigewiza.

In dem Raum, in dem Wibert erwachte, war es düster, trotz der Kerzen, die links und rechts seiner Bettstatt brannten. Ihm selbst war kühl, und er fühlte sich seltsam leicht. Einen schrecklichen Augenblick lang dachte er, er sei gestorben und man habe ihn aufgebahrt. Dann aber schmerzte sein Zeh, was ihn in diesem Moment freute. Außerdem war er nicht allein.

In einem Lehnstuhl an seiner Seite saß eine Ordensfrau. Sie war eingenickt, ihr Kinn ruhte auf ihrer Brust. Obwohl sie ein dickes wollenes Tuch um Kopf und Schultern geschlungen hatte, erkannte Wibert sie sofort. Und selbst wenn sie hinter einem Vorhang gesessen hätte, so hätte er doch gewußt, wer sie war.

Hildegard, seine Mutter in Christo, wachte persönlich über ihn.

Sie mußte seinen Blick gespürt haben, denn sie öffnete die Augen und hob den Kopf. Wibert schien sie noch zerbrechlicher als vor zwei Jahren, auch wenn ihre Augen nach wie vor Kraft und Wärme ausstrahlten. Ihre Hand suchte die seine und drückte sie fest.

»Wir waren in großer Sorge um dich, Wibert«, sagte sie leise. »Aber dank der Gnade des Herrn hast du es überstanden.«

»Und dank deiner Heilkunst, nehme ich an«, sagte Wibert und wunderte sich, wie gut ihm seine Zunge wieder gehorchte.

»Die ich ausschließlich Gottes Gnade verdanke, wie du weißt.«

Wibert nickte zu den Kerzen hin. »Die Nacht ist bereits hereingebrochen, wie ich sehe.«

»Ja.« Hildegard lächelte. »Die sechste Nacht seit deiner Ankunft.«

»Wie? Hab ich etwa die ganze Zeit ...«

»Du lagst in einem Fieber, das dich fast verzehrt hätte. Wir haben es vier Tage und Nächte mit Eibischblättersaft, Wadenwickeln und Gebeten bekämpft, erst dann ließ es nach. Du mußt dich noch sehr schwach fühlen.«

Wibert fuhr mit Daumen und Zeigefinger sein Kinn entlang. »Ich glaube, ich bin mager geworden.«

»Das wäre nun übertrieben. Aber das eine oder andere Lot hast du gewiß verloren. Außer etwas Fleischbrühe vermochten wir dir nichts einzuflößen.«

»Und das alles nur wegen des Zehs?«

»Er war brandig, und sein Gift war bereits in deine Organe eingedrungen. Wärest du nur einen halben Tag später zu uns gekommen, wärest du verloren gewesen.«

Wibert drückte Hildegards Hand an sein Herz. »Hab Dank, Mutter.«

»Dein Dank sollte Sigewiza gelten. Sie war es, die dich gepflegt hat. Ich habe nur für dich gebetet und bisweilen an deiner Seite gesessen.« Ihr Blick verlor sich. »Es waren so viele, die meines Beistandes bedurften.«

»Du wirkst betrübt. Was ist geschehen?«

Hildegard stieß einen Seufzer aus, der Wibert in seiner Inbrunst und seiner Lautstärke erschreckte.

»Nicht allen wurde dieselbe Gnade zuteil wie dir«, sagte sie nach einer Weile. »Es ist viel geschehen in dieser Woche.«

»Ist einer der Schwestern etwas zugestoßen?«

»Das auch. Gleich drei wurden abberufen. Elisabeth, Maria die Ältere und Hiltrudis.«

»Allmächtiger!« Wibert bekreuzigte sich im Liegen. »Wie konnte das passieren?«

»Einen Tag nach deiner Ankunft wurde der Konvent von einer Seuche heimgesucht. Die Erkrankten litten an Durchfall und erbrachen ohne Unterlaß. Innerhalb von zwei Tagen verloren sie ihre gesamte Körperflüssigkeit. Nur wer ausreichend trank, vertrocknete nicht innerlich. Den Schwächsten aber half nicht einmal das.« Hildegard seufzte erneut. »So verstarben auch mein Bruder Hugo und Ansgar, unser Propst.«

Wibert, dem es wegen seiner fast einwöchigen Bewußtlosigkeit vorkam, als habe er vor nicht einmal einer Stunde mit Hugo gesprochen, war betroffen. Sicher, der Sekretär war steinalt gewesen, aber er hatte einen so unverwüstlichen Eindruck gemacht. Es war kaum zu fassen. Dazu hatte die Gemeinschaft auch noch ihren geistlichen Beistand verloren sowie die Leiterin des Scriptoriums. Angesichts dieser Häufung von Schicksalsschlägen war es ein Wunder, daß Hildegard so gefaßt war.

Und dann, von einem Wimpernschlag auf den nächsten, begriff Wibert, was das bedeutete. Hildegards Sekretär und der Propst des Klosters waren gestorben, er hingegen lebte noch! Seine Reise nach Bingen war genau zur rechten Zeit erfolgt. Ebenso der brandige Zeh und die tiefe Bewußtlosigkeit, die verhindert hatte, daß er sich ansteckte. Für ihn gab es keinen Zweifel: Das war göttliche Fügung! Es war eindeutig der Wille des Herrn, daß er Hildegard künftig zur Seite stand.

Sie schien seine Gedanken zu lesen, denn plötzlich überzog ein Lächeln ihr Gesicht. Es ließ sie jung aussehen, was unter anderem daran lag, daß ihr bis auf einen Eckzahn alle Zähne erhalten geblieben waren. Den einen hatte sie bereits als junge Frau bei einem Sturz verloren, wie Wibert wußte. Als er jedoch etwas sagen wollte, legte sie ihm den Zeigefinger auf die Lippen.

»Du mußt ruhen, mein Sohn«, sagte sie. »Schlaf dich gesund, über alles andere werden wir zur gegebenen Zeit sprechen.«

Er wollte widersprechen, aber eine unvermittelt einsetzende Schläfrigkeit erstickte jedes Wort im Ansatz.

*

Vorhänge aus grobem Leinen verhinderten, daß das Sonnenlicht in seiner vollen Stärke einfallen konnte. Aber daß die Sonne schien, war unübersehbar. Einzelne vorwitzige Strahlen zwängten sich zwischen Vorhang und Fensterlaibung hindurch und malten einen senkrechten Strich auf die Wand. Kam Wind auf, bauschte sich der Stoff, und aus dem Strich wurde ein Bogen.

Ein Lichtspiel, mit dessen Beobachtung Wibert sich die Zeit vertrieb, während er mit hinter dem Kopf verschränkten Händen auf seiner Pritsche lag. Dazu atmete er immer wieder tief und mit weit geblähten Nasenflügeln ein. Frühmorgens war der Boden mit frischen Kräutern bestreut worden, die nun in der Wärme ihr volles Aroma entfalteten. Ein Waldspaziergang hätte ihm keine bessere Luft bescheren können. Minze schnupperte er heraus und Kamille.

Wibert fühlte sich ausgeruht, ja geradezu unternehmungslustig. Außerdem hatte er einen Bärenhunger. Am liebsten wäre er auf der Stelle aufgestanden, aber die junge Schwester, die ihm frisches Wasser gebracht hatte, hatte ihn angewiesen liegenzubleiben, bis Schwester Sigewiza ihn aufgesucht habe. Das war nun schon geraume Zeit her. Drüben auf dem Tisch unter dem Fenster hatte er zwar ein Schälchen mit einer verschrumpelten Gurke entdeckt, aber danach stand Wibert der Sinn nun überhaupt nicht. Er hatte Heißhunger auf etwas Handfestes, am liebsten ein Stück Gebratenes vom Schwein.

Um sich abzulenken, dachte er an die ihm bevorstehende Aufgabe. So sehr ihn die Schicksale Hugos und Ansgars auch dauerten, konnte er doch nicht ernstlich um sie trauern. Dazu hatte er die beiden Männer zu wenig gekannt. Genauer gesagt hatte er nur den Domkantor gekannt, dem Kanonikus von St. Stefan war er nie begegnet. Es schmerzte ihn jedoch, Hildegard betrübt zu sehen, aber er war wild entschlossen, als ihr Sekretär derart gute Arbeit zu leisten, daß sie über die Verluste schnell hinwegkommen würde. Der Gedanke, sie könne seine Dienste womöglich gar nicht in Anspruch nehmen wollen, kam ihm nicht. Etwas beklommen fragte er sich allerdings, was wohl Sigewiza und die anderen Schwestern davon halten mochten.

Das Amt des Seelsorgers würde er jedoch, sofern man es ihm überhaupt antrüge, ablehnen. Zu groß wäre der damit verbundene Zeitaufwand. Außerdem war er ein Mann des Wortes, der Sprache, hier lag seine Stärke. Seine Qualitäten als Beichtvater schätzte er hingegen als eher gering ein. Zudem hatte Wibert sich neben der Bearbeitung der Korrespondenz, der Pflege der Klosterchronik und der Niederschrift der Hildegardischen Visionen eine weitere, ausgesprochen ehrgeizige Aufgabe gestellt: die Sichtung, Überarbeitung und Herausgabe von Hildegards gesammeltem Briefwechsel.

Soweit ihm die Schreiben bekannt waren, litten sie nämlich alle an demselben Mangel: Ihnen fehlte der sprachliche Schliff. Mochten Gottfried und zuvor Volmar auch treue Gehilfen gewesen sein, gekonnte Stilisten waren sie gewiß nicht. Zu simpel war nach Wiberts Empfinden ihre Wortwahl, zu unbeholfen ihre Formulierungen. Dadurch wurden sie Hildegards überragender Rolle als Theologin nicht gerecht. Ein Mensch wie sie, die das letzte halbe Jahrhundert entscheidend mitgeprägt hatte, hatte Besseres verdient. Zur Not würde Wibert Briefe, die selbst durch eine Überarbeitung nicht zu retten waren, aussortieren. Sein Plan war, ein Gesamtkunstwerk zu schaffen, eine Hinterlassenschaft, die Jahrhunderte überdauern sollte.

Plötzlich zerriß ein Schrei die Stille, der Wibert ins Mark fuhr. Da mußte sich wohl irgendein armer Tropf im Behandlungszimmer einer Tortur unterziehen. Vielleicht wurde ihm gerade ein Zahn gezogen oder ein Furunkel herausgeschnitten. Unangenehme Vorstellungen, die Wibert mit einem Kopfschütteln zu vertreiben versuchte. Das gelang ihm zwar, dafür kam ihm jedoch sein Fuß in den Sinn. So gut die medizinische Versorgung durch die Schwestern auch war, in seinem Zeh spürte er nach wie vor ein Ziehen, vor allem wenn er versuchte, mit ihm zu wackeln, was jedoch unmöglich war.

Er schlug die Decke zurück. Der ganze Fuß war dick eingebunden. Kein Wunder, daß er den Zeh nicht bewegen konnte. Er würde warten müssen, bis Sigewiza kam. Vielleicht hatte sie eine Erklärung für dieses unangenehme Gefühl, und hoffentlich war deswegen nicht eine erneute schmerzhafte Behandlung erforderlich.

Vielhufiges Getrappel und lautes Gemecker drangen an Wiberts Ohr. Eine Herde Ziegen wurde unter dem Fenster der Kammer vorbeigetrieben. Jetzt konnte er die Tiere auch riechen. So stechend der Geruch war, sofort mußte Wibert an den sahnigen Käse aus ihrer Milch denken. Prompt lief ihm das Wasser im Mund zusammen. Erneut überlegte er, ob er nicht doch die Gurke essen sollte. Eine Entscheidung, die ihm durch Sigewizas Erscheinen abgenommen wurde.

Die Medica war erschöpft. Seit Sonnenaufgang hatte sie einen Kranken nach dem anderen versorgt. Nachdem sie Wibert prüfend in die Augen und den Rachen geschaut hatte, fragte er, wann er aufstehen dürfe.

»Du solltest es heute dabei belassen, dich aufzusetzen«, antwortete die Schwester. »Dabei kannst du die Beine von der Pritsche hängenlassen. Aber versuche nicht, dich hinzustellen, es würde dich nur benommen machen. Nach dem langen Liegen dauert es eine Zeit, bis das Herz wieder ausreichend Blut bis in deinen Kopf pumpen kann.«

Als sie sah, wie enttäuscht Wibert war, fügte sie hinzu: »Ein ordentliches Essen kannst du natürlich schon heute zu dir nehmen. Ich werde dir gleich etwas bringen lassen. Dazu trinkst du einen Becher Nelkenwurzwasser. Das ist eine ganz besondere Rezeptur der Mutter Oberin und wird dir Kraft geben.«

Sie wollte sich abwenden, aber Wibert hielt sie am Arm zurück. »Von Hildegard erfuhr ich, daß ihr Bruder Hugo und Propst Ansgar von uns gegangen sind. Wer steht ihr denn nun als Sekretär zur Seite?«

»Verschiedene Schwestern versuchen, diese Aufgabe so gut sie es vermögen zusätzlich wahrzunehmen. Ein Zustand, der auf Dauer jedoch kaum haltbar sein wird.«

Wibert faßte sich ein Herz. »Was würdest du dazu sagen, wenn ich mich der Äbtissin für diesen Posten anböte?«

»Ist das dein Ernst?«

»Selbstverständlich. Würde ich dich sonst um deine Meinung fragen?«

Sigewiza musterte ihren Patienten mit einem langen, ruhigen Blick. Um so überraschender war, wie knapp ihre Antwort ausfiel.

»Sofern du nicht aus Eitelkeit handelst, würde ich es begrüßen.«

Erst war Wibert verdattert, dann ärgerte er sich. Was nahm sie sich heraus? Während Sigewiza die Vorbereitungen zum Wechsel des Verbandes traf, beruhigte er sich jedoch wieder. Hatte sie nicht recht? Wollte er mit seinem Vorhaben, Hildegards Ruhm zu mehren, nicht selbst Ruhm erlangen?

Ein schmerzhafter Stich in seinem Zeh verhinderte, daß er sich diese Frage beantworten konnte. Die Schwester Medica hatte begonnen, den alten Verband abzuwickeln. Wibert berichtete ihr von dem Ziehen, das er des öfteren verspürte.

»Wir nennen das Trugschmerzen«, sagte Sigewiza. »Obwohl die Gliedmaße fehlt, schmerzt es. Derartige Schmerzen können noch nach Jahren auftreten. Besonders, wenn das Wetter umschlägt.«

Wibert mußte zweimal schlucken. »Fehlt? Was fehlt?«

»Dein Zeh. Wir mußten ihn abnehmen. Er war brandig. Sagte ich das nicht?«

»Abnehmen?« stammelte Wibert. »Heißt das, er ist – weg?«

»Ich habe ihn einbalsamiert und aufgehoben, falls du ihn behalten möchtest«, sagte Sigewiza ungerührt. »Dort drüben in dem Schälchen liegt er.«

»Die Gurke!« stöhnte Wibert und sank zum zweiten Mal innerhalb von sieben Tagen ohnmächtig ins Kissen.

September 1177

Der Sommer neigte sich seinem Ende und mit ihm die für den Rheingau so typischen oftmals unerträglich schwülen Tage, an denen das Brot schneller schimmelte, als es gegessen werden konnte. Noch immer war es sehr warm, aber es wehte ein Lüftchen, das es erlaubte, frei zu atmen. Das genoß auch Wibert, der sich an diesem Mittag auf seinen Stock gestützt auf dem Weg vom Gästerefektorium zu seiner Amtsstube befand.

Die benediktinische Regel erlaubte nur zwei Mahlzeiten pro Tag, morgens und abends, aber für Kinder, Kranke, Arme sowie für Reisende und nicht dieser Regel verpflichtete Gäste wurde auch mittags gekocht. Beizeiten hatte Wibert erfahren, daß dabei zumeist etwas übrigblieb. Inzwischen, da er zu einem festen Bestandteil des Lebens auf dem Rupertsberg geworden war, mußte er sich nicht mehr mit den Resten begnügen, sondern die Köchin stellte ihm eine Portion zur Seite. So hatte er schnell die durch seine Krankheit verlorenen Pfunde ausgeglichen und sich sogar eine Reserve angefuttert. Der unerfreuliche Nebeneffekt war, daß mit den Pfunden auch seine schon verschwunden geglaubten Hämorrhoiden zurückgekehrt waren.

Hatte sich sein Allgemeinzustand auch rasch gebessert, so war das Gehen noch immer mühsam. Zwar waren die Trugschmerzen bereits nach wenigen Tagen verschwunden, aber das Fehlen des Zehs verursachte ihm noch immer ein Gefühl der Unsicherheit, weil er fürchtete, nicht sicher zu stehen. Deshalb hatte er sich von Benno, dem Torwächter, einen Stock schnitzen lassen. Auf den gestützt, hinkte er nun betulich durch die Klosteranlage. Spazierte er mit Hildegard durch die Weinberge, kam es nicht selten vor, daß die ein Vierteljahrhundert ältere Äbtissin ihrem Sekretär trotz ihrer Gehbehinderung enteilte.

Wiberts Angebot, an ihres Bruders Statt auf dem Rupertsberg zu bleiben, hatte Hildegard ohne zu zögern angenommen. Sie wußte Wibert genau einzuschätzen, kannte seine Stärken wie seine Schwächen, vor allem aber wußte sie, daß er ihr treu ergeben war. Eine Eigenschaft, die keiner der derzeitigen Mönche des Klosters Disibodenberg, das für gewöhnlich den Sekretär und den Propst für den Rupertsberg stellte, besaß.

Einen kleinen Schock hatte Hildegard allerdings erlitten, als sie zum ersten Mal las, was Wibert aus einem von ihr diktierten Brief gemacht hatte. Hatten sich ihre bisherigen Sekretäre damit begnügt, grammatikalische Korrekturen vorzunehmen, hatte der Wallone den Text völlig umgeschrieben. Nicht daß er den Inhalt verfälscht hätte, aber er hatte ihn derart grundlegend – wenn auch elegant – umformuliert, daß Hildegard Mühe hatte, ihn als ihre Ausführungen wiederzuerkennen. Das war ein Stil, der nicht ihrem Geschmack entsprach, aber da Wibert überaus fleißig und umgänglich war, ließ sie ihn gewähren. Ihren Volmar würde ihr ohnehin niemand ersetzen können.

Wibert hatte sein Arbeitszimmer erreicht und nahm hinter dem Schreibpult Platz, hinter dem bei seiner Ankunft noch Hugo von Bermersheim gesessen hatte. Das Fenster stand offen, und in den Weinbergen konnte er die Schwestern beobachten, die heute mit der Lese begonnen hatten. Der Sommer war heiß gewesen, es würde ein guter Jahrgang werden. Voller Vorfreude rieb Wibert sich die Hände. Dann nahm er das nächste Pergament aus der Kiste zu seiner Rechten, entrollte es – und Rührung überkam ihn.

Das Schreiben war eine Abschrift des ersten Briefes, den Hildegard vor über zwei Jahren an ihn gerichtet hatte. Jener Brief, in dem sie ihm, einem ihr damals noch Unbekannten, das Geheimnis ihrer Sehergabe offenbart hatte, womit sie ihn sofort und vorbehaltlos für sich eingenommen hatte. Wibert brauchte den Text nicht zu lesen, er kannte ihn auswendig. Diesen Brief würde er nicht überarbeiten, an ihm gab es nichts zu verbessern.

Während er das Pergament behutsam zur Seite legte, schweiften seine Gedanken ab zu den Brüdern in Gembloux. Schon seit Wochen wollte er ihnen schreiben, wollte ihnen mitteilen, welche Aufgabe er übernommen hatte. Auch Abt Johannes mußte unterrichtet werden, schließlich hatte er Wibert nur die Reiseerlaubnis für zwei Monate erteilt. Zweifellos machte die Gemeinschaft sich Sorgen, er sei unter die Räuber oder einer Seuche zum Opfer gefallen. Aber Wibert brachte es trotzdem nicht fertig, einen Brief aufzusetzen. Zu groß waren seine Bedenken, daß er mit einem Antwortschreiben aufgefordert werden würde, umgehend nach Gembloux zurückzukehren.

Es war ihm bewußt, daß er dieses Versteckspiel auf Dauer nicht würde aufrecht halten können. Je mehr überarbeitete Korrespondenz er jedoch vorzuweisen hätte, desto größer war die Chance, daß Abt Johannes ihm gestatten würde, mit seiner literarisch-wissenschaftlichen Arbeit fortzufahren und auf dem Rupertsberg zu bleiben. Zumindest hoffte Wibert das.

Im nächsten Brief, den Wibert zur Hand nahm, richtete Hildegard mahnende Worte an die Äbtissin eines Klosters am Oberlauf des Mains, in dem offenbar alles drunter und drüber ging. Wibert amüsierte sich noch über die zum Teil deutlichen Worte der Seherin, als es klopfte. Auf sein »Herein!« kam Jonas, der zungenlose Bursche mit der Hasenscharte, in die Stube.

»Was gibt es?«

Der Junge stieß reihenweise gurgelnde Laute aus und fuchtelte erregt mit den Händen in der Luft herum. Nach all den Wochen hatte Wibert noch immer große Schwierigkeiten, Jonas zu verstehen. Er begriff lediglich, daß ein wichtiger Besucher eingetroffen war, der den Sekretär Hildegards zu sprechen wünschte.

»Wie heißt er?« fragte Wibert, verstand aber auch diesmal nicht, was Jonas von sich gab.

»Führ ihn herein. Lassen wir uns überraschen.«

Jonas verschwand, und umgehend trat ein Mann ein, der bereits vor der Tür gewartet haben mußte. Wibert, der im Begriff war aufzustehen, sank zurück auf seinen Stuhl.

Der Gast war hochgewachsen, schlank und hatte einen langen, dünnen Hals, der durch einen auffällig breiten Kiefer noch betont wurde. Sein weißes Haar trug er so kurz, daß es aussah, als sei der Schädel gepudert. Als er über die Schwelle trat, lächelte er, aber das tat er eigentlich immer, selbst wenn er ungehalten war. Wibert wußte das, schließlich kannte er den Mann nur zu gut.

Der Besucher war Johannes, der Abt des Klosters Gembloux.

*

Die Schwestern hatten sich für den Gast die allergrößte Mühe gegeben. Zunächst reichten sie einen aufs Feinste mit Kräutern, namentlich Petersilie, Kerbel, Schnittlauch, Dill, Basilikum, Estragon und Kresse abgeschmeckten Eierpfannenkuchen. Dann fuhren sie eine Geflügelpastete auf, an der Wibert sich gern besinnungslos gefressen hätte. Den Abschluß bildete gekochter Salm in Weinsoße, der auf der Zunge verging.

Hildegard nahm von allem wie immer nur ein Häppchen. Johannes, für den Essen kein Genuß, sondern lediglich ein notwendiges Übel zum Erhalt der Körperfunktionen war, aß gewohnt hastig. Das führte dazu, daß er gleich zu Beginn des letzten Gangs eine Gräte verschluckte. Nach Luft ringend hüpfte er von einem Bein aufs andere, was genauso sinnlos war wie Wiberts Schläge auf seinen Rücken. Als er bereits krebsrot war und ihm die Augen aus dem Kopf zu treten drohten, bedeutete Hildegard ihm stillzustehen, steckte ihre Hand in seinen Mund und fingerte die Gräte – die immerhin die Länge eines Kinderfingers hatte – aus seinem Rachen. Kaum hatte die Äbtissin ihre Hand wieder herausgezogen, erbrach Johannes die Pastete und den Pfannkuchen.

»Vomunt ut edant, edunt ut vomant«, murmelte Wibert unterdrückt, aber immerhin so laut, daß ihn die Schwester an seiner Seite verstand und zu kichern begann.

Von da an wollte keine rechte Stimmung mehr aufkommen. Nicht einmal ein Pokal des wirklich köstlichen Weins vermochte Johannes aufzuheitern. Mit seiner Verdrießlichkeit steckte er alle im Refektorium Versammelten an, so daß Hildegard schließlich vorschlug, zu dritt einen Verdauungsspaziergang am Ufer der Nahe zu unternehmen.

Der Schatten, den die Abteikirche warf, reichte bereits bis ans andere Ufer, wo zwei Fischer damit beschäftigt waren, ihre Kähne für die Nacht zu vertäuen. Als sie Hildegard erkannten, fielen sie auf die Knie, senkten die Häupter und bekreuzigten sich. Die Äbtissin segnete sie mit einer stummen Geste.

»Allenthalben schlägt dir Verehrung entgegen«, sagte Johannes, nachdem er sich ausgiebig geräuspert hatte. »Die Leute werfen sich ja förmlich in den Dreck.«

»Die beiden verkaufen einen Teil ihres Fangs ans Kloster«, sagte Hildegard. »So können sie ihre Familien ernähren.«

Wibert bemerkte, daß Johannes die beiden Fischer mit einem ausgesprochen bösen Blick bedachte, als seien sie verantwortlich für sein peinliches Mißgeschick.

Sie gingen flußaufwärts. Eine Blindschleiche, die auf einem flachen Stein die letzten Sonnenstrahlen genossen hatte, suchte bei ihrem Nahen das Weite. Dann wurde der Pfad schmaler und bot nur noch zwei Personen nebeneinander Platz. Wibert ließ Hildegard und Johannes den Vortritt.

»Du bist also gekommen, um mir meinen Wibert wegzunehmen«, hörte er die Äbtissin plötzlich sagen. »Mit ihm werde ich meinen vierten Sekretär in zwei Jahren verlieren.«

»Das ist sehr bedauerlich«, sagte Johannes steif. »Aber Wiberts Platz ist nun einmal in Gembloux. Seine Brüder vermissen ihn. Unendlich viel Arbeit ist während seiner Abwesenheit liegengeblieben.«

»Du fürchtest um den exzellenten Ruf deines Klosters als theologisches Zentrum. Ich verstehe.«

»Wir verfügen über eine der reichhaltigsten Bibliotheken des Abendlandes. Täglich erreichen uns Bitten um Abschriften, Übersetzungen, Textvergleiche und Auslegungen aus aller Herren Länder. Bitten, denen wir uns weder verschließen wollen noch können.«

»Und Wibert ist der einzige unter den Brüdern, der sich in all diesen Dingen auskennt?«

»Nun ja, ihm steht natürlich der eine oder andere Gehilfe zur Seite.«

»Fünf«, rief Wibert von hinten.

»Richtig, fünf«, sagte Johannes. »Aber diese Brüder verfügen natürlich nicht annähernd über Wiberts Sachkunde.«

»Woran liegt das?« fragte Hildegard und hakte sich bei Johannes unter, da der Weg nunmehr anstieg. »Haben sie keine Ausbildung genossen?«

»Hat Wibert sich darüber beschwert? Dauernd liegt er mir in den Ohren, die Gehilfen müßten von ihren anderen Pflichten entbunden werden, um sich voll auf ihre wissenschaftliche Arbeit konzentrieren zu können.«

»Kein Wort hat Wibert verlauten lassen. Der Gedanke kam mir von selbst. Denn meiner Ansicht nach ist es unverantwortlicher Leichtsinn, sich auf einen einzelnen zu verlassen. Sollte ihm etwas zustoßen, wäre niemand da, der die Arbeit fortführen könnte.«

»Du machst dir unnötige Sorgen. Wibert ist von überaus robuster Natur.«

»So?«

»Etwa nicht?«

»Viel fehlte nicht, und er wäre uns unter den Händen weggestorben.«

Abrupt blieb Johannes stehen. »Wie konnte das geschehen?«

Hildegard berichtete mit knappen Sätzen von dem brandigen Zeh, der abgenommen werden mußte, und Wiberts einwöchiger Bewußtlosigkeit.

»Daher der Stock!« rief Johannes. »Und ich dachte, er hätte sich den Fuß lediglich gestaucht. Mein armer Wibert!«

Einen Moment sah es so aus, als wolle der Abt Wiberts Kopf tätscheln, dann besann er sich jedoch und ergriff statt dessen Hildegards Hände. »Wie kann ich dir danken, teure Freundin? Äußere einen Wunsch, und es wird mir eine Freude sein, ihn dir zu erfüllen.«

Statt zu antworten zog Hildegard die Brauen hoch, legte den Kopf schief und sah Johannes nur an. Der begriff auch gleich, welche Falle er sich selbst gestellt hatte.

»Nein, nein, das nicht. Dann würde ich ihn ja doch verlieren.«

»Nur für zwei Jahre.«

»Nur für zwei Jahre? Wie meinst du das?«

Auch Wibert verstand nicht, worauf die Mater hinauswollte.

»Mein Leben währt nun schon bald neunundsiebzig Jahre«, sagte sie, »und es werden wohl noch zwei weitere dazukommen. Nicht weniger, aber auch nicht mehr.«

Johannes wollte protestieren, aber Hildegard bedeutete ihm, still zu sein.

»Ich denke, im Herbst des übernächsten Jahres werden Wiberts Dienste hier nicht mehr gebraucht werden, und er könnte nach Gembloux zurückkehren. Im Gepäck den Kodex meiner gesamten Korrespondenz zur gefälligen Aufnahme in euer Archiv.«

Mit Speck fängt man Mäuse, dachte Wibert, denn Johannes wußte sehr wohl, daß Hildegard nicht nur mit der geistlichen Welt bis hinauf zum Papst im Briefwechsel gestanden, sondern auch mit Fürsten, Königen und Kaisern korrespondiert hatte. Was sie ihm anbot, war ein unermeßlicher Schatz. Aber wie kam sie darauf, daß ihr nur noch zwei Jahre vergönnt wären? Gerade als Wibert die Frage stellen wollte, kam ihm Johannes zuvor.

Hildegard antwortete nicht sogleich, sondern setzte sich wieder in Bewegung und zog Johannes mit sich. Wibert folgte mit etwas Abstand, aber die leichte Brise, die von Süden wehte, trug ihm die Worte der Mater zu.

Sie holte ein wenig aus und schilderte Johannes, daß Gott, der sich ihr in ihren Schauen als geheimnisvolles Licht darstellte, ihr nicht nur die großen Visionen eingegeben habe, sondern gelegentlich auch zu ganz alltäglichen Dingen Stellung nahm. Als sie im letzten Winter auf Leben und Tod darniedergelegen hatte, hatte sie begehrt zu erfahren, ob ihr irdischer Weg nun zu Ende sei. Da hatte ihr das Licht offenbart, ihre Zeit sei noch nicht gekommen, zwei weitere Winter werde sie noch auf Erden verweilen, nicht jedoch einen dritten.

Hildegard sprach über ihren Tod mit einer Ruhe, als sei er nicht bedeutsamer als der Speiseplan der kommenden Woche, erzielte damit aber eine größere Wirkung, als wenn sie laut gewehklagt hätte. Wibert bekam bei dem Gedanken, der Mater könnten nur noch zwei Jahre bleiben, einen Kloß im Hals, andererseits bemerkte er aber mit Vergnügen, wie geschickt Hildegard es verstanden hatte, Johannes in eine schier aussichtslose Lage zu manövrieren. Würde der Abt wirklich so hartherzig sein, der greisen Seherin für die wenige ihr noch verbleibende Zeit den Sekretär zu nehmen? Deutlich sah Wibert, wie Johannes' Rücken sich zunehmend versteifte.

Bereits weit vor der Drususbrücke machten sie kehrt und gingen schweigend zurück. Wieder bildete Wibert die Nachhut. Hildegard blieb hie und da stehen und zupfte ein Kraut vom Wegesrand, während Johannes' pumpende Wangenmuskulatur anzeigte, wie sehr er mit sich rang. Eigentlich hatte er nur die Wahl zwischen Pech und Schwefel. Entweder er verzichtete auf Wiberts Dienste, oder er stand als herzloser Gesell da, über den Schimpf und Schande der gesamten christlichen Welt niedergehen würde.

Dennoch war Wibert unsicher, welche Entscheidung Johannes treffen würde, denn der Abt konnte bisweilen starrsinnig wie ein Maultier sein. Und er ließ sich Zeit. Wibert wurde zunehmend nervöser. Erst als sie die Pforte erreicht hatten, erhob Johannes die Stimme.

»Zwei Jahre, teure Freundin«, sagte er. »Selbst wenn du dich bei deiner Prophezeiung geirrt haben solltest und der Herr dir doch mehr Zeit schenkt, was ich dir von Herzen wünsche, werde ich Wibert in zwei Jahren zurückfordern. Sollten wir uns darauf einigen können, so mag er denn bleiben.«

Einen Luftsprung wollte Wibert mit seinem Fuß nicht wagen, aber zu einem kleinen Tanzschritt ließ er sich hinreißen. Glücklicherweise bemerkte dies niemand.

November 1177

Seit Tagen fiel kalter Regen, der von böigem Wind über den Rupertsberg gepeitscht wurde. Es war jedoch weniger die Kälte, die den Bewohnern zu schaffen machte, als vielmehr die Feuchtigkeit, die sich in den Mauern festsetzte und in die Knochen kroch. Alle Kleidungsstücke fühlten sich klamm an. Dazu verdunkelten tiefhängende Wolken den

Himmel, so daß selbst tagsüber Talglichter und Kerzen angezündet werden mußten.

Unter diesen Bedingungen war das Scriptorium einer der angenehmsten Aufenthaltsorte im Kloster, denn es lag über der Küche und wurde von dort beheizt. Außerdem verfügte der Raum als einer von wenigen über Glasfenster, die den Wind sehr viel wirkungsvoller abhielten als die durchlässigen hölzernen Laden. Wibert, der bei diesem Wetter erneut an Trugschmerzen litt, hielt sich bevorzugt dort auf. Die Schwestern hatten ihm eines der Schreibpulte dicht am Kaminabzug zur Verfügung gestellt, dem Platz, an dem es am wärmsten war.

Die Legitimierung seines Aufenthaltes durch Abt Johannes, aber auch das Wissen, daß ihm letztendlich nur zwei Jahre zur Verfügung standen, hatten Wibert zu noch größerem Eifer angespornt. So hatte er trotz der aufwendigen Arbeit an der Vita des heiligen Maternus in den letzten vier Wochen mehr Briefe gesichtet und katalogisiert als in den Monaten zuvor. Dabei hatte er das anfängliche Prinzip, die Schreiben chronologisch zu ordnen, aufgegeben und sortierte sie nun nach Empfängern, wie Päpste und Bischöfe, Mönchs- und Nonnenklöster, weltliche Herrscher, Laien oder Verwandte. Diese Umstellung hatte er vorgenommen, da er festgestellt hatte, daß Hildegard durchaus unterschiedliche Töne anschlug, je nachdem, an wen sie ein Schreiben richtete. Eine Erkenntnis, die ihm die Bearbeitung zweifellos erleichtern würde. Dennoch, das vor ihm liegende Pensum war gewaltig, zumal er sein Werk unbedingt zu Hildegards Lebzeiten vollenden wollte. Aber noch war er voller Zuversicht, es zu schaffen.

Hildegard selbst tat die Gewißheit gut, daß Wibert ihr für die nächsten beiden Jahre zur Verfügung stehen würde. Sie war restlos genesen und arbeitsam wie eh und je. Nur selten benötigte sie mehr als vier Stunden Schlaf. Vor drei Tagen war sie zu einer ihrer regelmäßigen Inspektionsreisen nach Eibingen aufgebrochen, dem zweiten von ihr gegründeten Kloster auf der anderen Seite des Rheins. Ihre für den Vortag vorgesehene Rückkehr hatte sie jedoch verschieben müssen, da das anhaltende Unwetter und der reißende, mittlerweile Hochwasser führende Strom ein Übersetzen zu gefährlich machten.

Es nahte die Sext, die Mittagsstunde, zu der die Sonne im Zenit stehen würde. Bei dem Wetter war von ihr zwar nichts zu sehen, aber Wibert spürte an einer gewissen Leere in seiner Körpermitte, daß es bald soweit sein mußte. Wollte er rechtzeitig im Gästerefektorium ankommen, um seine Mahlzeit in Empfang zu nehmen, würde er sich auf den Weg machen müssen.

Er stand auf und stieg in seine Holzschuhe, die er bei einem holländischen Händler erworben hatte, der auf dem Weg nach Mainz auf dem Rupertsberg Station gemacht hatte. Da das Fußbett dieser Schuhe starr war, war er mit ihnen standfester und trittsicherer als in seinen Sandalen. Zudem hatte er die leere Stelle im Schuh mit einem zusammengerollten Stück Leinen ausgestopft, damit sein Fuß nicht nach vorne rutschen konnte. Den Gehstock benötigte er eigentlich nicht mehr, aber mittlerweile hatte er sich so an ihn gewöhnt, daß er nicht mehr von ihm lassen wollte. Ganz abgesehen davon, daß er fand, der Stock verleihe ihm eine gewisse Würde.

Leise zog er die Tür zum Schreibsaal hinter sich zu und ließ fünf bienenfleißige Schwestern zurück, die er mit Abschriften beauftragt hatte. Schweigend und mit gesenkten Köpfen saßen sie an ihren Pulten. Das einzige Geräusch, das ihre Arbeit verursachte, war das Kratzen der Federn auf dem Pergament oder das Schaben mit der Radierklinge, falls sie sich verschrieben hatten, was bei der Sorgfalt, die sie an den Tag legten, höchst selten vorkam.

Klappernd stieg Wibert die Treppe hinunter. Das war der größte Nachteil der Holzschuhe; mit ihnen konnte er sich nicht leise bewegen. Jedenfalls nicht auf der Treppe. Auf ebener Fläche ging es besser, da schlurfte er. Neben dem Ausgang, der im Westflügel lag, nahm er seinen wachsgetränkten Wollumhang vom Haken, der ihn auf dem Weg durchs Freie schützen sollte. Das tat das Kleidungsstück auch ganz ordentlich. Jedenfalls solange man es nicht faltete und die Wachstränkung alle paar Wochen wiederholte.

Gerade wollte Wibert die Tür aufstoßen, als sie mit einem Ruck aufgerissen wurde. Ihm gegenüber stand eine der jüngeren Schwestern, tropfnaß, als sei sie gerade dem Brunnen entstiegen. Ihrem Gesichtsausdruck nach zu urteilen war ihr der Leibhaftige persönlich begegnet. Wibert meinte sich zu erinnern, daß der Name der Schwester Mathilde war. Eilig wollte sie an ihm vorbei, aber er hielt sie am Arm zurück.

»Was ist geschehen?« fragte er.

Mathilde bekreuzigte sich hastig. »Weißt du, wo ich Sigewiza finden kann?«

»Vermutlich in der Krankenstube.«

»Dort war ich schon.«

»Dann versuch es in der Küche. Was ist denn passiert?«

Sie riß sich los. »Frag Schwester Agneta. Sie ist draußen bei der Friedhofskapelle.«

Kaum hatte er den Hof betreten, fuhr ihm eine Bö unter den Umhang. Er benötigte beide Hände, um ihn zu bändigen. Keine zwanzig Schritte weit konnte man bei dem dichten Regen sehen. Aber es genügte, um zu erkennen, daß Schwester Agneta auf der Mauerkrone unmittelbar neben der Kapelle kniete und auf der anderen Seite hinunterblickte.

»Was gibt es denn dort zu sehen?« rief Wibert, als er die Mauer erreicht hatte. Sie war höher, als er an Länge maß. Wie Agneta da hinaufgekommen war, war ihm ein Rätsel, denn eine Leiter war nirgendwo zu sehen.

Da sie nicht reagierte, zupfte er an ihrer Kutte. Erschreckt fuhr die Nonne herum.

»Schleichst dich heran wie ein Dieb!« rief sie. »Beinahe hätte ich das Gleichgewicht verloren.«

»Wenn du auf meinen Anruf nicht antwortest«, sagte Wibert. »Was ist denn dort auf der anderen Seite?«

»Sieh selbst!«

»Wie kommt man da hinauf?«

»Du mußt klettern!«

»Klettern?«

Sie nickte.

Die Mauer war nicht verputzt, sondern bestand aus grob behauenen aufeinandergeschichteten Feldsteinen. In den Zwischenräumen war Platz genug für eine Hand und vielleicht auch für einen schlanken Fuß. Aber mit Holzschuhen?

Da seine Neugier stärker war als seine Bedenken, stieg Wibert seufzend aus den Botten und machte sich an den Aufstieg. Gleich beim ersten Tritt scheuerte er sich den Spann an einem scharfkantigen Felsstück auf. Als er über die Mauerkrone blickte, riß ihm der Wind die Kapuze vom Kopf. Es dauerte nur wenige Atemzüge, und ein Rinnsal Regenwasser lief ihm den Rücken hinunter. Gern hätte er geflucht, aber er war ja nicht allein. Hoffentlich lohnte sich die Mühe, denn warum er diese

Schinderei auf sich nahm, wußte er noch immer nicht. Das letzte Stück half ihm Agneta, indem sie ihm ihre Hand reichte. Der Sturm verschlug Wibert schier den Atem. An Agnetas Seite ließ er sich auf die Knie und blickte gemeinsam mit ihr in den Abgrund. Auf der Stelle wurde ihm schwindelig. Gut drei Mannshöhen ging es lotrecht bergab.

»Da!« schrie Agneta und zeigte nach unten. »Am Fuß der Mauer!«

Schauer klatschten Wibert ins Gesicht wie nasse Tücher. Er mußte die Augen zusammenkneifen, denn die Tropfen, die an seinen Wimpern hingen, verschleierten seinen Blick. Als er schließlich klar und deutlich sah, bot sich ihm ein wahrhaft schauerlicher Anblick. Dort unten lag ein Mensch, besser gesagt die Überreste eines Menschen. Der Schädel und der Brustkorb des Skeletts ragten aus dem Boden. Offenbar hatte der anhaltende Regen das Erdreich, das das Gerippe bedeckt hatte, weggespült.

Wibert brachte seinen Mund nahe an Agnetas Ohr. »Weißt du, wer das ist?«

»Nein!«

»Das ist doch der Friedhof, oder nicht?«

»Ja und nein. Nicht unmittelbar an der Mauer. Hier ist eigentlich niemand bestattet. Dort drüben bei den Apfelbäumen beginnt die erste Gräberreihe.«

»Gilt das für den ganzen Streifen?« Wiberts Geste bezeichnete einen Abstand von ungefähr zehn Schritten zur Mauer.

»Ja, bis dort zu der Buche. – Seltsam, vielleicht lag er ja schon früher hier.«

»Was meinst du mit früher?« fragte Wibert.

»Nun ja, vor Errichtung des Klosters.«

Wibert schüttelte den Kopf. »So dicht, wie er bei der Mauer liegt, hätte er bei den Ausschachtungsarbeiten entdeckt werden müssen. Er kann erst nach Fertigstellung der Mauer dort bestattet worden sein.«

»Da hast du wohl recht.«

Wibert wunderte sich, daß sowohl Agneta als auch er gleich von einem männlichen Toten sprachen. Dabei konnte es sich genausogut um die sterblichen Überreste einer Frau handeln. Von hier oben war das unmöglich zu beurteilen.

»Wie kommt man auf den Friedhof?« fragte er. »Durch die Kapelle?«

»Nicht mehr, der Durchgang ist zugemauert. Aber im Keller der

Krankenstube gibt es eine Schlupfpforte. Und dann durch das Tor in der Friedhofsmauer.«

»Worauf warten wir noch?« fragte Wibert und machte sich an den Abstieg.

*

Die Wege zwischen den Grabreihen waren gepflastert, nur das letzte Stück bis zur Mauer nicht. Hier war der Boden völlig aufgeweicht und der Schlamm knöcheltief. Endlich konnten sich Wiberts Holzschuhe mal so richtig bewähren.

Ein Hund trieb sich bei dem freigeschwemmten Skelett herum. Wibert verscheuchte ihn mit seinem Stock. Dann raffte er Umhang und Kutte und ging in die Hocke. Agneta war auf dem Weg geblieben.

Der Schädel des Toten war groß. Allerdings bezog sich das eher auf die Länge als die Breite. Fast alle Zähne waren vorhanden und machten einen wenig abgenutzten Eindruck, was darauf schließen ließ, daß er relativ jung gestorben war. Wibert grub ein wenig und legte die Hüftknochen frei. Jetzt war es eindeutig, daß es sich um einen Mann handelte, einen recht großen zudem. Wibert schätzte, daß er an die fünfeinhalb Fuß gemessen hatte. Woran er gestorben war, war nicht zu erkennen. Einen eingeschlagenen Schädel hatte er jedenfalls nicht.

»Was tust du da?« wurde Wibert so unerwartet angesprochen, daß er zusammenfuhr. Sigewiza hockte sich neben ihn.

»Der Regen hat dieses Skelett freigespült«, sagte Wibert. »Der Tote ist ein Mann.«

»Ich habe Agneta losgeschickt, um eine Schaufel zu holen.«

»Das ist gut. Dann können wir die restlichen Gebeine leichter freilegen.«

»Wovon redest du?« Sigewiza zeigte auf einen aufgeworfenen Hügel unweit der Pforte. »Wir werden ihn mit Erde von dort vorn wieder zudecken.«

»Keinesfalls. Ich werde die Gebeine mitnehmen. Eben streunte schon ein Hund hier herum. Das Vieh wird die Knochen sonst wegschleppen.«

»Dieser Tote liegt in geweihter Erde«, sagte Sigewiza scharf. »Du versündigst dich.«

»Geweihte Erde mag sein. Aber er ist hier nicht förmlich beigesetzt, bestenfalls verscharrt worden.«

»Woher willst du das wissen?«

»Werden die Leute im Rheingau etwa ohne Sarg beerdigt?«

»Das Holz verfault mit der Zeit.«

»Aber nicht die Beschläge. Und wo ist ein Kreuz oder ein Stein? Der Tote ist namenlos. Außerdem hat diese Grabstelle keine Einfassung. Und Schwester Agneta sagte, so dicht bei der Mauer gebe es keine Gräber.«

»Das ist doch völlig nebensächlich. Entscheidend ist, daß er in geweihter Erde ruht.« Sigewiza bekreuzigte sich. »Was versprichst du dir davon, die sterblichen Überreste mitzunehmen?«

»Vielleicht kann ich so herausfinden, wer er war. Oder weißt du, um wen es sich handelt?«

»Wie sollte ich? Wenn überhaupt, könnte es eine der Schwestern wissen, die bereits zur Zeit der Klostergründung dem Konvent angehörten. Zum Beispiel Agneta.«

»Sie kennt ihn aber nicht«, sagte Wibert und erhob sich, weil seine Beine einzuschlafen drohten. Sigewiza richtete sich ebenfalls auf. »Aber ich werde die Schwestern gern befragen.«

»Das wirst du nicht tun. Dieser Tote, wer auch immer er sei, hat bereits genug Unruhe verursacht. Schwester Mathilde ist völlig aufgelöst, derart hat sie sich erschreckt. Am besten warten wir mit einer Entscheidung bis zur Rückkehr Hildegards.«

»Bis dahin haben die Tiere ihn ausgegraben.«

»Wir können das Erdreich mit Steinen abdecken.«

Wibert schüttelte langsam, aber nachdrücklich den Kopf. »Wir werden ihn ausgraben, um zu klären, wer er ist. Dafür übernehme ich die Verantwortung.«

»Dann sieh zu, wie du das bewerkstelligst«, schnaubte Sigewiza. »Ich werde dir bei diesem Frevel nicht zur Hand gehen. Und den Schwestern werde ich es ebenfalls untersagen.«

Damit stampfte sie davon und ließ Wibert im Regen stehen.

Es dauerte den ganzen Nachmittag, bis Wibert die über zweihundert einzelnen Knochen so angeordnet hatte, wie es der menschlichen Anatomie entsprach. Darüber hatte er völlig das Mittagessen wie auch die kleine Zwischenmahlzeit, die er zumeist nach der Non einzunehmen pflegte, vergessen. Es gab eben doch eine Eigenschaft, die bei ihm stärker wog als sein Hang zur Völlerei: seine Neugier, oder wie er es nannte, sein Wissensdurst.

Obwohl Sigewiza ihm ihre Unterstützung verweigert hatte und auch keine der Schwestern sich blicken ließ, hatte Wibert schließlich doch Hilfe erhalten. Benno, der Torwächter, hatte mit angefaßt. Kaum hatten sie mit ihrer Arbeit begonnen, war der Sturm abgeebbt, und es hatte aufgehört zu regnen. Wibert legte das als himmlische Gutheißung seines Tuns aus.

Gemeinsam hatten sie die Gebeine freigelegt und in einer Kiepe, wie sie bei der Weinlese benutzt wurde, in die Krankenstation getragen. Dort hatten sie Knochen für Knochen gereinigt und anhand eines gemalten Skelettschemas, das Wibert in dem Raum nebenan, in dem unter anderem Brüche geschient wurden, entdeckt hatte, zusammengesetzt. Er umrundete gerade zum zweiten Mal die Pritsche, um sein Werk von allen Seiten zu begutachten, als Agneta in die Stube gehuscht kam.

»Hat Sigewiza euch nicht verboten hierherzukommen?« fragte Wibert.

»Ich darf dir zwar nicht helfen«, antwortete die Nonne und machte ein verschmitztes Gesicht. »Aber ein ausdrückliches Verbot, die Gebeine anzusehen, hat sie nicht ausgesprochen.«

Wibert schätzte, daß Agneta in etwa sein Alter hatte. Aber die Lachfältchen um ihren Mund und ihre Augen ließen sie sehr viel jünger wirken. Dazu bewegte sie sich mit der Leichtigkeit eines Fohlens, während er herumstapfte wie ein belgisches Arbeitspferd.

»Wie geht es Schwester Mathilde? Hat sie sich wieder beruhigt?«

»Leidlich. Es war sehr erschütternd für sie. Sie hatte noch nie zuvor einen Toten gesehen.«

»Wie habt ihr ihn eigentlich entdeckt?«

»Wir waren jede mit einem Stapel Strohhüte unterwegs, die wir ins Lager neben dem Weinkeller bringen wollten. Dabei –«

»Strohhüte?«

»Ja. Wir flechten sie selbst und verkaufen sie an dem kleinen Stand beim Tor an Pilger und Reisende. Zu dieser Jahreszeit ist das Geschäft natürlich vorbei, und wir wollten die unverkauften Hüte für das nächste Jahr einlagern. Dabei hat der Wind den obersten Hut von Mathildes Stapel fortgerissen und über die Mauer geweht. Während sie durch die Krankenstation zum Friedhof gelaufen ist, habe ich von der Mauer aus versucht, den Hut im Auge zu behalten. Er hing in einem der Apfelbäume.«

Ihre Miene wurde ernster.

»Dabei habe ich den Totenschädel entdeckt. Wobei ich ihn zunächst gar nicht als solchen erkannt habe, sonst hätte ich Mathilde gewiß nicht zu der Stelle geschickt, sondern wäre selbst gegangen. Als sie dann aufschrie, wurde mir auf einmal klar, was es war.« Agneta trat an die Pritsche und berührte den Schädel des Toten zart mit den Fingerspitzen, als fürchte sie, ihm weh tun zu können. »Hast du etwas über diesen Menschen herausgefunden?«

»Einiges. Zum Beispiel weiß ich, woran er gestorben ist.«

»An dir ist ein Medicus verlorengegangen.«

»O nein. Alles, nur das nicht. Wenn ich daran denke, wie töricht ich mich mit meinem Zeh angestellt habe – aber lassen wir das.« Wibert stellte sich an das Kopfende der Pritsche und zeigte auf die Wirbelknochen des Halses. »Was ich entdeckt habe, hätte ein jeder feststellen können. Siehst du diesen Knochen hier?«

»Er hat einen Riß.«

»Mehr als das«, sagte Wibert und nahm den Knochen auseinander. »Er ist glatt entzwei. Der Mann ist an einem Genickbruch gestorben.«

»Ein gebrochenes Genick! Meinst du, er ist –«

»– von der Mauer gestürzt?«

Agneta biß auf ihre Unterlippe und nickte stumm.

»Denkbar. Falls ja, stellt sich die Frage, ob er vom Abteihof aus hinuntergefallen ist. Oder ob er bei dem Versuch abgestürzt ist, die Mauer von außen zu erklimmen.«

»Von außen ist die Mauer mit Mörtel verputzt. Selbst eine Katze hätte Schwierigkeiten hinaufzukommen.«

»Jemand könnte ihm ein Seil hinuntergelassen haben.«

»Ein Komplize?«

»Irgendwer muß ihn schließlich auch verscharrt haben.« Wibert zuckte die Achseln. »Aber was wissen wir schon? Alles ist denkbar.

Wenn wir wüßten, wer er war, könnten wir vielleicht auch diese Fragen beantworten.«

»Gibt es denn gar keine Anhaltspunkte?«

»Nur Allgemeines. Zum Zeitpunkt seines Todes war er Mitte zwanzig, vielleicht dreißig Jahre alt. Wie du siehst, war er sehr groß. Eine solche Größe erreichen nur Menschen, die von klein auf regelmäßig Fleisch essen. Das deutet darauf hin, daß er aus begütertem Hause stammte. Außerdem hat er mit großer Wahrscheinlichkeit gehinkt.«

»Woraus schließt du das?«

Wibert deutete auf die unteren Extremitäten. »Sein linker Unterschenkel, und zwar Schien- wie Wadenbein, ist nach einem Bruch schief zusammengewachsen. Das linke Bein ist kürzer als das rechte.«

Schwere Schritte kamen die Kellertreppe herauf.

»Das wird Benno sein«, sagte Wibert. »Er hat die Fundstelle wieder eingeebnet.«

Als der Torwächter hereinkam, grinste er, was sein vernarbtes Gesicht etwas weniger verunstaltet erscheinen ließ. In der Hand hielt er eine vermodert aussehende Ledertasche, die für gewöhnlich am Gürtel getragen wurde.

»Die war gleich nebendran vergraben«, sagte er.

Die Tasche zerfiel fast zu Staub, als Wibert sie behutsam auf den Tisch legte.

Der Inhalt bestand aus gerade mal zwei Gegenständen – einer schweren silbernen Gürtelschnalle und einer Münze. Die Schnalle gehörte zu einem breiten Gürtel, wie er benötigt wurde, um ein Schwertgehenk zu befestigen. Sie war aufwendig gearbeitet und reich verziert und untermauerte damit Wiberts Vermutung: Der Tote war kein armer Mann gewesen.

Erst auf den zweiten Blick erkannte der Wallone, daß die Münze gar keine Münze war, sondern ein Siegel. Es zeigte Christus am Kreuz, wobei das Kreuz ein Schwert war, eingefaßt von einem Lorbeerkranz. Die umlaufende Inschrift war kaum zu erkennen. Wibert mußte ans Fenster treten.

»Te Deum laudamus«, entzifferte er mühselig. »Und ... das läßt sich kaum lesen ... Carcassonne. Unser Toter stammte wahrscheinlich aus Südfrankreich.«

»Hast du eine Vermutung, wie lange er bereits tot ist?«

»Da bin ich überfragt. Wie lange dauert es, bis alles Fleisch zu Staub geworden ist? – Die Gürteltasche ist aus Rindsleder. Ihrem jämmerlichen Zustand nach zu urteilen, könnte sie leicht seit zwanzig Jahren da draußen gelegen haben.«

»Die Mauern stehen jetzt im siebenundzwanzigsten Jahr«, sagte Agneta.

»Das wäre demnach der früheste Zeitpunkt, an dem er zu Tode gekommen sein kann.« Wibert nahm die Hände auf den Rücken. »Fassen wir zusammen: Der Tote war ein Edelmann und stammte vermutlich aus dem südfranzösischen Carcassonne. Er war überdurchschnittlich groß, mehr als fünfeinhalb Fuß, hatte ein längliches Gesicht, mutmaßlich schwarze Haare und litt an einem Gehfehler.«

»Schwarze Haare?« fragte Agneta. »Woher willst du das wissen?«

»Hast du schon einmal einen Südfranzosen gesehen, der eine andere Haarfarbe hat?«

»Ich könnte nicht beschwören, je einen Franzosen gesehen zu haben.«

»Dann laß es dir von mir gesagt sein: Der typische Südfranzose ist schwarzhaarig. – Wo war ich stehengeblieben? – Ach ja, zu Tode kam er vermutlich vor Jahrzehnten. Zum Zeitpunkt seines Ablebens war er selbst Mitte zwanzig, höchstens dreißig.« Wibert schnalzte mit der Zunge. »Das sollte genügen, um sowohl bei den Schwestern als auch unten im Ort nachzufragen, ob sich jemand an ihn erinnert. Es ist zwar lange her, aber der Mann war auffällig genug, so daß durchaus die Möglichkeit besteht. Gleich morgen werde ich damit beginnen, entsprechende Erkundigungen einzuziehen.«

»Veto!« schnarrte es plötzlich hinter Wiberts Rücken, daß er wie unter einem Peitschenhieb zusammenzuckte. »Ich habe gehört, was du gesagt hast, und ich verbiete es!«

Langsam wandte Wibert sich um, hoffend, daß er sich irrte. Aber seine Hoffnung trog, er hatte die Stimme sehr wohl erkannt.

Die Frau, die ihn angeherrscht hatte und nun zitternd vor Wut im Türrahmen stand, war niemand anderes als Hildegard, seine sonst so sanftmütige Mutter in Christo.

*

Wibert war noch immer verdattert, als sie sich in sein Arbeitszimmer zurückzogen, wo Hildegard hinter seinem Pult Platz nahm. Er selbst setzte sich auf den Besucherstuhl und kam sich vor wie ein Novize, der angetreten war, um abgekanzelt zu werden. Derart aufgebracht hatte er die Äbtissin noch nie erlebt.

Mit gefalteten Händen und aus dem Fenster starrend saß sie da und strafte ihn zunächst mit eisigem Schweigen, was Wibert sich aber nicht besonders zu Herzen nahm. Im Gegenteil, er war gelassen, da er sich keiner Schuld bewußt war. Vielleicht wollte Hildegard aber auch nur warten, bis sie sich beruhigt hatte, denn wie sie zu sagen pflegte, neigte der Mensch im Zorn zur Ungerechtigkeit.

Schließlich wandte sie ihm den Kopf zu und beendete die Stille mit einem leisen Seufzer.

»Kann ich unser Heim nicht für drei Tage verlassen, ohne daß ein Unheil geschieht? Damit, daß eine der Schwestern eine Torheit begeht, muß ich immer rechnen, aber daß ausgerechnet du während meiner Abwesenheit ein derartiges Unheil heraufbeschwören könntest, darauf war ich wahrlich nicht gefaßt. Was hast du dir dabei gedacht, einen Toten seinem Grab in geweihter Erde zu entreißen?«

»Verzeih, verehrte Mutter, jedoch du liegst nicht ganz richtig. ›Gutta cavat lapidem‹, sagte schon Ovid. Nur, daß es in diesem Fall kein Tropfen, sondern ein Sturzbach war, und kein Stein, sondern lockeres Erdreich. Aber selbst die Wolkenbrüche der letzten Tage hätten nicht ausgereicht, wäre der Tote in der üblichen Tiefe bestattet gewesen.«

»Was willst du damit sagen?«

»Daß der Tote nicht beigesetzt, sondern verscharrt wurde. Wofür übrigens auch das Fehlen eines Sarges spricht.«

»Manche Menschen sind zu arm, ihre Toten in einem Sarg beizusetzen, und wickeln sie in Tücher ein.«

»Armut hindert aber niemanden daran, tief genug zu graben.«

»Bist du spitzfindig, will ich es auch sein. Der Wolkenbruch mag die Gebeine freigelegt haben, aber er hat sie gewiß nicht in die Krankenstube gespült.«

Wibert streckte sich, soweit es der Stuhl zuließ, und streifte den linken Holzschuh ab, weil er auf den aufgescheuerten Spann drückte. »Erlaube mir eine Frage: Könnte jemand auf dem Klosterfriedhof beigesetzt werden, ohne daß du davon erführest?«

»Niemand, auch ich nicht, ist gegen arglistige Täuschung gefeit.«

»Heißt das, du weißt nicht, um wen es sich bei dem Toten handelt und wer ihn dort vergraben hat?«

»Ich kann mich des Eindrucks nicht erwehren, daß du versuchst, das Pferd vom Schwanz her aufzuzäumen. Die entscheidende Frage ist doch, was dich dazu bewogen hat, die Gebeine auszugraben.«

Wibert nahm für seine Aufzählung die Finger zu Hilfe. »An einer Stelle des Friedhofs, an der sich laut Schwester Agneta keine Gräber befinden, wird ein Toter gefunden. Die Lage der Gebeine läßt den Schluß zu, daß er nicht ordnungsgemäß bestattet wurde. Das Grab ist weder durch ein Kreuz noch durch einen Stein gekennzeichnet. Niemand kennt des Mannes Namen. All das sind Punkte, die mich stutzig gemacht haben. Da ich ferner befürchten mußte, streunende Hunde oder Wildtiere könnten die Knochen wegschleppen und damit eine Identifizierung des Verstorbenen unmöglich machen, habe ich mich entschlossen, seine Gebeine zu bergen.«

»Das klingt, als würdest du vermuten, der Mann sei einem Verbrechen zum Opfer gefallen.«

»Er hat sich das Genick gebrochen. Er kann abgestürzt sein, oder aber er wurde hinuntergestoßen.«

»Wie auch immer, er hätte es verdient, in Frieden zu ruhen.«

»Nicht, wenn er ermordet wurde. Dann müßte die Tat zunächst gesühnt werden.«

Zum zweiten Mal an diesem Tag sah Wibert, wie der Zorn in Hildegards Augen aufloderte. »Was maßt du dir an, Wibert? Glaubst du, du seist in der Lage, eine Gerechtigkeit zu schaffen, die es auf Erden nicht gibt?«

»Ich bin ohne jede Anmaßung, verehrte Mutter. Aber ich glaube, es ist ein fester Bestandteil unseres Wesens, stets nach der Wahrheit zu suchen.«

»Und wie sieht sie in diesem Fall aus, die Wahrheit?« fragte die Äbtissin nicht ohne ironischen Unterton.

»Noch kenne ich sie nicht. Noch bin ich auf der Suche.«

Wieder entstand eine längere Pause, in der Hildegard wie entrückt aus dem Fenster blickte. Wibert glaubte schon, sie habe eine ihrer Visionen. Aber dem war nicht so. Sie war nur in Gedanken versunken.

»Dann werde ich sie dir mitteilen«, sagte sie plötzlich. »Nicht weil ich finde, daß du ein Anrecht darauf hast, sondern um zu verhindern, daß du mit deinen Fragen Unruhe in den Konvent trägst oder in Bingen herumläufst und den Leuten erzählst, auf dem Abteifriedhof würden willkürlich Leichname verscharrt. Und ich verlange, daß du die Angelegenheit danach auf sich beruhen läßt.«

»Unruhe ist bereits entstanden. Aber nicht durch mich, sondern durch die Entdeckung.«

Hildegards Blick war herausfordernd. »Willst du nun hören, was ich dir zu sagen habe, oder nicht?«

»Natürlich«, sagte Wibert und war erschüttert, wie fremd sie einander auf einmal waren. Er erkannte seine Mater kaum wieder.

»Ich weiß, wer der Tote ist. Er war ein Arbeiter, der für Gottes Lohn am Bau dieses Klosters mitgewirkt hat. Er ist vom Gerüst der Friedhofskapelle in die Tiefe gestürzt und war auf der Stelle tot. Wir haben ihn an Ort und Stelle beerdigt. Da er auf der Flucht war, ohne Stein, um zu verhindern, daß seine Verfolger das Grab schänden.«

Das sagte sie ruhig und flüssig auf, wie einen Text, den sie vor langer Zeit auswendig gelernt hatte. Wibert glaubte ihr kein Wort.

Bestürzt stand er auf und verließ das Zimmer. Hildegard machte keinen Versuch, ihn zurückzuhalten.

Es war noch finster, als Wibert entschied aufzustehen, da er doch keinen Schlaf finden würde. Eingehüllt in seine Schaffelldecke trat er ans Fenster und stieß die Lade auf. Es war eine sternenklare, klirrend kalte Nacht, die erste Frostnacht des Jahres.

Am Vorabend hatte er zwar ein Nachtmahl eingenommen, aber er konnte sich nicht mehr erinnern, was er gegessen und wie es geschmeckt hatte. An Schlaf war auch nicht zu denken gewesen. Stundenlang hatte er wachgelegen, hatte versucht, die aufwühlenden Ereignisse des Tages zu vergessen, insbesondere seinen Streit mit Hildegard. Jedoch vergebens. Nur einmal war er kurz eingenickt, um wenige Augenblicke später trotz der Kälte im Raum schweißgebadet hochzuschrecken.

Er konnte sich das Verhalten der Äbtissin nicht erklären. Sie, die Tugendhafteste, die er kannte, die nichts mehr haßte als die Lüge, hatte bewußt die Unwahrheit gesagt. Ihre Behauptung, der Tote sei ein Handwerker gewesen, war völlig abwegig. Wibert kannte den Menschenschlag, der sich für Kost, Unterkunft und ein kleines Handgeld auf Baustätten verdingte, bei den Umbauten in Gembloux war er ihm oft genug begegnet. Schon in jungen Jahren sah man dem Knochengerüst dieser Männer die Spuren der harten Arbeit an. Kein Anzeichen davon hatte er am Skelett des toten Franzosen entdeckt. Die Rückenwirbel, an denen sich die Abnutzungserscheinungen zuerst zeigten, hatten sich in einwandfreiem Zustand befunden.

Daraus ergab sich die Frage, die Wibert sich in dieser Nacht bestimmt an die hundert Mal gestellt hatte: Warum um alles in der Welt hatte Hildegard gelogen?

Nach unzähligen fruchtlosen Erklärungsversuchen war er immer wieder zu derselben Antwort gekommen: Sie hatte etwas zu verbergen. Auf irgendeine Weise mußte sie mit dem Tod dieses Mannes zu tun haben. Eine Antwort, die Wibert entsetzte. Weniger wegen der Tatsache als solcher, für die es möglicherweise eine Erklärung gab, auch wenn er sich derzeit keine vorzustellen vermochte. Nein, es ging vielmehr darum, daß er geglaubt hatte, die Mater gut zu kennen, ja, daß gleichsam eine Seelenverwandtschaft zwischen ihnen bestehe. Und nun, von einem Moment auf den nächsten, hatte er erkennen müssen, daß es da eine dunkle Seite gab, von der er nichts geahnt hatte. Die Vertrautheit zwischen ihnen war verlorengegangen. Unwiederbringlich, wie Wibert empfand.

Konnte er unter solchen Umständen überhaupt weiter als Hildegards Sekretär tätig sein? Machte es in dieser Atmosphäre der Unaufrichtigkeit noch einen Sinn, seine Arbeit an der Korrespondenz der Seherin fortzusetzen? Und was, verdammt noch mal, hatte die Mater mit dem Ableben des Mannes zu tun? Das war die Frage der Fragen. Fände er auf sie eine Antwort, ließe sich auch die Frage nach seinem weiteren Verbleib beantworten. So oder so.

Und plötzlich hatte er einen Einfall. Er würde sich keineswegs an

Hildegards Anweisung halten und den Fall auf sich beruhen lassen. Im Gegenteil. Er würde noch in dieser Nacht einen Brief an die Brüder des Klosters in Narbonne schreiben und sie um ihre Hilfe bitten. In Carcassonne gab es zwar auch eine namhafte Bruderschaft, aber zu der hatte er keine Verbindung. Mit den Brüdern in Narbonne hingegen hatte er bereits ausgiebig über theologische Fragen korrespondiert. Sie wären zweifellos sofort bereit, ihm Unterstützung in dieser Angelegenheit zu gewähren.

Eilig schloß Wibert die Lade, kleidete sich mit Kutte und Holzschuhen und verließ seine Kammer, die unmittelbar über seiner Amtsstube lag. Während er die sechzehn Stufen hinunterpolterte, überlegte er, ob die Matutin bereits vorbei war. Sein Gefühl sagte ihm ja, obwohl er kein Läuten gehört hatte. Wie auch immer, vor der Prim ließ sich ohnehin niemand bei ihm blicken, also hatte er Zeit genug, seinen Brief aufzusetzen.

Obwohl es im Haus dunkel war wie in einer Grotte, fand er sich gut zurecht. Zwölf Schritte waren es von der Treppe bis zur Tür seiner Amtsstube. Er schlüpfte hinein, tastete nach dem Talglicht auf dem Tisch und entdeckte freudig, daß im Kamin noch ein Rest Asche glomm. Mit Pusten fachte er die Glut an und entflammte so einen Kienspan, mit dem er den Docht entzündete. Besonders hell war das Talglicht nicht, wer ständig in seinem Schein schrieb und las, verdarb sich die Augen. Da er auf dem Weg zu seinem Platz die Flamme auch noch mit der Hand schützte, bemerkte er erst, als er hinter das Pult treten wollte, daß er nicht allein war. Der Schreck, der ihm in die Glieder fuhr, war gewaltig.

Mit starrer Miene, so wie er sie vor Stunden verlassen hatte, saß Hildegard auf seinem Stuhl. Ihre Züge muteten im Licht der kleinen, flackernden Flamme geradezu gespenstig an.

»Ich habe auf dich gewartet«, sagte sie mit einer Stimme, die genauso gut aus dem Jenseits hätte kommen können. »Setz dich und höre, was ich dir zu sagen habe.«

*

Während Wibert sich noch fragte, ob Hildegard wirklich die ganze Nacht in dem kalten Raum verbracht hatte, sagte sie:

»Ich kann verstehen, daß du mich für eine Lügnerin hältst, Wibert, obgleich ich es nicht bin. Was nicht heißt, daß ich nicht Schlimmeres bin. Ich habe nach der Matutin mit Schwester Agneta gesprochen. Von ihr habe ich erfahren, daß du eine Vermutung hast, woher der Tote stammt. Seitdem warte ich hier auf dich.«

»Aus der Gegend von Carcassonne«, sagte Wibert.

»Ja, er war ein Adliger aus dem Süden Frankreichs.« Zum ersten Mal sah sie ihn direkt an. »Für dich ist es unvorstellbar, daß ein solcher Mann am Bau des Klosters mitgewirkt hat, nicht wahr?«

»Er war jedenfalls kein einfacher Arbeiter.«

»Während der Zeit, die er hier war, schon.«

»Warum? Hatte er das nötig?«

»Vermagst du dir nicht vorzustellen, daß es andere Beweggründe gegeben haben könnte?«

»Vorzustellen vermag ich mir vieles.«

Hildegard faltete ihre Hände vor der Brust. »Würde er noch leben, hätte er nunmehr in etwa dein Alter. Dabei sehe ich ihn vor meinem geistigen Auge stets als jungen Mann. Seltsam, daß die Toten in unserer Erinnerung nicht altern.«

»Wäre es anders, müßte Jesus heute in unserer Vorstellung Staub sein.«

»Du hast recht.«

Für einen Augenblick schien ein Lächeln Hildegards Lippen zu umspielen. Vielleicht hatte Wibert sich aber auch geirrt. Das Licht war zu trüb.

»Nach dem Gespräch mit Agneta erschien mir das hellstrahlende Licht und riet mir – nein, befahl mir –, endlich reinen Tisch zu machen. Ich muß zugeben, daß ich mich zunächst sträubte; zu lange lebe ich schon mit dem Verdrängten, zu sehr ist es mir zur Gewohnheit geworden. Fast ist es so, als sei die Unwahrheit zur Wahrheit geworden. Doch nun ist die Zeit der Wahrheit gekommen. Ich bin bereit. Jawohl, ich bin bereit!«

Wibert hatte diesen stoßweise vorgebrachten Sätzen mit zunehmender Verwirrung gelauscht. »Verzeih, ehrwürdige Mutter, aber ich vermag den Sinn deiner Worte nicht zu begreifen.«

»Wie könntest du auch!« rief Hildegard und warf die Arme hoch. »Zu umfassend ist das Trugbild meiner Vita.«

»Die Beschreibung deines Lebens? Sie soll nicht der Wahrheit entsprechen? Wer ist dafür verantwortlich?« fragte Wibert kampfeslustig, als wolle er dem Missetäter an den Kragen gehen.

»Wenn jemand schuldig ist, dann bin ich es. Aus Lauheit, vielleicht aber auch aus Gefallsucht habe ich zugelassen, daß Untaten beschönigt wurden. So ist ein Bild von Vollkommenheit entstanden, das der Wirklichkeit nicht standhält. Ein Trugbild, das schon lange zerstört gehört. Dabei mußt du mir helfen, Wibert.«

»Ich gebe mir Mühe, dir zu folgen, aber ich vermag nicht zu erkennen, wie ich dir von Nutzen sein könnte. Geht es um die Vita, die Volmar einst verfaßte?«

Sie nickte. »Der treue Volmar. Er hat es nur gut gemeint. Er wollte, daß man sich meiner dereinst als Unfehlbarer erinnert. Und ich ließ ihn gewähren. Seine Triebfeder war brüderliche Liebe, meine war Eitelkeit. Oder auch Scham. Die Scham, es könnte bekannt werden, wozu die dunkle Seite meines Wesens fähig ist.«

»Du hast gesündigt?«

»So ist es. Deshalb muß meine Vita neu verfaßt werden. Das wird deine Aufgabe sein. Nach meinem Tode soll die Welt erfahren, wie ich wirklich war. Kein verklärtes Bild soll entstehen. Bis dahin darf jedoch nichts von dem, was ich dir sagen werde, nach außen dringen. Kein Dritter, nicht einmal dein Beichtvater, darf davon erfahren. Es könnte unsere Gemeinschaft zerreißen, und die bedeutet mir, wie du weißt, mehr als mein Leben.«

»Über die Jahre deiner Kindheit ist sehr wenig bekannt«, sagte Wibert. »Darüber wollte ich ohnehin schreiben.«

»Es geht um eine völlig andere Zeit, Wibert. Und es geht nicht um läßliche Sünden wie den Diebstahl von Hühnereiern, den wir als Kinder begingen. Ich spreche von der größten Sünde, die der Mensch begehen kann.«

Sie machte eine Pause, die ihre Wirkung nicht verfehlte. Wibert hätte das Fiepsen einer Maus draußen im Feld gehört.

Er mußte schlucken. »Du hast …«

»Ja«, sagte Hildegard mit fester Stimme. »Ich habe das genommen, was nur Gott schenken kann.«

»Gütiger Himmel!« rief Wibert. »Starb der Adlige etwa durch deine Hand?«

»Gemach, mein lieber Wibert«, sagte Hildegard abwehrend. »Laß mich dir von Anbeginn berichten. Sonst würdest du nicht verstehen, wie sich eines zum anderen fügte.«

Als Wibert die Wachstafel zu sich heranzog, merkte er, wie seine Hände zitterten. Trotzdem zögerte er keinen Augenblick niederzuschreiben, was Hildegard ihm berichtete.

Die Geschichte, die sie erzählte, nahm ihren Anfang vor fast genau dreißig Jahren.

Kloster Disibodenberg – Dezember 1147

»Niemals!« Die Fistelstimme des mageren, kahlköpfigen Männleins überschlug sich. »Nur über meine Leiche!«

Mit seiner Hakennase und seinen zu groß geratenen Augen wirkte er wie ein aus dem Nest gefallenes Vögelchen. Dazu paßte auch, daß er vor Erregung mit den Armen auf- und abschlug.

»Wie kannst du deine Augen nur derart vor den Tatsachen verschließen!« rief die schmächtige Frau, die ihm gegenüberstand. Auch sie war klein, dennoch überragte sie ihn beinahe um Haupteslänge. »Siehst du denn nicht, wie beengt wir hier leben? Was heißt leben – hausen! Unsere Gemeinschaft ist inzwischen auf zwanzig Schwestern angewachsen. Dazu müssen wir in den wenigen Räumen, die uns zur Verfügung stehen, mehr Aufgaben wahrnehmen als so manche Abtei. Denk nur an die Armenspeisung und die Betreuung von Kranken und Ratsuchenden. Gott weiß, wie gern ich Herrgottsgäste bei uns aufnehmen würde, aber wo sollte ich sie unterbringen? Etwa zusammen mit dem Viehzeug im Stall?«

Kuno, der Abt des Mönchsklosters Disibodenberg, und Hildegard, die Meisterin der dem Kloster angegliederten Frauenklause, stritten erbittert. Während draußen der Schnee in dicken Flocken fiel, standen sie sich in Hildegards winzigem Arbeitszimmer gegenüber, in dem die Benediktinerin die notwendigen Verwaltungsarbeiten zu erledigen pflegte. Hätten beide sich setzen wollen, wäre dies nicht ohne körperliche Berührung vonstatten gegangen, so eng war der Raum.

»Nichts als Ausreden«, sagte Kuno. »Ich habe dir wiederholt angeboten, Anbauten vornehmen zu lassen. Aber darum geht es dir doch gar nicht. Du strebst nach Unabhängigkeit von uns.«

»Du weißt genau, daß wir mittlerweile einen Raumbedarf haben, der sich hier auf diesem abschüssigen Gelände niemals verwirklichen läßt. Also führe diesen Punkt nicht ständig ins Feld. Darüber hinaus hast du natürlich recht. Ich strebe tatsächlich nach Unabhängigkeit für meine Schwestern und mich.«

»Also doch!« rief Kuno, und ein feiner Sprühnebel Speichel ging auf die Meisterin nieder. »Endlich gibst du es zu! Und das nach all dem, was wir für euch getan haben.«

»Etwas habt ihr tatsächlich getan.« Der spöttische Unterton in Hildegards Stimme war nicht zu überhören. »Unsere Mitgiften und Schenkungen habt ihr uns genommen, wie ihr alle Jahre die Einkünfte aus der Bewirtschaftung der Bermersheimer Güter einstreicht, die mein Bruder Drutwin ausschließlich dem Frauenkonvent vermacht hat. Was wir davon sehen, ist bestenfalls ein Bruchteil.«

»Schlange!« keuchte Kuno. »Verflucht sei –«

»Mäßige dich!« sagte Hildegard scharf. »Glaubst du etwa, ich wüßte nicht, worum es dir in Wirklichkeit geht? Zum einen fürchtest du die Einkommensverluste, die ihr hinnehmen müßtet, würden wir unser eigenes Kloster gründen. Zum anderen – und das schmerzt dich vielleicht noch stärker – fürchtest du den Verlust an Ansehen, der euch, insbesondere aber dir persönlich entstünde, wenn die mittlerweile berühmt gewordene Seherin den Disibodenberg verließe. Schon heute kommen doch zwei Drittel der Besucher nur meinetwegen.«

Kuno schnappte nach Luft wie ein Fisch auf dem Trockenen.

»Noch hat dir niemand seine Anerkennung für deine Fähigkeiten ausgesprochen«, japste er schließlich. »Und so hochmütig, wie du bist, wünschte ich, es bliebe auch dabei. Zumal ich deiner Sehergabe ohnehin nicht traue.«

»Aber dich daran bereichern willst du, Scheinheiliger! Ich weiß genau, daß du schon seit den Tagen, als Bernhard von Clairvaux mich ermunterte, meine prophetische Aufgabe zu erfüllen, den Gästen ein erhöhtes Herbergsgeld abverlangst. Warten wir ab, welche Einschätzung der Bischof von Verdun vor dem Konzil zu Trier und dem Heiligen Vater abgeben wird. Nachdem er mich eingehend befragt hatte, machte er bezüglich seines Urteils Andeutungen, die mir vielversprechend erschienen.«

»Falls du glaubst, ein dementsprechender Bescheid aus Trier könnte meine Einstellung ändern, hast du dich getäuscht. Noch bist du an meine Weisungen und die des Erzbischofs Heinrich von Mainz gebunden. Eher werden wir dich hier versauern lassen, als –«

In diesem Augenblick flog die Tür auf. Auf der Schwelle stand Bruder Herbrand, Kunos rechte Hand. Da er gut zwei Fuß länger war als sein Abt, mußte er den Kopf einziehen, um unter dem Türbalken durchblicken zu können.

»Kannst du nicht anklopfen?« schnauzte Kuno ihn an.

»Verzeih, aber es ist wichtig«, keuchte Herbrand, zu atemlos, um in seinen üblichen Singsang zu verfallen. »Soeben ist ein Bote mit einem Brief aus Trier eingetroffen.«

*

Fröhliches Gelächter klang aus der Frauenklause, während Kuno und Herbrand sich mit düsteren Mienen in der Amtsstube des Abtes einfanden. Die Botschaft des Konzils war so ausgefallen, wie es sich die Meisterin erhofft hatte. Papst Eugen III., sämtliche in Trier anwesenden Kardinäle und Bischöfe und auch Bernhard von Clairvaux, einer der einflußreichsten Vordenker der Kirche, hatten Hildegards Aufzeichnungen mit Begeisterung zur Kenntnis genommen und ihr die Anerkennung ihrer Sehergabe ausgesprochen. Damit war sie geradezu verpflichtet worden, alles niederzuschreiben, was der »Lichtherrliche« ihr mitteilte.

»Glaubst du wirklich, sie wird darauf bestehen, den Disibodenberg zu verlassen?« fragte Herbrand, der am Fenster von Kunos Amtsstube stand. Da er aufgrund seiner Länge schon oft schmerzhafte Bekanntschaft mit Türstürzen und Deckenbalken gemacht hatte, lief er ständig mit eingezogenem Kopf herum, was ihm unter den Brüdern den Spitznamen »der Geier« eingetragen hatte.

»Du kennst sie doch«, knurrte Kuno, der auf seinem Stuhl hinter dem Pult saß und mit den Füßen baumelte. »Selten ist mir ein Weib mit einem stärkeren Willen begegnet. Sie wird versuchen, die Unterstützung ihrer neuen Fürsprecher zu gewinnen, um ihre Pläne zu verwirklichen.«

»Glaubst du denn, damit kommt sie durch?«

»Was weiß ich! Sie kann manch guten Grund ins Feld führen. Die Räumlichkeiten, die ihr und den Schwestern hier zur Verfügung stehen, sind wirklich zu klein. Erst recht jetzt, nachdem man ihre Fähigkeiten von höchster Stelle anerkannt hat. Der Strom der Besucher wird noch einmal gewaltig anschwellen.«

»Und mit ihnen die Einnahmen, die uns entgehen würden, sollten die Schwestern unabhängig werden.« Herbrand schlug mit der Faust in die offene Hand. »Das müssen wir auf jeden Fall verhindern!«

»Leichter gesagt als getan. Wir können sie schließlich nicht einsperren.«

»Aber wir können ihre Verbindungen zur Außenwelt einschränken und überwachen. Wenn wir rechtzeitig von ihren Plänen wissen, können wir die geeigneten Gegenmaßnahmen ergreifen.«

»Der Einfall könnte von mir stammen«, sagte Kuno. »Und wie stellst du dir die Umsetzung vor?«

Herbrand stülpte die Unterlippe vor wie immer, wenn er scharf nachdachte.

»Wir brauchen einen Auskundschafter«, sagte er nach einer Weile. »Eine Gewährsperson, die uns über Hildegards Vorhaben auf dem laufenden hält.«

»Jemand aus dem Kreise der Schwestern?«

»Auch das wäre denkbar, denn die Nonnen sind längst nicht alle ein Herz und eine Seele, wie die Meisterin uns gern glauben machen möchte. Aber eigentlich hatte ich an jemand anderen aus ihrem Umfeld gedacht.«

»Da bleibt nur Volmar.«

»So ist es. Volmar.«

Der Abt machte ein Gesicht, als plagten ihn plötzlich Zahnschmerzen. »Das halte ich für keinen guten Gedanken.«

»Unser Kundschafter muß zum engsten Kreis um Hildegard zählen. Sie muß ihm vertrauen und alles offen mit ihm besprechen. Anforderungen, die Volmar aufs Trefflichste erfüllt. Außerdem steht er zeitlebens in deiner Schuld. Du hast seinerzeit durch deinen Einspruch verhindert, daß er wegen seiner Trunksucht aus dem Konvent ausgeschlossen wurde, und dafür gesorgt, daß er von seinem Laster geheilt wurde. Nun hätte er die Gelegenheit, seine Dankbarkeit zu beweisen.«

»Sicher könnte ich ihn mit Hinweis auf die Schuld, in der er bei mir steht, zwingen, aber ich halte ihn für diese Aufgabe für ungeeignet. Volmar ist zu gutmütig und zu trottelig. Er würde sich verplappern.«

»Es käme darauf an, wie man ihn darauf vorbereitet.«

»Ich weiß nicht.«

»Wir haben keine Zeit zu verlieren«, sagte Herbrand mit kaum verhohlenem Unmut in der Stimme. »Jeder Tag zählt.«

»Eine Nacht will ich darüber schlafen«, sagte Kuno und schlug so unerwartet mit der Hand auf den Tisch, als sei ihm soeben eingefallen, wer eigentlich das Sagen hatte. »So viel Zeit muß sein!«

*

Nachdem alle Schwestern Hildegard ausgiebig beglückwünscht hatten, saß die Meisterin noch eine Weile mit ihren engsten Vertrauten zusammen. Dies waren Volmar, ihr Sekretär, Hiltrudis, die bereits seit über dreißig Jahren in der Klause auf dem Disibodenberg weilte, Clementia, Hildegards vier Jahre ältere leibliche Schwester, und Richardis, die der Gemeinschaft noch kein Jahrzehnt angehörte, aber Hildegard dennoch näher stand als jede andere.

»Diesen Tag sollten wir mit einem Fest begehen«, sagte Richardis. Sie war die Jüngste in der Runde, gerade vierundzwanzig Jahre alt, und die mit Abstand Schönste unter den Schwestern. »Was hältst du davon?«

Hildegard schüttelte den Kopf. »Dein Eifer in Ehren, Richardis, aber auf dem Disibodenberg werden wir keine Festlichkeit mehr zelebrieren, von den kirchlichen Feiertagen abgesehen. Das bewahren wir uns auf, bis wir unsere eigene Abtei haben.«

»Du bist also entschlossen, diesen Schritt zu tun?« fragte Clementia. Groß und schwer, wie sie war, wäre niemand auf den Gedanken gekommen, Hildegard und sie für Geschwister zu halten.

»Mehr denn je«, sagte die Meisterin. »Hier fehlt mir regelrecht die Luft zum Atmen. Geht es euch nicht ebenso?«

»Und was sagt unser Abt dazu?« fragte Hiltrudis, die zweifellos die Intelligenteste und Gebildetste unter den Schwestern war.

»Habt ihr nicht unser Geschrei gehört, bevor der Bote kam?«

»Ihr also wart das«, sagte Clementia. »Und ich dachte schon, zwei Wildschweineber seien aneinandergeraten.«

»Ich bitte dich!« sagte Hildegard. »Was für ein Vergleich. Aber in gewisser Weise hast du recht. Die Auseinandersetzung ließ an Heftigkeit nichts zu wünschen übrig. Mit dem bekannten Ergebnis. Inzwischen hat sich durch die Nachricht aus Trier die Lage jedoch gründlich geändert.«

»Wenn du dich da mal nicht irrst«, sagte Hiltrudis. »Nun wird Kuno uns noch weniger ziehen lassen wollen.«

»Das zweifellos«, sagte Hildegard. »Aber ich denke, wir können nunmehr auf die Fürsprache einiger einflußreicher Herrschaften zählen.«

»Dein Wort in Gottes Ohr. Willst du ihnen dein Anliegen schriftlich vortragen?«

»Eine Reiseerlaubnis wird Kuno mir wohl kaum erteilen. Ich werde noch heute einen Brief aufsetzen.«

»Wer soll den befördern?« fragte Hiltrudis. »Du wirst ihn kaum zur Mitnahme ins Kloster bringen können. Unser Abt würde davon erfahren, und dann erreicht das Schreiben womöglich nie seinen Empfänger.«

»Kennen wir denn niemanden, der Verbindungen bis nach Trier hat?« fragte Hildegard in die Runde.

Betretenes Schweigen war die Antwort.

»Der Merxheimer Krämer!« rief Richardis plötzlich. »Wir geben den Brief dem Merxheimer Krämer mit. Er reist jede zweite Woche nach Trier, und ihm können wir auch vertrauen. Soll ich den Brief gleich aufnehmen, Mater?«

»Hast du denn deine Wachstafel dabei?«

»Allzeit bereit«, sagte Richardis und zog die nötigen Utensilien aus der Tasche ihres Unterrocks.

»Dann seid so gut und laßt uns jetzt allein«, sagte Hildegard. »Wenn ihr mir alle zuseht, kann ich mich nicht sammeln.«

Volmar, der wie meist geschwiegen hatte, verabschiedete sich mit einem knappen Kopfnicken. Ihm folgten Clementia und zuletzt Hiltrudis.

»Nicht darf von der Äbtissin ein Unterschied gemacht werden«, zitierte Hiltrudis murmelnd die benediktinische Regel, als sie über den Hof zur Küche schritt. »Sie liebe die eine nicht mehr als die andere. Ein Grundsatz, den Hildegard bei Richardis nur zu gern mißachtet.«

Der folgende Tag begann für Abt Kuno mit Verdruß. Für unmittelbar nach der Prim hatte er Bruder Herbrand zu sich bestellt, um ihm seine Entscheidung im Fall Volmar mitzuteilen, aber sein Adlatus war nicht erschienen. Inzwischen graute bereits der Morgen, und in den klösterlichen Werkstätten wurde lautstark die Arbeit aufgenommen. Da wurde geschmiedet, geschliffen, gesägt und gehämmert. Geräusche, die Kuno liebte, kündeten sie doch vom Wachsen und Gedeihen der Abtei. Und einem bedeutenden, wohl gedeihenden Kloster vorzustehen, war schon seit Knabenzeiten sein Traum gewesen. Nur heute hielt sich seine Begeisterung in Grenzen. Ungeduldig trommelte er mit den Fingern auf den Tisch und starrte zur Tür.

Als er schon läuten und Herbrand suchen lassen wollte, erschien sein Vertrauter doch noch. Jedoch keineswegs mit schuldbewußtem Gesicht, sondern fröhlich grinsend, was Kuno noch mehr in Rage versetzte.

»Wenn ich sage, unmittelbar nach der Prim, dann meine ich unmittelbar nach der Prim«, polterte er los. »Ist das verstanden?«

Ohne darauf einzugehen, ließ Herbrand sich auf den Stuhl vor Kunos Pult fallen und sagte: »Wir haben sie.«

»Wovon redest du?«

»Die Gewährsperson.«

Schneller als ein Huhn ein Ei zu legen vermag, traten Kunos Augäpfel hervor, und seine Schläfenadern schwollen zu wahren Würsten an.

»Wie kannst du es wagen, meinen Entscheidungen vorzugreifen!« geiferte er. »Hatte ich nicht angeordnet abzuwarten, bis ich –«

Herbrands hin- und herwackelnder Zeigefinger ließ ihn innehalten.

»Ich habe deine Anweisungen befolgt«, sagte der Adlatus. »Wer sich nicht daran gehalten hat, ist der Auskundschafter selbst.«

»Wie soll ich das verstehen?«

»Ganz einfach. Nicht ich bin an ihn herangetreten, um ihn für unsere Zwecke anzuwerben, sondern die Person hat mich aufgesucht und mir ihre Dienste angeboten.«

»Das ist doch nicht möglich!«

»Und doch ist es so. Die Eigenmächtigkeit, mit der Hildegard sich über alle Regeln hinwegzusetzen pflegt, hat denjenigen zu diesem Schritt bewogen. Eine Gewissensentscheidung sozusagen.«

Noch immer ungläubig schüttelte Kuno den Kopf. Plötzlich hielt er inne.

»Du hast mir noch nicht gesagt, wer es ist«, sagte er.

Herbrand blickte sich um, als seien sie von Lauschern umzingelt. Dann beugte er sich so weit über den Tisch, daß sein Gesäß vom Stuhl abhob, und flüsterte Kuno den Namen ins Ohr. Der nickte zufrieden.

»Sehr schön«, sagte er. »Was meinst du, sollten wir uns nicht besser einen Geheimnamen überlegen?«

»Einverstanden.« Herbrands Unterlippe schob sich vor. »Wie wäre es mit ... ›Der gute Geist‹?«

»Ausgezeichnet«, sagte Kuno und rieb sich die Hände. »Der gute Geist. Da soll jemand drauf kommen. Jetzt müssen wir unserem guten Geist nur noch genauestens darlegen, welche Auskünfte wir benötigen.«

»Ich glaube, er weiß, worauf es ankommt. Eine äußerst wichtige Nachricht hat er mir nämlich bereits übermittelt.«

»Und die wäre?« fragte Kuno und vergaß, den Mund zu schließen.

»Unsere Seherin hat einen Brief geschrieben. An Papst Eugen und das Konzil zu Trier. Darin bittet sie um Unterstützung ihrer Pläne zur Gründung eines eigenen Klosters.«

»Gütiger Himmel! Dieses Schreiben darf Trier niemals erreichen!«

»Ich weiß. Entsprechende Maßnahmen habe ich bereits ergriffen. Die Klausnerinnen haben vor, den Brief Albrecht, dem Merxheimer Krämer, mitzugeben, wenn er heute kommt. Ich werde ihn abfangen, bevor sie mit ihm sprechen können, und ein paar Worte mit ihm wechseln. Sollte er weiter an guten Geschäften mit der Abtei interessiert sein, muß er sich überlegen, auf wessen Seite er steht.«

Zum ersten Mal an diesem Morgen machte sich ein Lächeln auf Kunos Gesicht breit.

»Wunderbar«, sagte er und rieb sich erneut die Hände. »Ich glaube, wir sind auf dem richtigen Weg.«

*

Hildegard verließ an diesem Nachmittag gerade die Krankenkammer, in der sie zwei an schwärendem Aussatz leidende Frauen versorgt hatte, als Richardis durch die Pforte kam. Gegen das naßkalte Wetter hatte die junge Nonne sich lediglich mit Holzpantinen und einem um die Schultern geschlungenen Wolltuch geschützt. Ihre blauen Lippen zeigten, wie sehr sie fror.

»Komm in die Küche«, sagte Hildegard und faßte Richardis am Arm. »Ich mache dir rasch einen heißen Kräutertee, sonst erkältest du dich.«

»Wenn das nicht schon passiert ist«, murmelte Richardis.

Während Hildegard mit geübten Bewegungen Spitzwegerichkraut mit Schlüsselblumen- und Königskerzenblüten mischte, setzte Richardis sich auf einen Hocker dicht beim offenen Herdfeuer und streckte ihre Füße den Flammen so weit entgegen, wie es möglich war, ohne Verbrennungen zu erleiden.

»Wo bist du nur so lange gewesen?« fragte die Meisterin. »Wenn du dich wenigstens wärmer angezogen hättest.«

»Ich konnte ja nicht ahnen, daß ich dem Krämer bis fast ins Dorf nachlaufen muß«, sagte Richardis und wischte einen Tropfen von ihrer Nasenspitze. »Als ich ihn endlich eingeholt habe, hat er behauptet, er hätte mein Rufen nicht gehört.«

»Merkwürdig. Und daß er bei uns überhaupt nicht vorbeigeschaut hat, was er sonst immer tut. Hast du ihn danach gefragt?«

»Das war nicht nötig.« Richardis zog ein gefaltetes und gesiegeltes Pergament unter ihrer Kutte hervor. »Er hat sich geweigert, den Brief mitzunehmen.«

»Wie bitte?« Es hätte nicht viel gefehlt und Hildegard hätte den Mörser, den sie in Händen hielt, fallengelassen. »Er hat sich geweigert? Mit welcher Begründung?«

»Zuerst wollte er nicht recht mit der Sprache heraus. Erst als ich ihm ins Gedächtnis rief, daß er dir das Leben seiner Frau zu verdanken hat, die du im letzten Winter von ihrem nicht enden wollenden Husten geheilt hast, wurde er redseliger. Der Geier hat ihm untersagt, Nachrichten für uns zu befördern.«

Diesmal rutschte der Meisterin der Mörser wirklich aus der Hand. Nur Richardis' schneller Reaktion war es zu verdanken, daß er nicht zu Boden fiel.

»Woher weiß Herbrand von dem Brief?«

Richardis zuckte die Achseln. »Er muß uns belauscht haben.«

Hildegard schüttelte den Kopf. »Das glaube ich nicht. Die Pforte quietscht. Wir hätten ihn gehört.«

»Dann hat jemand geplaudert.«

»Denkst du, mit Absicht?«

»Absicht oder nicht, was macht das für einen Unterschied?«

»Den zwischen Verrat und Unvorsichtigkeit!«

»Verrat?« fragte Richardis. »Nein, das halte ich für ausgeschlossen. Alle lieben dich, Mater. Das täte dir niemand an.«

»Dann muß ich die Schwestern noch einmal zur Verschwiegenheit ermahnen.« Erst jetzt ließ sich die Meisterin auf dem zweiten Hocker nieder. Ihr Blick war in die Ferne gerichtet. »Kein Brief bedeutet keine Unterstützung für unsere Pläne. Dabei hat mir das hellstrahlende Licht erst in der vergangenen Nacht den Platz gezeigt, an dem wir das Kloster errichten sollen.«

Richardis ergriff Hildegards Hand. »Wo, geliebte Mater?«

»Auf dem Berg des heiligen Rupert. Da, wo die Nahe in den Rhein mündet.«

»Dort liegt doch auch Bingen.«

»Ganz recht, auf der anderen Seite des Flusses werden wir unsere Abtei errichten.«

»Bei Gott, den Berg kenne ich!« rief Richardis. »Obwohl er eigentlich nur ein besserer Hügel ist. Warst du auch schon einmal dort, Mater?«

Hildegard lächelte. »Nicht leiblich. Ich habe den Ort bisher nur geschaut.«

»Oh, die Stelle ist wunderbar! Sie befindet sich gleich an der Handelsstraße von Köln nach Mainz. Wir werden unzählige Besucher empfangen. Wir –« Richardis' Begeisterung schwand so schnell, wie eine

Seifenblase platzte. »O Mater, wird das überhaupt jemals wahr werden?«

»Ich habe es geschaut, also wird es wahr werden«, sagte Hildegard. »Die Schwierigkeiten, die man uns bereitet, sind nichts anderes als Prüfungen, wie stark unser Glaube ist. Mit Gottvertrauen und Liebe werden wir sie meistern.«

»Wird das genügen?«

»Warum so kleinmütig, meine Tochter?«

»Wir brauchen Fürsprecher, sonst wird Abt Kuno uns niemals ziehen lassen.«

»Denke an den Auszug der Kinder Israels aus Ägypten. Auch sie mußten lange ringen, bevor ihr Traum Wirklichkeit wurde.«

»Dann bist du unser Moses«, sagte Richardis und lächelte wieder. Und plötzlich blitzte es in ihren Augen. »Ich hab's! Ich werde meine Mutter um Hilfe bitten.«

»Die Markgräfin?«

»Sie hat aufgrund ihrer reichlichen Spenden einen nicht unerheblichen Einfluß auf Erzbischof Heinrich von Mainz. Wenn wir ihn auf unserer Seite hätten, könnte Kuno sich nicht länger sperren.«

»Ich kenne deine Mutter als wahrhaft wortgewaltige Frau, aber ob sie das Eisenherz unseres Bischofs wird erweichen können, bezweifle ich doch. Er ist ein noch schlimmerer Weiberfeind als unser Abt.«

»Mater! So habe ich dich noch nie reden hören!«

»Aber das ist doch der eigentliche Grund!« sagte Hildegard energisch und sah aus, als würde sie am liebsten mit dem Fuß aufstampfen. »Die Unterwerfung des Weibes durch den Mann. Selbst im Schoß der Kirche setzt man uns Bräuten Christi einen Kerl vor die Nase, der uns gängeln darf, wie es ihm gerade paßt. Noch dazu einen, der als Seelsorger so geeignet ist wie ein Narr.«

Bei allem Ernst, nun mußte Richardis doch lachen. Und auch Hildegard ließ sich nach anfänglicher Irritation von der Heiterkeit der Jüngeren anstecken.

»Ich weiß, ich bin mit meinen Äußerungen zu weit gegangen«, sagte die Meisterin schließlich. »Bitte erzähle niemandem davon.«

»Ich werde schweigen wie ein Grab«, sagte Richardis und wurde auf einmal wieder ernst. »Du meinst also, ohne die Unterstützung des Konzils zu Trier hätten unsere Pläne keine Aussicht auf Verwirklichung?«

»Päpstliche Fürsprache kann nie schaden. Zumal wir dort derzeit sehr angesehen sind.«

»Zumal du dort angesehen bist«, korrigierte Richardis mit Betonung auf dem zweiten Wort. »Dann geh doch nach Trier und trage dein Anliegen persönlich vor.«

»Wie stellst du dir das vor? Dazu würde Kuno niemals seine Einwilligung geben.«

»Dann reist du eben ohne Einwilligung.«

»Soll ich mich etwa bei Nacht und Nebel aus dem Kloster stehlen?«

»Ja. Für ein höheres Ziel.«

Hildegard wägte das Für und Wider ab. »Ich weiß nicht. Solch eine Reise mit einer Regelübertretung zu beginnen, kann nicht gut gehen. Außerdem habe ich diese Gegend hier seit meiner Kindheit nicht mehr verlassen. Ich fürchte, ich fände mich draußen in der Welt gar nicht mehr zurecht.«

»Dann laß mich mit dir kommen. Ich habe den Mut, der dir fehlt.«

Die Meisterin lächelte nachsichtig. »Du hast die Unbekümmertheit der Jugend, meine Tochter.«

Sie nahmen sich in die Arme.

»Dann darf ich dich also begleiten?« fragte Richardis.

»Ich habe noch nicht einmal gesagt, daß ich selbst gehen werde.«

»Du mußt. Für unsere gemeinsame Zukunft.«

In dem Augenblick nahm Hildegard ein Geräusch an der Tür wahr. Über Richardis' Schulter hinweg sah sie gerade noch, wie eine Schwester den Kopf zurückzog und die Tür schloß. Dieser Bruchteil eines Atemzugs jedoch hatte nicht genügt, um sie zu erkennen.

Kloster Rupertsberg – November 1177

Obwohl er mit dem Gänsekiel nur Stichworte in das Wachs geritzt hatte, die ihm als Gedächtnisstützen dienten, hatte Wibert bereits vier Tafeln verbraucht. Nur einmal hatte er es in den vergangenen Stunden gewagt, Hildegards Redefluß zu unterbrechen – dann, als er seine Beine vor Kälte nicht mehr gespürt hatte. Da hatte die Mater ihm gestattet einzuheizen. Inzwischen graute bereits der Tag.

»Wer war denn nun der sogenannte gute Geist?« fragte er, als Hildegard eine Pause einlegte.

»Dein wallonisches Temperament geht mal wieder mit dir durch, Wibert«, sagte sie. »Du versuchst, den Ereignissen vorzugreifen. Hab Geduld, du wirst es noch früh genug erfahren.«

»Natürlich bin ich geduldig. Aber wie sagte schon Horaz: Niemand wird ohne Fehler geboren. Seid ihr nun heimlich nach Trier gereist oder nicht?«

»Ja«, seufzte die Mater. Gegen die Neugier ihres Sekretärs war wirklich kein Kraut gewachsen. Jedenfalls kannte sie keines.

»Allerdings bedurfte es einer Woche stiller und klammheimlicher Vorbereitung, bevor wir uns aufmachen konnten. Nur Volmar und Clementia waren in unsere Pläne eingeweiht; niemanden sonst wollte ich mit dem Wissen um unser Vorhaben in Gewissensnöte bringen. Die Unterstützung, die wir von außerhalb brauchten, gewährte uns die Markgräfin von Stade, Richardis' Mutter. Ein Bauer, der gelegentlich zum Aderlaß zu mir kam, hatte eine Nachricht an sie überbracht. Sie besorgte uns Reit- und Packtiere und stellte Leute aus ihrem Gesinde ab, die uns zu unserem Schutz begleiten sollten. Nachdem das erledigt war, galt es nur noch, den Reiseweg festzulegen.«

»Die Nahe flußaufwärts und dann quer durch den Hunsrück, so geht es am schnellsten.«

»Schnell muß nicht immer sicher bedeuten. Der Hunsrück gilt als ausgesprochen finstere und unsichere Gegend. Daher neigte ich dazu, uns in Bingen einzuschiffen und über Rhein und Mosel nach Trier zu reisen.«

»Das dauert doch Wochen! Mal ganz abgesehen vom Eisgang.«

»Genau das war unser Problem. Mir war klar, daß unser Verschwinden bestenfalls zwei oder drei Tage unbemerkt bleiben würde. Zweifellos würde Kuno uns sofort verfolgen lassen, wir hatten also keine Zeit zu verschwenden. So mußten wir zu meinem Unbehagen doch den direkten Weg wählen. Ein schwerwiegender Fehler, wie sich herausstellen sollte.«

»Wieso das?«

»Warte es ab. Ich komme noch dazu.«

»Und wann seid ihr los? Nachts?«

»Kurz nach Mitternacht. Fackeln konnten wir nicht benutzen, ihr Schein hätte uns verraten. Aber da eine geschlossene Schneedecke lag, war es hell genug, den Weg bis zur Glahn zu finden, wo unsere Helfer warteten.« Plötzlich stutzte Hildegard. »Was war das?«

»Mein Magen«, sagte Wibert und wurde rot. »Ich hab Hunger.«

»Dann geh und hol dir ein Stück Brot, bevor wir weitermachen. Sonst fällst du mir noch vom Stuhl.«

Das ließ sich der Wallone nicht zweimal sagen.

Kloster Disibodenberg – Dezember 1147

Hildegard hatte sich getäuscht. Ihr und Richardis' Verschwinden blieb nicht für Tage, sondern nur für Stunden unbemerkt. Es hatte kaum gedämmert, da war Herbrand informiert. Mit raumgreifenden Schritten eilte er über den Hof und stürmte ohne anzuklopfen in Kunos Arbeitszimmer, wo er den Abt bei seiner Lieblingsbeschäftigung störte – dem Geldzählen.

»Sechshundertachtundvierzig – sechshundertneun … Jetzt hast du mich rausgebracht«, zürnte Kuno. »Was soll dein ungestümer Auftritt? Brennt es?«

»Allerdings. Hildegard und Richardis sind verschwunden.«

»Was soll das heißen – verschwunden?«

Herbrand setzte sich. »Laut unserem guten Geist befinden sie sich auf dem Weg nach Trier.«

Kuno fiel die Kinnlade runter. »Wieso haben wir das nicht rechtzeitig erfahren? Dann hätten wir Wachen aufstellen können.«

»Keine Aufregung. Sie sind erst in der Nacht aufgebrochen. Wir können sie leicht innerhalb eines halben Tages einholen.«

»Worauf wartest du dann noch? Schnapp dir ein paar Brüder und jage ihnen nach. Die beiden haben die Klause ohne meine Erlaubnis verlassen. Ich habe das Recht, sie zurückholen zu lassen.«

Herbrand schob den rechten Arm in den linken Ärmel und kratzte sich ausgiebig am Ellbogen. Das war wieder so eine dieser Situationen, in denen ersichtlich war, daß Kuno mit seinem Amt überfordert war. Noch immer war Herbrand unverständlich, wie die Brüder seinerzeit bei der Abtwahl dem kleinen Hitzkopf den Vorzug geben konnten. Aber seine Stunde würde schon noch kommen.

Geradezu indigniert hob er die Brauen. »Aber wäre das auch klug?«

»Wir können doch nicht zulassen, daß die Weiber nach Trier reiten und vor dem Heiligen Vater ihr Kloster einklagen!« Kuno schlug mit der Faust auf den Tisch, daß die Münzen nur so tanzten. »Dann können wir ihnen ja gleich beim Bau helfen.«

»Ich gebe nur zu bedenken, daß ein sofortiges Nachsetzen unsererseits auf die Existenz unseres guten Geistes hinweisen würde. Bereits die Sache mit dem Brief war – meine Schuld – nicht sehr geschickt eingefädelt. Eigentlich hätte Hildegard schon da Verdacht schöpfen müssen, daß es in ihren Reihen eine undichte Stelle gibt. Geschickter wäre gewesen, wir hätten Albrecht den Brief an sich nehmen lassen, und er hätte ihn nur nicht abgeliefert. Wie gesagt, mea culpa.«

»Allerdings«, sagte Kuno vorwurfsvoll, als sei ihm der Gedanke auch schon gekommen. »Aber wie halten wir sie dann auf?«

»Diese Nuß versuche ich noch zu knacken«, sagte Herbrand und schob die Unterlippe vor.

»Welchen Weg nehmen sie wohl?«

»Ich denke, über Rom werden sie nicht reisen.«

»Spar dir deine faulen Witze«, sagte Kuno und bewies einmal mehr, daß er soviel Humor hatte wie ein Insekt. »Ich erwarte sachliche Vorschläge.«

»Durch den Hunsrück, wie sonst.«

»Aha, durch den Hunsrück«, murmelte Kuno langsam.

Plötzlich schnipste er mit den Fingern und machte ein Gesicht, das in seiner Verschlagenheit jedem Roßtäuscher zur Ehre gereicht hätte. »Wimmelt es im Hunsrück nicht von Räubern und Lumpenpack?«

»Und wie«, sagte Herbrand.

»Das heißt, es ist überaus gefährlich, durch diese Gegend zu reisen. Zumal für Frauen.«

»So gefährlich wie ein Spaziergang durch eine Schlangengrube.«

»Man könnte sogar sagen, es würde an ein Wunder grenzen, würden die beiden den Hunsrück unbehelligt verlassen.«

»Ein größeres Wunder, als würde ein Pole Papst. Worauf willst du hinaus?«

»Ich muß an meinen Freund Konrad, seines Zeichens Wildgraf zu Tronecken, denken. Er ist mir noch einen Gefallen schuldig. Einen großen sogar.«

»Er soll sie doch nicht etwa ...« Herbrand deutete mit dem Zeigefinger einen Kehlenschnitt an.

»Natürlich nicht, die Frau ist Gold wert. Er soll sie nur für eine gewisse Zeit festsetzen. Sagen wir mal – so lange, bis das Konzil zu Ende ist.«

»Ich muß sagen, ich kann noch immer von dir lernen, ehrwürdiger Vater. Alle Achtung.«

»Schleimer!« sagte Kuno barsch, obwohl er sich geschmeichelt fühlte. »Ich werde unverzüglich einen Brief aufsetzen, den du persönlich überbringen wirst. Halte dich mit zwei, drei Brüdern bereit, noch vor der Sext loszureiten.«

»Sehr wohl.«

Kaum hatte Herbrand den Raum verlassen, tanzte Kuno um seinen Stuhl und schlug sich aus Freude über seinen eigenen Einfall auf die Schenkel.

Hunsrück

Hildegard hatte keineswegs erwartet, daß sie im Galopp reisen würden, aber mit einem derart langsamen Vorankommen hatte sie nun auch nicht gerechnet. Mit jedem Schritt, den das Gelände anstieg, nahm auch die Höhe der Schneedecke zu. Inzwischen sanken die Langohrigen, die Richardis und sie ritten, bis zu den Bäuchen ein. Immer wieder mußten die Knechte absteigen und die erschöpften Tiere antreiben.

Die Markgräfin hatte es gut gemeint und ihnen fünf junge, kräftige Burschen mitgegeben. Die körperlichen Anstrengungen meisterten die Männer gut, jedoch fehlte es ihnen an Lebenserfahrung und Nervenstärke. Je schneller die Zeit verrann und je deutlicher wurde, daß der kleine Troß das vorgesehene Nachtquartier, den Hahnenbacher Weiler, an diesem Tag nicht mehr erreichen würde, desto unruhiger wurden sie. Die Vorstellung, die Nacht im Freien verbringen zu müssen, bereitete ihnen sichtlich Unbehagen.

Kaum brach die Dämmerung herein, wurde der Hunsrück seinem Ruf als unheimliche Gegend gerecht. Knorrige Bäume wurden zu Riesen mit überlangen Gliedmaßen, zackige Felsbrocken zu Drachenköpfen, und die Schreie der Eulen und Käuzchen erinnerten an das Heulen von Gespenstern. Richardis hatte schon seit Stunden nichts mehr gesagt, sondern biß sich nur auf die Lippen. Auch Hildegard, die für solche Dinge wenig empfänglich war, konnte nicht abstreiten, daß ihr zunehmend mulmiger wurde. Und sogar die beiden Hunde, die die Knechte mitgebracht hatten, hatten die Schwänze eingekniffen.

»So geht es nicht länger, ehrwürdige Mutter«, sagte der Anführer der Knechte, der Jakob hieß. »Wir müssen die Fackeln anzünden.«

Hildegard nickte. Die Gefahr, daß eines der Pferde in der Dunkelheit zu Fall kam, war zu groß. Auch wenn die Fackeln mögliche Verfolger anlocken würden. Das Beste wäre, beizeiten Rast zu machen.

»Ich glaube, irgendwer erzählte mir einmal, in dieser Gegend wohne ein Köhler«, sagte sie zu Jakob. »Meinst du, er würde uns für eine Nacht beherbergen?«

Der Knecht wurde schreckensbleich. »Hier haust tatsächlich ein Köhler. Aber wir sollten vermeiden, ihm zu begegnen. Der Kerl steht mit dem Teufel im Bunde.«

»Wie kommst du darauf?«

»Das weiß jeder, ehrwürdige Mutter.«

»Hast du denn einen besseren Vorschlag?«

»Unweit gibt es eine Höhle. Wir müssen uns bloß vergewissern, daß kein Bär seinen Winterschlaf darin hält.«

Die Höhle lag ein ganzes Stück oberhalb des Weges. Den Hang hinaufzukommen, war die reinste Quälerei. Hildegard und Richardis mußten absteigen. Je zwei Burschen nahmen eine der Nonnen zwischen sich auf die Arme und trugen sie hinauf. Dann rutschten sie wieder talwärts und holten die Tiere.

Die Höhle war leer und bot mehr als ausreichend Platz. Ein Sichtschutz bietender Felsblock ermöglichte sogar die schickliche Verrichtung der Notdurft. Außerdem verfügte das Gewölbe über einen natürlichen

Abzug, der ihnen gestattete, Feuer zu machen. So konnten sie wenigstens noch eine warme Mahlzeit zu sich nehmen, bevor sie zwischen ihre Felle krochen. Die Männer hatten den Nonnen die Plätze direkt beim Feuer überlassen, wo es am wärmsten war. Während einer von ihnen die erste Wache übernahm, legten die anderen sich ebenfalls zur Ruhe.

Die Meisterin schlief wie gewöhnlich sofort ein, Richardis dagegen fand, obgleich sie erschöpft war, keinen Schlaf. Zu aufwühlend waren die Erlebnisse gewesen, die ihnen der Tag beschert hatte. Sicher, die unerlaubte Reise war ihr Vorschlag gewesen. Aber sich für mutig zu erklären und mutig zu sein, waren doch zwei Paar Schuhe, wie sie nun feststellen mußte. Insbesondere, weil ihr beim Eintritt in die Höhle eine Fledermaus beinahe ins Gesicht geflogen wäre. Viel hätte nicht gefehlt, und sie hätte sich die Zunge durchbissen. Außerdem hatte sie eiskalte Füße, die auch unter den doppelten Lagen Schaffell nicht warm werden wollten.

So stand sie auf und ging zum Höhleneingang. Vielleicht würde ihr die Nachtluft die notwendige Bettschwere bringen.

Schneefall hatte eingesetzt. Flocken so groß wie Rosenblätter schwebten sacht zur Erde und überdeckten die Spuren, die sie vom Weg zur Höhle hinauf hinterlassen hatten. Das war auch gut so, denn der Bursche, der Wache halten sollte, war zwar auf seinem Posten, schnarchte aber.

Es dauerte nicht lange, und Richardis merkte, daß sie nun doch schläfrig wurde. Sie gähnte, zog ihr Tuch fester um die Schultern und wollte bereits zu ihrem Schlafplatz zurückkehren, als sie plötzlich durch das Schneetreiben hindurch leuchtende Punkte gewahrte. Drei, vier schwankende Lichter. Keine Frage, das waren Reiter, die den gleichen Weg nahmen wie sie! Als die Gruppe wenig später unterhalb der Höhle vorbeiritt, dachte Richardis für einen Moment, sie habe im Schein der Fackeln eine Mönchskutte gesehen. Sie rieb sich die Augen. Es konnte auch Einbildung gewesen sein. Ihre überstrapazierten Sinne mußten ihr einen Streich gespielt haben.

War der gestrige Tag eine Schinderei gewesen, so war der heutige die Hölle. Eine Hölle in Weiß.

Ohne Unterlaß schneite es den ganzen Tag. Große, schwere Flocken, die so dicht fielen, daß die Sichtweite gerade mal vier Pferdelängen betrug.

Stündlich wuchs die Schneedecke um mehr als eine Handbreit. Orientierungspunkte im Gelände waren nirgendwo mehr auszumachen. Vom Sonnenstand als Wegweiser für die Himmelsrichtung ganz zu schweigen. Blind und auf gut Glück kämpfte der kleine Troß sich durch die Winterwüste.

Gegen Mittag wurde einer der Burschen mit seinem Pferd von einem Schneebrett einen Steilhang hinuntergerissen. Das Tier brach sich das Genick, der Junge kam mit gebrochenen Beinen davon. Da er bewußtlos war, konnte Hildegard ihm die Beine richten und schienen, ohne daß er die Schmerzen spürte.

Jakob bestimmte einen seiner Leute, den Verletzten zum Hahnenbacher Weiler zu bringen, die Ansiedlung, die nunmehr einen halben Tag Fußmarsch südlich lag.

Keine zwei Stunden später wurde Jakob von einem umstürzenden Baum erschlagen. So sehr sich die beiden verbliebenen Burschen auch bemühten, es gelang ihnen nicht, seinen leblosen Körper unter dem Stamm hervorzuziehen. Ihnen blieb nichts anderes, als den Leichnam mit Ästen zu bedecken. Hildegard erteilte dem Verstorbenen den letzten Segen. Unmittelbar danach fanden sie einen Felsüberhang, unter dem sie mit Hilfe einer mitgeführten Plane eine notdürftige Unterkunft errichteten. Auch hatten sie trockenes Holz im Gepäck, um Feuer zu machen.

»Diese Reise steht unter keinem guten Stern«, murmelte Hildegard, als sie sich die Finger an den Flammen wärmten. »Als hätte ich es geahnt.«

»Das sind Unglücke, wie sie immer vorkommen können«, sagte Richardis. »Kein Mensch konnte damit rechnen, daß es derart schneien würde.«

Die beiden Burschen hockten dicht beieinander und sagten nichts. Aber ihre Blicke sprachen Bände. Fraglos gaben sie den Nonnen die Schuld für die erlittenen Schicksalsschläge. Richardis wurde es unbehaglich. Sie suchte die Nähe der Mater.

»Sie sehen uns an, als wollten sie uns fressen«, flüsterte sie.

»Es sind Männer deiner Mutter«, sagte Hildegard. »Sie werden es nicht wagen, die Hand gegen uns zu erheben.«

»Zu Jakob hatte ich Vertrauen. Ihn kannte ich von klein auf. Von den beiden jedoch weiß ich gerade mal die Namen.«

Jetzt begannen auch die beiden Männer, miteinander zu tuscheln. Der Schnee schluckte jedes Geräusch, so auch ihre Worte.

Und es schneite weiter.

Den restlichen Tag und die ganze Nacht.

*

Es waren Sonnenstrahlen, die sie in der Nase kitzelten und dadurch weckten.

Mit einem Ruck setzte Hildegard sich auf. Ihr Blick fiel auf eine geradezu paradiesisch schöne Winterlandschaft. Überall funkelten Schnee- und Eiskristalle. Die schneebeladenen Bäume sahen aus wie greise Priester in liturgischen Gewändern. Hoch über ihnen leuchtete der Himmel in strahlendem Blau. Das war das andere Gesicht des Hunsrück.

Während Hildegard sich noch die Nase rieb, erwachte Richardis. Die Felle, die ihr als Zudecke gedient hatten, waren schneebedeckt. Nur den Kopf und die Schultern hatte die Plane aus gewachstem Leinen geschützt.

»Wie hast du geschlafen?« fragte Hildegard.

Richardis reckte sich.

»Wunderbar. Ich habe überhaupt nicht gefroren, obgleich die Felle voller Schnee sind.«

»Der Schnee hat dich gewärmt.«

»Schnee soll wärmen?« Richardis griff in die weiße Pracht neben sich. »Fühl doch nur. Er ist ganz kalt.«

»Du weißt doch: Kehrt im Frühjahr der Frost noch einmal zurück, erfrieren die schon gesprossenen Pflanzen. Es sei denn, es hat zuvor geschneit, dann überleben sie.«

»Du hast recht. Die Welt ist voller Wunder.«

Beide Frauen standen auf und klopften ihre Kutten ab.

»Ich werde unsere beiden Begleiter mal hochscheuchen«, sagte Hildegard. »Die Witterung ist ausgezeichnet. Wir sollten uns beizeiten auf den Weg machen.«

Sie stapfte um die Felsnase, hinter der die beiden sich am Vorabend zurückgezogen hatten. Keinen Atemzug später war sie schon wieder da.

»Was ist los, Mater?« fragte Richardis. »Du blickst so ernst! Sind die beiden erfroren?«

»Nein«, sagte Hildegard. »Sie sind weg.«

»Und die Tiere?«

»Unsere Esel haben sie uns gelassen.«

*

»Umkehren? Niemals!« rief Richardis.

»Wir tun Unrecht mit dieser Reise«, entgegnete Hildegard. »Deshalb geschieht auch so viel Unheil. Wir sollten bereuen und umkehren.«

»Wir müssen bereits mehr als den halben Weg zurückgelegt haben. Umzukehren wäre demnach gefährlicher, als weiterzureiten.«

»Darum geht es nicht. Ich habe die Regel übertreten. Deswegen ist bereits ein Mensch gestorben. Ich will nicht, daß noch mehr Unheil geschieht.«

»Denkst du dabei an mich?« fragte Richardis, während sie ihr Bündel auf dem Esel festschnürte. »Um mich brauchst du dir keine Sorgen zu machen. Diese Reise war mein Vorschlag, und ich stehe nach wie vor dazu. Schließlich sind wir nicht aus einer Laune heraus unterwegs, sondern weil wir ein Ziel haben.«

»Als ob ich das vergessen hätte.«

»Du solltest auch an die Schwestern denken. Nur wenn wir nicht versagen, können wir sie aus der Abhängigkeit von der Disibodenberger Abtei befreien. Das sollte uns die Anstrengung wert sein.«

»Du sprichst, als seist du die Ältere. Woher nimmst du nur die Kraft?«

Richardis ließ sich Zeit, bevor sie antwortete. »Ich will dich glücklich sehen, geliebte Meisterin. Ich will, daß du deinen Lebenstraum verwirklichen kannst.«

»Und ich will nur, daß die Schwestern glücklich werden. Meine eigene Zufriedenheit ist mir gleich.«

»Damit schließt sich der Kreis.«

»Ja«, sagte Hildegard und klang auf einmal wieder entschlossen. »Damit schließt sich der Kreis.«

Ohne ein weiteres Wort saßen sie auf und trieben ihre Tiere an.

Burg Tronecken

Der Waldweg fiel ab. Kurvenreich schlängelte er sich ins Tal, auf den Bach zu, der nur zu hören war. Unter einer Haube aus Eis und Schnee murmelte er in seinem Bett. Ein Stück weiter war die Schneedecke auf ein paar Schritte eingebrochen, und das Flüßchen kam kurz zum Vorschein.

»Ob das bereits die Ruwer ist?« fragte Richardis.

»So weit können wir eigentlich noch nicht sein«, sagte Hildegard. »Aber vielleicht ist der Bach schon einer der Zuflüsse.«

»Das wir aber auch niemanden fragen können.«

»Wenn wir dem Bach in seinem Lauf folgen, können wir nicht viel verkehrt machen. Wasser hat die Angewohnheit, zu Tal zu fließen. Auf dem einen oder anderen Weg wird er uns aus dem Hunsrück herausführen.«

»Möge Gott uns beistehen.«

»Das tut er zweifellos.«

Plötzlich, wie abgeschnitten, endete der Wald, und ein weites Tal breitete sich vor den beiden Nonnen aus. Hildegard beschattete ihre Augen mit der Hand.

»Täusche ich mich, oder steht dort hinten eine Mühle?« fragte sie.

Richardis kniff die Augen zusammen und blinzelte gegen die tiefstehende, nachmittägliche Sonne. Das weiß verputzte Gebäude hob sich kaum von der winterlichen Landschaft ab. Nur aufgrund des unterschlächtigen Rades war es auszumachen.

»Eindeutig«, sagte sie. »Das Mühlrad ist in Bewegung. Dort sind Menschen am Werk, die uns bestimmt Auskunft geben können. Und vielleicht dürfen wir uns dort sogar einen Augenblick ausruhen.«

Richardis' Begeisterung schien sich auf die Reittiere zu übertragen, die auf einmal galoppierten wie noch nie in den vergangenen Tagen. Vielleicht witterten sie aber auch nur Heu.

Zur Linken begrenzte der Bach den Weg, zur Rechten wurde er von einem Weidezaun gesäumt, dessen Pfosten nur knapp aus der Schneedecke ragten. Kurz vor der Mühle, als das Drehen des Rades bereits zu hören war, gab es eine Aussparung im Zaun, durch die ein Weg hinauf zu einer bewaldeten Anhöhe führte. Die Schwestern hatten die Weggabelung gerade erreicht, als eine Gruppe Reiter den Hügel herabgesprengt kam. Wild stob der Schnee zu allen Seiten, als werde er von einer Windhose aufgewirbelt. Unmittelbar vor den Eseln zügelte die Gruppe ihre Pferde. Sie waren zu viert. Der Vorderste trug ein Kettenhemd und war mit einem Schwert bewaffnet, die anderen waren gekleidet wie Bauern. Alle vier waren unrasiert und starrten vor Schmutz.

»Halt!« brüllte der Bewaffnete und hob die Hand, was beides überflüssig war, denn die Langohrigen standen bereits. »Seid Ihr die beiden Klausnerinnen vom Disibodenberg?«

Hildegard war ehrlich überrascht. »Allerdings. Aber woher wißt Ihr von uns?«

»Äh ... ehem«, machte der Anführer. »Das wird Euch der Graf selbst sagen. Ich habe lediglich Order, Euch sicher zur Burg zu geleiten.«

»Dürfen wir das als Einladung verstehen?«

»Selbstverständlich.«

»Dann habt doch zunächst einmal die Freundlichkeit, uns zu sagen, wer der Graf ist, der bitten läßt.«

»Wildgraf Konrad von Tronecken natürlich. Der Herr über die Mark Thalfang.«

»Richtet dem Grafen Konrad unseren untertänigsten Dank aus, guter Mann, und bittet ihn in unserem Namen um Verzeihung, daß wir seine freundliche Einladung abschlägig bescheiden müssen, aber wir sind in Eile. Wir wollen nur kurz bei der Mühle rasten und noch heute unseren Weg fortsetzen.«

Die Miene des Anführers verfinsterte sich schlagartig. Als die Meisterin auch noch ihren Esel antreiben wollte, ließ er sein Pferd auf der Hinterhand tanzen und versperrte ihr den Weg.

»Habt Ihr nicht gehört?« rief er. »Der Graf hat Euch eingeladen. Dem habt Ihr Folge zu leisten.«

»Also handelt es sich weniger um eine Einladung als um einen Befehl«, sagte Hildegard. »Das hättet Ihr gleich sagen sollen.«

»Wie auch immer – ich reite voran, und Ihr folgt mir.«

»Es soll uns eine Ehre sein.«

Der Weg stieg eine Weile an, um dann an der Flanke des Bergs entlangzulaufen. Recht unvermittelt knickte er auf einmal ab, und die Gruppe stand vor einem schweren, bewehrten Tor, das von zwei runden Wachtürmen flankiert wurde. Beide Türme waren mit Wachposten besetzt. Der Anführer riß den Arm hoch und brüllte »Tor auf!«, was der Posten auf dem Turm wiederholte. Es dauerte jedoch so lange, daß Hildegard sich bereits fragte, ob vielleicht etwas klemmte, bis wenigstens ein Torbogen aufschwang.

Die Anlage hinter dem Tor war eine Enttäuschung. Vielleicht lag es an dem von dem Anführer der Horde verwendeten Begriff »Burg«, der eine gewisse Erwartung geweckt hatte, der die Gemäuer aber, denen sich die Nonnen nun gegenübersahen, keineswegs gerecht wurden. Es gab nur zwei kleine Wohnhäuser aus aufgeschichteten Schiefersteinen und ein etwas größeres hölzernes Gebäude, das wohl als Scheune und Stall diente. Die Burgmauer war höher als jedes von ihnen.

Eine Enttäuschung, die man Hildegard und Richardis offenbar ansah, denn der krummbeinige füllige Mann, der aus einem der Häuser auf sie zutrat, machte eine entschuldigende Geste. Dazu ließ er seinen Bauch, den er wie ein umgeschnalltes Faß vor sich hertrug, für einen Moment los und breitete die Arme aus.

»Ehrwürdige Mutter, verzeiht die Bescheidenheit meiner Behausung«, sagte er mit einer überraschend hellen Stimme, die so gar nicht zu seinem Körperbau passen wollte. »Noch ist die Burg ein Behelf. Der Palas wird erst errichtet. Trotzdem, so denke ich, werdet Ihr Euch bei uns wohl fühlen. Ich hoffe doch, meine Männer haben Euch gegenüber die nötige Höflichkeit an den Tag gelegt?«

»Sie waren so höflich wie ihr Auftrag«, sagte Hildegard, die nach wie vor auf ihrem Esel saß. »Verratet mir doch, Graf Konrad, womit wir die Ehre Eurer Einladung verdient haben.«

»Der Ruf, der Euch vorauseilt, ist beachtlich«, sagte der Graf und hielt sich wieder den Bauch, als habe er Angst, er könne sonst runterfallen. »Da ist es doch nur verständlich, daß ich die Gunst der Stunde nutzen wollte, um Euch einmal in persona kennenzulernen.«

»Das wissen wir durchaus zu schätzen. Es ist jedoch so, daß wir in wichtiger Mission reisen und auf dem schnellsten Wege nach Trier gelangen müssen. Eure Gastfreundschaft anzunehmen, können wir uns, fürchte ich, nicht leisten.«

»In Kürze bricht die Dämmerung herein. Heute würdet Ihr es niemals bis an die Mosel schaffen und wäret gezwungen, in der Wildnis zu übernachten. Da ist es doch sicherer und erheblich bequemer, Ihr nächtigtet unter meinem bescheidenen Dach und machtet Euch morgen in aller Herrgottsfrühe wieder auf den Weg.«

Dazu lächelte er so gewinnend, wie es einem Mann mit einem besenborstenlangen schwarzen Schnäuzer und einem zahnlosen Mund möglich ist. Im Gegensatz zu Hildegard zeigte Richardis sich einigermaßen beeindruckt. Wenn der Grund dafür auch weniger im Lächeln des Grafen als in ihrem schmerzenden Gesäß zu suchen war. Zu reiten war für sie ungewohnt, entsprechend litt sie.

»Ich mische mich nur ungern ein«, flüsterte sie. »Aber ich denke, der Graf hat recht. Auf einen halben Tag kommt es nun wirklich nicht an.«

»Eine Nacht unter dem Dach eines Rohlings«, flüsterte Hildegard zurück. »Aber du hast ja recht.«

Und laut sagte sie: »Wir nehmen an, Graf Konrad. Seid bedankt.«

Einer der Bauern der Begrüßungsabordnung kümmerte sich um die Reittiere, ein anderer trug ihre Bündel ins Haus. Die Kammer, die ihnen Graf Konrad persönlich zuwies, war schlicht, hatte aber zwei Pritschen mit strohgefüllten Matratzen. Als Zudecken dienten Bärenfelle. Unterhalb des Fensters plätscherte ein Bach.

»Die kleine Drohn«, sagte Konrad. »Ihr Geräusch hat etwas Beruhigendes. Es gibt nichts Besseres, um in den Schlaf zu finden. Es sei denn, eine Kanne Wein.«

Während die Schwestern ihre Bündel verstauten, verließ er laut lachend und sich den bebenden Bauch haltend die Kammer, wobei sein Lachen besonders laut wurde, als er die Tür schloß. Nachdem das geschehen war, setzte Hildegard sich mit nachdenklicher Miene auf ihre Pritsche.

»Woher wußte der Graf, daß wir durch die Gegend um Tronecken reisen würden? Man könnte meinen, unser Kommen sei ihm von einem Boten angekündigt worden.«

»Ja, das ist seltsam«, sagte Richardis und erinnerte sich auf einmal ihrer Beobachtung von vor zwei Nächten, die sie völlig vergessen hatte. »Vielleicht ist dem ja wirklich so.«

»Wie meinst du das?«

Richardis ließ sich an der Seite der Mater nieder und erzählte, daß sie meinte, einige Mönche gesehen zu haben.

»Bist du dir sicher?« fragte Hildegard.

»In jener Nacht hielt ich es für ein Hirngespinst. Deshalb habe ich dir auch nichts davon erzählt. Nun aber, unter diesen Umständen ...«

»Wir sollten auf jeden Fall auf der Hut sein. Wenn es stimmt, was du gesehen hast, steckt womöglich Kuno hinter der ›Einladung‹ des Grafen Tronecken.« Hildegard erhob sich mit einem Seufzer. »Komm, wir wollen uns noch ein wenig die Füße vertreten. Nach dem ganzen Tag im Sattel tut uns das gut.«

Die Tür ließ sich nicht öffnen. Zunächst dachte Hildegard, die Schuld liege bei ihr, weil sie sich ungeschickt anstelle. Als sie sie aber auch zu zweit nicht aufbrachten und für ihr Klopfen lediglich höhnisches Gelächter ernteten, wußten sie Bescheid.

Die Falle war zugeschnappt.

Der Raum, den Graf Konrad großspurig als Speisesaal bezeichnet hatte, maß vielleicht fünf mal fünf Doppelschritte. Ein riesiger, für das Zimmer völlig überdimensionierter Kamin sorgte für Backhaustemperaturen. Insgesamt sechs Personen hatten an der hufeisenförmig aufgestellten Tafel Platz genommen.

Direkt vor dem Kamin, in einem Stuhl, dessen Lehne seinen Kopf um mindestens zwei Ellen überragte, thronte der Graf. Sein Gesicht glühte von der Hitze des Feuers wie vom Rotwein, den er soff wie ein Ochse Wasser nach dem Pflügen. Flankiert wurde er von zwei jungen Frauen, die pausenlos gackerten und im ländlichen Sinne als hübsch durchgehen mochten, auf Hildegard jedoch gewöhnlich wirkten.

Sie selbst und Richardis hatte man zur Linken des Grafen, mit dem

Rücken zu den Fenstern, plaziert. Ihnen gegenüber saßen Ludger, der Anführer der Horde, die sie abgefangen hatte, und ein vielleicht fünfzehnjähriger Bengel mit blödem Gesicht, der ihnen als Thomas, der Sohn des Grafen, vorgestellt worden war. Ein weiterer eingedeckter Platz blieb unbesetzt. Aufgetragen wurde das Essen von dem gleichen Kerl, der die Esel in den Stall geführt hatte.

»Langt zu, langt zu!« rief Konrad, während er ein gebratenes Huhn in Stücke riß. »Niemand soll sagen können, er sei auf Tronecken nicht satt geworden.«

Hildegard nippte an ihrem Becher mit Wein und brach dann ein Stück Brot ab, das sie mit Richardis teilte. Fleisch lehnten beide ab.

»Hättet Ihr die Güte, uns mitzuteilen, welche Pläne Ihr uns bezüglich habt?« Hildegard mußte beinahe schreien, um das gräfliche Schmatzen zu übertönen.

»Gewiß doch, ehrwürdige Mutter, gewiß doch! Ihr seid auf zunächst einmal unbestimmte Zeit meine Gäste.«

»Darf ich fragen, was Ihr Euch davon versprecht?«

»Gern würde ich sagen, allein Eure Gesellschaft sei mir Grund genug, Euch eine Weile hier zu behalten. Aber das ist nicht der wahre Anlaß, auch wenn ich gestehen muß, ein wenig stolz zu sein, eine so bekannte und hochangesehene Persönlichkeit unter meinem Dach zu wissen.« Konrad warf einen abgenagten Hühnerknochen über die Schulter in den Kamin. »Laßt es mich einmal so umschreiben: Ihr stammt aus wohlhabendem Haus, verehrte Hildegard von Bermersheim, wie auch die junge Schwester an Eurer Seite, und das Kloster auf dem Disibodenberg zählt zu den begüterten im Lande. Ich hingegen habe große Schwierigkeiten, die notwendigen Mittel aufzutreiben, um diese Burg angemessen ausstatten zu lassen.«

Hildegard begriff sogleich, was er meinte, wollte aber zunächst nicht glauben, daß ein Mensch zu solcher Dreistigkeit fähig sein konnte.

»Seid Ihr etwa auf ein … Lösegeld aus?« fragte sie, während sie aus den Augenwinkeln bemerkte, wie Richardis die Hand vor den Mund schlug.

»Welch häßliches Wort«, sagte der Graf, während Ludger und die beiden Mädchen sich über die scheinbare Begriffsstutzigkeit der Nonnen vor Lachen schüttelten. »Ich würde es lieber eine … Aufwandsentschädigung nennen. Schließlich entstehen mir durch Euren Aufenthalt erhebliche Kosten, von dem sicheren Geleit bis Trier ganz zu schweigen.«

»Eines muß man Euch lassen, Ihr versteht es trefflich, die Dinge so zu verdrehen, daß selbst der größte Unfug noch einen Sinn zu machen scheint. Aber ganz im Ernst: Ihr glaubt doch nicht wirklich, Abt Kuno werde für uns auch nur einen roten Heller zahlen? Wenn Geiz einen Namen hat, dann seinen.«

Während Konrad mit der Rechten nach einer Hammelkeule langte, wischte er sich mit dem Ärmel des anderen Arms das Fett vom Kinn.

»Ihr scheint zu vergessen, daß Eure Berühmtheit Gold wert ist«, sagte er und rülpste. »Eine einfache Rechnung für Euren Abt.«

Ehe Hildegard es verhindern konnte, sprang Richardis auf und schrie: »Was seid Ihr nur für ein gottloser Feigling! Euch an wehrlosen Frauen zu vergreifen! Aber wehe Euch, wenn meine Mutter erfährt, was Ihr uns hier antut, dann sollt Ihr erfahren, was es bedeutet, sich mit einer Markgräfin von Stade anzulegen. Sie wird Eure Burg in Schutt und Asche –«

»Richardis!« Hildegard zog die Jüngere am Arm zurück auf ihren Stuhl. »Schweig! Du machst alles nur noch schlimmer.«

Die anderen im Raum glotzten zunächst, als sei ein Kugelblitz durch den Raum gerollt. Dann brüllten sie wie auf Kommando los vor Lachen. Schier überschnappend vor Vergnügen hämmerte der Graf mit der Hammelkeule auf den Tisch.

»Das Mädchen hat Schneid!« brüllte er. »Die gefällt mir! So eine kleine Wildkatze!«

Richardis brach in Tränen aus, was den Grafen nur noch lauter johlen ließ.

»Mein tapferes, kleines Mädchen«, sagte Hildegard und barg den Kopf ihrer Schülerin an ihrer Brust.

Durch den Tumult entging allen, daß ein zusätzlicher Gast erschienen war. Erst als er zwischen die Tische trat, wurde seine Anwesenheit bemerkt. Der Mann war groß und schlank und hatte langes, pechschwarzes Haar, das ihm in weichen Wellen über die Schultern fiel. Er war höchstens Mitte zwanzig.

»Graf de Carcasso«, hustete Graf Konrad unter Tränen. »Nehmt Platz und greift zu. Noch ist genug da.«

»Wollt Ihr uns nicht erst bekannt machen?« fragte der junge Mann mit Blick auf die beiden Nonnen.

»Sicher doch, sicher doch. Graf Jerome de Carcasso – die Benediktinerinnen Hildegard und Richardis vom Kloster Disibodenberg.«

Sowohl Hildegard als auch Richardis reichten Graf Jerome die Hand. Er beugte sich herab und hauchte beiden einen Kuß über den Handrücken, wozu er »Enchanté!« sagte.

Er hatte schöne Hände, kräftig und mit langen Fingern. Die Monde seiner Nägel traten deutlich hervor, was Hildegard für ein gutes Zeichen hielt. Aber sie bemerkte auch, wie Richardis und der Graf einander mit den Augen fast verschlangen. Ihr Schützling schmolz regelrecht dahin.

Als Graf Jerome sah, daß die junge Nonne geweint hatte, wollte er ihr sein Taschentuch reichen.

»Nein, danke«, sagte Hildegard und wehrte ab.

Ohne ein weiteres Wort führte sie Richardis aus dem Raum. Der Diener, der aufgetragen hatte, begleitete sie und schloß sie wieder in ihrer Kammer ein.

*

»Wäre ich doch nur ein Mann!« schrie Richardis. »Ich hätte diesen Lump in Stücke gerissen!«

»Scht! Scht!« machte Hildegard. »Nun nimm dich zusammen. Mir macht dein Geschrei keinen Eindruck.«

Noch immer wütend rannte Richardis zwischen Tür und Fenster hin und her, was angesichts der Enge des Raums bedeutete, daß sie alle drei Schritte kehrt machen mußte.

»Hör endlich auf, dich wie ein wildes Tier im Käfig zu gebärden.« Hildegard klopfte auf die Pritsche. »Komm, setz dich zu mir, sonst überkommt dich doch nur wieder die Verzweiflung, und du brichst in Tränen aus.«

Richardis sackte neben der Meisterin regelrecht zusammen. »Sei doch ehrlich, Mater, geht es uns denn besser als einem eingesperrten Tanzbären?«

»O ja. Wir haben unseren Glauben, der uns hoffen läßt. So etwas hat ein Tier nicht.«

»Hoffnung worauf? Daß irgendwer ein Lösegeld für uns bezahlt?«

»Darum geht es dem Wildgrafen doch gar nicht. Er will lediglich verhindern, daß wir nach Trier gelangen.«

»Aber wozu? Was hat er davon?«

Hildegard ergriff Richardis' linke Hand und strich ihr über die Finger. »Ich vermute, er handelt in Kunos Auftrag. Kuno hat eine Abordnung nach Tronecken geschickt, um den Wildgrafen zu veranlassen, sich unserer zu bemächtigen. Dafür wird er ihm Geld gegeben haben.«

»Und die Lösegeldforderung?«

»Ein Scheingeschäft. Graf Konrad wird uns gegenüber so tun, als verzögerten sich die Verhandlungen. Sobald die Synode zu Trier zu Ende ist, wird er uns freilassen.«

»Das kann doch noch Wochen dauern!« rief Richardis verzweifelt.

»Darauf müssen wir gefaßt sein.«

»Und du glaubst, er wird meine Mutter gar nicht um Geld angehen?«

»Er wird sich hüten, ihr von deiner Gefangennahme Kenntnis zu geben. Deine Mutter ist sehr einflußreich. Würde er sie erpressen, müßte er damit rechnen, daß sie mit einer Streitmacht anrückt. Mit deiner Drohung hast du ihm das gewissermaßen bestätigt.«

»Oh, ich Närrin!« rief Richardis und stand wieder auf. »Jetzt können wir hier sitzen, bis wir schwarz werden. Und unser eigenes Kloster werden wir auch niemals bekommen. Gibt es denn niemanden, der uns helfen könnte?«

Unter dem Fenster schnaubte ein Pferd. Richardis blickte hinaus. Ein Rappe stand am Ufer der kleinen Drohn und warf den Kopf hin und her. Dann erschien ein Mann. Mit einem Satz sprang er in den Sattel. Bevor er das Pferd wendete und davonritt, blickte er kurz zu Richardis hinauf.

Obwohl sie den Kopf sofort abwandte, war ihr, als habe Jerome de Carcasso ihr zugezwinkert.

Da sie mittags kein Essen zu sich nahmen, hatte der Wildgraf ihnen gestattet, sich in dieser Zeit etwas Bewegung zu verschaffen. Untergehakt drehten Hildegard und Richardis im Burghof ihre Runden, gingen zu dem Brunnen, der sich unweit des Stalls befand, und zurück zu dem Haus, in dem sie untergebracht waren. Die Wachen auf den Türmen hielten sie dabei stets im Auge.

Der Himmel war bedeckt. Kräftige Westwinde schoben dunkle Wolken über das Land. Die Luft roch nach Schnee.

»Dies ist nun schon der dritte Tag«, fauchte Richardis. »So zur Untätigkeit gezwungen zu sein, macht mich wahnsinnig.«

Hildegard tätschelte den Unterarm ihrer Schülerin. »Ungeduld ist ein Vorrecht der Jugend, aber auch einer der Gründe, warum ich froh bin, nicht mehr jung zu sein. Wir müssen versuchen, Kraft im Gebet zu finden, meine Tochter. Mehr können wir im Augenblick nicht tun.«

»Es ist doch nicht wegen mir, Mater. Ich habe das Gefühl, ich betrüge meine Mitschwestern, auch wenn sie nichts von unserer Mission wissen. Und was tun wir? Nichts!«

»Ich verstehe dich ja, Richardis, aber uns sind nun mal die Hände gebunden.«

»Nur, solange wir uns in unser Schicksal ergeben.«

»Was soll dieser vieldeutige Ton in deiner Stimme? Was willst du damit sagen?«

Richardis, die einen guten Kopf größer war als Hildegard, beugte ihr Haupt und senkte ihre Stimme. »Wir sollten versuchen zu fliehen.«

»Das ist doch Irrsinn, mein Kind. Wie stellst du dir das vor? Sollen wir etwa die Wachen überwältigen?«

»Natürlich nicht! Das müßte ein anderer für uns übernehmen.«

»Wer sollte das sein?«

»Kannst du dir das nicht denken, Mater?«

Beinahe hätte Richardis aufgeschrien, so heftig stieß Hildegard sie von sich. Sie kam ins Straucheln und prallte mit der Hüfte gegen den Brunnen.

»Was geht zwischen dir und diesem Mann vor?« fragte die Meisterin mit einer Strenge, die Richardis noch nie erlebt hatte. »Sehr wohl habe ich bemerkt, wie ihr zu den Mahlzeiten Blicke tauscht. Hast du etwa vergessen, daß du einem anderen ewige Treue gelobt hast?«

»Graf Jerome ist lediglich freundlich«, sagte Richardis. »Und ich habe keinen Grund, diese Freundlichkeit nicht zu erwidern. Auch dich bedenkt er mit Blicken.«

»Wobei diejenigen, die er auf dich richtet, völlig anderer Natur sind.«

»Wie kommst du darauf? Das bildest du dir ein.«

»Erzähl du mir nicht, was in den Köpfen von Männern vorgeht, die in Graf Jeromes Alter sind. Ich bin mit fünf Brüdern aufgewachsen und weiß, wovon ich rede.«

»Verehrte Mutter, ich bitte dich! Ich habe mit diesem Mann nicht einmal ein Wort gewechselt.«

»Worte sind dabei auch nicht vonnöten.«

Fassungslos schüttelte Richardis den Kopf. »Du willst mich anscheinend nicht verstehen. Ich bin eine Braut Christi und werde das auch immer bleiben. Graf Jerome könnte bestenfalls ein ... eine Art Freund sein. Und einen Freund könnten wir in unserer mißlichen Lage sehr gut gebrauchen.«

Hildegard kniff die Augen zusammen. »Deine Freundlichkeit ist also Berechnung?«

»Nein, Mater, wenn es überhaupt einen Grund gibt, warum ich ihm Zuneigung entgegenbringe, dann den, daß er der einzige anständige Mensch in diesem Haufen von Grobianen ist.«

»Da hast du wohl recht«, sagte Hildegard mit einem Stoßseufzer. »Daraus jedoch zu schließen, daß er uns beistehen würde, ist einfältig. Du hast doch gehört, daß er sich hier verborgen hält, weil man ihn wegen einer Familienfehde verfolgt. Er wird kaum seine sichere Zuflucht aufs Spiel setzen, um zwei Weibern, die ihm nichts bedeuten, zur Flucht zu verhelfen.«

»Es käme auf einen Versuch an.«

»Richardis!« Hildegard ergriff beide Hände der Jüngeren. »Das wäre ein Spiel mit dem Feuer! Eine solche Bitte könnte er mißverstehen, und ich könnte es ihm nicht einmal verdenken, schön wie du bist. Vergiß es.«

»Und ich dachte, du liebst die Menschen.«

»Natürlich tue ich das. Aber was hat meine Liebe zu den Menschen mit dieser Geschichte zu tun?«

»Zur Liebe gehört auch Vertrauen. Du solltest dem Grafen vertrauen, daß er weiß, wo die Grenzen sind.«

»Man soll aber auch niemanden in Versuchung führen. Soweit ich weiß, hat er hier kein Weib. Er könnte die Beherrschung verlieren. Und auch du bist in einem Alter, in dem das Blut einer Frau schnell in Wallung gerät.«

»Aber Mater, ich –«

»Schluß jetzt!« sagte Hildegard. »Ich will davon nichts mehr hören.«

*

Nachmittags wurde die Meisterin plötzlich von einem Fieber überfallen, verbunden mit rasenden Kopfschmerzen. Erst als Richardis rief, eine tote Geisel bringe überhaupt kein Lösegeld, wurde die Tür geöffnet und man gestattete ihr die Benutzung der Küche. Dort brühte sie einen schmerzstillenden Tee aus getrockneten Kräutern, die sie dabeihatten. Während Hildegard den Tee in kleinen Schlucken trank, umwickelte Richardis ihre Waden mit nassen Leinentüchern. Gegen Abend trat Besserung ein.

»Du mußt etwas essen, Mutter«, sagte Richardis und tupfte Hildegard den Schweiß von der Stirn. »Fühlst du dich kräftig genug hinüberzugehen, oder soll ich Graf Konrad bitten, uns etwas bringen zu lassen?«

»Lieb, daß du dich sorgst, aber ich werde heute nur den Tee zu mir nehmen. Würde ich essen, würde seine Wirkung nur gemindert.« Sie schloß die Augen, als hätten die beiden Sätze sie bereits überanstrengt. »Aber geh du nur zu Tisch. Du sollst nicht hungern, weil ich krank bin.«

»Du würdest mich allein gehen lassen? Nach unserem heutigen Gespräch?«

»Ich vertraue dir, meine Tochter«, sagte Hildegard und schlug noch einmal kurz die Augen auf. »Geh nur in Gottes Namen.«

Als Richardis die Kammer verließ, schlief Hildegard bereits tief und fest.

*

»Gestattet Ihr mir, an Eurer Seite Platz zu nehmen?« fragte Graf Jerome in seiner weichen Aussprache. »Sonst sitzt Ihr hier so verloren.«

Richardis nickte kurz, blickte ihn aber nicht an.

»Die verehrte Äbtissin ist krank?« erkundigte er sich, nachdem er einen Schluck Wein genommen hatte.

»Ein Fieber, ja.«

»Das ist bedauerlich. Aber andererseits haben wir so die Gelegenheit, uns ein wenig zu unterhalten.«

Richardis mußte sich räuspern. »Das glaube ich nicht.«

»Pardon? Findet Ihr mich aufdringlich?«

»Das ist es nicht, Graf de Carcasso. Ich bin es nur nicht gewohnt, mich über weltliche Dinge zu unterhalten.«

»Oh, wir können auch gern über ein religiöses Thema plaudern. Schlagt eins vor.«

Richardis räusperte sich erneut. »Vielleicht hätte ich sagen sollen, daß ich überhaupt nicht an Unterhaltung gewöhnt bin. In unserem Kloster leben wir sehr zurückgezogen. Die Lebhaftigkeit, die hier herrscht, erschreckt mich ein wenig.«

»Das macht Euren Aufenthalt auf Burg Tronecken nur noch rätselhafter.« Jerome beugte sich verschwörerisch zu Richardis hinüber. »Mich würde brennend interessieren, weswegen Ihr wirklich hier seid. Die Begründung, die mir Graf Konrad gab, erschien mir doch sehr zweifelhaft.«

Der Frosch in Richardis' Hals war hartnäckig. »Was hat er denn gesagt?«

Jerome dämpfte die Stimme, was eigentlich nicht erforderlich war, da Konrad lauthals mit seinem Hausmeister stritt.

»Ihm zufolge habt Ihr auf Tronecken um Zuflucht ersucht, da Ihr wegen gewisser Vergehen, auf die ich hier nicht näher eingehen möchte, Eures Klosters verwiesen wurdet.«

Richardis schnappte nach Luft. »Dieser Lügner!«

»Dachte ich es mir doch.« Jerome leerte seinen Becher. »Also, weshalb seid Ihr hier?«

Richardis schloß die Augen. Nun mußte sie sich entscheiden. Noch konnte sie zurück. Aber schon mit dem nächsten Satz würde sie eine Lawine lostreten, die sie nicht mehr würde aufhalten können. Tief durchatmend murmelte sie: »Alea iacta est.«

»Wie bitte?«

»Auch wenn es nicht so aussieht«, sagte sie eine Spur lauter. »Die Meisterin Hildegard und ich liegen in Ketten.«

Zu Richardis' Überraschung zeigte Jerome keinerlei Reaktion. Vielmehr prostete er dem Wildgrafen und seinen kichernden Gespielinnen zu. Richardis fürchtete schon, einen verhängnisvollen Fehler begangen zu haben. Sicher machten die Grafen gemeinsame Sache.

Als sie schon nicht mehr damit rechnete, flüsterte Jerome plötzlich: »Ihr solltet bekanntgeben, daß Ihr die Tafel verlassen wollt. Ich werde mich dann anbieten, Euch zu Eurer Kammer zu geleiten.«

Graf Konrad, der inzwischen so betrunken war, daß er sich kaum noch auf seinem Stuhl halten konnte, schien alles gleichgültig zu sein. Grunzend und mit einer weitschweifigen Geste, mit der er den Weinkrug vom Tisch fegte, entließ er Richardis in Jeromes Obhut.

Nach der dumpfen Hitze im Speisesaal tat die kalte Nachtluft gut. Die Wolkendecke war aufgerissen, und einzelne Sterne blitzten am Firmament. In dieser Nacht würde es frieren.

»Habe ich Euch richtig verstanden, daß Schwester Hildegard und Ihr Gefangene des Wildgrafen seid?« fragte Jerome leise, während sie über den Hof schritten. Zu sehen war zwar niemand, aber einer der Knechte mochte irgendwo herumlungern.

»Er will für uns ein Lösegeld erpressen«, sagte Richardis ebenso verhalten. »Zumindest gibt er das vor.«

»Aber Ihr vermutet, daß dem gar nicht so ist, oder wie darf ich Eure Äußerung verstehen?«

Richardis nickte und erzählte Graf de Carcasso die Geschichte von Anfang an. Von der heimlichen Abreise, den Strapazen und den Unglücksfällen unterwegs und dem Verdacht, der Wildgraf versuche auf Geheiß Abt Kunos zu verhindern, daß Hildegard und sie Trier erreichen, um vor der Synode ihr Recht zu fordern.

»In der Tat trafen hier am Tag vor Eurer Ankunft vier Mönche ein«, sagte er, nachdem Richardis ihren Bericht beendet hatte. »Einer von ihnen war sehr hager und hochgewachsen und erinnerte mich irgendwie an einen ...«

»... an einen Geier?«

»Genau. Er lief ständig mit eingezogenem Kopf herum. Und dazu dieser merkwürdig federnde Gang. Kurz bevor man Euch – nun muß ich ja wohl sagen – abgefangen hat, haben die vier die Burg wieder verlassen.«

»Da haben wir die Bestätigung. Wir sind Opfer einer Verschwörung.«

Jerome ergriff Richardis' Hände und barg sie in den seinen. Sanft hielt er sie fest. Wie warm seine Hände waren, so viel wärmer als ihre. Eine Wärme, die Richardis' Körper wie eine Woge durchlief. Schlagartig begriff sie: Das mußte es sein, wovor die Mater sie gewarnt hatte. Sie hätte ihre Hände zurückziehen müssen, aber dazu fehlte ihr der Wille.

»Ich wollte, ich könnte Euch helfen«, flüsterte er.

»Dann helft mir doch«, hauchte sie.

Als ihre Lippen sich berührten, wandte sie den Kopf ab. »Nein.«

»Verzeiht«, sagte er. »Ich vergaß.«

»Ich hätte es beinahe selbst vergessen.« Sie löste sich von ihm. »Ich muß jetzt gehen.«

»Sehen wir uns morgen?«

»Ich weiß nicht«, sagte sie und lief ins Haus.

Nachdem die Wache die Tür hinter ihr verriegelt hatte, kroch Richardis rasch unter das Bärenfell auf ihrer Pritsche. Ihr Herz raste wie wild. Hildegard hingegen schlief, wie ihre ruhige und gleichmäßige Atmung verriet. Und doch hatte Richardis das Gefühl, die Mater sei wach.

Kloster Disibodenberg

Etwa zur gleichen Stunde, in der Graf Jerome de Carcasso die Hände der Benediktinerin Richardis wärmte, läuteten drei Reiter an der Glocke der Klosterpforte. Ein viertes Pferd, das sie an der Leine führten, zog einen derb zusammengezimmerten Schlitten.

»Bruder Herbrand!« rief der Mönch, der das Amt des Pförtners versah. »Bruder Abel, Bruder Nathan! Da seid ihr ja endlich. Abt Kuno hatte euch bereits vor zwei Tagen erwartet. Wo ist Bruder Egbert?«

»Auf dem Schlitten«, sagte Herbrand und trieb sein Pferd in den Hof.

»Ist er etwa ...« Der Pförtner bekreuzigte sich hastig.

»Nein«, sagte Abel. »Er hat sich das Rückgrat gebrochen.«

*

Abt Kuno, der bereits geschlafen hatte, war geweckt worden. Mürrisch hockte er an seinem Schreibtisch, zitterte vor Kälte und lauschte Herbrands Bericht.

»Sollen wir nicht lieber einheizen lassen?« fragte Herbrand.

»Nein, nein«, sagte Kuno. »Erzähl etwas schneller, dann kann ich beizeiten wieder ins Bett.«

»Wie du meinst. Ich war nur in Sorge, du könntest dich erkälten.«

»Unfug! Was ist mit Egbert? Wieso ist er gelähmt?«

»Er ist vom Pferd gestürzt und hat sich die Wirbelsäule gebrochen. Daher auch unsere Verspätung. Wir mußten einen Umweg machen, zum Hahnenbacher Weiler, um dort einen Schlitten anfertigen zu lassen.«

»Wird er je wieder arbeiten können?«

»Jedenfalls nicht in der Schreinerei. Er wird eine Tätigkeit ausüben müssen, bei der er sitzen oder liegen kann. Seine Arme kann er ja glücklicherweise noch bewegen.«

»Taugt also noch zum Gemüseputzen, wie? Nach Bruder Ottos überraschendem Tod ist das bereits der zweite Ausfall dieses Winters. Ausgesprochen ärgerlich. Langsam wird es eng.«

»Nun übertreib nicht. Wir haben erst kürzlich vier Novizen aufgenommen.«

»Pah!« Kuno machte eine wegwerfende Handbewegung. »Bis die Ertrag bringen, wird noch so mancher Winter ins Land gehen. Aber was soll's. Berichte mir lieber von deiner Reise. Wie bist du mit Graf Konrad, dem alten Säufer, zurechtgekommen?«

»Anfangs verliefen die Verhandlungen etwas zäh. Mit seinem ständig vernebelten Kopf brauchte er einige Zeit, um sich zu erinnern, weswegen er bei dir in der Schuld steht. Als es ihm schließlich einfiel, wurden wir uns schnell einig.«

»Hat er den Betrag anstandslos angenommen?« fragte Kuno und rieb Daumen und Zeigefinger aneinander.

»Er hat natürlich versucht zu feilschen, aber ich bin hart geblieben. Ein Drittel der Summe habe ich ihm ausbezahlt, die restlichen zwei Drittel erhält er, wenn er Hildegard und Richardis wieder freiläßt.«

»Was er aber erst tut, wenn er dazu unsere Anweisung erhält.«

»Das hat er schon verstanden. Auch daß er Hildegard gegenüber so tun soll, als hätte die Gegenseite Schwierigkeiten bei der Beschaffung des Lösegeldes. Die Damen werden sich auf einen längeren Aufenthalt einrichten müssen.«

»Und sie haben euch nicht gesehen?«

»Auf dem Hinweg müssen sie einen anderen Weg eingeschlagen haben, anders kann ich mir jedenfalls nicht erklären, daß wir sie nicht zu Gesicht bekommen haben. Jedenfalls sind wir ohne Schwierigkeiten nach Tronecken gelangt. Als der Späher sie tags darauf entdeckte, haben wir uns schnell aus dem Staub gemacht. Merkwürdigerweise waren sie allein, Hildegard und Richardis, von ihren Begleitern fehlte jede Spur. Sehr zur Freude Graf Konrads, der schon mit Widerstand gerechnet hatte.«

»Wahrhaft leicht verdientes Geld für ihn«, sagte Kuno. »Zu leicht verdient. Wir werden den verbleibenden Betrag kürzen. Für so wenig Aufwand ist er sonst glatt überbezahlt. Geht der Bau seines Palas voran?«

»Ich habe nicht gesehen, daß er damit auch nur angefangen hätte. Zur Zeit betätigt er sich hauptsächlich als Herbergsvater.«

Kuno blickte fragend.

»Er hat noch einen weiteren Gast«, erklärte Herbrand. »Einen französischen Grafen – den Namen habe ich vergessen –, der sich auf der Flucht vor wem auch immer befindet. Ihm hat der Wildgraf auf Tronecken Unterschlupf gewährt.«

»Dann haben die beiden Schwestern ja Gesellschaft.« Mit einem zufriedenen Grinsen erhob der Abt sich. »Das hat alles besser geklappt, als ich gedacht habe.«

Auch Herbrand stand auf. »Was tun wir nun?«

»Nichts«, sagte Kuno. »Schlicht nichts. Alles Weitere erledigt sich von selbst.«

Burg Tronecken

War Hildegard morgens noch fieberfrei gewesen, so lag sie mittags wieder mit glühender Stirn darnieder. An den Spaziergang, den sie für gewöhnlich machte, war nicht zu denken. Sie schickte Richardis auf den Hof, damit wenigstens sie sich ein wenig Bewegung verschaffen konnte. Nach dem Vorabend hatte sie sich mit keiner Silbe erkundigt.

Während der Nacht waren die Temperaturen weit unter den Gefrierpunkt gefallen. Entsprechend glatt war es im Hof. Nur wo die Knechte Asche gestreut hatten, war es möglich, sich einigermaßen gefahrlos zu bewegen. Das hatten sie aber mit der Willkür von Menschen getan, denen ihre Arbeit völlig egal ist. So mußte Richardis, um zum Brunnen zu kommen, im Zickzack über den Hof hüpfen.

Auch um den Brunnen herum war es halsbrecherisch glatt, da das dort verschüttete Wasser gefroren war. So vorsichtig Richardis sich auch bewegte, sie hatte keine Chance. Einen spitzen Schrei ausstoßend landete sie auf ihrem Hinterteil. Als sie aufstehen wollte, glitt sie erneut aus. Die Wachen auf den Türmen bogen sich vor Lachen. Auf allen vieren mußte Richardis bis zur Mauer kriechen, wo sie sich hochziehen konnte. Während sie ihre Kutte abklopfte, kam Graf Jerome quer über den Hof auf sie zu.

Richardis schloß für einen Moment die Augen und schickte leise ein Stoßgebet zum Himmel. Sie erflehte Kraft, um standhaft zu bleiben. Standhaft in ihrem Vorhaben, sich dem Grafen an den Hals zu werfen, auch wenn sie damit ihr Gelübde brach.

Die halbe Nacht hatte sie wachgelegen und sich den Kopf zermartert, um einen Ausweg aus dem Dilemma zu finden, in dem Hildegard und sie steckten. Ganz gleich jedoch, von welcher Seite sie das Problem auch betrachtet hatte, es hatte sich immer wieder nur eine Lösung aufgedrängt: Sie mußte Graf Jerome dazu bringen, ihnen zu helfen, koste es, was es wolle.

Richardis war sich durchaus bewußt, daß sie für das, was sie vorhatte, dereinst im Fegefeuer landen würde. Aber wenn das der Preis war, damit die Mater und die Schwestern ihr eigenes Kloster bekamen, war sie bereit, ihn zu zahlen. Wichtig war auch, daß die Mater nicht zu früh davon erfuhr, damit ihr keine Mitschuld vorgeworfen werden konnte und sie, Richardis, allein für das Vergehen zu büßen hatte. Wobei die junge Nonne klammheimlich die Hoffnung hegte, daß Gottes Strafe vielleicht doch nicht so hart ausfallen würde; schließlich wollte sie sich dem Franzosen nicht aus Fleischeslust hingeben, sondern um eines hehren Zieles willen.

Daran, daß Graf Jerome ihr Angebot ausschlagen könnte, dachte sie keinen Augenblick. Zwar verstand sie nichts von Männern, aber das Begehren in seinen Augen, als sie sich am Vorabend beinahe geküßt hätten, war unverkennbar gewesen.

*

Auch Jerome de Carcasso hatte die Nacht weitgehend schlaflos verbracht. Er wußte, würde er den beiden Frauen zur Flucht verhelfen, wären ihm nicht nur seine bisherigen Verfolger auf den Fersen, sondern auch der Wildgraf und seine Meute. Und doch, dessen war er sich sicher, hätte er dies gestern abend ohne zu zögern in Kauf genommen, wäre ihm Richardis zu Willen gewesen.

So war es denn die Scham über seine eigene Niedertracht, die ihn um den Schlaf gebracht hatte. Bestürzt hatte er sich gefragt, wie tief er gesunken war, daß er beinahe die Not einer Nonne ausgenutzt hätte. Die einzige Erklärung, die er für sein Verhalten fand, war, daß Richardis die schönste Frau war, die ihm je begegnet war. Das mochte sein Verhalten erklären, entschuldigte es aber nicht. Jedenfalls war er nunmehr entschlossen, den beiden Ordensfrauen völlig selbstlos zu helfen, und freute sich schon auf die großen Augen, die Richardis angesichts der Neuigkeit machen würde.

Die letzten Schritte bis zur Mauer war der Hof leicht abschüssig, und sofort kam Jerome ins Schliddern. Mit ausgestreckten Armen ausgleichend, schaffte er es nur um Haaresbreite, einen Sturz zu vermeiden.

»Hoppla!« rief er. »Das war knapp.«

»Ich hatte weniger Glück«, sagte Richardis. »Sehr zum Vergnügen der Wachen.«

»Gönnt den armen Teufeln ihren Spaß. Den ganzen Tag auf dem zugigen Turm zu verbringen, ist wahrhaftig kein Vergnügen.« Jerome hauchte in seine Hände und rieb sie aneinander. »Hattet Ihr eine ruhige Nacht?«

»Danke, ausgezeichnet. Und Ihr?«

»Bestens. Traumlos tief habe ich geschlafen. Wollen wir ein paar Schritte wagen?«

»Wenn Ihr mir Euren Arm als Stütze anbietet, gern.«

Wie ein zittriges altes Ehepaar, bei dem der eine ohne den anderen verloren ist, trippelten sie über die Eisfläche. Dabei führte Jerome Richardis in Richtung des Stalls. Sie blickte ihn fragend an.

»Ich habe Euch einen Vorschlag zu machen«, sagte er. »Im Stall sind wir unbeobachtet, da redet es sich leichter.«

Richardis seufzte. Nun gut, dann eben im Stall.

Die beiden Esel teilten sich einen Verschlag. Das kleinere der Tiere knabberte dem anderen am Hals. Bevor Jerome etwas sagen konnte, legte Richardis ihm den Zeigefinger auf die Lippen.

»Es bedarf keiner Worte, Graf Jerome«, sagte sie. »Sofern Ihr versprecht, uns hier herauszubringen, bin ich bereit.«

Jerome war irritiert. »Natürlich verspreche ich das.«

»Und Ihr werdet Euer Wort halten? Auch, wenn es ... vorbei ist?«

»Wenn was vorbei ist? Ich verstehe Euch nicht.«

»Muß ich es auch noch aussprechen? Ich meine, wenn Ihr bekommen habt, was Ihr wollt.«

Endlich verstand er. »Ihr glaubt, ich würde Euch nur helfen, wenn Ihr mir zu Willen wärt? Für wen haltet Ihr mich?«

»Ihr seid ein Mann, Graf Jerome.«

»Bei Gott, Ihr würdet Euer Gelübde brechen! Bedeutet Euch das denn gar nichts?«

»O doch! Aber unsere Lage ist so verzweifelt, daß ich keinen anderen Ausweg mehr gesehen habe.«

»Ihr müßt verzeihen, wenn ich aufgrund meines gestrigen Verhaltens einen derartigen Eindruck erweckt haben sollte.«

»Nun schaut nicht so betrübt«, sagte Richardis. »Ich weiß, was Ihr damit auf Euch nehmt. Aber seid versichert, wir werden Euch behilflich sein, einen neuen Unterschlupf zu finden.«

Nun nahmen sie einander doch noch in den Arm, wenn auch ohne Leidenschaft. Wie Bruder und Schwester, dachte Richardis.

»Auseinander! Ihr versündigt Euch!«

Verschreckt ließen sie voneinander ab und fuhren herum. Schwer atmend lehnte Hildegard an der Wand neben dem Tor. Offenbar wollte sie erneut etwas sagen, begann aber plötzlich zu schwanken.

Dann knickten ihre Knie ein, und sie sank ohnmächtig ins Stroh, bevor Jerome und Richardis sie auffangen konnten.

Der Mond stand nahezu voll am wolkenfreien Himmel und beleuchtete den kleinen Ausschnitt Landschaft, den ihnen das schmale vergitterte Fenster ihrer Kammer zeigte. Bei Tag konnte die Sicht kaum besser sein. Für das, was sie vorhatten, war das Vor- wie Nachteil zugleich.

Nach ihrem Zusammenbruch am Mittag hatte Hildegard sich erstaunlich schnell erholt. Binnen weniger Stunden war das Fieber wie weggeblasen gewesen, und abends hatte sie sich schon wieder kräftig genug gefühlt, eine Kleinigkeit zu sich zu nehmen. Erst jetzt, während sie auf ihren Pritschen sitzend auf ihre Befreiung warteten, kam die Mater auf den Vorfall zu sprechen, dessen Zeugin sie im Stall geworden war.

»Ich hätte dich nicht allein gehen lassen dürfen«, sagte sie so leise, als spreche sie zu sich selbst. »Gott sei Dank habe ich rechtzeitig gespürt, daß du in Gefahr warst. Mich graust es geradezu bei dem Gedanken, daß wir uns diesem Mann nun anvertrauen sollen, damit er uns hier herausführt.«

»Ich war nicht in Gefahr«, sagte Richardis ruhig. »Du hast mißverstanden, was du gesehen hast.«

»Was gab es daran mißzuverstehen? Ihr lagt euch in den Armen.«

»Wie Geschwister, ja. Aber nicht wie Liebende.«

»Wäre das auch so geblieben, wenn ich nicht dazugekommen wäre?«

»Ja, denn zu dem Zeitpunkt war bereits alles vorbei. Um es klar und deutlich zu sagen: Graf Jerome ist ein Ehrenmann.«

Hildegards Stimme zitterte, als sie fragte: »Was willst du damit sagen, daß zu diesem Zeitpunkt bereits alles vorbei war?«

Richardis wählte ihre Worte sorgsam. »Es gab einen Augenblick, da wäre ich bereit gewesen, mich ihm hinzugeben, wenn er es verlangt hätte. Ein Ansinnen, das er mit Hinweis auf mein Gelübde ablehnte.«

»Du hast dich ihm angeboten, Kind? Wie konntest du nur!«

»Ich dachte, es sei die einzige Möglichkeit, seine Hilfe zu gewinnen. Es war töricht von mir, ihn so falsch einzuschätzen.«

»Ich verstehe noch immer nicht, was dich bewogen hat, so weit zu gehen. Die Prüfung, die Gott uns mit dieser Gefangenschaft auferlegt, haben wir zu bestehen. Hier können wir beweisen, wie fest wir im Glauben sind.«

»Das ist keine Frage mangelnden Glaubens, Mater. Ginge es allein um mich, wäre ich zur Not bereit, bis zum Ende meiner Tage auf Tronecken zu bleiben. Aber es steht ein höheres Gut als mein Schicksal auf dem Spiel.«

»Du liebenswerte Närrin! Glaubst du etwa, ich könnte nur einen einzigen Tag Freude an unserem Kloster empfinden, wenn ich wüßte, daß wir es um diesen Preis erlangt haben? Eher würde ich den Plan aufgeben, als dich der Verdammnis preisgegeben zu wissen.«

»Es war meine eigene Entscheidung.«

»Aber sie war falsch, Richardis.«

»Auf jeden Fall solltest du deine Meinung bezüglich des Grafen ändern. Er ist ein Mann von Ehre.«

»Hast du auch bedacht, was aus ihm wird, wenn er mit uns flieht? Er begibt sich damit in größte Gefahr.«

»Das weiß er und nimmt es in Kauf.«

In der Ferne heulte ein Wolf.

»Was habe ich nur getan, als ich in diese Reise einwilligte?« sagte Hildegard. Diesmal sprach sie eindeutig zu sich selbst. »Ich sehe noch viel Unglück auf uns zukommen. Und dafür trage ich allein die Verantwortung.«

Vor der Tür ertönte ein dumpfes Geräusch, als falle ein Sack Getreide zu Boden. Unmittelbar darauf wurde der Riegel zurückgezogen, und die Tür schwang auf. Das Gesicht des Mannes, der hereinkam, war unkenntlich. Für einen Moment dachte Richardis, Satan persönlich sei erschienen. Erst als er in den Streifen Mondlicht trat, der durchs Fenster fiel, erkannte sie ihn.

Jerome de Carcasso hatte sich Stirn, Wangen und Kinn mit Ruß geschwärzt.

*

Vor der Tür lag der Wachtposten wie ein Berg. Für den hochgewachsenen Grafen war es ein Leichtes, über den Mann hinwegzusteigen, die Schwestern mußten ihre Kutten und Unterröcke raffen.

»Ist er tot?« fragte Richardis.

»Er ist nur besinnungslos«, sagte Jerome. »Wie die Wache auf dem südlichen Turm. Der Nordturm ist verschlossen. Ich habe mehrere Steine hinaufgeworfen, aber nichts hat sich gerührt. Entweder ist er unbesetzt, oder die Wache schläft. Vorsichtshalber sollten wir mit letzterem rechnen.«

»Welchen Weg werden wir nehmen?« fragte Hildegard.

»Wir bleiben dicht unter der Mauer, dort habe ich das Eis abgestreut. Die Burg verlassen wir durch die Schlupfpforte hinter dem Stall. Von dort führt ein Pfad zu einem Steg über den Bach.«

»Und unsere Esel?«

»Keine Esel, ich habe Pferde genommen. Sie warten auf der anderen Seite des Bachs.«

»Habt Ihr die Tiere etwa gestohlen?«

»Da die Esel hierbleiben, habe ich sie gleichsam eingetauscht. Fragt mich jetzt aber bitte nicht, ob das mit Einwilligung des Wildgrafen geschah.«

Da Hildegard keine weiteren Einwände hatte, setzten sie sich in Bewegung. Graf Jerome, der nicht nur sein Gepäck, sondern auch die Bündel der Schwestern trug, schlich voran. Ihm folgte Hildegard, die sich an seinem Umhang festhielt, während Richardis Hildegards Kutte ergriffen hatte. So zogen sie im Schatten der Burgmauer entlang. Nirgendwo brannte ein Licht, und es herrschte ein Stille wie auf dem Grund eines Sees.

Sie hatten die Pforte fast erreicht, als plötzlich aus dem Dunkeln hinter dem Stall ein Plätschern zu vernehmen war, zu dem sich ein erleichtertes Stöhnen gesellte. Keine Frage, da schlug jemand sein Wasser ab. Atemlos verharrten sie auf der Stelle. Noch gab ihnen der schwarze Schatten der Mauer Deckung. Um zur Pforte zu gelangen, mußten sie jedoch einen bestimmt zehn Schritte breiten mondhellen Streifen durchqueren. Jenseits dieses Streifens gab es erneut Schatten, der nahtlos in den des Stalls überging. Irgendwo dort stand der Mann, wo genau, war jedoch nicht auszumachen.

Das Rauschen wurde zum Tröpfeln und verebbte schließlich ganz. Kaum war Stille eingekehrt, zog der Mann Rotz hoch und spie aus. Der

Auswurf klatschte Jerome unmittelbar vor die Füße. Also war der Mann näher, als sie gedacht hatten. Dann erschreckte er sie mit einem donnernden Furz, auf den schlurfende Schritte folgten – und wie aus der Erde gewachsen stand der Kerl mitten auf dem mondbeschienenen Rechteck. Jetzt war er gut zu erkennen. Es war Ludger, der Hausmeister des Wildgrafen. Jerome hätte ihn mit dem ausgestreckten Arm berühren können.

»He!« brüllte er plötzlich und stemmte die Hände in die Hüften. »Wache auf Posten?«

Ludgers Ruf galt dem Mann auf dem Turm. Der konnte jedoch nicht antworten.

»Schnarchst du etwa wieder?«

Da auch diesmal jede Reaktion ausblieb, setzte der Hausmeister sich in Bewegung.

»Na warte, Freundchen«, knurrte er, »dir werd ich Beine machen.«

Während Ludger in Richtung Turm stapfte, gab Jerome den Ordensfrauen Zeichen. Fast geräuschlos durchquerten sie den monderhellten Korridor. Unmittelbar dahinter lag die Schlupfpforte. Drei Schlösser hatte die Tür, jedes galt es einzeln aufzuschließen. Die Schlüssel hatte Jerome dem überwältigten Wachposten abgenommen. Er hatte gerade zwei Schlösser geöffnet, als ein Ruf ertönte.

»Zu den Waffen!«

Sie mußten zweimal hinsehen, bis sie begriffen, wer da schrie. Der Dicke, den Jerome vor der Kammer der Nonnen niedergeschlagen hatte, kam auf den Hof getaumelt.

»Zu den Waffen!« schrie er erneut, während er sich seinen Schädel hielt. »Die Gefangenen sind getürmt!«

Der letzte Satz brachte Leben in die Burganlage. Aus allen Ecken erschollen Rufe. Inzwischen hatte der Hausmeister auch den niedergestreckten Wächter auf dem Turm entdeckt. Er brüllte seine Anweisungen gleich von oben.

»Kontrolliert alle Tore, Pforten und Fenster! Zwei Mann zum Stall! Zählt die Tiere!«

Während rings um das Trio Tumult ausbrach, hatte Jerome Schwierigkeiten, das letzte Schloß zu öffnen. Erst nach einer Zeit, die Hildegard und Richardis unendlich vorkam, gelang es ihm. Es war gleichzeitig der Augenblick, in dem sie entdeckt wurden.

»Alle Mann zur Schlupfpforte!« schrie Ludger vom Turm. »Da sind sie!«

Einen der Knechte, der plötzlich mit einer Fackel vor ihnen stand, streckte Jerome mit einem Faustschlag nieder. Dann schob er Hildegard und Richardis durch die Pforte.

»Folgt dem Pfad, setzt auf und reitet den Bach entlang«, raunte er ihnen zu. »Den Rappen laßt stehen. Ich komme nach.«

Da sie sich nicht gleich in Bewegung setzten, schubste er sie den schmalen Weg hinunter.

»Nun macht schon! Eine andere Möglichkeit gibt es nicht.«

Richardis kam keine zehn Schritte weit, schon lag sie kopfüber im Schnee. Hildegard half ihr auf.

»Laß dein Bündel liegen«, rief die Mater. »Ohne Gepäck sind wir schneller.«

»Darin ist alles, was wir besitzen.«

»Unser kostbarster Besitz ist unser Leben. So komm!«

Richardis war erstaunt, wie flink Hildegard auf einmal auf den Beinen war. Aber dafür war sie bekannt. In der Not setzte die Mater auf einmal Kräfte frei, von denen niemand etwas geahnt hatte.

Während hinter ihnen der Lärm kreuzender Klingen anhob, hasteten die beiden Frauen über den Steg, der sich über die kleine Drohn spannte. Am anderen Ufer, bei einer kleinen Baumgruppe, waren die Pferde angeleint. Unweit war ein Findling von der Höhe einer Wäschetruhe. Ihn benutzten sie um in den Sattel zu steigen. Mit den Pferden hatte der Franzose eine gute Wahl getroffen, sie gehorchten auf den leichtesten Schenkeldruck. Richardis blickte noch einmal zurück.

»Ob er es schaffen wird?« fragte sie.

»Hoffen wir es und tun wir, was er gesagt hat«, sagte Hildegard. »Auf geht's.«

Im Schein des Mondes, der ihnen den Weg ausleuchtete, galoppierten sie in Richtung Westen davon.

Kloster Rupertsberg – November 1177

Gegen Mittag hatten die Pflichten eine Unterbrechung erforderlich gemacht. Hildegard mußte ihre Aufgaben als Äbtissin wahrnehmen, und auf Wibert warteten seine Schreibarbeiten. Er war jedoch kaum in der Lage, sich zu konzentrieren, so sehr loderte in ihm die Neugier zu erfahren, wie es Hildegard und Richardis auf ihrer weiteren Reise nach Trier ergangen war. Zudem war ihm beim erneuten Studium seiner Notizen ein Gedanke gekommen, zu dem er Hildegard unbedingt befragen mußte.

Sie hatten sich für nach dem Komplet verabredet, aber ihr Treffen mußte ausfallen, da überraschend prominente Gäste eingetroffen waren, denen Hildegard sich widmen mußte. So kamen die Seherin und ihr Sekretär erst am darauffolgenden Abend dazu, ihre Arbeit an der Vita wiederaufzunehmen.

Diesmal fand das Zusammenkommen in der Amtsstube der Äbtissin statt, die Wand an Wand mit dem Scriptorium lag. Wie nebenan war es auch hier gemütlich warm, da der Raum von der Küche im Erdgeschoß beheizt wurde.

»Wie viele Wachstafeln hast du mitgebracht?« fragte Hildegard, als Wibert eintrat. »Zwanzig?«

»Annähernd. Ich dachte, ich bringe lieber einige mehr mit, bevor sie mir ausgehen.«

»Falls es dir zu dunkel ist, können wir gern noch eine Kerze mehr anzünden.«

»Nein, nein, es wird schon gehen.«

»Und hast du diesmal auch an ein Stück Brot gedacht?«

Wibert klopfte auf die Tasche seiner Kutte. »Für alle Fälle.«

»Wo waren wir stehengeblieben?« fragte Hildegard.

»Richardis und du, ihr seid nach Trier geritten. Währenddessen blieb Graf Jerome zurück, um euch den Rücken freizuhalten.«

»Genau. Also wir –«

»Entschuldige, wenn ich dich gleich zu Anfang unterbreche, verehrte Mutter, aber ich muß dir eine Frage stellen, die mir nicht mehr aus dem Kopf geht. Ich hoffe, du nimmst sie mir nicht übel, sie ist nämlich ein wenig … indiskret.«

»Wir wollen ganz offen zueinander sein. Frage, was immer du zu fragen hast.«

»Meine Frage betrifft das Fieber, das anfallartig über dich kam und ebenso schnell wieder verschwand. Mir kommt es so vor, als hätte es dich gerade zur rechten Zeit heimgesucht, um Richardis die Gelegenheit zu geben, mit Graf Jerome Verbindung aufzunehmen. Denn in deiner Gegenwart wären die beiden einander nie nähergekommen. Genauso schnell wich es aber auch wieder, damit du rechtzeitig zur Flucht wieder im Vollbesitz deiner Kräfte warst.«

Hildegard maß ihren Sekretär mit einem langen, ruhigen Blick. Ihm war, als suche sie nach einem Arg hinter seiner Frage. Da war jedoch keiner, und das erkannte sie auch.

»Ich muß dir sagen, Wibert, diese Frage habe ich mir auch schon oft gestellt. Und ich bin sogar noch einen Schritt weiter gegangen. Ich habe mich nämlich gefragt, ob ich mir nicht insgeheim gewünscht habe, Richardis würde diesen Schritt tun, da nur so Hoffnung bestand, der Gefangenschaft zu entkommen. Und ob – da ich diesen Wunsch ja niemals hätte zugeben können – ich mich nicht in dieses Fieber geflüchtet habe.«

»Das Fieber war jedoch wirklich und keine Einbildung, oder?«

»Natürlich existierte es. Aber wodurch wurde es ausgelöst? Gewiß nicht durch eine der üblichen Erkrankungen.« Hildegard verschränkte die Hände im Schoß. »Dazu mußt du wissen, daß dieses rätselhafte Fieber mich mehrfach heimgesucht hat, und zwar immer in vergleichbaren Situationen, in denen ich mich in einem Gewissenszwiespalt befand. Manchmal kam sogar eine Lähmung hinzu. Keine der gängigen Arzneien, die wir in solchen Fällen zu verabreichen pflegen, vermochte dagegen anzukommen. Mir blieb nichts anderes übrig, als abzuwarten, bis es von allein vorüberging. Und das tat es stets von einer Stunde auf die nächste.«

Wibert hatte keine Aufzeichnungen angefertigt, hatte den Ausführungen der Mater nur mit in die Hand gestütztem Kopf gelauscht. »In dieser – laß es mich Auszeit nennen –, die dein Körper sich nahm, erledigten sich stets Probleme, die du selbst nicht hättest lösen können?«

»Ja, auch wenn sie nicht immer derart schwerwiegend waren wie die in Tronecken.«

»Denkst du, bei deinen überfallartigen Erkrankungen hat es sich um Fügungen Gottes gehandelt?«

Hildegard lächelte milde.

»Das weiß ich nicht. Aber trotzdem verneine ich es, um einer weiteren Legendenbildung um mich vorzubeugen.«

»Soll ich das so verstehen, daß ich diese Erkrankungen in der Vita nicht erwähnen soll?«

»Im Gegenteil. Erwähne sie und schildere unser Gespräch, wie wir es geführt haben. Die Menschen sollen ruhig wissen, daß auch ich nicht für alles eine Erklärung habe.«

»So soll es geschehen.«

»Sind deine Fragen zu diesem Punkt hinreichend beantwortet?«

»Ich denke ja.«

»Dann laß uns mit der eigentlichen Geschichte fortfahren.«

Die mitgebrachten Tafeln reichten nur knapp, um all das aufzuschreiben, was Hildegard Wibert in dieser Nacht berichtete.

Hunsrück – Dezember 1147

Erst als sich die ersten zaghaften Sonnenstrahlen über den Baumwipfeln im Osten zeigten, wagten es Hildegard und Richardis, eine Rast am Rande eines kleinen Gehölzes einzulegen. Obwohl die Pferde in den letzten Stunden nur im Schritt gegangen waren, waren sie wegen des tiefen Schnees erschöpft. Und auch die beiden Ordensfrauen waren von den Anstrengungen gezeichnet.

»Du hast dich tapfer gehalten«, sagte Hildegard. »Alle Achtung.«

»Ich fühle mich, als sei mein Allerwertester mit Dreschflegeln bearbeitet worden«, sagte Richardis.

»Wenigstens bist du im Sattel geblieben. Ich kenne andere, die sich ungeschickter anstellen.«

Sie leinten die Braunen an einem umgestürzten Baum an. Dann fegten sie den Schnee von dem Stamm und setzten sich. Zu essen hatten sie nichts, denn ihre Wegzehrung hatte sich in den Bündeln befunden, die sie auf der Flucht zurückgelassen hatten. So war eine Handvoll Schnee gegen den Durst alles, was sie zu sich nehmen konnten. Und der war so kalt, daß Richardis die Zähne schmerzten.

»Wo Graf Jerome nur bleibt«, sagte sie und blickte die Anhöhe hinauf, die sie heruntergekommen waren. »Er müßte uns doch schon längst eingeholt haben. Er ist der bessere Reiter, und das schnellere Pferd hat er auch.«

»Vielleicht hat er unsere Spur verloren«, sagte Hildegard, obwohl sie etwas anderes befürchtete. »Wir haben mehrfach die Richtung geändert, seid wir aus dem Wald gekommen sind.«

»Aber es schneit nicht. Er müßte die Hufabdrücke unserer Pferde sehen können.«

»Jetzt wird es allmählich Tag. Erinnere dich aber daran, wie dunkel es trotz des Vollmondes im Wald war. Da hätte selbst ein Mensch mit Habichtaugen keine Fährte gefunden. Ich nehme an, er wird während der Nacht einfach dem Bachlauf gefolgt sein.«

»Den wir im Dickicht verloren haben. Oh, es ist zum Verzweifeln! Hast du eine ungefähre Vorstellung, wo wir uns befinden?«

»Ich fürchte, wir sind zu sehr in nördlicher Richtung abgekommen. Um nach Trier zu gelangen, hätten wir uns weiter westlich halten müssen. Aber du weißt, wie es um meine geographischen Kenntnisse bestellt ist.«

»Besser als um meine. Oh, wenn wir zurück sind, werde ich meiner Mutter einen geharnischten Brief schreiben, damit die Burschen, die uns im Stich gelassen haben, aufs Härteste bestraft werden. Ihre Feigheit hätte unser Tod sein können.«

Erst wollte Hildegard Einspruch einlegen, hielt sich dann aber doch zurück.

Richardis hatte recht. Ihrer Aufgabe, sie zu schützen, waren die Burschen nun wirklich in einer Weise nachgekommen, die nach Sanktionen verlangte.

Statt dessen stand sie auf und dehnte und streckte sich, um ihre Muskulatur zu lockern.

»Diese Übungen solltest du auch machen«, sagte sie. »Auch wenn es anfangs schmerzt. Und dann, denke ich, sollten wir weiterreiten.«

»Wieso? Wenn wir Pech haben, entfernen wir uns mit jedem Schritt weiter von der kleinen Drohn. Besser, wir warten hier auf Graf Jerome.«

»Und wenn andere statt seiner kommen?«

»Du glaubst, er könnte …?«

»Wir müssen nicht das Schlimmste annehmen. Aber des Wildgrafen Leute könnten ihn überwältigt haben und nun unserer Spur folgen.«

»Wenn du meinst«, sagte Richardis und guckte wie ein Kind, dessen Lieblingshase geschlachtet werden soll.

»Allerdings. Deshalb finde ich … Psst! Hast du das gehört?«

»Pferdeschnauben, ja. Meinst du, daß –«

»Wer auch immer«, sagte Hildegard und band ihr Pferd los. »Wir sollten uns schleunigst in den Schutz der Bäume begeben.«

Die Mater mußte Richardis helfen, in den Sattel zu kommen. Sie selbst stieg über den Baumstamm aufs Pferd. Dann drückte sie ihrem Braunen die Fersen in die Flanken und trieb ihn ins Gehölz.

Der kleine Wald war von kahlen Laubbäumen gesäumt, die nur dürftige Deckung boten. Dahinter jedoch, gewissermaßen in der zweiten Reihe, standen Tannen, zwischen deren schneeschwer bis auf den Boden hängenden Ästen sie sich verbergen konnten. Um fluchtbereit zu sein, blieben sie im Sattel.

Hier, zwischen den Bäumen, war das Licht noch fahl. Dafür lag die Stelle, an der sie gerastet hatten, bereits in der Morgensonne. Ganz gleich, wer den Abhang herunterkam, er würde sich ihnen wie auf einer Bühne präsentieren.

So angestrengt sie auch lauschten, zu hören war nichts. Der Schnee dämpfte jeden Hufschlag. Auch war kein erneutes Schnauben zu vernehmen. Richardis warf der Mater fragende Blicke zu, die bedeuten sollten, ob sie sich vielleicht geirrt hatten. Aber Hildegard schüttelte den Kopf.

»Sie warten ab, um uns aus dem Versteck zu locken«, formten ihre Lippen lautlos. Richardis nickte.

Plötzlich wieherte ein Pferd, um nur Augenblicke später aufzutauchen. Im Trab kam es die Anhöhe herunter. Aber es saß niemand im Sattel.

»Der Rappe!« rief Richardis unterdrückt und wollte losreiten.

»Halt!« Hildegard griff ihr in die Zügel. »Das kann eine Falle sein.«

»Was sollen wir denn tun?«

»Wir verschwinden. Ich fürchte, hier stimmt etwas nicht.«

»Vielleicht hat der Rappe den Grafen abgeworfen.«

Hildegard beließ es bei einem Blick, der mehr sagte als jedes Wort. Dann wendete sie ihr Pferd und zog Richardis' Braunen, dessen Zügel sie noch immer hielt, mit.

Sie mußten tiefer in den Wald hinein. Einen anderen Ausweg gab es nicht.

Urplötzlich kam Hildegards Pferd so heftig zum Stehen, daß sie beinahe aus dem Sattel geflogen wäre. Während sie sich mit beiden Händen in die Mähne krallte, gewahrte sie keine zwei Schritte vor sich eine hochgewachsene Gestalt in einem schwarzen Umhang. Es war unverkennbar ein Mann. Er stützte sich auf einen gegabelten Ast, den er wie eine Krücke unter die Achsel geklemmt hatte. In der anderen Hand hielt er ein Schwert. Die Gesichtszüge waren im Halbdunkel des Dickichts nicht auszumachen.

»Graf Jerome, seid Ihr es?« fragte Hildegard, während Richardis ihr Pferd neben das der Mater drängte.

Anstatt zu antworten, hob der Mann das Schwert – und brach zusammen.

*

Die beiden Ordensschwestern hatten schon viele Verwundete versorgt und gepflegt, aber ein derart geschundener Leib wie der des Grafen de Carcasso war ihnen selten untergekommen. Alle Gliedmaßen waren übersät von Hieb-, Schnitt- und Stichwunden. Dazu gesellten sich zahllose Abschürfungen, Prellungen und Quetschungen. Zu alledem war noch der linke Unterschenkel gebrochen.

Seinen Umhang als Unterlage benutzend, behandelten sie ihn, so gut es ihnen ohne Arzneien und Instrumente möglich war. Aus Baumrinde und Ästen fertigten sie eine Schiene für den Bruch. Dann opferte jede von ihnen einen ihrer Unterröcke, die sie in Streifen gerissen als Verbandsstoff benutzten.

Während der ganzen Zeit war der Graf ohne Besinnung, was die Arbeit erleichterte. Erst als sie ihn wieder vollständig angekleidet hatten, kam er zu Bewußtsein.

»Wasser!« stöhnte er.

Hildegard verabreichte bei Knochenbrüchen üblicherweise Wein mit Tausendgüldenkraut, aber daran war hier in der Wildnis nicht zu denken. So konnte sie nur eine Handvoll Schnee nehmen, den sie in ihrer Faust preßte, und mit den Tropfen die Lippen des Grafen benetzen. Gierig schlürfte er jeden einzelnen. Das wiederholte sie so lange, bis er dankbar nickte.

»Es grenzt an ein Wunder, daß Ihr es bei Euren Verletzungen bis hierher geschafft habt«, sagte Hildegard.

Obwohl Jerome Schmerzen hatte, gelang es ihm zu grinsen. »Die Bande hat mich ganz ordentlich durchgehauen. Aber aufhalten konnte sie mich nicht.«

»Wieso habt Ihr Euch eigentlich von hinten an uns herangeschlichen?«

»Ihr hättet doch auch Strauchdiebe sein können. Welche Tageszeit haben wir?«

»Es ist nicht mehr weit bis Mittag.«

»Dann sollten wir schleunigst aufbrechen. Sicher ist mir die Rotte aus Tronecken schon auf den Fersen.«

»Ihr könnt in Eurem Zustand unmöglich reiten«, sagte Richardis. »Euer linkes Bein ist gebrochen.«

»Ich kann doch hier nicht im Schnee liegenbleiben, bis es wieder zusammengewachsen ist. Wenn Graf Konrad mich erwischt, läßt er mich in Stücke hauen. Immerhin habe ich drei seiner Männer einen Kopf kürzer gemacht und ihm die linke Hand abgeschlagen. Jetzt kann er seine Wampe nur noch mit rechts stützen.«

»Gütiger Himmel!« entfuhr es Hildegard.

»Tut er Euch etwa leid?«

»Solche Grausamkeiten erschüttern mich immer. Auch wenn sie unvermeidlich sind oder einer guten Sache dienen.«

»Ohne Euch zu nahe treten zu wollen – als Frau habt Ihr gut reden. Und als Ordensfrau gleich doppelt. Ihr könnt Zuflucht zu Eurem Glauben nehmen.«

»Als ob man als Frau weniger Grausamkeiten ausgesetzt wäre«, brauste Hildegard auf. »Im Gegenteil! Ihr Männer habt wenigstens die Kraft, euch zu wehren. Wir hingegen müssen erdulden, was euer Geschlecht uns antut. Und was den Glauben angeht – er steht jedem offen. Auch den Laien.«

Wieder umspielte dieses Grinsen Jeromes Lippen, das ihn dreist wirken ließ, gleichzeitig aber so viel Charme hatte, daß man ihm nicht böse sein konnte.

»Leider erlaubt mir mein derzeitiger Zustand nicht, mich auf einen Thesenstreit mit Euch einzulassen. Aber den können wir gern nachholen, wenn ich wieder in Form bin.«

Ein Angebot, das Hildegard mit einem Lächeln annahm, was Richardis wiederum wohlgefällig registrierte.

»Nun sollten wir aber machen, daß wir wegkommen«, fuhr Jerome fort. »Ihr müßt mir nur in den Sattel helfen. Wenn ich erst einmal oben sitze, komme ich schon zurecht.«

Mit einem Pfiff holte er den Rappen herbei, der die ganze Zeit dort gewartet hatte, wo die Schwestern gerastet hatten. Dann begann eine fürchterliche Schinderei. So sehr die Nonnen sich auch bemühten, Graf Jerome litt Höllenqualen. Zwar schrie er nicht, aber mehr als einmal war er nahe daran, vor Schmerzen die Besinnung zu verlieren. Als er endlich im Sattel saß, war sein Gesicht weiß wie eine frisch gekälkte Wand.

»Sind wir hier überhaupt richtig?« fragte Richardis. »Oder müssen wir zurück?«

»Goldrichtig«, sagte Jerome. »Hinter der Kuppe da vorne liegt die alte Römerstraße. Sie wird uns ohne Umweg nach Trier führen. – Auf geht's, meine Damen!«

Kloster Disibodenberg

Zwei Tage nach den zuletzt geschilderten Ereignissen kehrten die Fratres Antonius und Karl von einer mehrwöchigen Wallfahrt zum Grab des heiligen Martin in Tours zurück. Sie waren erschöpft, aber auch froh, die Reise unversehrt überstanden zu haben und noch rechtzeitig vor dem Weihnachtsfest zurückgekehrt zu sein. Nach einer kleinen Erfrischung traten sie bei Kuno zum Bericht an. Als vierter gesellte Herbrand sich hinzu.

»Wir sollen dich grüßen«, sagte Antonius. »Wörtlich, dir die untertänigsten Grüße ausrichten von Etienne, nur dem Namen nach Abt von St. Hippolyte, jedoch Asche und Staub und der unbedeutendste unter den Brüdern der Gemein–«

»Halt ein!« sagte Kuno. »Erspar mir das Geschwätz.«

»Nun ja, wie du willst. Jedenfalls war seine und der Brüder Gastfreundschaft einmalig. Außerdem bedankt Abt Etienne sich für deine Einladung, die er gern angenommen hat. Wenn es ihm seine Zeit erlaubt, wird er uns schon im kommenden Frühjahr einen Besuch abstatten.«

»Hoffentlich reist er nicht wieder mit dem halben Konvent an«, murmelte Kuno. »Die fressen einem ja die Haare vom Kopf, die Brüder.«

»Wie bitte?«

»Nichts, nichts. Habt ihr ihm die Reliquie Johannes' des Täufers übergeben?«

Beide Brüder schlugen die Augen nieder.

»Habt ihr etwa nicht?«

»Das war einer der weniger erfreulichen Augenblicke unserer Reise«, sagte Karl.

»Wieso?«

»Es gab Unstimmigkeiten wegen des Preises.«

»Was für Unstimmigkeiten? Fünfhundert Denare waren mit Etienne vereinbart.«

»Bruder Karl hat sich falsch ausgedrückt«, sagte Antonius. »Es war weniger der Preis als die Reliquie selbst, die zu Differenzen geführt hat.«

»Ich verstehe euch nicht. Was gab es an dem Knochen auszusetzen?«

»Abt Etienne meinte, für einen Fußknochen sei die Reliquie sehr klein. Er äußerte sogar den –«

»Was hat er erwartet?« bellte Kuno dazwischen. »Eine Keule? Johannes hatte nun mal keine Elefantenfüße.«

Antonius hüstelte. »Abt Etienne äußerte sich sogar dahingehend, daß er den Knochen für einen …«

»Für einen was?«

»Nun ja, für einen …«

»Raus mit der Sprache!«

»Hühnerknochen halte.«

Kunos Augen quollen ihm schier aus dem Kopf, und er sprang auf, wodurch er allerdings auch nicht größer wurde.

»Dieser Mistbock!« kreischte er mit sich überschlagender Stimme, während sein Adamsapfel wie irr auf und ab tanzte. »Da hätte er ja gleich behaupten können, ich sei ein Betrüger.«

»Das hat er auch«, sagte Karl.

»Wie?«

Herbrand, der bisher schweigend auf einem Hocker neben der Tür gesessen hatte, mischte sich ein. »Seid ihr sicher, daß ihr Abt Etienne richtig verstanden habt, Brüder? Soweit ich weiß, spricht er Französisch, was ihr nicht beherrscht, und wie bescheiden eure Lateinkenntnisse sind, muß ich euch ja nicht sagen.«

»Wir kommen mit Latein ganz gut zurecht«, sagte Karl beleidigt. »Wörtlich hat Abt Etienne Abt Kuno als ›canis curvatus‹ bezeichnet.«

»Ein krummer Hund!« keuchte Kuno und krabbelte wieder auf seinen Stuhl. »Ich!«

»Das geht natürlich zu weit«, sagte Herbrand. »Also wirklich! Und das alles auf einen vagen Verdacht hin.«

»Na ja«, sagte Antonius. »So vage nun auch wieder nicht.«

»Was willst du damit sagen?«

»Abt Etienne hat ein Huhn kochen lassen. Die Brüder haben es gegessen, und anschließend hat er mir den Knochen gezeigt, den er meinte. Im direkten Vergleich waren sie wirklich kaum auseinanderzuhalten.«

»Das sieht Etienne ähnlich«, schnaubte Kuno. »Deswegen gleich eine Völlerei zu veranstalten. Dabei weiß jeder Dummkopf, daß Menschen und Hühner gewisse Knochen haben, die einander ähneln. Und früher, zu Johannes' Zeiten, erst recht. Das ist also kein Beweis. Was ist denn nun mit den fünfhundert Denaren?«

»Er hat sich geweigert, uns den vollen Betrag zu geben«, sagte Karl kleinlaut.

»Wieviel hat er denn rausgerückt?«

»Fünfzig«, hauchte Antonius.

»Wieviel? Sprich gefälligst lauter.«

»Fünfzig. Die aber auch nur für den kleinen Reiseschrein.«

»Den solltet ihr doch wieder mitbringen!«

»Wir hätten sonst kein Geld für die Rückreise gehabt«, jammerte Karl.

»Euch kann man ja nicht einmal allein zum Melken schicken!« Kunos Finger hämmerten ein wildes Stakkato auf das Pult. »Wieviel ist denn übriggeblieben? Ihr werdet ja wohl nicht alle fünfzig Denare für die Reise verbraucht haben.«

»Wir waren sehr sparsam«, sagte Antonius. »Nur leider ...«

Das Trommeln endete jäh, und der Kopf des Abtes ruckte vor.

»Ach, was soll's«, sagte Karl betont munter. »Wir haben schließlich auch noch eine gute Nachricht. Die schlechte ist, wir wurden überfallen und ausgeraubt. So, jetzt ist es raus.«

Während Kuno auf seinem Stuhl zusammensank und die Hände vors Gesicht schlug, fragte Herbrand: »Wer hat euch überfallen?«

»Räuber, wer sonst? Vier an der Zahl. Ihre Namen haben sie uns natürlich nicht genannt.«

»Wo war das?«

»Einen halben Tagesritt von hier. Am Oberlauf der Nahe.«

»Zum Teufel mit diesem Gesindel.« Der Adlatus des Abtes atmete tief durch. »Demnächst kann man sich nur noch mit einem Heer vor die Tore trauen. Aber ihr habt noch eine gute Nachricht, sagtet ihr?«

»So ist es«, sagte Antonius, offensichtlich erleichtert über den Themenwechsel. »Glück im Unglück nennt man das wohl. Hätten uns die Kerle nicht ausgeraubt, hätten wir die Neuigkeit nie erfahren.«

»Nun kommt zur Sache! Was haben sie euch erzählt?«

»Das Neueste über Schwester Hildegard.«

Schlagartig saßen Kuno und Herbrand kerzengerade.

»Unsere Hildegard?« fragte der Abt.

»Ja. Wir wußten ja nicht einmal, daß Hildegard und Richardis Gefangene des Wildgrafen von Tronecken waren. Auch das haben wir erst von den Räubern erfahren. Ihr könnt euch sicher vorstellen, welcher Schreck uns da in die Glieder gefahren ist. Aber die Aufregung hat sich schnell wieder gelegt.«

Während Kuno und Herbrand nach Luft schnappten wie gestrandete Karpfen, nickten Antonius und Karl einander mit der Verbundenheit derjenigen zu, die ein gemeinsam bestandenes Abenteuer zu Freunden für die Ewigkeit gemacht hat.

»Weiter«, japste Kuno.

»Nun ja«, fuhr Antonius fort und strahlte. »Die frohe Kunde, die wir euch bringen, lautet: Vorgestern ist unseren geliebten Schwestern die Flucht von Tronecken gelungen. Sie müssen bereits in Trier sein. Ist das nicht wunderbar?«

Noch auf dem Sterbebett sollten die beiden Mönche sich fragen, warum Kuno in diesem Augenblick mit seinem Trinkbecher nach ihnen warf.

Trier

Als die drei Reiter die Klöster St. Paulin und St. Maximin vor den Toren der einstigen Römerstadt passierten, war die Sonne bereits hinter dem Bergkamm jenseits der Mosel untergegangen und hatte oberhalb der Baumwipfelkette nurmehr einen daumennagelbreiten glutroten Streifen zurückgelassen. Vor ihnen zeichneten sich bereits die Konturen der Porta Nigra mit der hineingebauten Simeonskirche ab. Sie hatten die Stadt beinahe erreicht.

»Das ist das Stift des heiligen Paulin, nach dem Ihr mich gefragt habt«, sagte Jerome und wies nach links.

»Also hier wird der Codex Egberti aufbewahrt«, sagte Hildegard. »Ein Buch, für dessen Anfertigung die Brüder im Kloster Reichenau am Bodensee vier Jahre gebraucht haben. Wenn wir schon mal in Trier sind, sollten wir die Gelegenheit nutzen, es uns anzusehen.«

»Die Kirche ist ganz neu. Als ich zuletzt hier war, war sie noch im Bau. Ich glaube, die Mönche haben sich mächtig ins Zeug gelegt, um sie rechtzeitig zum Besuch des Papstes fertigzustellen. Zunächst einmal sollten wir uns jedoch um eine Unterkunft bemühen.«

»Selbstverständlich. Ich weiß auch schon, wo.«

»Ihr erstaunt mich. Hattet Ihr nicht gesagt, Ihr wäret noch nie in Trier gewesen?«

»So ist es. Aber ich habe früher mit den Schwestern vom Kloster St. Irminen einen umfangreichen Briefwechsel unterhalten, namentlich mit der Äbtissin Sophia. Leider ist die Verbindung im vergangenen Jahr eingeschlafen. Trotzdem, denke ich, wird man uns mit offenen Armen aufnehmen.«

»Wißt Ihr denn, wo St. Irminen liegt?«

»Nein. Dank Eurer ausgezeichneten Ortskenntnisse sollten wir jedoch keine Schwierigkeiten haben, dorthin zu gelangen, oder?«

Jerome verdrehte in gespielter Koketterie die Augen. Darüber mußten Hildegard und Richardis lachen, wenn letztere auch mit gequälter Miene. Wegen der Schmerzen, die ihr ihr verlängertes Rückgrat bereitete, konnte sie sich kaum noch im Sattel halten.

Erstaunlich hingegen war, wie gut Graf Jerome die Strapazen gemeistert hatte. Sein gebrochenes Bein hatte er während des gesamten Ritts nicht in den Steigbügel gestellt, sondern herabhängen lassen. So hatte er selbst Streckenabschnitte, die sie im Galopp zurückgelegt hatten, klaglos durchgestanden. Den Rest hatte seine Willenskraft besorgt.

Sie durchquerten das Simeonstor und wandten sich unmittelbar dahinter nach Westen. Richardis machte ein enttäuschtes Gesicht.

»Was hast du?« fragte Hildegard.

»Das soll eine Stadt sein?« kam die Gegenfrage.

In der Tat wirkte der Teil Triers, den sie auf dem Weg nach St. Irminen durchquerten, wenig städtisch. Einzelne Gehöfte und Katen waren auf den schneebedeckten Flächen auszumachen. Das Zentrum mit dem Hauptmarkt und der Domstadt, die gleichsam eine Stadt in der Stadt bildete, lag fernab zur Linken.

»Du wirst noch Gelegenheit haben, die Stadt zu erkunden«, sagte Hildegard. »Für heute sollten wir froh und dankbar sein, wenn wir unser Ziel unbeschadet erreichen.«

»Wo wollt Ihr eigentlich nächtigen?« fragte Richardis den Grafen.

»Ich begleite Euch bis zum Kloster und werde dann zum Pferdemarkt reiten. Dort kenne ich ein gutes Wirtshaus. Gleich nebenan wohnt ein Bader, der sich auch als Heilkundiger betätigt. Auch wenn er auf den ersten Blick wie ein Bettler aussieht, er versteht sein Handwerk. Er soll sich meines Beines annehmen.«

»Das können die Schwestern in St. Irminen ebensogut«, sagte Hildegard. »Und einen Platz in der Krankenstube werden sie gewiß auch für Euch haben.«

»Das ist sehr freundlich. Aber ich gehe lieber meinen eigenen Weg. Wenn Ihr es wünscht, hole ich Euch morgen früh wieder ab und geleite Euch zur Domstadt.«

»Könnt Ihr Euch denn in der Stadt bewegen, ohne Gefahr zu laufen, Euren Verfolgern in die Hände zu fallen?«

»Ich glaube kaum, daß sie mich derzeit in Trier vermuten.«

Sie kamen an die Klosterpforte. Seltsamerweise war sie unbesetzt, und das Tor stand offen. Jerome zog an der Glocke. Sie blieb stumm. Der Klöppel fehlte. Auch auf ihr Rufen ließ sich niemand blicken.

Da niemand da war, den sie hätten um Erlaubnis fragen können, ritten sie unerlaubt in das umfriedete Gelände. Vor ihnen erhob sich die Kirche. Das Dach sah beschädigt aus und wurde von keinem Kreuz gekrönt. Der Wind trug liturgische Gesänge an ihre Ohren. Aber die mochten auch von dem benachbarten Kloster St. Katharinen herüberwehen.

Plötzlich flog die Tür eines der Nebengebäude auf, und eine Frau wankte heraus. Wirr hing ihr ihr graues Haar ins Gesicht. Hildegard und Richardis glitten aus dem Sattel, gingen ihr entgegen und stützten sie. Die Frau konnte sich kaum auf den Beinen halten. Bekleidet war sie unschicklicherweise nur mit einem Unterkleid. An einer Kette trug sie das Kreuz Christi. Jerome tat, als hätte er nichts gesehen.

»Bei Gott, Schwester, was hast du?« fragte Hildegard die Frau.

»Wer ... Wer bist du?« fragte die Angesprochene mit schwerer Zunge.

Hildegard schnupperte. Kein Zweifel, die Frau war sturzbetrunken. Energisch stellten sie sie auf die Beine.

»Wo ist die Äbtissin?« fragte Hildegard scharf.

Der Betrunkenen sackte das Kinn auf die Brust.

»Wo ist Schwester Sophia, deine Äbtissin?« wiederholte Hildegard und schüttelte die Frau, daß deren Kopf hin- und herschlackerte.

»Sophia?« Die Betrunkene gackerte. »Dritte Reihe, zweites Grab. Sie ist tot. Mausetot.«

Jetzt verließen nacheinander drei Nonnen das Nebengebäude und kamen laut lamentierend und so schnell es der schneebedeckte Weg zuließ herbeigeeilt. Die Vorderste hatte den Umfang eines Wagenrades und beanspruchte die gesamte Breite des Weges für sich. Sie war auch diejenige, die am lautesten wehklagte.

»Was hat sie nur wieder getan!« jammerte sie. »Was hat sie nur wieder getan! Der Herr sei uns gnädig!«

Während die beiden anderen die Betrunkene wegführten, dankte die Dicke Hildegard und Richardis.

»Gut, daß ihr sie aufgehalten habt. Womöglich wäre sie sonst wieder in die Stadt gelaufen. Nein, was haben wir mit ihr für eine Last und einen Ärger.« Erst dann schien ihr einzufallen, daß die beiden Nonnen und ihren Begleiter wohl ein Anliegen nach St. Irminen geführt haben mußte. »Ich bin Schwester Ruth. Was kann ich für euch tun?«

»Eigentlich wollte ich Schwester Sophia sprechen«, sagte Hildegard. »Aber wie ich hörte, ist sie verstorben.«

»Leider, ja. Im August verließ sie uns. Die sommerliche Schwüle im Tal war nichts für Mutter Sophia. Ihr Herz, wißt ihr.« Sie fuhr sich mit einem Finger durchs Auge. »Wir sind noch immer untröstlich.«

»Dann möchte ich ihre Nachfolgerin sprechen.«

»Oh!« machte die Dicke und rang die Hände. »Das ist nicht möglich.«

»Habt ihr denn keine neue Äbtissin gewählt?«

»Das schon. Aber Mutter Ranghild …«

»Was ist mit ihr?«

»Ich weiß nicht, wie ich es euch sagen soll«, sagte Schwester Ruth und wand sich vor Verlegenheit. »Nun ja, ihr habt sie soeben kennengelernt.«

Kloster St. Irminen, Trier

Nachdem Graf Jerome sich verabschiedet hatte, hatte Ruth den beiden Gästen ihre Kammern gezeigt. Sie richteten sich ein, nahmen am Abendgottesdienst teil und speisten anschließend gemeinsam mit den Schwestern.

Schnell hatte sich herumgesprochen, welche Berühmtheit in St. Irminen zu Gast war. Scheue Blicke der Schwestern und pausenloses Getuschel waren die Folge. Auch hatte die Köchin sich bemüht, schnell noch etwas zu zaubern. Trotzdem war das Essen eine Katastrophe. Nicht einmal über Tischwäsche verfügte man hier.

Während sich die völlig erschöpfte Richardis nach einem vorgezogenen Nachtgebet zur Ruhe begab, saßen Hildegard und Schwester Ruth in der Amtsstube der Äbtissin zusammen. Die Oberin selbst lag in der Kammer nebenan und schlief ihren Rausch aus. Ihr Schnarchen ließ die Wände erzittern.

»Geht das schon lange so?« fragte Hildegard und ließ ihren Blick durch den Raum wandern. Die Stube machte den gleichen baufälligen und verwahrlosten Eindruck wie das ganze Kloster. Was im ersten Moment wie ein bläulicher Wandanstrich aussah, erwies sich bei näherem Hinsehen als Schimmel.

»Vom ersten Tag an«, sagte Ruth. »Wir kennen Ranghild nicht anders.« Und dann sagte sie, weil sie Hildegards angewiderten Gesichtsausdruck bemerkte: »Das Kloster befindet sich in einem entsetzlichen Zustand. Wir wissen gar nicht, wo wir zuerst mit dem Instandsetzen beginnen sollen.«

»Da laßt ihr es lieber ganz, wie? Wenigstens saubermachen könntet ihr.« Hildegard wies noch einmal auf den Nebenraum. »Ist Ranghild eine aus euren Reihen?«

»O nein, dann hätten wir sie gewiß nicht gewählt. Sie ist von ... von außerhalb.«

»Hat sie sich das Amt gekauft?«

»Sie ist weitläufig mit Erzbischof Albero verwandt. Er hat sie berufen.«

»Simonie und Vetternwirtschaft«, sagte Hildegard verächtlich. »Kein Wunder, daß dabei Zucht und Ordnung und zuletzt auch der Glaube verlorengehen.«

»Das sag ich auch immer«, plapperte Ruth. »Als ob das Kloster nicht auch so genug gelitten hätte. Erst kam der Normannensturm, dann die Fehde mit den lothringischen Grafen, beide Male haben die Gebäude schwerste Schäden davongetragen. Da darf es nicht wundern, daß sich alles in einem solch beklagenswerten Zustand befindet.«

»Wenn man dich so hört, könnte man glauben, du seist Zeitzeugin all dieser Auseinandersetzungen gewesen.«

»Ich berichte nur aus der Chronik des Klosters.«

»Das habe ich verstanden. Aber die Ereignisse, die du zur Begründung des derzeitigen Zustandes anführst, fanden vor dreihundert beziehungsweise zweihundert Jahren statt. Ich vermag nicht zu glauben, daß sich seitdem keine Gelegenheit ergeben haben soll, die Schäden auszubessern. Außerdem kann ich mir beim besten Willen nicht vorstellen, daß es zu Zeiten meiner Freundin, der Äbtissin Sophia, hier derart ausgesehen hat.«

»Mutter Sophia lag fast zwei Jahre schwerkrank darnieder, bevor sie abberufen wurde. In dieser Zeit wurde viel vernachlässigt.«

»Von wem?«

»Von ... natürlich von ihr, von der Mutter Oberin. Sie war einfach nicht mehr in der Lage, sich um die Dinge zu kümmern.«

»Aber sie lebte doch nicht allein hier.«

Ruth lächelte verunsichert. »Ich glaube, ich verstehe dich nicht recht.«

»Wirklich nicht?«

Unglücklich wand sich die Dicke. Dabei gab der Hocker, auf dem sie saß, bedenkliche Geräusche von sich.

»Und gegenwärtig leidet die Gemeinschaft unter der Trunksucht der neuen Äbtissin«, fuhr Hildegard fort. »Ist es nicht so?«

Verschwörerisch beugte Ruth sich vor. Der Hocker ächzte laut.

»Du sagtest doch, du willst morgen den Heiligen Vater aufsuchen«, flüsterte sie, wobei sie immer wieder in Richtung des Nebenraums schielte. »Da dachte ich mir, ob du bei der Gelegenheit vielleicht ein gutes Wort dafür einlegen könntest, daß Schwester Ranghild ...«

»Ja?«

»Du weißt schon. Schließlich ist sie eine Trinkerin.«

»Ihr wollt sie also loswerden?«

»Lieber heute als morgen.«

Ob Ruth das unheilvolle Funkeln in Hildegards Augen bemerkte oder ob sie spürte, daß sich etwas zusammenbraute, jedenfalls packte sie ihr Höckerchen an der Sitzfläche und hüpfte damit ein Stück zurück. Das Möbel gab dabei lautes Wehklagen von sich. Aber es hielt.

»Zuerst kamen die Normannen, dann die Lothringer«, sagte Hildegard scharf. »Die eine Oberin war bettlägerig, die andere leidet an Trunksucht. Demnächst wirst du wahrscheinlich noch den Sündenfall als Begründung für deine und deiner Mitschwestern Untätigkeit anführen. Daß es hier aussieht wie in einem Schweinestall, ist euer Versäumnis. Eure Bequemlichkeit hat diese Abtei heruntergewirtschaftet. Wie ein Feldherr nur so gut ist wie sein Heer, so ist eine Äbtissin nur so gut wie ihre Schwestern. Statt zu lamentieren, solltet ihr euch lieber auf eure Pflichten besinnen und versuchen, Ranghild von ihrem Leiden zu heilen.«

»Trunksucht ist unheilbar.«

»Dummes Zeug. Nicht einmal darüber habt ihr euch kundig gemacht. Hundsrose erleichtert die Entwöhnung. Wenn du willst, bin ich gern bereit, dir die Rezeptur mitzuteilen.«

»Aber ...«

»Aber was? Dann hättet ihr allerdings keine Ausrede mehr, und Ranghild bliebe eure Priorin. Mag sein, daß sie ihr Amt nur aufgrund von Beziehungen erhalten hat. Aber sie bekleidet es nun einmal und damit habt ihr euch abzufinden. Ob es euch nun gefällt oder nicht.«

»So hat noch niemand mit mir gesprochen«, sagte Ruth betreten.

»Dann wurde es höchste Zeit. Im übrigen werde ich mich regelmäßig nach den Fortschritten erkundigen, die euer Konvent macht. Sollte ich irgendwann den Eindruck haben, ihr seid erneut nachlässig geworden, spreche ich tatsächlich mit dem Heiligen Vater über euch. Aber dann werde ich veranlassen, daß ihr unter Aufsicht gestellt werdet.«

Die Drohung war haltlos, Hildegard hatte nicht die Befugnis, derartiges zu verlangen. Aber das wußte Schwester Ruth nicht.

»So, und nun möchte ich mein Komplet verrichten. Danach werde ich mich zur Ruhe begeben. Ich habe einen anstrengenden Tag hinter mir, und der morgige wird nicht leichter.«

Bevor Hildegard den Raum verlassen konnte, brach die dicke Ruth in Tränen aus. Eine ganze Serie von Schluchzern schüttelte ihren massigen Leib.

»Dabei wollte ich dich noch so vieles fragen«, wimmerte sie. »Ich hatte gehofft, du würdest mir von deinen seherischen Fähigkeiten erzählen. Statt dessen hast du nur Schelte für mich.«

Hildegard seufzte und machte noch einmal kehrt, obwohl sie steinmüde war. Ruth hatte ja recht.

Wenn man jemanden in den Staub getreten hat, muß man ihm auch wieder auf die Beine helfen.

Hunsrück

Die Truppe, die nachts im Fackelschein durch den Wald galoppierte, machte einen wahrlich furchterregenden Eindruck. Sie bestand aus mehr als zwanzig Reitern, alle gegen die Kälte vermummt und mit Schwertern, Dolchen oder Pfeil und Bogen bewaffnet. Jeder der Männer verlangte seinem Pferd das Äußerste ab.

»Wir müssen Rast einlegen«, rief Herbrand seinem neben ihm reitenden Abt zu. »Wenn wir so weiterpreschen, wird niemand von uns die Mosel erreichen.«

Da Kuno nicht antwortete, sondern starr geradeaus blickte, griff Herbrand ihm in die Zügel. »Hörst du nicht? Wir müssen rasten!«

Jetzt erwachte Kuno aus seinem entrückten Zustand. Wütend riß er die Zügel wieder an sich, hielt aber auch sein Pferd an.

»Gut«, sagte er. »Eine Stunde. Nach meiner Stundenkette. Dann geht es weiter.«

Nachdem die Männer die Tiere versorgt hatten, hockten sie sich um das Feuer, über dem an Spießen Brot und Fleischstücke brutzelten. Die Anstrengungen der letzten Stunden hatten tiefe Furchen in ihre Gesichter gegraben.

Kuno hatte darauf bestanden, daß jeder Mönch, den das Kloster entbehren konnte, mitkam. Dabei hatten die meisten der Brüder seit Monaten, einige sogar seit Jahren nicht mehr im Sattel gesessen. Aber er meinte, eine große Truppe böte mehr Schutz gegen Überfälle, und außerdem ließen sich so Ausfälle besser ausgleichen. Daß man zu so vielen langsamer unterwegs war, gedachte er durch den Verzicht auf Pausen wettzumachen. Folgerichtig war dies die erste Rast, seit sie das Kloster kurz nach Sonnenuntergang verlassen hatten.

Kuno und Herbrand hatten sich auf dem Stumpf einer gefällten Rotbuche niedergelassen. Während der Adlatus seine Handflächen dem Feuer entgegenstreckte, zog der Abt eine Kette mit erbsengroßen, polierten Holzperlen hervor und ließ die Perlen nacheinander durch Daumen und Zeigefinger gleiten. Aus den Augenwinkeln bemerkte Herbrand, daß er dabei ein ums andere Mal eine der sechzig Perlen übersprang.

»Versuchst du etwa, die Zeit zu beschleunigen?« fragte Herbrand. »Das wäre Anmaßung, wenn nicht gar Gotteslästerung.«

»Pah! Meine Finger sind steif. Da passiert das schon mal.«

»Solche Zeitmesser sind ohnehin Humbug. Entscheidend ist, daß wir morgen in Trier eintreffen, und das werden wir. Um das zu wissen, brauche ich keine Stundenkette.«

»So ein Hilfsmittel ist unbestechlich. Befehle ich den Aufbruch nach meinem Ermessen, könnte man mir Willkür unterstellen. Habe ich die Perlen jedoch durchgezogen, ist für jedermann ersichtlich, daß es soweit ist.«

»Sag bloß, dich hätte je gestört, daß jemand deine Entscheidungen als Willkür empfindet.«

»Natürlich nicht. Aber trotzdem halte ich ein Hilfsmittel für geeignet zur Disziplinierung. Schließlich sind wir nicht zu unserem Vergnügen unterwegs.«

»Ich glaube, das hat inzwischen auch der letzte begriffen.« Herbrand wies in die Runde. »Sieh dir die Brüder an. Sie sind am Ende ihrer Kräfte.«

»Darauf kann ich keine Rücksicht nehmen«, sagte Kuno kalt. »Die Zukunft des gesamten Klosters und damit jedes einzelnen steht auf dem Spiel. Da kann ich keine Nachsicht walten lassen.«

»Übertreibst du nicht ein wenig? Auch bevor Hildegard ihre seherische Begabung entdeckte, haben wir nicht schlecht gelebt.«

»Die Zeiten haben sich geändert, mein lieber Herbrand. Die Zahl der Brüder hat zugenommen, unsere Aufgaben sind vielfältiger geworden. Denk nur daran, welche Werkstätten wir in den letzten Jahren eingerichtet haben. Das Kloster prosperiert. All das laß ich mir doch nicht zerstören. Schon gar nicht von einem Weib!«

Herbrand betrachtete seinen Abt von der Seite. Der rote Schein des Lagerfeuers unterstrich den Zorn des kleinen Mannes noch. Ein Kämpfer und ein gefährlicher Gegner war er, auch wenn er manchmal lächerlich wirkte, dachte Herbrand. Man durfte nie den Fehler machen, ihn zu unterschätzen.

»Von der besonderen Gabe unserer berühmten Hildegard hältst du nichts, oder sehe ich das falsch?« fragte Herbrand nach einer Weile.

»Was ich davon halte, ist doch gleich. Die Welt glaubt es, und das ist entscheidend.«

»Mich würde deine Meinung trotzdem interessieren.«

»Ich zweifle nicht daran, daß diese Frau über außergewöhnliche Fähigkeiten verfügt«, sagte Kuno überraschend ernsthaft und ohne jeden abfälligen Unterton. »Die Frage ist nur, wie ehrlich sie damit umgeht. Da niemand überprüfen kann, was Gott, oder wie sie es nennt ›das hellstrahlende Licht‹, ihr eingibt, ist Mißbrauch gleichsam Tür und Tor geöffnet. Was immer sie sagt, wird als Ultima ratio divina hingenommen. Damit verfügt sie über eine Macht, die sich jeder irdischen Überprüfung entzieht. Und das ist mir nicht nur verdächtig, sondern auch unheimlich.«

»Du glaubst, sie mißbraucht ihre Macht?«

»Sie ist auch nur ein Mensch, keine Heilige. Sollte sie ihre Ziele nicht auf herkömmliche Weise erreichen, könnte die Versuchung durchaus bestehen. Davor bewahre uns Gott.«

»Das wirst du so aber doch hoffentlich nicht dem Heiligen Vater vortragen?«

»Hältst du mich für einen Tor?« bellte Kuno, wieder ganz der alte.

»Nein«, sagte Herbrand und meinte es ernst. »Das ganz gewiß nicht.«

Unmittelbar darauf schlang der Abt die Kette um sein Handgelenk und erklärte die Rast für beendet.

G

Trier

Hätte Hildegard nicht an Gott geglaubt, dieser Morgen hätte es sie gelehrt. Wieder einmal erkannte sie den Herrn in seiner Schöpfung. Die ersten Sonnenstrahlen des Tages tasteten sich zaghaft in das Tal der Mosel hinab und ließen die geschlossene Schneedecke glitzern, als sei sie mit Edelsteinsplittern übersät. Obwohl es nach wie vor so kalt war, daß die Atemluft an den Fenstern der Abteikirche kristallisierte, ging von dem Licht eine überirdische Wärme aus, die die eines jeden Feuers übertraf. Voller Demut und mit tiefer Inbrunst sprach Hildegard ihr Gebet.

Von ihrem Lager hatte sie sich jedoch schon wesentlich früher erhoben. Nachdem sie den größten Teil der Nacht mit Schwester Ruth disputiert hatte, waren ihr gerade mal zwei Stunden Schlaf geblieben, bis ihre innere Uhr sie wieder geweckt hatte. Auf dem Disibodenberg war dies die Stunde der Laudes, in St. Irminen geschah um diese Zeit überhaupt nichts, sah man einmal davon ab, daß die Schwestern weiter in Morpheus' Armen lagen. Hildegard juckte es geradezu, die faule Bande aus dem Stroh zu jagen, aber dann ließ sie Gnade vor Recht ergehen. Nicht zuletzt auch, weil sie an Richardis dachte, die den Schlaf bitter benötigte.

Die Zeit bis zur Prim nutzte Hildegard, um dem Grabgelege der ersten Äbtissin des Klosters, Modesta, einen Besuch abzustatten. Beigesetzt war sie in einem allzu irdisch wirkenden Anbau, der gleichzeitig einen Chorraum beherbergte. Auch dieser Teil des Klosters wirkte würdelos und heruntergekommen, da hier Baumaterialien gelagert wurden. Die Schwestern waren um die vor ihnen liegenden Aufgaben wahrlich nicht zu beneiden.

Irgendwann zwischen Prim und Terz kam langsam Leben in die Gemeinschaft. Nach einem kurzen Gebet ohne jeglichen Gottesdienst trafen sich die Nonnen im Refektorium und setzten sich zu Tisch. Erst jetzt wurde auch Richardis wach und schämte sich fürchterlich. Hildegard tröstete sie mit dem Hinweis, daß in diesem Kloster alles statthaft sei. Auch Schwester Ruth, die mit vom Schlaf verklebten Augen erschien, machte ein betretenes Gesicht. Noch in der Nacht hatte sie Besserung gelobt, um gleich am Morgen darauf zu verschlafen.

Hildegard war gerade auf dem Weg zu Äbtissin Ranghild, da sie hoffte, sie um diese Zeit nüchtern anzutreffen, als die einzige Novizin des Klosters das Eintreffen eines Besuchers meldete. Früher als erwartet war Graf Jerome erschienen, um die Schwestern in die Stadt zu begleiten. Während Hildegard sich entschuldigen ließ, um ihrer Amtsschwester ins Gewissen zu reden, unternahmen Richardis und Jerome einen Spaziergang außerhalb der Klostermauern.

»Ich bin sehr gespannt auf die Stadt«, sagte Richardis. »Man hört so viel Interessantes über Trier.«

»Hoffentlich seid Ihr nicht enttäuscht«, sagte Jerome. »Die Blütezeit der Stadt liegt Jahrhunderte zurück. Zu Zeiten der Römer war sie annähernd doppelt so groß und hatte zehnmal so viele Bewohner. Damals gab es sogar eine richtige Zirkusanlage.«

»Wo Menschen von Löwen zerrissen wurden?«

»Solche Veranstaltungen gab es wohl eher im Amphitheater. Ich meine einen Zirkus für Wagenrennen.« Trotz Bruch und Krücke legte Jerome einen Schritt zu und mimte einen Wagenlenker, der nach beiden

Seiten auf seine Gegner mit der Peitsche einschlug. »Hüa, hüa, und mit Schwung um die Kurve.«

»Wobei der Wagen dann umkippt.«

»Das ist auch vorgekommen. Mir wäre das allerdings nie passiert.«

»Natürlich nicht. So, wie Ihr hüpft, scheint es Eurem Bein besser zu gehen. Habt Ihr den Bader gestern noch aufgesucht?«

»Er war sogar nüchtern genug, mir einen neuen Verband anzulegen, einen besonders straffen. Er meinte, bei meiner körperlichen Verfassung sei der Bruch in spätestens sechs Wochen verheilt.«

Richardis fing zum wiederholten Mal einen belustigten Blick ihres Begleiters auf. »Was guckt Ihr so? Stimmt etwas nicht mit mir?«

»Seid mir nicht böse«, sagte Jerome und gluckste, »aber Ihr geht wie ein Seemann.«

»Wie ein Seemann?«

»Ich habe es in Marseille beobachtet, wenn die Schiffe einliefen. Die Männer, die von Bord kamen, gingen alle wie Ihr. Das lag daran, daß sie auf See versucht hatten, die Bewegungen des Schiffes auszugleichen. Je länger die Reise dauerte, desto ausgeprägter war diese Erscheinung. Bei manchen war es nach einigen Tagen vorbei, andere liefen den Rest ihres Lebens auf diese Weise. Ihr seht, es besteht also noch Hoffnung.«

Richardis schnaubte empört. »Flegel! Ihr wagt es, Euch über meine schmerzende Kehrseite lustig zu machen? Weiß Gott, wir haben Euch viel zu verdanken, aber eine solche Frechheit muß ich mir nicht –«

»Nicht schlagen! Nicht schlagen!« rief Jerome und brachte Richardis damit erst auf die Idee. Sich geschickt auf seine Krücke stützend hüpfte er im Kreis herum, während ihm die junge Nonne in nunmehr gespieltem Zorn nachjagte. Irgendwann ging ihnen die Puste aus, und sie konnten nur noch lachen. Eine harmlose Balgerei, die Hildegard vom Fenster der Amtsstube aus mit großem Argwohn beobachtete.

*

Es war Markttag. Unzählige Buden und Stände drängten sich um das Kreuz auf dem Hauptmarkt, und alles, was Beine hatte, war unterwegs.

»Heinrich, Erzbischof von Trier, hat mich gestiftet«, entzifferte Richardis die Kreuzinschrift aus dem Jahr 958. Wenige Schritte dahinter befand sich das Tor zur Domstadt.

»Können wir nicht ein bißchen über den Markt gehen?« bettelte Richardis.

»Du vergißt dich, mein Kind«, zischte Hildegard unerwartet scharf. »Denk an unsere Mission!«

Das Tor wurde von unterschiedlich gekleideten Gardisten bewacht. Die einen gehörten zur Truppe Erzbischof Alberos, die anderen dienten dem Papst. Sie konnten sich untereinander nicht verständigen, weshalb Hildegard ihr Anliegen gleich zweimal vortragen mußte. Zuerst auf Deutsch, dann auf Latein. Dann verschwand je einer aus jeder Gruppe, um Erlaubnis einzuholen. Bis sie endlich passieren durften, waren ihnen Hände und Füße beinahe zu Eisklumpen gefroren.

Die Pferde mußten am Tor bleiben, und gleich vier Mann eskortierten sie zum Wohnsitz des Erzbischofs, der nördlich an den Dom angrenzte. Das Anwesen bestand aus einem größeren und einem kleineren Haus. Dazwischen lag ein Garten mit jahreszeitlich bedingt kahlen Obstbäumen. Eingefaßt wurde das Ganze von einer mehr als mannshohen Natursteinmauer. Erzbischof Albero ließ es sich nicht nehmen, sie persönlich an der Tür zu begrüßen.

»Verehrte Meisterin Hildegard«, rief er strahlend und breitete die Arme aus, als wolle er die kleine Nonne an seine Brust drücken, begnügte sich dann aber damit, ihr die Hände auf die Schultern zu legen. »Welch unerwartete Freude.«

Sie hatten sich zuletzt vor wenigen Wochen gesehen. Albero hatte zu der Gruppe von Geistlichen um Bischof Adalbert von Verdun gehört, die im päpstlichen Auftrag zum Disibodenberg gereist war, um Hildegards Sehergabe einer Überprüfung zu unterziehen. Wie schon bei ihren früheren Begegnungen hatte Hildegard Schwierigkeiten, ihm in die Augen zu sehen, genauer gesagt, sich zu entscheiden, in welches Auge sie blicken sollte, denn der Erzbischof schielte. Schließlich entschied sie sich für das rechte. Prompt fixierte der Bischof sie mit dem linken. Als sie seine Hand küssen wollte, lehnte er ab.

»Nicht doch, nicht doch, verehrte Schwester. Wenn jemand Demut bezeugen müßte, dann ich. Hereinspaziert in mein bescheidenes Heim. Wärmt euch erst einmal auf.«

Der Trierer Oberhirte war mittelgroß und hager, hatte Hängeschultern, die an eine Trauerweide erinnerten, und erwähnten Sehfehler. Aber er war ein Mensch, der nur gute Laune zu kennen schien. Hildegard war ihm bisher dreimal begegnet, und jedesmal hatte sie ihn frohgemut erlebt. Hinzu kam, daß er eine ungeheure Plaudertasche war.

Das Empfangszimmer, in das er sie geleitete, war weiß getüncht und hatte für eine Raum dieser Größe erstaunlich viele Fenster, durch die reichlich Licht hereinfiel. In den wenigen dunklen Ecken brannten Kerzen. Hell und freundlich wie der Raum sich darbot, entsprach er ganz dem Naturell des Hausherrn.

»Nehmt Platz«, sagte Albero und bot bequem gepolsterte Stühle an.

Erst jetzt hatte Hildegard Gelegenheit, ihre Begleiter vorzustellen, wobei Jerome für sich selbst sprach.

»Jerome Graf de Carcasso, ein treuer Diener seines Königs Ludwig des Siebten«, sagte er mit einer schwungvollen Verbeugung.

Der Erzbischof hob die Brauen. »Ein treuer Diener? Und dann begleitet Ihr Euren König nicht auf dem Kreuzzug?«

Jerome lächelte. »Das ist eine lange Geschichte, Eure Eminenz. Aber seid versichert, seine Majestät weiß auch ohne mich zurechtzukommen.«

»Nun denn«, sagte Albero und wandte sich wieder der Seherin zu. »Verehrte Freundin – so darf ich dich doch hoffentlich nennen? Du kannst dir gar nicht vorstellen, welche Freude du mir mit deinem unerwarteten Erscheinen bereitest. Mein Gott, was werden die anderen für Augen machen! Bernhard von Clairvaux, der Heilige Vater, die Kardinäle, alle brennen darauf, deine Bekanntschaft zu machen. Was sind sie angetan von den Schriften, die du ihnen freundlicherweise zur Verfügung stelltest! Schlicht überwältigt! Und doch, muß ich sagen, bin ich verwundert, dich hier zu sehen. Erzähle, wie es zu dieser glücklichen Fügung kam.«

Hildegard nestelte an ihrem Ärmel. »Seit wir vor nunmehr einer Woche unsere Klause verlassen haben, habe ich diesen Augenblick herbeigesehnt, und nun, da es soweit ist und ich sprechen kann, fehlen mir die Worte. Ich glaube, erst jetzt wird mir bewußt, welchen Gefahren wir ausgesetzt waren, die wir nur dank Gottes gütiger Gnade gemeistert haben.«

»Gefahren?« fragte der Erzbischof. »Etwa durch Wegelagerer?«

»Weit schlimmer«, sagte Hildegard und erzählte ihrem Fürsprecher die Geschichte von Beginn an.

»Ungeheuerlich!«

Nachdem er das zum siebten Mal gesagt hatte – Richardis hatte mitgezählt –, sprang Erzbischof Albero auf und stürmte ohne Erklärung aus dem Zimmer.

Jerome räusperte sich. »Ihn habt Ihr auf Eurer Seite, Meisterin Hildegard.«

»Damit habe ich insgeheim gerechnet. Nur kann man ihn nicht als Maßstab heranziehen. Der Erzbischof ist leicht zu begeistern. Das ist mir schon aufgefallen, als er uns seine Aufwartung auf dem Disibodenberg machte.«

»Weshalb ist er hinausgelaufen, Mater?« fragte Richardis.

»Lassen wir uns überraschen. Ich nehme an, wir werden es erfahren, wenn er zurückkommt.«

Jerome zog sich an seiner Krücke hoch. »Ich möchte die Gelegenheit nutzen und mich verabschieden. Hier seid Ihr in Sicherheit, und damit ist meine Mission erfüllt. Es war mir eine große Ehre und ein Vergnügen, Euch behilflich sein zu dürfen.«

»Ihr wollt uns verlassen?« Richardis erhob sich ebenfalls. »Wohin geht Ihr? Ihr braucht doch einen neuen Unterschlupf.«

»In dem Gasthaus, in dem ich Quartier bezogen habe, hat zufällig auch ein alter Bekannter von mir seine Unterkunft. Mit ihm bin ich nachher verabredet. Gegen ein entsprechendes Entgelt wird er mir behilflich sein unterzutauchen.«

»Wißt Ihr schon, wo?«

»Nein. Und wenn ich es wüßte, würde ich es Euch nicht sagen. Mit den Leuten, die mich suchen, ist nicht zu spaßen. Mit ihrer Rachsucht würden sie auch vor zwei Ordensfrauen nicht Halt machen.«

Nun erhob sich auch Hildegard und reichte Jerome die Hand. »Ich hatte noch keine Gelegenheit, Euch für alles zu danken, was Ihr in so selbstloser Weise für uns getan habt. Das tue ich nun hiermit. Ihr habt Euer Leben aufs Spiel gesetzt, um uns zu befreien. So viel Edelmut ist rar in diesen Tagen. Ich werde Euch für alle Zeiten in meine Gebete einschließen, Graf de Carcasso.«

»Und ich kann mich nun damit brüsten, der berühmten Seherin Hildegard zu Diensten gewesen zu sein.« Jerome drückte auch kurz Richardis' Hand. »Lebet wohl, meine Damen.«

»Lebt wohl«, sagten die Nonnen gleichzeitig.

Richardis fügte noch hinzu, als Jerome die Tür hinter sich zuzog: »Gott sei mit Euch.«

Sie nahmen wieder ihre Plätze ein, und Hildegard sagte: »Es ist besser so.«

Richardis nickte stumm und wandte das Gesicht ab, damit die Mater nicht sah, wie ihr die Tränen hinabrannen.

*

Kaum hatte Jerome sich verabschiedet, tauchte der Erzbischof wieder auf. Das Fehlen des Grafen schien ihm nicht aufzufallen.

»Er ist bereit, dich zu empfangen«, sagte Albero und strahlte vor Vergnügen darüber, wie er das bewerkstelligt hatte. Daran, wie er das ›er‹ betonte, war zu erkennen, von wem er sprach. »Und zwar subito, subito.«

Galant bot er Hildegard den Arm. Sie hakte sich bereitwillig unter.

»Ist Seine Heiligkeit hier im Haus?« fragte sie.

»Das nicht. Aber er wohnt nur wenige Schritte entfernt, genauer gesagt zwei Häuser weiter. Der Propst hat ihm sein Haus zur Verfügung gestellt.«

»Schwester Richardis ...«

»Sie kann hier warten«, sagte Albero und zog Hildegard mit sich fort. »Die Diener werden ihr eine kleine Stärkung reichen.«

Die Mater konnte Richardis nur noch einen Blick über die Schulter zuwerfen. Die jedoch schien gar nicht unfroh, ein wenig Zeit zur Besinnung zu haben.

*

Das Haus, das dem Papst während seines Aufenthaltes in Trier zur Verfügung stand, lag dem trutzig wirkenden Wohnturm Jerusalem direkt gegenüber. Es war etwas kleiner als das Haus des Erzbischofs, stand ihm in Bequemlichkeit jedoch in nichts nach. Im Gegenteil, zu Ehren des hohen Gastes war es besonders ausgestattet worden. Ein Luxus, den der Propst sicher auch gern einmal genossen hätte. Wo er in diesen Wochen eine Bleibe gefunden hatte, erfuhr Hildegard nicht.

Bereits im Flur lag ein Teppich so dick wie zehnjähriges Moos. Weitere Teppiche hingen an den Wänden, erhellt von ellenlangen Kerzen, die in hüfthohen, mehrarmigen Leuchtern steckten. Die Motive der geknüpften Werke waren ausschließlich biblischer Natur: Moses teilt das Rote Meer, Abraham opfert Isaak, und der Herr hängt am Kreuz. Die handwerkliche wie künstlerische Ausführung war minderwertig. Das konnten die Klausnerinnen auf dem Disibodenberg eindeutig besser.

Während der päpstliche Sekretär ihre Ankunft meldete, erklärte Albero seiner Begleiterin, die Räumlichkeiten, in denen der Papst sich aufzuhalten pflegte, befänden sich im Erdgeschoß. Man habe eigens die Mauer zwischen Wohn- und Schlafzimmer des Propstes durchbrochen, damit Seiner Heiligkeit ein ausreichend großer Audienzraum zur Verfügung stehe. Schließlich statte der Heilige Vater der Stadt Trier nicht alle Tage einen Besuch ab. Das müsse man sich schon etwas kosten lassen. Vermutlich werde man eine Sondersteuer erheben. Weiter kam der Erzbischof mit seinen Ausführungen nicht. Sie wurden hineingerufen.

Bernhard von Pisa, ehemaliger Abt des Klosters St. Anastasius ad aquas Salvias und einst Schüler Bernhard von Clairvaux', der sich seit seiner Wahl zum Papst vor zwei Jahren Eugen der Dritte nannte, trug die Kutte eines einfachen Mönches. Zwischen seinem livrierten Kammerdiener und dem prunkvoll gekleideten Sekretär nahm er sich geradezu unbedeutend aus. Welche Stellung er bekleidete, war lediglich daran zu erkennen, daß er auf dem päpstlichen Reisethron Platz genommen hatte, einem Ungetüm von den Ausmaßen eines Schrankes, das sich zum Transport jedoch auseinandernehmen ließ.

Auf dem eigentlich ihm zustehenden Thron im Lateran hatte er ganze drei Tage gesessen, dann hatte ihn der römische Pöbel aus der Stadt gejagt. Zu Weihnachten 1145 war er zurückgekehrt, aber nur, um fünf Wochen später erneut aus der Ewigen Stadt zu fliehen. Seitdem zog er mit seinem Hofstaat durch Europa, immer auf der Suche nach ihm wohlgesinntem Adel oder Klerus, der bereit war, ihn eine Zeitlang zu beherbergen. So war ihm vor einem Vierteljahr in seinem französischen Aufenthaltsort zu Ohren gekommen, in Trier stünden zwei Kirchen zur Weihe an. Daraufhin hatte er flugs beschlossen, in der Moselstadt zu überwintern und dabei gleich eine Synode abzuhalten.

Überall nur geduldet, jedoch nirgendwo beheimatet zu sein, hatte Spuren im Antlitz Seiner Heiligkeit hinterlassen. Von Natur aus ohnehin kein Adonis – ein gewaltiger Schädel mit weit auseinanderstehenden Augen und einem überbreiten Mund saß auf einem zarten, geradezu kindlich anmutenden Körper –, hatten ihm die fortwährenden Sorgen um seine Zukunft den Rest gegeben. Jeder Zug seines Gesichtes drückte Trübsinn und Hoffnungslosigkeit aus, und zwar derart ansteckend, daß man seine Gesellschaft möglichst mied, was wiederum die Vereinsamung und den allgemeinen Lebensverdruß des Heiligen Vaters förderte. Es war ein Circulus vitiosus. Außerdem reagierte er allergisch auf jeden, dem es besser ging, und das waren die meisten. Blieb die Frage, wie eine Frohnatur wie Albero es schaffte, mit diesem schwierigen Gast zurechtzukommen.

All das wußte Hildegard vom Hörensagen und war entsprechend gefaßt. Womit sie allerdings nicht gerechnet hatte, war, daß der Heilige Vater einen Schnäuzer trug. Keinen üppigen, vielmehr einen von der Sorte, wie er Halbwüchsigen wächst, dünn und flaumig. Im ersten Augenblick hatte sie angenommen, es handele sich um Schmutz oder Essensreste, aber da Eugen sich wiederholt mit Daumen und Zeigefinger darüber strich, wurde ihr klar, was das vorstellen sollte.

Im Gegensatz zu Albero hatte Eugen gegen die üblichen Huldigungen nichts einzuwenden. Menschen, die wenig geliebt werden, neigen oft dazu, auf peinlich genauer Einhaltung von Förmlichkeiten zu bestehen, wie Hildegard nur zu gut wußte. Sie tat ihm den Gefallen. An der mißmutigen Miene Seiner Heiligkeit änderte das jedoch nichts.

»Nehmet Platz und höret was ich zu sagen habe«, sang der Papst, während zwei Diener hinter den für die Gäste vorgesehenen Stühlen Aufstellung nahmen.

Eugens Sprechgesang verwirrte Hildegard noch mehr als sein Schnäuzer, wohl auch, weil er sich dadurch anhörte wie Herbrand. Dann fiel ihr ein, daß der Papst zu allem Überfluß auch noch ein Stotterer war und vermutlich so versuchte, diesen Makel zu überspielen. Als sie sah, daß der Nachfolger Petri ihre Irritation bemerkte, schoß ihr die Röte in die Wangen wie zuletzt als jungem Mädchen.

Kaum saßen sie, hob Seine Heiligkeit an.

»Ach, mit welcher Ungeduld harrte ich, der Knecht der Knechte, und nicht nur ich, sondern wir alle, der Rückkehr des Erzbischofs von Verdun, der ausgesandt war, in Erfahrung zu bringen, was es auf sich habe mit der Gabe, die man dir nachsagte, Hildegard, Klausnerin vom

Disibodenberg. Und wie groß war die Wonne, als ich seine Nachricht empfing und er mir die mitgebrachten Schriften reichte. Zugleich ergriff ich vor der versammelten Synode das Wort und verlas, was du in deinem Zustand des Schauens erkannt hattest. Wie unendlich erquickend waren deine Worte, wie wurden unser aller Herzen zum Lobe des Schöpfers entflammt. In jubelnde Freude brachen wir aus, durchflutet von einer tiefen Glückseligkeit. Da erhob sich mein Lehrmeister und Vater, Bernhard von Clairvaux, und bat, ja drängte mich, Sorge zu tragen, daß ein solch hellstrahlendes Licht nicht im Dunkel des Schweigens bleibe, sondern verkünde, was immer es im Heiligen Geist erkenne. Jawohl, rief ich, jawohl, so soll es sein, entbot dir den apostolischen Segen, besiegelte deine Gabe und erteilte dir die Erlaubnis, weiterhin zu schauen, und was du schaust, kundzutun und niederzuschreiben. So war es im Namen des Vaters, des Sohnes und des Heiligen Geistes.«

»Amen«, sagte Bischof Albero wie von selbst.

Glücklicherweise war Seine Heiligkeit noch so im Bann seines Monologs, daß er das nicht bemerkte. Geradezu versonnen betrachtete er Hildegard, wodurch sie sich aufgefordert fühlte, das Wort zu ergreifen.

»O milder Vater, als Papst kamst du in unser Land, wie Gott es vorherbestimmt hat, und nahmst Einsicht in die Schriften der wahrhaftigen Gesichte«, sagte sie, ihre Ausdrucksweise dem verschrobenen Stil des Heiligen Vaters anpassend. »Du hörtest sie, und du nahmst sie auf in dein Herz. Nun möge das Licht der Lichter in dir leuchten und dir einen reinen Blick erschließen, auf daß dein Geist allzeit wach sei und du das Heil der dir anvertrauten Seelen auf immerdar im Auge behalten mögest.«

Albero, der Hildegard gegenübersaß, verfiel in beifälliges Nicken. Offenbar hielt er ihren Übergang zum eigentlichen Thema für gelungen.

»O Tochter, die du uns läßt jubeln im Herrn, unterbreite mir dein Anliegen gemäß den Andeutungen, die ich bereits von Bischof Albero empfing«, sagte der Papst, schloß die Augen und legte zwei Finger an seine Schläfe, um sich besser zu sammeln.

Im großen und ganzen wiederholte Hildegard, was sie bereits dem Erzbischof von Trier erzählt hatte. Sie ließ sich über die beengten Verhältnisse der Klause aus, die sie und ihre Schwestern daran hinderten, ihre Pflichten zu erfüllen. Sie beschwerte sich über den Vorenthalt des

Großteils der Einkünfte aus den Gütern von Bermersheim. Sie führte Klage, daß Abt Kuno ihr den Bau eines eigenen Kloster untersage, obwohl das hellstrahlende Licht sie den Ort bereits hatte schauen lassen, an dem es errichtet werden sollte. Und sie bezeichnete es als gotteslästerlich, daß die Mönche ihre Gabe, die ihr einzig zum Erkennen der Wahrheit gegeben worden war, zu Geschäftszwecken ausnutzten. Dabei fiel es Hildegard zunehmend schwerer, die geschraubte Ausdrucksweise des Heiligen Vaters beizubehalten. Vor allem, als sie zu guter Letzt von ihrer abenteuerlichen Reise nach Trier berichtete, und mit welcher Heimtücke Kuno diese zu verhindern versucht hatte. Da geriet sie in Rage und sprach nur noch frei und ohne Schnörkel.

Als sie ihre Ausführungen beendet hatte, herrschte ein langes, langes Schweigen. So lange, daß Hildegard schon fürchtete, der Papst könnte eingeschlafen sein. Aber plötzlich, als schon niemand mehr damit rechnete, schlug Seine Heiligkeit die Augen auf, setzte sich gerade und begann erneut zu singen.

»Du solltest bedenken, Tochter, daß die Schlange, die den ersten Menschen aus dem Paradies vertrieb, uns alle zu Fall zu bringen trachtet. Auch die Größten im Glauben sind nicht gefeit. Trugbilder vernebeln unseren Geist von Zeit zu Zeit. Da sind viele, die berufen, aber nur wenige, die auserwählt sind. Stelle dich unter die wenigen, Tochter, harre aus im heiligen Wandel, unterweise die deiner Leitung anvertrauten Schwestern und lasse nicht zu, daß es dem Hochmut gelingt, dein Herz zu vergiften. Übe dich in Demut, denn nur das Weib, das den Herrn fürchtet, wird Lob erfahren. Mag auch dein derzeitiges Streben eitel sein, bin ich doch voll der Überzeugung, daß deine Seele nach wie vor vom Feuer der göttlichen Liebe erglüht und du eigentlich keines Anspornes zum guten Handeln bedarfst. Deshalb erachte ich es auch als überflüssig, dir weitere mahnende Worte mit auf den Weg zu geben. Laß mich dir zum Schluß nur zurufen: Wandle im Herrn, und du wirst gesegnet sein!«

Ehe Hildegard recht verstand, was der Papst damit meinte, war die Audienz auch schon beendet. Das Zeremoniell der Verabschiedung erlebte sie wie betäubt. Erst als ihr auf der Straße die kalte Winterluft ins Gesicht schlug, kam sie wieder zur Besinnung.

»Was war das?« fragte sie, noch immer ungläubig.

»Eine Abfuhr«, sagte Albero, der ebenfalls sichtlich erschüttert war.

»Damit hatte ich nicht gerechnet. Der Heilige Vater wird dein Vorhaben nicht unterstützen.«

»Und weshalb nicht?«

Albero zuckte die Achseln. »Er ist nicht verpflichtet, seine Entscheidungen zu begründen.«

Hildegard hatte mit allem gerechnet, keinesfalls aber mit einer derart glatten und unverständlichen Niederlage. Doch das war noch nicht alles, was dieser Tag für sie bereithielt.

Im erzbischöflichen Empfangsraum hatte Richardis Gesellschaft bekommen: zwei Männer, aus deren Augen die kalte Entschlossenheit von Wölfen sprach, die ihre Beute eingekreist und gestellt hatten.

»Sei gegrüßt, Schwester«, sagte Abt Kuno. »Wie schön, dich bei bester Gesundheit zu sehen.«

Kloster Rupertsberg – November 1177

»Blutfluß«, sagte Hildegard.

»Wie bitte?«

Wibert war zutiefst verwirrt. In Gedanken war er noch in Trier, bei der Abfuhr, die Hildegard sich bei Papst Eugen geholt hatte, und dann machte sie plötzlich diesen Sprung in die Gegenwart.

»Du leidest an Blutfluß«, wiederholte sie.

»Was um alles in der Welt ist Blutfluß?« fragte er.

»Die Griechen nannten es so. Haimorrhoides, der Blutfluß. Dabei handelt es sich um eine Erweiterung der Blutgefäße im unteren Darm- und Afterbereich. Beleibte Menschen, solche, die ständig sitzen, aber auch häufig Erkältete, die husten, leiden bevorzugt daran.«

»Und woher weißt du, daß ich mich damit plage?«

»Du rutschst pausenlos auf deinem Stuhl hin und her. Der Juckreiz muß quälend sein.«

»Allerdings. Aber irgendwann gewöhnt man sich daran.«

»Den Eindruck machst du mir aber nicht. Man kann etwas dagegen tun, Wibert. Dieses Leiden ist keineswegs unheilbar.«

»Ich weiß«, sagte er. »Nicht mehr sitzen und nichts mehr essen.«

»Das ist Unfug, obgleich es dir nicht schaden würde, wenn du weniger Speck auf den Rippen hättest. Aber bereits eine schlackenreiche Ernährung, die zu einem weicheren Stuhl führt, könnte dir helfen. Dazu werde ich dir eine Würze aus Wegwarte, Klette, geröstetem Salz und Honig geben, die, nach dem Abendessen getrunken, die Verdauung anregt. Ferner solltest du dir warmes Roggenbrot auf die aufgeplatzten Knoten legen, damit sich keine neuen bilden.«

Da Wibert entgeistert guckte, fragte sie: »Du leidest doch an hartem Stuhl, oder nicht?«

»Woher weißt du das schon wieder? Werde ich überwacht?«

»Ich sehe, was du ißt. Du nimmst kaum faserreiche Nahrung zu dir. Da bleibt ein harter Stuhl nicht aus.«

»Mir wäre es ganz recht, wir würden das Thema wechseln.«

»Schämst du dich etwa? Vor mir alter Frau?«

»Ich bin eben nicht – wie soll ich sagen – so naturverbunden wie du. Ich pflege ein wenig Abstand zu diesen Dingen.«

»Aber scheißen tust du auch, wie jeder Mensch.«

»Mater, ich bitte dich! Deine Ausdrucksweise.«

»Homo sum; humani nil me alienum puto.«

»Soll ich das etwa auch in deine Vita aufnehmen?«

»Tu, was du nicht lassen kannst. Niemand würde dir glauben. Man würde es für einen Lapsus calami halten.«

»Wohl wahr. Ich würde als Biograph unglaubwürdig.«

»Was ist nun?« fragte Hildegard kratzbürstig. »Bist du bereit, deinen Blutfluß kurieren zu lassen?«

»Muß ich das jetzt entscheiden?«

»Wann immer du willst«, sagte sie und lächelte wieder mild. »Für heute sollten wir Schluß machen. Ich bin müde, und auch du siehst aus, als könntest du ein paar Stunden Schlaf gebrauchen. Morgen abend – ach nein, es ist ja schon heute abend – machen wir dann weiter. Einverstanden?«

*

Die nächste Sitzung begann Wibert mit einer Frage.

»Hast du je herausgefunden, warum Papst Eugen sich so ablehnend verhalten hat?« wollte er wissen.

»Weder Bischof Albero noch ich konnten uns zunächst einen Reim darauf machen«, sagte Hildegard, die gegen die Kälte diesmal ihre Schaffellschuhe trug. »Eugen galt als menschenfreundlich, mehr noch, er schlug sich gern auf die Seite der Schwachen. Und als Frauenfeind war er auch nicht bekannt. Albero machte sich schwere Vorwürfe, die Stimmung falsch eingeschätzt und so meine Pläne zunichte gemacht zu haben. Aber daran lag es nicht, Papst Eugen war kein launenhafter Mensch. Nein, der eigentliche Grund war wie so oft darin zu suchen, daß es gewisse Interessen zu wahren galt.«

»Könntest du etwas deutlicher werden?«

»Zur damaligen Zeit war gerade der zweite Kreuzzug in vollem Gang. Eugen war es mit der Hilfe Bernhard von Clairvaux' gelungen, die unterschiedlichen weltlichen wie kirchlichen Machtgruppen zu einem Bündnis zusammenzuschmieden. Wie du dich erinnern magst, zogen damals sogar König Konrad der Dritte, unser Staufer, und König Ludwig der Siebte von Frankreich gemeinsam ins Heilige Land. Eine allerdings wackelige Allianz, deren Mission Eugen unter keinen Umständen gefährden wollte. Dieser Kreuzzug war sein Lebenswerk, den wollte er, koste es, was es wolle, zum Erfolg führen. Damals dachte er noch, der Zug würde gelingen, dabei kann das, was bereits im eigenen Land mit Mord und Totschlag beginnt, niemals zu einem guten Ende führen.«

»Du sprichst die Judenpogrome an.«

»Wie haben die edlen Herren Kreuzfahrer gewütet! Die Landwehrgräben standen voll Blut. Und das alles im Namen Gottes. Dabei ging es ihnen doch nur darum, die Schulden, die sie bei den Juden hatten, nicht zurückzahlen zu müssen. Gott weiß, daß ich in Treue zum apostolischen Stuhl stehe, aber mit ihrem Aufruf zum Kreuzzug haben sich damals Bernhard wie Eugen zutiefst versündigt.«

»Nur, was hat dein berechtigter Wunsch nach einem eigenen Kloster mit dem letztendlich gescheiterten Kreuzzug zu tun?«

»Ich hatte Unruhe gestiftet, die Regeln verletzt. Eugen muß befürchtet haben, ein falsches Zeichen zu setzen, würde er mich unterstützen. Das letzte, was er zu diesem Zeitpunkt gebrauchen konnte, war

Unruhe in der Kirche. Also hat er sich auf die Seite des Rechts gestellt, nicht auf die Seite der Gerechtigkeit. So etwas nennt man, sich den Sachzwängen beugen.«

»Weil du deinen Abt übergangen, also den Disibodenberg ohne seine Erlaubnis verlassen hast?«

»Nicht nur. Ich habe ja auch den Mainzer Erzbischof übergangen. Überhaupt war ich dem Papst viel zu forsch, und im nachhinein muß ich zugeben, daß die Reise nach Trier ein Fehler war. Zumindest war mein Vorgehen unklug, wie ich auch das Interesse an meiner Person falsch gedeutet habe. Die Synodalen sahen in mir eine fügsame kleine Seherin, die ihnen erbauliche Mitteilungen lieferte, aber keine selbständig denkende und handelnde Frau.«

»Ich kann mir lebhaft vorstellen, wie herausfordernd dein Wunsch nach Eigenständigkeit gewirkt hat. Aber irgend etwas muß doch letztendlich den Sinneswandel des Papstes bewirkt haben.«

»In der Tat. Bist du bereit, meinen Bericht anzuhören?«

Wibert nickte und griff nach seiner Wachstafel.

Trier – Dezember 1147

»Ich bestehe darauf!«

Das Ausrufezeichen begleitete Kuno mit einem kleinen Hopser. Das war aber auch die einzige Unterbrechung seines Marsches im Kreis um die vier Sitzenden. Ständig mußten sie die Köpfe drehen, um ihm zu folgen.

»Nun, wenn du wirklich darauf bestehst«, sagte Albero, »dann –«

»Allerdings!«

»– dann werde ich natürlich versuchen, eine Audienz zu erwirken. Ich sage dir aber gleich, der Heilige Vater hat sich bereits mit dem Thema beschäftigt und eine Entscheidung getroffen. Er wird wenig glücklich sein, diese Angelegenheit erneut behandeln zu müssen.«

»Es geht um mein Ansehen«, rief Kuno. »Es mag sein, daß Seine Heiligkeit Hildegards Ansinnen abschlägig beschieden und mir damit indirekt recht gegeben hat, aber das genügt mir in diesem Fall nicht. Es gibt da noch gewisse Aussagen, die ich richtigzustellen habe. Zum Beispiel ist es eine glatte Lüge zu behaupten, ich hätte etwas mit der Gefangennahme der Schwestern durch diesen Wildgrafen zu tun. So etwas kann ich nicht auf mir sitzenlassen.«

Herbrand machte ein zweifelndes Gesicht, sagte aber nichts.

»Tatsache ist jedoch, daß die Schwestern auf Burg Tronecken festgehalten wurden«, sagte der Erzbischof.

»Weil der Wildgraf ein übler Wegelagerer ist, der ein Lösegeld erpressen wollte.«

»Hast du denn eine entsprechende Forderung erhalten?«

»Was?« Vor Überraschung blieb Kuno einen Moment stehen. »Nein. Dafür war wohl die Zeit zu kurz. Sie sind ja gleich wieder geflohen, um hinter meinem Rücken ihre selbstsüchtigen Pläne voranzutreiben.«

»Ich bin bereit zuzugeben, daß ich unrecht getan habe«, sagte Hildegard, die bisher geschwiegen hatte. »Ich hätte mich an den Instanzenweg halten müssen. Daß ich das nicht getan habe, dafür gab es gute Gründe, die jedoch mein Verhalten nicht entschuldigen.«

»Wie gut, daß du wenigstens das einsiehst«, sagte Kuno und setzte sich endlich wieder hin, was alle mit Erleichterung aufnahmen. »Zudem erfordert die Leitung eines Klosters eine gewisse Befähigung. Man muß eine umfangreiche und tiefgehende Ausbildung genossen haben, um den Anforderungen gerecht zu werden, die ein solches Amt mit sich bringt. Eine Frau, die – mit Verlaub gesagt – ihr ganzes Leben in einer Klause zugebracht hat, dürfte dafür wohl kaum geeignet sein.«

»Ausbeuten, raffen, lügen und betrügen«, brach es aus Richardis heraus, die schon die ganze Zeit Mühe gehabt hatte, Haltung zu bewahren. »Falls das die Tugenden sind, die ein Abt mitbringen muß, dann gibt es wahrlich keinen geeigneteren als dich. Geht es aber um Herzensgüte, um –«

»Schweig, Elende!« rief Kuno und wandte sich an Albero. »Hast du das gehört? Hast du gehört, wie sie mich beleidigt hat? Richardis ist das Paradebeispiel einer Erziehung durch die Meisterin Hildegard. Und ihr soll ein ganzer Konvent blind anvertraut werden? Mir tun die Eltern leid, die ihre Töchter im besten Glauben an eine gottgefällige Unterweisung in der Klause abgeben. Wenn sie wüßten, welche Ungeheuer statt dessen dort herangezüchtet –«

»Nun reicht es aber«, fuhr Albero dazwischen. »In meinem Haus mäßigst du dich gefälligst in deiner Wortwahl, sonst gehst du vor die Tür. Und auch dich, Richardis, muß ich ermahnen. Du hast es an dem notwendigen Respekt fehlen lassen.«

»Ich beabsichtige nicht, die Äußerungen meiner Tochter in Christo gutzuheißen«, sagte Hildegard, die Richardis während Kunos Tirade eine Hand auf den Unterarm gelegt hatte, um sie zu beruhigen. »Aber ihr solltet bedenken, daß eine Niederlage in der Jugend mehr schmerzt als im Alter.«

»Ach, laß doch, Mutter«, rief die junge Nonne und sprang auf. »Wo Falschheit und Heuchelei das Sagen haben, da kann ich nicht atmen.«

Mit diesen Worten lief sie hinaus und warf die Tür hinter sich zu. Nachdem das Zuschlagen verhallt war, herrschte für einen wundervollen Moment absolute Stille.

»Sag selbst, Albero«, wurde sie von Kunos quäkender Stimme zerrissen, »ist es nicht eine Schande –«

»Wenn du nicht auf der Stelle den Mund hältst«, zischte ihn der Erzbischof an, »dann rufe ich die Wachen. Das gilt im übrigen auch für dich.«

»Ich hab doch gar nichts gesagt«, sagte ein völlig verdatterter Herbrand.

»Dann belaß es auch dabei.« Etwas mühselig stemmte der Erzbischof sich aus seinem Sessel hoch. »So, und nun will ich versuchen, eine Audienz zu erwirken.«

Kaum hatte Albero den Raum verlassen, warf Kuno Hildegard den hämischen Blick eines Henkers zu, der seinen Nachbarn köpfen darf, mit dem er seit langem um die Nutzung eines Brunnens streitet. Die Mater indes tat, als hätte sie ihn nicht bemerkt.

*

Die Verwandlung war perfekt. Aus dem einfachen Mönch auf dem Papstthron war ein Oberhirte in vollem Ornat geworden. Angetan mit Albe, Kasel, Dalmatika, Pallium, Stola, Humerale und Manipel, kurzum sämtlichen Insignien päpstlicher Würde, wirkte Eugen mit einem Mal respektgebietend. Dazu trug bei, daß er sich nun kerzengerade hielt, damit ihm nicht die Tiara vom Kopf rutschte. Und schließlich hatte sich jemand erbarmt und den Schmutz unter seiner Nase weggeschabt. Nun sah er wirklich aus wie der Herrscher eines Weltreiches, auch wenn es nur ein imaginäres war.

Die Überraschung war zweifellos für Hildegard am größten. Gleichzeitig aber war sie neben Albero die am wenigsten eingeschüchterte Person, da sie auch die andere Seite kannte. So begrüßte sie den Heiligen Vater zwar mit allem Respekt, aber keineswegs mit solcher Übertreibung wie Kuno, der sich vor dem Reisethron zu Boden warf und pausenlos Floskeln der Selbsterniedrigung und Unterwerfung brabbelte. Herbrand, der es wegen seiner Länge schwerer hatte, in die Horizontale zu kommen, lag stumm daneben.

»Erhebt euch«, sagte Eugen schließlich mit deutlichem Hänger bei dem ›H‹, jedoch ohne zu singen. »Meine Zeit ist knapp bemessen.«

Das hatte ihnen bereits der Erzbischof mitgeteilt. Der Papst gedachte nämlich die Mittagsmesse im Dom zu zelebrieren. Das war auch der Grund, warum er sich in Schale geworfen hatte.

Alle beeilten sich, die zugewiesenen Plätze einzunehmen. Herbrand brauchte am längsten.

»Komm zügig zum Thema«, sagte der Heilige Vater mit Blick auf Kuno. Kein Gesang, er stellte sich seinem Stottern. Das ging natürlich zu Lasten der geschraubten Formulierungen. »Trage mir deine Beschwerde vor.«

»Sehr wohl, Eure Heiligkeit.«

Kuno setzte eine betroffene Miene auf, als hätte er soeben erfahren, daß er unheilbar krank sei. »Es handelt sich um einen Fall von Ehrabschneidung, der bestraft gehört. Ich, der Tag und Nacht zum Wohle unserer bescheidenen Gemeinschaft – die Frauenklause eingeschlossen – auf dem Disibodenberg wirkt, ich, den die Sorge um das Wohlergehen der Brüder und Schwestern kaum zur Ruhe kommen läßt, ich, der sein letztes Stück Brot gäbe, um einem Bruder in der Not beizustehen, mir wird unterstellt, ich hätte aus niederen Beweggründen mit Wegelagerern, Erpressern und Halsabschneidern gemeinsame Sache gemacht. Dagegen verwahre ich mich mit aller Nachdrücklichkeit.«

Er zeigte mit ausgestrecktem Arm auf Hildegard. »Dieses Weib hat sich ohne meine Erlaubnis aus dem Kloster entfernt, um in beispielloser Anmaßung die Erlaubnis zur Gründung einer eigenen Abtei einzufordern. Ein Begehren, dem ich, ohne jetzt in Einzelheiten gehen zu wollen, aus guten Gründen meine Unterstützung verweigert habe. Wie auch Erzbischof Heinrich von Mainz, unser verehrter Hirte, dieses –«

»Erzbischof Heinrich wußte davon?« unterbrach ihn der Heilige Vater.

»Wie? Nein, das nicht gerade. Aber ich weiß, wie Seine Eminenz zu solchen Dingen steht. Also, wie ich schon sagte, dieses –«

Eine Handbewegung des Papstes ließ Kuno verstummen.

»Zur Angelegenheit der Klostergründung erging bereits ein apostolischer Entscheid«, sagte Eugen bemerkenswert flüssig. »Es ist unnötig, das Ganze noch einmal zu behandeln. Wenn ich dich richtig verstanden habe, geht es dir darüber hinaus um eine Form der Wiedergutmachung für erlittenen Ehrverlust. Ist dem so?«

»Allerdings«, sagte Kuno. »Ich verlange Bestrafung.«

»Woran hast du dabei gedacht?«

»Ja, also, hmm, da wäre ...« Ein Knuff Herbrands brachte Kuno gerade noch rechtzeitig zur Vernunft. »Das überlasse ich natürlich ganz dem Ermessen Eurer Heiligkeit. Eure vielgerühmte Weisheit –«

Diesmal war es nicht der Heilige Vater, der Kuno Einhalt gebot, sondern das plötzlich einsetzende Läuten der Domglocken, die zur Mittagsmesse riefen. Der päpstliche Kammerdiener trat an den Thron und flüsterte dem Heiligen Vater etwas zu.

»Bin ich etwa taub?« blaffte Eugen daraufhin. »Das höre ich selbst.«

Dann wandte er sich wieder allen zu. »Ich denke, wir sollten dazu auch Schwester Hildegard hören. Vielleicht möchte sie ja die von ihr gemachten Anschuldigungen zurücknehmen oder zumindest korrigieren.«

Hildegard verneinte. »Keineswegs. Es ist nicht meine Art, die Unwahrheit zu sagen, um einer Bestrafung zu entgehen. Ein solches Verhalten würde mich auch im Hinblick auf meine seherische Gabe unglaubwürdig machen.«

»Nichts anderes habe ich von dir erwartet, meine Tochter«, sagte Eugen. »Das Problem ist jedoch, daß sich deine Anschuldigungen nicht beweisen lassen.«

Es entstand Unruhe, weil ein Diener an der Tür erschien und winkte. Daraufhin huschte der Kammerdiener zur Tür und gleich darauf zurück zu seinem Herrn, um erneut auf ihn einzureden.

»Kreuzdonnerwetter!« entfuhr es dem Papst in einer Lautstärke, daß der Kammerdiener einen Satz rückwärts machte. »Dann soll der Küster eben weiterläuten. Die Messe beginnt, wenn ich soweit bin, und damit Schluß. – Wo waren wir stehengeblieben?«

»Eine Wahrheit wird nicht zur Lüge, nur weil sie sich nicht beweisen läßt«, sagte Hildegard.

»Damit hast du zweifellos recht, meine Tochter, aber ... Gibt es denn niemanden, der deine Aussage bezeugen könnte?«

»Schwester Richardis wäre als Zeugin ungeeignet, weil sie mir treu ergeben ist. Und der Wildgraf von Tronecken – nun, er müßte erst dingfest gemacht werden.«

Eugen winkte ab. »Den können wir vergessen. Womöglich müßten wir ihn auch noch foltern, bevor er redet. Nein, nein, so geht das nicht.«

»Vielleicht kann ich behilflich sein«, sagte plötzlich eine Stimme im Hintergrund.

Alle Köpfe flogen herum. In der Tür stand Graf Jerome de Carcasso und verbeugte sich elegant.

Obwohl Hildegard es gewiß abgestritten hätte, schlug ihr Herz vor Freude einige Takte schneller.

Der Heilige Vater runzelte die Stirn.

»Graf Jerome de Carcasso, sagt Ihr, ist Euer Name?« fragte er nachdenklich. »Seid Ihr mit dem Grafen Henri de Carcasso verwandt?«

»Henri ist mein älterer Bruder«, sagte Jerome. »Er reitet zur Zeit mit unserem König, Ludwig dem Siebten, gen Konstantinopel.«

»Ich weiß, ein wahrhaft treuer Vasall seines Herrn und ein vorbildlicher Christ dazu. Vor seiner Abreise traf ich ihn noch in Avignon.« Der Papst drohte scherzend mit dem Zeigefinger. »Zudem ein vortrefflicher Schachspieler, Euer Bruder. Wir haben uns so manch heißes Duell auf dem Brett geliefert.«

»Neben der Rinderzucht die einzige Leidenschaft, der er frönt.«

»Ein fürwahr bemerkenswerter Mann. Ich bin hoch erfreut, Eure Bekanntschaft zu machen. Und Ihr wollt Euch dieser Runde im vorliegenden Streitfall als Zeuge anbieten, Graf Jerome, habe ich das richtig verstanden?«

»Vollkommen richtig, Eure Heiligkeit. Ich bin erschienen, um die Aussage der Benediktinerin Hildegard von Bermersheim zu bestätigen.«

»Könntet Ihr etwas genauer werden?«

»Gern. Ich kann bestätigen, daß die Ordensfrauen Hildegard von Bermersheim und Richardis von Stade auf Burg Tronecken auf Geheiß ihres Abtes Kuno festgehalten wurden.«

»Ich protestiere!« rief Kuno. »Ich kenne diesen Menschen überhaupt nicht, und er mich ebensowenig. Wie kann er behaupten –«

Wieder war es die erhobene Hand des Heiligen Vaters, die Kuno zum Schweigen brachte. »Dafür kenne ich die Familie des Grafen um so besser. Es handelt sich um eine der angesehensten in ganz Frankreich. Ich denke, der Graf würde eine derartige Behauptung nicht aufstellen, wenn er sie nicht beweisen könnte.«

Sieben Augenpaare inklusive die der beiden Diener richteten sich in höchster Erwartung auf Jerome, und er war eitel genug, dies zu genießen.

»Am Tag, bevor die beiden Ordensfrauen auf die Burg gebracht wurden, erschien eine Gruppe von vier Mönchen auf Tronecken«, sagte der Graf. »Ich habe mir zunächst nichts dabei gedacht, denn so abgeschieden die Burg auch liegt, hin und wieder hatte Graf Konrad Gäste. Auffällig war nur, daß der Wildgraf sich mit den Mönchen umgehend in seine Gemächer zurückzog und diese nicht einmal zu den Mahlzeiten verließ. Das weckte natürlich meine Neugier.«

»Da habt Ihr sie ein wenig ausgekundschaftet«, streute der Papst ein.

»Ich gebe zu, daß mein Verhalten einen ungebührlichen Eindruck machen muß, aber ich hielt mich zu jenem Zeitpunkt bereits seit einem Vierteljahr auf Tronecken auf und langweilte mich schier zu Tode. Außer der Jagd auf Schwarzkittel und den täglichen Saufgelagen gab es herzlich wenig Zerstreuung. So schlich ich mich denn in die gräfliche

Schlafkammer, von wo aus ich die Gespräche belauschen und die Gruppe durch ein Astloch in der Bretterwand beobachten konnte. Dabei empfand ich die diebische Freude eines Knaben.«

»Berichtet, was Ihr gehört habt.«

»Der Graf und der Wortführer der Mönche feilschten wie auf dem Viehmarkt, ich verstand allerdings nicht, worum es bei dem Handel ging. Das wurde mir erst am darauffolgenden Tag klar, als die Mönche plötzlich eiligst verschwanden und wenig später die Horde des Grafen mit den beiden Ordensschwestern eintraf. Mein Verdacht wurde mir von Schwester Richardis bestätigt, als sie sagte, sie und ihre Vorsteherin würden auf Tronecken gefangengehalten.«

»Konntet Ihr dem belauschten Gespräch einen Hinweis entnehmen, daß Abt Kuno derjenige war, der die Gefangennahme veranlaßt hatte?«

»Nur indirekt. Der Wortführer der Mönche wies den Wildgrafen mehrfach darauf hin, daß er bei Abt Kuno noch eine Schuld zu begleichen habe. Das gab dann auch den Ausschlag, daß Konrad dem Handel zustimmte.«

»Ha!« rief Kuno. »Was beweist das? Nichts! Absolut nichts!«

»Ich glaube, da täuscht Ihr Euch, Abt Kuno«, sagte Jerome. »Mein Vorschlag lautet: Wir fragen einfach den Wortführer der Mönche, in wessen Auftrag er die Verhandlungen geführt hat.«

»Befindet er sich etwa in Trier?« fragte der Papst mit großen Augen.

»Mehr noch. Er sitzt mitten unter uns.« Jerome zeigte auf Herbrand. »Das ist er.«

Herbrands Wunsch, die Erde möge sich auftun, wurde nicht erhört. Aber es war ja auch kein frommer Wunsch.

*

Das Läuten der Domglocken klang zunehmend unrhythmischer und willkürlicher. Der Heilige Vater sandte seinen Kammerdiener aus, um den Grund dafür zu erfragen. Nur Augenblicke später war der Diener zurück.

»Der Küster ist restlos erschöpft«, sagte er. »Er sagt, er spüre seine Arme schon nicht mehr.«

»Gibt es denn niemanden, der ihn ablösen kann?«

»Offenbar nicht.«

»Dann soll er aufhören zu läuten. Das kann ja kein Mensch mit anhören.«

»Und die Messe?«

»Muß warten. Ich will das hier erst zu Ende bringen.«

»Aber der Dom ist bis auf den letzten Platz besetzt.«

»Hm«, machte der Papst und winkte dann Erzbischof Albero zu sich. »Geh schon mal rüber und vertröste die Leute. Ich beeile mich auch.«

»Was soll ich ihnen denn sagen, Eure Heiligkeit?«

»Laß dir was einfallen. Erzähle ihnen von mir aus, ich müsse mich eines seelsorgerischen Notfalls annehmen.«

Der sonst so heitere Albero ließ die Mundwinkel hängen. Nicht so sehr wegen des Auftrags, dem er sich durchaus gewachsen fühlte, sondern weil er nun den Ausgang der Audienz verpassen würde. Aber eine päpstliche Weisung war eine päpstliche Weisung, daran änderte auch der Erzbischof von Trier nichts. Mit noch stärker hängenden Schultern als gewöhnlich trollte er sich.

»Und nun zu dir, Bruder Herbrand«, sagte Eugen. »Berichte uns doch, in welcher Mission du dich auf Tronecken aufhieltest.«

Herbrand blies die Backen auf, zuckte mit den Schultern und guckte, als könne er sich an nichts erinnern.

»Nur um Mißverständnissen vorzubeugen«, ergänzte der Papst lächelnd und beinahe beiläufig, »solltest du dich dumm stellen oder lügen, lasse ich dich einkerkern und bei Bedarf foltern. So oder so, wir werden die Wahrheit aus dir herausbringen.«

»Gütiger Himmel!« entfuhr es dem Adlatus. »Ich kann doch nichts dafür! Kuno meinte, wir müßten unter allen Umständen verhindern, daß die Nonnen nach Trier gelangen. Da kam ihm der Einfall, den Wildgrafen für unsere Zwecke einzuspannen.«

»Stimmt das, Bruder Kuno?«

Der Heilige Vater brachte das Kunststück fertig, die Frage, obwohl er das ›S‹ zigfach neu ansetzen mußte, wie eine eiskalte Drohung klingen zu lassen. Niemand wagte, auch nur eine Miene zu verziehen. Am wenigsten Kuno, dem der Schweiß in großen Tropfen auf der Stirn perlte.

»Ich war im Recht«, sagte der kleine Abt schließlich trotzig, wobei er sich immer wieder mit der Zunge über die Oberlippe fuhr. »Hildegard und Richardis hatten das Kloster ohne meine Erlaubnis verlassen. Es war meine Pflicht, sie zurückzuholen.«

»Was du aber nicht getan hast.«

»Wie?«

»Du hast sie nicht zurückgeholt, sondern Wegelagerern ausgeliefert. Was ziemlich genau das Gegenteil der von dir angeführten Fürsorgepflicht ist.«

»Wo ist da der Unterschied? Entscheidend war doch, daß sie nicht nach Trier gelangen konnten, um ... Verdammt!«

»Ja?« fragte Eugen mit gespanntem Gesicht, so, als warte er auf etwas besonders Belustigendes. »Sprich weiter, Bruder Kuno. Ich bin ganz Ohr.«

Flink wie ein Frettchen sprang Kuno auf und hechtete dem Heiligen Vater vor die Füße, wo er laut winselnd um Züchtigung bat.

»Ich Unwürdiger! Ich Verblendeter! Ich Elender!« rief er und grapschte auf seiner Kopfhaut herum, als würde er sich liebend gern die Haare ausreißen, wenn er nur welche hätte. »Schlagt mich! Peitscht mich aus! Steinigt mich!«

Eugen schnipste mit den Fingern, woraufhin die Diener Kuno wieder auf die Beine stellten. Sie mußten ihn unter den Achseln gepackt halten, da er sich hängenließ wie ein nasser Sack.

»Daß du von dir aus um Bestrafung bittest, zeugt von Einsicht und Reue«, sagte der Papst und erhob sich von seinem Thron. »Daher verstehst du sicher auch, daß ich angesichts der Schwere deines Vergehens keine Gnade walten lassen kann. Fürs erste wirst du in Gewahrsam genommen. Die endgültige Strafe werde ich im Anschluß an die Messe verkünden. Der Herr sei mit euch.«

Die Anwesenden hatten Mühe, sich so schnell zu verneigen, wie der Heilige Vater entschwand.

»Wüßte ich es nicht besser, würde ich sagen, Euch hat der Himmel geschickt«, sagte Hildegard zu Jerome. »Gleich als Ihr eintratet, wußte ich, Ihr würdet mir ein weiteres Mal zu Hilfe kommen.«

Man hatte ihnen gestattet, im Empfangssaal zu warten, während Kuno und Herbrand hinausgeführt worden waren.

»Stets zu Diensten«, sagte der Graf. »Einer gerechten Sache zum Sieg zu verhelfen, ist mir immer eine Freude.«

»Richardis hat Euch informiert, daß sich etwas zusammenbraut, war es nicht so?«

»Sie hat sich bei den Wachen erkundigt, wo sich das Haus des Baders befindet. Da ich in dem Wirtshaus nebenan wohne, konnte sie mich rasch ausfindig machen.«

»Wo ist sie eigentlich?«

»Hier bin ich, Mater!« Richardis stürmte herein und umarmte die Meisterin. »Alles wird gut, nicht wahr?«

»Graf Jeromes Aussage hat dem Heiligen Vater bewiesen, daß ich die Wahrheit sagte. Kuno hingegen ist als Lügner entlarvt. So froh ich bin, triumphieren mag ich nicht, dazu dauert mich unser Abt doch zu sehr.«

»Dieser gemeine Hund?«

»Er ist ein Opfer seiner Gefallsucht und Selbstüberschätzung geworden. Davor ist niemand gefeit. Wir sollten für ihn beten.«

»Das werde ich nicht tun«, sagte Richardis. »Seine ach so menschlichen Schwächen hätten uns beinahe das Leben gekostet.«

»Ich will unterstellen, daß er das nicht beabsichtigt hat.«

»Aber er hat es billigend in Kauf genommen. O Mater, du bist einfach zu gut für diese Welt.«

Hildegard wehrte eine erneute Umarmung ihrer Tochter ab.

»Mit welcher Strafe rechnet Ihr?« fragte Jerome. »Wird Kuno ausgepeitscht?«

»Keinesfalls«, sagte Hildegard. »Ich glaube nicht, daß er überhaupt gezüchtigt wird. Dagegen würde ich auch Einspruch erheben. Nein, ich vermute, es wird auf den Verlust von Befugnissen und auf irgendeine Art der Wiedergutmachung hinauslaufen.«

*

»Wegen dir Schafskopf befinde ich mich überhaupt nur in dieser Lage«, sagte Kuno und hob die Hand. »Ich hätte nicht übel Lust, dich links und rechts zu ohrfeigen.«

Die Wachen hatten Kuno und Herbrand in eine Kammer im obersten Stock des Wohnturms Jerusalem gesperrt. Eine reine Vorsichtsmaßnahme, da bekannt war, daß sich mehr als ein Dutzend Mönche vom Disibodenberg in der Stadt aufhielten. Wenn sie von der Festsetzung ihres Priors erführen, war nicht auszuschließen, daß sie sich zu einer Befreiungsaktion hinreißen ließen.

Die Aussicht von der Turmkammer war prächtig. Keinem der beiden stand jedoch der Sinn danach, sie zu genießen.

»Wenn es dir Erleichterung verschafft, dann schlag mich«, sagte Herbrand und bot Kuno seine Wange dar. »Obwohl du dich, was Schafsdämlichkeit angeht, lieber an die eigene Nase fassen solltest.«

»Was erlaubst du dir? Noch bin ich dein Abt! Auch wenn der Heilige Vater mich wohl meines Amtes entheben wird. Oh, ich darf gar nicht daran denken. Dieser Posten ist mein Leben!«

»Warum hast du auch auf dieser Audienz bestanden? Alle haben dir davon abgeraten. Aber nein, du wolltest ja unbedingt den ganzen Rahm abschöpfen. Und nun stehst du mit leeren Händen da. Nicht mal eine Flocke Butter ist dir geblieben.«

Kuno sackte auf einem der Hocker zusammen, die neben einem Tisch und einer wurmstichigen Truhe die einzigen Möbelstücke in der Kammer waren.

»Ich weiß, ich weiß, ich hab alles falsch gemacht«, jammerte er. »Gewiß wirst du mich beerben, die Brüder werden dich zu meinem Nachfolger wählen. Sei du weiser als ich. Und wenn du manchmal an mich denkst, dann erinnere dich bitte auch daran, daß ich immer nur das Beste für die Abtei wollte. Wenigstens kann ich mir zugute halten, Hildegard für den Disibodenberg zurückgewonnen zu haben. Auch wenn ich dafür mit dem Verlust meines Amtes bezahlen muß.«

Im Gegensatz zu seinem Abt machte Herbrand ein zufriedenes Gesicht. Er hatte auch allen Grund. Seine Zukunft sah rosig aus.

*

Dunkle Wolkenberge kamen das Moseltal herauf und türmten sich zu schwarzen Gebirgen, aus denen Salven von Blitzen auf die Erde niedergingen, gefolgt von zornigem Donnergrollen. Gleichzeitig setzte ein Schneetreiben von einer Heftigkeit ein, daß die Menschen kaum noch die Hand vor Augen sehen konnten. Diejenigen, die noch immer den heidnischen Gottheiten anhingen, verkrochen sich in den Häusern und zogen sich die Decken über den Kopf. Aber auch manch einer, der christlichen Glaubens war, erinnerte sich seiner Sünden und begann, vor Gottesfurcht zu schlottern.

So auch Kuno, der aus dem Fenster seines Gefängnisses voller Entsetzen auf das starrte, was da auf die Stadt zukam. Sein Verstand sagte ihm, daß das Wetter keineswegs ein Omen für das bevorstehende Urteil des Papstes war, aber irgendein Gefühl sagte ihm genau das Gegenteil. Vor lauter Beklemmung mußte er pausenlos Wasser lassen. Als plötzlich die Tür aufgerissen wurde und die Wächter erschienen, um ihn zu holen, hätte er beinahe geschrien.

Das Haus des Propstes erreichten sie gerade noch, bevor das Unwetter durch die Straßen Triers zu toben begann. Im Empfangssaal waren bereits alle versammelt und blickten Kuno bei seinem Eintreten erwartungsvoll an. Nur gut, daß es stürmt, schoß es dem Abt durch den Kopf, solange können sie mich wenigstens nicht hängen.

Der Heilige Vater hatte, des ständigen Balancierens müde, die Tiara abgenommen. Zurückgeblieben war eine halbkreisförmige Druckstelle auf der Stirn. Ansonsten war er gekleidet wie zuvor. Mit strengem Blick maß er Kuno, der durch seinen zweistündigen Turmaufenthalt gebrochen und um Jahre gealtert schien. Gerade als der Papst das Wort ergreifen wollte, wurde es grottenfinster. Es war, als breche am hellichten Tag die Nacht herein. Die Kerzen hatten Mühe, gegen die plötzliche Schwärze anzuleuchten. Dazu hob ein Heulen an, als attackiere ein ganzes Heer von Gespenstern das Haus. Irgendwo schlug ein Fensterladen in aberwitzigem Rhythmus. Nicht nur den Furchtsamen gefror das Blut in den Adern.

»So nehmet denn auf meinen Entscheid, den ich zu verkünden habe.«

Da war er wieder, der päpstliche Sprechgesang. Entweder aufgrund des Anlasses oder der Umstände. Hildegard vermutete letzteres, denn der Heilige Vater mußte sich gegen das lautstarke Wüten der Elemente behaupten, und das ging gesungen nun mal besser.

»Zu Dir, Herr, erhebe ich meine Seele, mein Gott, auf Dich vertraue ich; ich werde nicht erröten«, zitierte Eugen den fünfundzwanzigsten Psalm, Vers eins und zwei. »Auch in dir, Kuno, Unwürdiger, ist der Hauch, den Gott unbegrenzt am Leben erhalten hat und dem er die Flügel der Vernunft verlieh. Fliege also mit ihnen durch den Glauben zu Gott, in dessen Wissen du existiert hast und von dem du den Anfang nahmst. Darum bitte ihn, daß er dich durch den Odem seines Geistes seine Tugenden lehrt und dich von den dich heimsuchenden Widerwärtigkeiten befreit. Vertraue ihm so, daß du dich nicht schämst, alle deine Taten vor ihn zu bringen, und sprich zu ihm, wie ein Sohn zu seinem Vater sagt, wenn er sich verfehlt hat, er solle nicht vergessen, daß er sein Kind sei. Möge Gott dich durch seine unendliche Gnade vor weiteren Vergehen und Sünden schützen und dich davon befreien. So sei deinen Brüdern denn künftig ein besserer Hirte und leite sie mit der Kraft, die du aus dem Quell deiner gereinigten Seele schöpfst. Aber bedenke, auch ich, Eugen, Pontifex maximus, werde wachen über deinen Taten, und sofern mir von erneuten Freveln berichtet werden sollte, so werde ich dich entfernen aus deinem Amt.«

Damit hatte nun niemand gerechnet. Kuno sollte völlig unbeschadet davonkommen! So verblüfft alle Anwesenden waren, so unterschiedlich war ihre Reaktion.

Der einzige, der aufatmete, war der Freigesprochene. Ob er in seiner Erleichterung allerdings mitbekam, daß es sich nur um einen Freispruch auf Bewährung handelte, war zweifelhaft. Womöglich interessierte es ihn aber auch gar nicht.

Herbrand hingegen war zutiefst erbost. Noch nie war er seinem heimlichen Ziel, die Leitung des Klosters zu übernehmen, so nahe gewesen, und nun das. Ihm blieb nur, weiterhin auf Kunos Ableben zu warten.

Richardis war außer sich vor Zorn über diese Ungerechtigkeit. Alles sollte beim alten bleiben – unvorstellbar! Hildegard mußte sie eindringlich ermahnen, damit sie Haltung bewahrte.

Erzbischof Albero fühlte sich in seiner Einschätzung bestätigt, daß dieser Papst eine Pfeife war. Aber was sollte es. Eugen war inklusive aller Gegenpäpste bereits der fünfzehnte, den dieses Jahrhundert sah. Auch ihn würde die Kirche überstehen.

Jerome war enttäuscht. Dafür hatte er sich also als Zeuge zur Verfügung gestellt? Dann sagte er sich, wenigstens war der Oberin Hildegard eine Bestrafung erspart geblieben. Mehr war an diesem Tag wohl nicht zu erwarten gewesen.

Und Hildegard selbst? Sie schien als einzige bemerkt zu haben, daß der Heilige Vater mit seinem Urteilsspruch noch nicht zu Ende war, sondern nur deshalb eine längere Pause einlegte, um wieder zu Luft zu kommen.

So war es denn auch. Als niemand mehr damit rechnete, stimmte der oberste Hirte plötzlich erneut seinen Gesang an.

»So vernehmt denn meine abschließenden Worte«, sang Eugen gegen den Schneesturm an, der immer mehr zu einem Orkan wurde. »Einzig die gottgeweihte Jungfrau und Meisterin der Klause auf dem Berg des heiligen Disibod, von der wir so viel Gutes und erstaunliche Wunderdinge hören, unsere vom göttlichen Hauch erfüllte Schwester Hildegard, die allzeit den Himmel glorreich schauen möge, sie soll nicht länger unter der Vormundschaft des Sünders stehen. Sie möge fortan nur noch ihrem Herrn, dem König des Himmels, gehorchen und frohlocken in Christo, damit ihr ehrenvoller Ruf sich weit und breit erstreckt, auf daß sie für viele ein Wohlgeruch des Lebens sei. So ziehe denn, o Hildegard, mit deiner Töchter Schar zum Berg des heiligen Rupert, auf daß ihr an jenem geweihten Ort den himmlischen Bräutigam umarmt wie auch auf ewig lobpreist den Herrn. Liebste Meisterin, dafür empfange meinen Segen und sei versichert meiner Gunst in väterlicher Zuneigung. Amen.«

Allen Anwesenden – außer der Angesprochenen, die still dem Herrn für den weisen Entscheid des Papstes dankte – stand der Mund vor Verblüffung offen.

Bevor jedoch jemand seinen Gefühlen Ausdruck verleihen konnte, zerbrach eines der Fenster unter dem Druck des Sturms und setzte der Veranstaltung ein furioses Ende.

Kloster Rupertsberg – November 1177

»Grandios!« rief Wibert. »Kein antikes Schauspiel vermag diese Ereignisse an Dramaturgie zu übertreffen. Und wie kraftvoll und weise der Heilige Vater handelte, so ganz anders als der Ruf, der ihm anhaftet.«

»Er war einer der Päpste, mit denen ich am meisten fühlte«, sagte Hildegard. »Gerade einmal sein letztes Lebensjahr konnte er in Rom verbringen, die übrige Zeit seines Pontifikats weilte er im Exil. Dabei mußte er auch noch tatenlos zusehen, wie Arnold von Brescia, dieser elende Ketzer, die Heilige Stadt besetzte und ihre Bewohner mehr und mehr in seinen Bann zog. Eugen hat mehr gelitten, als viele von uns ertragen hätten. Mag er auch unscheinbar gewesen sein, er war klug und zäh. Nie hat er aufgehört, die Kutte Bernhards unter der Dalmatika zu tragen.

»Du bist ihm zu großem Dank verpflichtet.«

»Mein lieber Wibert, du solltest wissen, daß ich nicht aus Dankbarkeit Lobreden halte. Hielte ich Eugen für einen Versager, nähme ich kein Blatt vor den Mund, auch wenn er es war, der mir zu dieser Heimstatt verholfen hat.«

Anstatt das zu vertiefen, hakte Wibert wegen eines anderen Punktes nach.

»Zum Schluß sagtest du, nachdem ihr euch wegen des Sturms, der auch noch das Dach abdeckte, in den Keller geflüchtet hattet, hätte Papst Eugen euch das Versprechen abgenommen, gegen jedermann von den Trierer Ereignissen zu schweigen. Wieso?«

»Kennst du eine Chronik, in der erwähnt wird, Abt Kuno und ich hätten uns zu Zeiten des Konzils in Trier aufgehalten?«

»Nein. Das ist es ja, was ich meine. Auch, daß du Bernhard von Clairvaux begegnet bist, wird nirgends erwähnt.«

»Ihn habe ich tatsächlich nicht getroffen. Uns trennten zeitweilig wohl nur wenige hundert Schritte. Soweit ich weiß, nahm er an der Mittagsmesse im Dom teil, die Eugen zelebrierte. Aber wir sind uns nie begegnet.«

»Es ist nicht zu fassen! Da haben zwei der bedeutendsten Personen dieses Jahrhunderts die einmalige Gelegenheit, einander zu begegnen, Gedanken auszutauschen, Geschichte zu schreiben, und was tun sie? Sie laufen aneinander vorbei. Welch eine Brüskierung von Historikern künftiger Generationen!«

»Beruhige dich. Der Heilige Vater hätte es schon zu verhindern gewußt, denn ein solches Zusammentreffen hätte kaum geheimgehalten werden können. Was glaubst du eigentlich, warum er keinen von uns eingeladen hat, an der Messe teilzunehmen?«

»Vermutlich aus dem gleichen Grund, warum eure Reise in keiner Chronik erwähnt wird und er euch dieses Versprechen, Stillschweigen zu bewahren, abgenommen hat. Ich wiederhole mich ungern – wieso das alles?«

»Nenn es Kirchenräson, nenn es Staatsräson. Der Kreuzzug war im Gange – wir sprachen bereits darüber. Letztlich war es der gleiche Grund, aus dem der Heilige Vater mir zunächst die Gründung dieser Abtei verweigerte.«

»Wenn die Kirche in jenen Tagen ein derart zerbrechliches Gebäude war und er einen störungsfreien Ablauf des Kreuzzugs über alles andere stellte, dann hätte er dir, um ganz sicher zu gehen, die Klostergründung verweigern müssen.«

»Vielleicht befürchtete er, ich würde – zumal ich mich im Besitz der Zustimmung des Herrn wähnte – seinen Entscheid mißachten und meine Pläne insgeheim weiterverfolgen. Aber indem er mir gab, was ich wollte, und Kuno ließ, was der am meisten liebte, machte er es uns leicht, ihm unser Wort zu geben. Und soweit ich weiß, haben sich zeitlebens alle daran gehalten. Selbst Kuno.«

»Was heißt, du wähntest dich im Besitz der göttlichen Zustimmung? Du hattest sie doch, durch deine Vision.«

»Ich wußte, was ich geschaut hatte. Aber hätte ich es beweisen können? Ab einem gewissen Punkt kommt der Glaube ins Spiel, und zu dem kann man niemanden zwingen.«

»Ehe ich es vergesse, wie gestaltete sich der Abschied zwischen Richardis und Graf Jerome? Gab es irgendwelche – wie soll ich mich ausdrücken – Verwicklungen?«

»Überhaupt nicht. Während wir im Kellergeschoß Schutz suchten, verschwand der Graf ohne Aufhebens und von uns unbemerkt. So dankbar ich ihm für alles war, was er für uns getan hatte, noch dankbarer war ich ihm für sein Taktgefühl.« Auf einmal schaute die Mater spöttisch. »Jedenfalls scheint meine Schilderung dich endlich einmal gefesselt zu haben.«

»Wie stets«, sagte Wibert. »Ich lasse es nie an Aufmerksamkeit fehlen.«

»Schwindler. In der vergangenen Nacht hast du zum ersten Mal kein Brot zu dir genommen. Trotzdem hat dein Magen nicht geknurrt.«

»Ist das wahr? Ich werde vom Fleisch fallen!«

»Ein guter Anfang, um gesund zu werden.« Hildegard wies auf die heruntergebrannten Kerzen. »Es ist Zeit, zu Bett zu gehen, sonst haben wir keine Kräfte für den Tag.«

»Morgen berichtest du mir aber von euren Anfängen auf dem Rupertsberg.«

»Morgen«, sagte Hildegard. »So Gott will.«

Teil 2 – Das Ziel

Kloster Disibodenberg – April 1148

Frühdunst deckte die Täler von Nahe und Glahn zu, während der aus der milchigen Suppe herausragende Buckel des Klosterbergs bereits im strahlenden Sonnenlicht lag. Ein Rundumblick bescherte ein Gefühl von Weltentrücktheit, wie es auf einer Insel mitten im Meer nicht größer sein konnte.

Für heute hatte Abt Kuno sämtliche Brüder, die nicht bettlägerig waren, von den Stundengebeten entbunden.

Der Grund dafür lag in Kunos Einschätzung, die Brüder seien mit ihrem Arbeitspensum im Rückstand. Über den Winter hatte er einen Plan ausgearbeitet, der jeder Abteilung haarklein vorschrieb, welche Leistung sie in jedem einzelnen Monat zu erbringen hatte. Sinn dieser Vorgaben war es, die Produktivität der Gemeinschaft zu steigern und höhere Gewinne zu erwirtschaften.

Allerdings hatte sich Kuno bei diesen Vorgaben weniger von der Machbarkeit als von seinen Wunschvorstellungen leiten lassen. So verlangte er beispielsweise von den Brüdern, die als Stellmacher tätig waren, mit der gleichen Anzahl von Arbeitskräften doppelt so viele Wagen zu fertigen wie bisher. Die Wagen aus der Klosterwerkstatt waren außerordentlich begehrt und erzielten hohe Preise. Um die völlig überzogenen Forderungen auch nur annähernd zu erfüllen, verausgabten die Brüder sich bereits im ersten Monat völlig. Jetzt war die Hälfte von ihnen krank, und das Gewerbe lag darnieder.

So hatten Kunos hochfliegende Pläne zunächst nur zu einem geführt: zu Streit und Mißgunst im Konvent. Vor allem die handwerklich tätigen Brüder fühlten sich benachteiligt und überfordert, während die in der Landwirtschaft arbeitenden eigentlich nicht zu klagen hatten. Sie sollten zwar auch mehr erwirtschaften, aber ihre Einflußmöglichkeiten waren gering, sie waren abhängig vom Wetter und dem Gedeihen der Saat. So bestand ihr zusätzlicher Aufwand darin, etwas häufiger über die Felder zu laufen und die Krähen zu verscheuchen.

Hinzu kam, daß Kuno mit seinem Vorhaben, die Frauenklause in seine Pläne einzubeziehen, gescheitert war. Hildegard hatte seinen Forderungen eine klare Absage erteilt und darauf verwiesen, daß sie jede Hand für die bevorstehende Klostergründung auf dem Rupertsberg benötige. Daraufhin hatte der Abt der Meisterin angeboten, sich und ihre zwanzig Töchter von dem Mehr an Pflichten freizukaufen, indem sie auf weitere Anteile an den Erträgen aus den Bermersheimer Gütern verzichte. Hildegard nannte sein Ansinnen ebenso unverschämt wie pharisäerhaft und kündigte ihm statt dessen an, die Erträge künftig komplett einzustreichen, da sie wegen der neuen Abtei auf keinen Pfennig mehr verzichten könne.

Der Streit eskalierte, woraufhin beide Parteien ihre Standpunkte dem Mainzer Erzbischof vortrugen. Der hörte sich sämtliche Argumente an und schickte die Streithähne zunächst wieder nach Hause. Drei Wochen später entschied er dann in der für ihn typischen Weise, die Angelegenheit zu vertagen. Eine Verzögerung, die Hildegard benachteiligte, wollte sie doch schnellstmöglich das Gelände auf dem Rupertsberg erwerben und noch in diesem Frühjahr mit den Arbeiten beginnen.

Ein Bote aus Mainz überbrachte diesen Zwischenbescheid zunächst dem Abt. Als der Mann ankündigte, danach auch noch in der Frauenklause vorstellig zu werden, winkte Kuno ab und sagte, er selbst werde Hildegard informieren. Dann entließ er den Boten und schickte nach Herbrand.

Der Adlatus schleppte sich förmlich in Kunos Amtszimmer. Sein Gesicht wirkte unsymmetrisch, die linke Wange war geschwollen. Seit zwei Tagen plagte ihn ein eitriger Backenzahn.

»Setz dich«, sagte Kuno.

»Ich bleibe lieber stehen«, sagte Herbrand so niedergeschlagen, als habe er angesichts einer tödlichen Krankheit resigniert.

»Ich denke, dir tun die Zähne weh und nicht der Hintern.«

»Wenn ich stehe, habe ich das Gefühl, es schmerzt weniger. Ich werde wohl nicht umhinkommen, Schwester Hildegard um Hilfe zu bitten.«

»Das wirst du nicht tun!« Wütend schlug Kuno auf die Tischplatte. »Wir haben einen eigenen Medicus.«

»Bruder Paul ein Medicus«, lachte Herbrand auf, um sich gleich darauf mit schmerzverzerrtem Gesicht die Backe zu halten. »Da könntest du auch den entmannten Falben, den du reitest, als Milchkuh bezeichnen.«

»Selbstverständlich kann man sich medizinisches Wissen nicht von heute auf morgen aneignen. Aber du mußt zugeben, Bruder Paul gibt sich alle Mühe.«

In seiner Wut über Hildegards Weigerung, ihre Klausnerinnen in seine Pläne einspannen zu lassen, hatte Kuno beschlossen, daß die Brüder ab sofort sämtliche Dienstleistungen, die die Schwestern für sie erbrachten, selbst übernehmen müßten. Das betraf in erster Linie die Heilbehandlung, aber auch die Anfertigung wie Ausbesserung von Kleidung und das Schmücken des Altars anläßlich von Festtagen. Seitdem versuchten sich einige Brüder an Blumengestecken, andere wiederum mit Nadel und Faden. Bruder Paul, der bisher als Hilfskraft in der Schmiede gearbeitet hatte, war kurzerhand zum Medicus befördert worden.

»Ich beklage weniger Bruder Pauls Unfähigkeit als sein offenkundiges Vergnügen, andere zu quälen«, sagte Herbrand. »So hat er vorgestern Bruder Benno, weil der über Verstopfung klagte, einen glühenden Eisendorn in den After gerammt.«

»Wenn's geholfen hat.«

»Benno hat geblutet wie eine abgestochene Sau. Hätten wir ihn nicht unverzüglich zu den Schwestern gebracht, wäre er elendiglich eingegangen.«

»Ihr habt was?« geiferte Kuno. »Ich hatte ausdrücklich angeordnet, niemand –«

»Gemach, gemach«, sagte Herbrand. »Wäre es dir lieber, du hättest wegen deiner albernen Anordnung Bennos Tod auf dem Gewissen?«

»Was heißt hier albern? Was sind das überhaupt für Töne?«

»Die angemessenen. Die Anordnung, künftig auf die Hilfe der Schwestern zu verzichten, hast du doch einzig und allein aus gekränkter Eitelkeit getroffen. Nur weil Hildegard dein Wirtschaften nach vorgegebenen Plänen für Unfug erklärt hat. Aber wer hat darunter zu leiden? Etwa die Klausnerinnen? Nein, einzig wir Brüder. Dazu kommt, daß die Schwestern alles ohne Lohn getan haben, während wir jetzt dafür andernorts dringend benötigte Arbeitskräfte abstellen müssen. Das ist unwirtschaftlich. Verstehe dich einer, wo du doch sonst so raffgierig bist.«

»Das ist ja nun die Höhe!«

»O nein, Kuno, das ist noch nicht die Höhe«, sagte Herbrand auf einmal sehr leise. »Aber wenn du so weitermachst, riskierst du einen Aufstand der Brüder.«

»Einen Aufstand? Damit würden sie gegen die benediktinische Regel verstoßen.«

»Komm du mir nicht mit der benediktinischen Regel, sonst erzähle ich dir mal etwas von der Fürsorgepflicht eines Abtes für seine Söhne in Christo.«

Kunos Augen wurden lauernd schmal. »Auf wessen Seite stündest du denn im Falle eines solchen Aufstandes? Könnte ich auch dann auf deine Treue zählen?«

»Es gibt Fälle, in denen ein Bischof einen Abt nach einem Mönchsaufstand abgesetzt hat, obwohl der Abt formal im Recht war. Daher könnte ich mir vorstellen, ich würde warten, zu wessen Gunsten die Waage sich neigt.«

»Judas!«

Eine Weile brütete Kuno dumpf vor sich hin, während Herbrand versuchte, betont gleichmütig zu wirken. Dann wurden die Zahnschmerzen wieder stärker und mahnten den Adlatus zur Eile.

»Weswegen hast du mich eigentlich rufen lassen?« fragte er seinen Abt.

»Wie? – Ach so.« Die Erinnerung besserte Kunos Laune, und sein Gesicht hellte sich auf. »Ich wollte dich fragen, was unser guter Geist über die derzeitige Stimmung in der Klause zu berichten weiß.«

»Unverändert gut, wie schon die ganze Zeit seit der Rückkehr der beiden Nonnen aus Trier. Der gute Geist beschrieb es dieser Tage einmal so: Nur noch die Körper der Schwestern befinden sich auf dem Disibodenberg. Geist und Seelen sind bereits umgezogen.«

»Dann kann den Weibern ein kleiner Dämpfer ja nur guttun«, feixte Kuno. »Eben war ein Bote aus Mainz hier. Wie ich erwartet hatte, kann sich Erzbischof Heinrich zur Zeit nicht mit der Frage befassen, wem welche Anteile an den Erträgen aus Bermersheim zustehen. Er hat den Fall vertagt.«

»Das ist doch hervorragend.«

»Nicht wahr?«

»Weiß sie es schon?«

»Nein, nein. Ich wollte es erst dir sagen.« Kuno rieb sich die Hände. »Wenn die Weiber kein Geld haben, können sie diesen dornenüberwucherten Hügel nicht kaufen. So einfach ist das. In Trier haben wir eine Schlacht verloren, mein lieber Herbrand, aber nicht den Krieg.«

»Woher willst du denn wissen, daß der Rupertsberg dornenüberwuchert ist?«

»Ich habe Erkundigungen eingezogen. Es soll sich um ein mickriges

Stück Land handeln, auf dem lediglich eine zerfallene Kapelle und eine windschiefe Winzerhütte stehen.«

»Dann kann das Gelände ja nicht allzuviel kosten.«

Es dauerte einen Moment, bis Kuno dahinterkam, was Herbrand damit sagen wollte. »Du denkst ...?«

»Warum nicht? Wem gehört das Land denn?«

»Dem Grafen von Wenerde.«

»Kennst du ihn?«

»Ich bin ihm ein- oder zweimal begegnet. Ein geldgieriger Mensch, aber ansonsten recht umgänglich.«

»Also würde er an uns verkaufen.«

»Wenn der Preis stimmt.«

»Er dürfte natürlich nicht erfahren, daß mehrere Parteien an dem Gebiet interessiert sind. Sonst könnte er uns gegeneinander ausspielen und den Preis in die Höhe treiben. Glaubst du, Hildegard hat schon mit ihm verhandelt?«

»Wie sollte sie? Sie hat kein Geld und wartet auf den Bescheid aus Mainz.«

»Hat sie den Boten gesehen?«

»Nicht, daß ich wüßte. Meinst du, wir sollten ...«

»Auf ewig können wir ihr die Nachricht natürlich nicht vorenthalten. Bestenfalls so lange, bis wir uns mit dem Grafen von Wenerde einig wären. Ich könnte noch heute Bruder Gerold losschicken, um über den Kauf zu verhandeln.«

»Kommt nicht in Frage. Gerold ist ein Weichling. Er läßt sich über den Tisch ziehen. Die Verhandlungen führe ich selbst.«

»Wenn du höchstpersönlich wegen eines so unwichtigen Stückes Land bei dem Grafen vorstellig wirst, könnte er wittern, daß an der Sache mehr dran ist. Dann würde es richtig teuer.«

»Hm«, brummte der Abt.

Natürlich hatte Herbrand recht, aber das wollte Kuno nicht über die Lippen kommen. Schließlich war eine seiner Devisen: Lob macht faul.

»Und was machen wir mit dem Rupertsberg, wenn wir ihn haben?« fragte er statt dessen.

»Nichts.«

»Nichts?«

»Nichts. Oder willst du dort ein Tochterkloster gründen?«

»Den Teufel werde ich tun.« Kuno deutete mit dem Daumen in Richtung der Klause. »Aber sie wird versuchen, uns das Gelände abzukaufen.«

»Wir werden es ihr zu einem so exorbitanten Preis anbieten, daß sich die Juwelen der Kaiserkrone dagegen wie wertloser Tand ausnehmen werden.«

»Genial«, entfuhr es Kuno nun doch, worüber er sich auf der Stelle ärgerte.

Bevor er sein Lob einschränken konnte, klopfte es. Herbrand öffnete und prallte beim Anblick der Person zurück, und auch Kuno fuhr der Schreck in die Glieder.

Die Besucherin war Schwester Hildegard.

»Meisterin Hildegard! Welche Freude, dich zu sehen. – Herbrand, einen Stuhl für die ehrenwerte Schwester. – Nimm Platz. Darf ich dir einen Becher Wein anbieten? – Nein? Wirklich nicht? Aber du erlaubst sicher, daß ich mir einen Tropfen genehmige? – Wein am Morgen vertreibt Kummer und Sorgen, wie ich immer sage, hahaha. – Was kann ich für dich tun, teuerste Hildegard?«

Herbrand beobachtete seinen Abt belustigt. Ein solches Herumscharwenzeln legte Kuno sonst nur an den Tag, wenn sich Erzbischof Heinrich auf den Disibodenberg verirrte, weil er mal wieder jemanden brauchte, dem er sein Herz ausschütten konnte. Wie man seine Kümmernisse allerdings mit dem Abt besprechen konnte, war Herbrand völlig unverständlich. Er wäre eher in den Ziegenstall gegangen und hätte irgendeinem stinkenden Bock die Ohren vollgeheult, als auch nur ein persönliches Wort mit Kuno zu wechseln.

»Ich wollte dir lediglich den Weg zur Klause ersparen«, sagte Hildegard.

»Das ist zuvorkommend«, sagte der Abt. »Aber wie kommst du darauf, daß ich dich aufsuchen wollte?«

»Um mir mitzuteilen, welche Nachricht der Bote des Erzbischofs überbracht hat.«

Kuno, der gerade am Wein nippte, verschluckte sich und erlitt einen Hustenanfall, der ihm die Tränen in die Augen trieb. Als Herbrand ihm auf den Rücken klopfen wollte, scheuchte er ihn weg.

»Ach, der Bote«, japste er schließlich. »Hast du mit ihm gesprochen?«

»Ich kam gerade vom Kräutersammeln, als er die Abtei verließ. Glücklicherweise erkannte er mich und zügelte sein Pferd. So erfuhr ich, daß der Erzbischof seine Entscheidung zunächst einmal vertagt hat.«

»Jaja, unser Erzbischof, so ist er nun mal.« Kuno machte eine Geste, die so ziemlich alles bedeuten konnte. »Aber aufgeschoben ist nicht aufgehoben, wie es so schön heißt. Eine Entscheidung übrigens, mit der ich keine Schwierigkeiten habe. Ich hoffe, du auch nicht.«

»Natürlich nicht. Sofern du mir die Mitgiften der Schwestern aushändigst.«

»Wie?«

»Ich spreche von den Mitgiften, die die Schwestern bei ihrem Eintritt in die Klause mitgebracht haben.«

»Ich verstehe noch immer nicht.«

»Soll ich es auf Latein wiederholen?«

Kuno beugte sich vor. »Du erwartest von mir doch nicht ernsthaft die Auszahlung dieser Beträge?«

»Und ob. Darüber hinaus verlange ich, sofern Liegenschaften eingebracht wurden, auch deren Übereignung.«

»Da hört doch alles auf. Die Mitgiften sind samt und sonders Bestandteil des Klostervermögens.«

»Nichtsdestoweniger gehören sie den Schwestern.«

Kuno verneinte kopfschüttelnd. »So nicht, meine liebe Hildegard, so nicht. Da könnte ja auch eine Ehefrau beim Scheitern der Ehe ihre Aussteuer zurückfordern.« Und nach einem beifallheischenden Blick auf Herbrand fügte er hinzu: »So einen Unfug hat die Welt noch nicht gehört.«

»Dein Vergleich hinkt nicht nur, er ist schlicht falsch. Eine Nonne ist eine Braut Christi und nicht eine Braut des Klosters. In diesem Zusammenhang von einem Scheitern zu sprechen, ist völlig absurd.«

»Ich als Abt dieses Klosters bin der Sachwalter des Herrn. Daher obliegt allein mir die Verwaltung des klösterlichen Vermögens. Und zwar einschließlich der Mitgiften.«

»Sicherlich. Nur fällt bei einem Übertritt die Aussteuer dem neuen Kloster zu. Soweit sie noch vorhanden ist.«

»Soweit noch vorhanden?« Kuno warf die Arme hoch, als streue er Münzen unter das Volk. »Dann ist eben nichts mehr da. Wir haben alles ausgegeben. Das Leben ist teuer!«

»Was sich ja anhand der Bücher gottlob überprüfen läßt«, sagte Hildegard, die die ganze Zeit ihren Gleichmut bewahrt hatte. »Ich sehe schon, auch in diesem Streitfall wird der Erzbischof entscheiden müssen.«

»Von mir aus. Ich bin nicht in Eile«, plapperte Kuno, was Herbrand zu einem Hüsteln veranlaßte.

Jetzt blitzte es zum ersten Mal in Hildegards Augen, aber sie unterließ es, auf den Ausspruch einzugehen. Sie hatte noch etwas anderes auf dem Herzen.

»Es geht um Volmar«, sagte sie, was den Abt und seinen Adlatus veranlaßte, kurz Blickkontakt aufzunehmen. »Auf dem Rupertsberg benötigt der Konvent einen Beichtvater und ich einen Sekretär. Ich habe Volmar gefragt. Er würde mit uns gehen. Natürlich vorbehaltlich deiner Zustimmung.«

»Das muß ich mir sehr genau überlegen«, sagte Kuno. »Du weißt, wie angespannt unsere Ertragslage ist. Eigentlich kann ich keinen der Brüder entbehren.«

»Ich glaube kaum, daß du sein Fehlen bemerken würdest, denn schon heute arbeitet er ausschließlich für mich.«

»Das ist ein Punkt, über den ich ohnehin mit dir sprechen wollte. Ich finde, dafür, daß ich Volmar für dich abgestellt habe, sollte es einen Ausgleich geben.«

»Den gab es, bis du ihn unnötigerweise verworfen hast. Wir haben für euch genäht und geflickt und euch geheilt, wenn ihr krank wart.« Sie drehte sich zu dem schräg hinter ihr sitzenden Herbrand um. »Zum Beispiel verstehen wir Kräuterkundlerinnen uns vorzüglich auf die Heilung jeder Art von Zahnschmerz.«

»Denkbar, daß wir künftig wieder stärker davon Gebrauch machen werden«, nuschelte Kuno. »Was jedoch nur noch so lange geht, wie du mit deinen Töchtern an unserer Seite weilst. Seid ihr erst einmal umgezogen, ist die Entfernung zu groß. Keinem Kranken kann man zumuten, sechseinhalb Stunden im Sattel zu sitzen, um den Arzt aufzusuchen.«

»Ich bin bereit, in der verbleibenden Zeit einige lernwillige und -

fähige Brüder in grundlegenden Heilverfahren zu unterrichten. So wäret ihr in der Lage, die weitaus meisten Erkrankungen eigenständig zu kurieren. Ferner ließe es sich sicher einrichten, daß ich einmal wöchentlich zu euch käme.«

Kuno kratzte sich am Kinn. Ein untrügliches Zeichen, daß ihm das Angebot noch zu mager war.

»Allerdings bin ich mir bewußt, daß Volmars Dienste damit nicht aufgewogen sind«, schob Hildegard um des lieben Friedens willen nach. »Zu gegebener Zeit wäre ich deshalb bereit, über einen finanziellen Ausgleich zu verhandeln.«

Kunos Miene blieb trotzdem kritisch.

»Dein Angebot in Ehren, aber mir stellt sich die Frage, woher du die dazu notwendigen Mittel nehmen willst«, sagte er. »Über die Aufteilung der Erträge aus den Gütern wie in der Frage der Mitgiften muß der Erzbischof erst noch entscheiden. Wie du weißt, kann das dauern. Du benötigst jedoch kurzfristig Geld, um das Gelände zu kaufen und Handwerker anzuwerben. Selbst wenn ich unterstelle, daß du, seitdem du der Klause vorstehst, Rücklagen gebildet hast, können diese doch niemals reichen.«

»Ich danke dir für dein Mitgefühl, Kuno«, sagte Hildegard, bemüht, jeden Spott aus ihrer Stimme herauszuhalten. »Aber du brauchst dir wirklich nicht meinen Kopf zu zerbrechen. Der Herr hat mir das Ziel gezeigt, also wird er mir auch den Weg weisen.«

Damit stand sie auf und ging zur Tür, von wo aus sie sich noch einmal an Herbrand wandte. »Falls die Schmerzen zu schlimm werden, du weißt ja, wo ich zu finden bin.«

Kaum war die Tür ins Schloß gefallen, sagte Kuno zu seinem Adlatus: »Sie ist so selbstsicher, das gefällt mir nicht. Weise unseren guten Geist an, uns über alles zu informieren, was ihm zu Ohren kommt, auch wenn es ihm noch so unwichtig erscheinen mag. Ich spür's, das Weib führt etwas im Schilde.«

Die Gestalt, die sich in der darauffolgenden Nacht den bewaldeten Anstieg zur Frauenklause hinaufarbeitete, hatte die Größe eines Mannes, aber den Gang einer korpulenten Frau. Bekleidet war sie mit einem schwarzen Umhang mit Kapuze, wodurch sie fast völlig mit ihrer Umgebung verschmolz.

Nur dort, wo die Baumkronen so licht waren, daß der Schein des Mondes bis ins Unterholz drang, löste sich ihre Silhouette aus dem nachtschwarzen Schatten der Bäume.

Als sie die kleine Pforte erreicht hatte, vor der sich tagsüber die Heilung erhoffenden Kranken und Aussätzigen drängten, mußte sie erst einmal verschnaufen. Dann klopfte sie wie verabredet gegen das Holz. Zweimal lang, zweimal kurz, zweimal lang. Umgehend wurde der Einlaß von einer jungen Nonne geöffnet. Als der Riegel wieder vorgeschoben war, fielen sich die beiden in die Arme.

»Richardis, mein Engel«, flüsterte die Markgräfin von Stade.

»Wie schön dich wiederzusehen, Mutter«, sagte Richardis ebenso gedämpft. »Komm, die Meisterin erwartet dich bereits.«

Hildegard hatte im Refektorium eine kleine Stärkung bereitstellen lassen, denn wie sie die Markgräfin kannte, hatte diese auch zu so vorgerückter Stunde nichts gegen einen Happen einzuwenden. Doch zunächst einmal umarmten auch sie sich.

»Ich freue mich, daß du es einrichten konntest zu kommen, teure Freundin«, sagte Hildegard.

»Selbst wenn ich deinem Ruf tausend Mal folgte«, entgegnete die Markgräfin, die den gleichen Vornamen wie ihre Tochter trug, »wäre es mir unmöglich, die Schuld abzutragen, in der ich bei dir stehe.«

Sie spielte auf den Aussatz an, von dem Hildegard sie geheilt hatte. Zurückbehalten hatte sie einige Narben im Gesicht, aber das war nichts im Vergleich zu dem, was sie erwartet hätte, hätte die Kur der Meisterin nicht angeschlagen.

»Darf ich dir ein wenig Kuchen und Wein anbieten?« fragte Hildegard, als sie Platz genommen hatten.

Sie waren allein im Refektorium. Auch Richardis hatte sich auf Hildegards Wunsch hin zurückgezogen. Die Markgräfin zog die Kapuze ab, ließ aber den Umhang an, denn es war empfindlich kalt. Sie hatte noch immer dichtes, wallendes Haar, nur daß es inzwischen grau statt weizenblond war.

»Lieber nicht«, sagte sie. »Obwohl er verlockend aussieht. Aber ich bin inzwischen derart schwer, daß mein Reitpferd jedesmal die Flucht ergreift, sobald ich in den Stall komme.«

Dieser mit einem guten Schuß Selbstironie gewürzte Humor war es, den Hildegard neben anderem an der Freundin so schätzte. Selbst in der schweren Zeit, als die Gräfin mit Aussatz darniederlag, hatte sie immer wieder ihren Witz bewiesen. Jede Plauderei mit ihr war ein Genuß. Das heutige Treffen fand allerdings aus ernstem Anlaß statt.

»Zunächst möchte ich mich für die mißratene Bande entschuldigen, die ich dir weiland nach Trier mitgegeben habe«, kam die Markgräfin der Meisterin zuvor. »Euch so schmählich im Stich zu lassen. Nach Richardis' Bericht habe ich den Burschen gehörig die Ohren langziehen lassen.«

»Du batest mich doch bereits in deinem Brief um Verzeihung.«

»Dann tue ich es jetzt noch einmal persönlich.«

»Die Burschen waren einfach zu jung und damit unerfahren.«

»Das nicht zu bedenken, war mein Fehler. Glücklicherweise hat die Sache ja noch einen guten Ausgang genommen. Aber was kann ich diesmal für dich tun, liebste Hildegard? Richardis ließ mir mitteilen, die Klostergründung stehe auf dem Spiel. Ist es wirklich so ernst?«

»Leider ja. Die Mittel, über die ich glaubte, verfügen zu können, sind Gegenstand eines Streites, in dem der Erzbischof zu entscheiden hat. Wieviel Zeit er sich mit solchen Dingen zu lassen pflegt, weißt du ja. Und würde ich versuchen, ihn zu drängen, würde er gewiß noch sturer, und die ganze Angelegenheit verzögert sich weiter.«

Die Markgräfin schmunzelte. »Du willst, daß ich ihn mir vorknöpfe, ist es das? Mit dem größten Vergnügen. Ich werde den guten Heinrich daran erinnern, wem er das neue Chorgestühl in seinem Dom zu verdanken hat. Außerdem rechnet er mit meiner Unterstützung bei der Wiederherstellung der Dächer, die in den letzten Wochen durch Hagelschläge erheblich beschädigt wurden. Kleine Hinweise dieser Art verleihen seiner Entscheidungsfreude im allgemeinen Flügel.«

»Du bist wunderbar.«

»Nicht doch, ich weiß nur, wie man diese alte Schlafmütze auf Trab bringt.« Zum wiederholten Mal schielte die Gräfin auf den Kuchen. Dann klaubte sie eine kleine Ecke auf, die aus dem Rand herausgebrochen war. »Hast du den Rupertsberg schon gekauft?«

»Wovon, liebe Freundin?«

»Wovon auch immer, nur beeilen solltest du dich. Sollte der Graf von Wenerde erst einmal Wind davon bekommen, wird er sich nicht scheuen, den Preis zu verzehnfachen. Er gehört zu der Sorte Mensch, die glauben, in jedem Kloster stehe ein Prägestock.«

»Ich habe erst vor wenigen Tagen erfahren, mit wem ich verhandeln muß. Bisher kannte ich den Grafen gar nicht.«

Die Markgräfin tätschelte Hildegards Hand.

»Dann laß mich das mal machen. Ich kenne den Burschen ganz gut und weiß, wie er zu nehmen ist. Wie weit sind denn deine übrigen Vorbereitungen gediehen?«

Hildegards Bericht fiel mager aus. Nicht einmal das Gelände hatte sie bisher in Augenschein genommen. Folglich existierten auch keine Baupläne, geschweige denn, daß Arbeitskräfte angeworben worden wären. Der Grund dafür war immer derselbe: Es fehlte am Geld.

»Ich muß zugeben, daß ich die praktischen Probleme, die eine Klostergründung mit sich bringt, schlichtweg unterschätzt habe«, sagte sie abschließend. »Es genügt eben nicht, sich das Recht zu erkämpfen, man muß auch in der Lage sein, die Vision, die man hat, umzusetzen.«

»Woher solltest du auch all die Kenntnisse haben, teure Freundin? Dein bisheriges Leben hat sich doch fast ausschließlich in diesen Mauern abgespielt.«

»Nun sag nicht auch du noch, ich sei weltfremd.«

»Wer hat es noch gesagt? Richardis?«

Hildegard nickte.

»Ein freches Mundwerk hat meine Tochter«, sagte die Markgräfin. »Aber in diesem Fall liegt sie nicht völlig falsch, zumal ich annehme, daß sie es so meinte wie ich: Du bist zu gutmütig.«

»Gegen Kuno verstehe ich mich zu wehren.«

»Das ist schon mal ein Anfang. Die Welt dort draußen besteht beinahe nur aus Kunos. Einer schlimmer als der andere.«

Nun konnte die Markgräfin nicht mehr an sich halten. Sie nahm ein riesiges Stück Kuchen und verschlang es. Hildegard schüttelte tadelnd den Kopf.

»Mag ich auch weltfremd sein, davon verstehe ich etwas«, sagte sie. »Hättest du gleich ein Stück genommen, und zwar ein kleines, und das langsam gegessen, hättest du jetzt nicht solchen Heißhunger. Dieses gierige Hineinstopfen ist der Grund für deine Beleibtheit. Ändere deine Ernährungsweise, dann freut sich dein Pferd auch wieder auf dich.«

Die Markgräfin lachte auf, daß die Krümel flogen.

»Sie erschlankte aus Liebe zu ihrem Pferd«, sagte sie mit rollenden Augen. »Natürlich hast du recht. Es ist nur so – entschuldige bitte – verdammt schwer, seine Eßgewohnheiten zu ändern.«

»Ich weiß.«

»Woher willst du das wissen? Du warst doch immer schlank.«

»Es gibt ein Wissen, das man nicht unbedingt am eigenen Leib erfahren haben muß. Beispielsweise weiß ich um die Schmerzen einer Gebärenden, ohne je selbst einem Kind das Leben geschenkt zu haben.«

»Und ich weiß, was zu tun ist, um ein Kloster zu gründen, obwohl ich selbst es nie erwogen habe.«

*

Als die Fledermäuse in ihre Höhle unterhalb der Klause zurückkehrten, saßen die beiden Frauen noch immer beieinander. Sie hatten einen Plan erarbeitet, wie das »Unternehmen Rupertsberg« anzugehen war. Die Markgräfin faßte die einzelnen Punkte noch einmal zusammen.

»Sobald ich das Gebiet erworben habe, werden wir es gemeinsam in Augenschein nehmen«, sagte sie. »Nach dem, was mir bekannt ist, soll es völlig verwildert sein.«

»Ich weiß, wie der Berg aussieht«, sagte Hildegard. »In seinem jetzigen Zustand und in dem, wenn er bebaut ist. Beides habe ich geschaut.«

»Deine Visionen in Ehren, teure Freundin, aber ich verlasse mich doch lieber auf eine Besichtigung vor Ort. Nur so läßt sich entscheiden, wo aufgeschüttet und eingeebnet werden muß und wie viele Leute man dafür benötigt.«

»Solche Einzelheiten werden mir natürlich nicht offenbart. Aber die Gegend ist mir vertraut, als hätte ich sie bereits mehrmals bereist.«

»Wenn du meinst«, sagte die Markgräfin, wobei sie ungehaltener klang, als sie war. Nicht daß sie an Hildegards seherischen Fähigkeiten gezweifelt hätte, aber ihre zupackende Natur hatte ihr schon immer wenig Raum zum Träumen gelassen.

»Nachdem das erledigt ist, werde ich dir den Baumeister Eberhard aus Speyer vorbeischicken«, sagte die Markgräfin. »Er ist ein Meister seines Fachs. Ihm erläuterst du deine Vorstellungen, und er wird sie in die Tat umsetzen. Er ist auch derjenige, der entscheidet, wie viele Arbeitskräfte für den Bau benötigt werden. – Du guckst so ungläubig. Was ist mit dir?«

»Deine Zuversicht in Ehren, aber wer soll das alles bezahlen? Ich habe dir doch gesagt, wie es um unsere Mittel bestellt ist.«

»Ein wenig habt ihr ja. Alles, was darüber hinausgeht, leihe ich euch, bis Erzbischof Heinrich sein Urteil gefällt hat. Unabhängig davon müssen wir natürlich dafür sorgen, daß ihr eure Einnahmen steigert.«

»Sollen wir betteln gehen?«

»Natürlich nicht. Aber du könntest Novizinnen aufnehmen. Deine Bekanntheit wächst unaufhaltsam. Bald wird sich der Adel darum schlagen, dir seine Töchter anvertrauen zu dürfen, von den wohlhabenden Kaufleuten ganz zu schweigen. Mitgiften und Schenkungen sind langfristig gesehen die einträglichsten Einnahmequellen. Zumal Kuno sie dir bei Neuaufnahmen nicht streitig machen kann.«

»Wäre ich nur halb so geschäftstüchtig wie du, wäre es um unsere Gemeinschaft nicht so schlecht bestellt.«

»Das wirst du noch lernen. Weißt du bereits, welchen Vogt du dir wählst?«

»Keinen. Vogte sind zu kostspielig.«

»Du wärest schutzlos, Hildegard.«

»Vielleicht hätte ich sagen sollen: Keinen weltlichen Vogt.«

»Den Erzbischof würdest du als Schutzherrn also annehmen?«

»Er wäre mir willkommen. Das kannst du ihm gern ausrichten.«

»Und du willst mir weismachen, du verstündest nicht zu schachern«, sagte die gräfliche Freundin, schlug sich auf den Schenkel und lachte. »An dir würde sich so mancher Pferdehändler die Zähne ausbeißen.«

Kurz darauf verließ die Markgräfin die Klause so unbemerkt, wie sie gekommen war.

»Den wievielten Tag ist Gerold jetzt unterwegs?« fragte Kuno, der wie ein aufgescheuchtes Huhn über den Hof rannte und pausenlos in Weidenkörbe, Weinfässer oder hinter Holzstapel guckte, als hätte Gerold sich dort versteckt.

»Den vierten«, sagte Herbrand, der trotz seiner fast doppelt so langen Beine kaum Schritt halten konnte. »Er ist nun mal nicht der Schnellste. Ich denke, es ist noch zu früh, sich Sorgen zu machen.«

»Dieser Träumer! Er steht bestimmt irgendwo am Wegesrand und pflückt Blumen. Aber dir werde ich helfen, Freundchen.« Kuno drohte mit dem Finger in die Richtung, aus der der Mönch erwartet wurde. »Ich hatte ihm ausdrücklich gesagt, er solle sich beeilen.«

»Dann hättest du ihm ein Pferd mitgeben müssen.«

»Gerold sitzt doch im Sattel wie ein nasser Sack. Er war der erste, der auf dem Ritt nach Trier schlappmachte. Erinnerst du dich nicht mehr?«

Kuno streckte die Zunge heraus und ließ die Schultern hängen, um Herbrand zu zeigen, wie schlapp Gerold gewesen war. Der Adlatus nickte zum Zeichen, daß er sich erinnerte.

»Es dauert eben seine Zeit.«

Sie waren mittlerweile bei der Marienkapelle angelangt, in der während des Umbaus der Abteikirche die Gebeine Disibods geruht hatten.

Während Herbrand die heranziehenden Wolken betrachtete und sich fragte, ob es heute noch Regen geben würde, schimpfte Kuno weiter wie ein Rohrspatz. Es war nur eine Frage der Zeit, bis er Gerold auch für den Sündenfall verantwortlich machen würde.

Plötzlich jedoch gab der Abt keinen Mucks mehr von sich. Irritiert durch die unerwartete Stille sah Herbrand zu ihm und folgte dann seiner Blickrichtung.

Tatsächlich, der Mönch, der da fröhlich pfeifend und mit einem Wanderstecken winkend über den Hof geschlendert kam, war kein anderer als Bruder Gerold.

*

»Schneller ging's nicht«, sagte Gerold, nachdem Kuno sich mit ihm in sein Arbeitszimmer zurückgezogen hatte. Herbrand war zum Tor gerufen worden, um zwei Brüder aus Morimond zu begrüßen, die zu einem Freundschaftsbesuch eingetroffen waren. »Ich habe mir mehrere Wasserblasen gelaufen. Willst du sie sehen?«

»Erspar mir den Anblick«, sagte Kuno. »Vier ganze Tage. In der Zeit laufe ich bis Köln.«

»Da geht's ja auch nur bergab. Immer am Rhein entlang.«

»Du bist ein ganz Schlauer, wie? Berichte mir lieber, wie du das Geschäft abgewickelt hast.«

Mit dem Gesichtsausdruck der Erfolgreichen zog Gerold ein Leinensäckchen aus seinem schweinsledernen Beutel und warf es lässig auf den Tisch, als habe er davon noch eine ganze Wagenladung. Dem satten Klang nach zu urteilen, war das Säckchen voller Münzen.

»Was ist das?« fragte Kuno.

»Sieh hinein.«

Der Abt zog die Schleife auf und ließ den Inhalt auf die Tischplatte gleiten. Es waren viel mehr Münzen, als er Gerold mitgegeben hatte.

»Wie bist du zu dem Geld gekommen?«

»Offenbar hast du mich schon immer unterschätzt«, sagte Gerold und tippte an seinen Kopf. »Ich hab's nämlich hier. Und zwar mächtig.«

»Mag sein«, sagte Kuno mißtrauisch. »Trotzdem: Woher stammt das Geld?«

»Ich habe die Denare, die du mir mitgegeben hast, investiert und damit den doppelten Ertrag erwirtschaftet.«

»Das Geld, das ich dir anvertraut hatte, war zum Kauf eines bestimmten Stückes Land vorgesehen«, sagte Kuno und kam langsam von seinem Sitzmöbel hoch.

Gerold streckte seinem Abt die Handflächen entgegen. »Ganz ruhig, verehrter Vater. Genau das und nichts anderes habe ich mit dem Geld getan.«

Noch langsamer, als er sich erhoben hatte, sank Kuno auf das Polster zurück. »Zeig mir die Urkunde. Ihr werdet doch einen Vertrag gemacht haben?«

»Selbstverständlich. Die Urkunde ist unterwegs. Sie wird heute oder morgen hier eintreffen.«

»Wie darf ich das nun wieder verstehen? Die Sache wird ja immer merkwürdiger.« Kuno klopfte mit dem Zeigefinger auf den Tisch. »Du wirst mir jetzt von Anfang an und in allen Einzelheiten erzählen, was sich abgespielt hat.«

»Gewiß doch«, sagte Gerold. »Ich bin also wie vereinbart zum Grafen von Wenerde gegangen und habe ihm ein Angebot für den Rupertsberg unterbreitet. Daraufhin nannte der Graf einen Preis, der weit über dem lag, den du mir als Grenze vorgegeben hattest. Erst als ich ihm eingehend die miserable wirtschaftliche Lage unseres Konvents und die jämmerlichen Lebensbedingungen der Brüder geschildert und ihm darüber hinaus versichert hatte, daß sich ein Entgegenkommen beim Preis zweifellos zugunsten seines Seelenheils auswirken würde, ließ er sich erweichen.«

»Miserable Lage? Jämmerliche Lebensbedingungen? Ich hoffe doch sehr, du hast dich weniger kraß ausgedrückt.«

»Im Gegenteil«, prustete Gerold los. »Er denkt, wir leiden Hunger!«

»Gütiger Himmel! Solch einen Blödsinn zu erzählen, warst du nicht befugt. Was soll man von mir denken? Man wird mich für unfähig halten, einem Kloster vorzustehen.«

»Das tun die Leute doch ohnehin.«

»Wie bitte?«

Gerold zog unwillkürlich den Kopf ein. »Ich wiederhole nur, was man sich draußen im Land erzählt.«

»Du scheinst ja bestens informiert zu sein. Was redet man denn so?«

»Nun ja, du seist mit deinen Plänen zur Prosperität des Klosters kläglich gescheitert. Und daß es mit uns, wenn Schwester Hildegard erst einmal den Disibodenberg verlassen hat, schnell bergab gehen werde.«

»Geschwätz!« platzte es aus Kuno heraus. »Und dem gibst du mit deinem Gerede über Hungersnöte auch noch Nahrung! Weiß Volkes Mund vielleicht auch schon zu berichten, wo Hildegard sich anzusiedeln gedenkt?«

»Das wissen die Simpel natürlich nicht«, sagte Gerold und grinste. »Aber ich.«

»Woher?«

»Man hat so seine Quellen. Außerdem habe ich mich den ganzen Weg über gefragt, seit wann unser Konvent Land erwirbt, das so weit vom Kloster entfernt liegt.« Gerold schnipste mit Mittelfinger und Daumen. »Irgendwann hatte ich dann die Erleuchtung.«

»Du darfst mich ruhig an deinem Geistesblitz teilhaben lassen.«

»Nun ja, mir kam der Gedanke, daß Hildegard ihr Kloster auf dem Rupertsberg errichten will und dich gebeten hat, das Gebiet für sie zu erwerben. Denn wüßte der Graf von Wenerde erst einmal, daß sie die Käuferin ist, wüßte er auch, daß dort statt der Kapelle eine Abtei errichtet werden soll, und würde gleich das Doppelte verlangen. Nun, liege ich richtig mit meiner Vermutung?«

Kuno ging nicht auf die Frage ein. »Eben sprachst du von Quellen. Welche sind das?«

»Eigentlich ist es nur eine Quelle. Und die hat mir lediglich bestätigt, was ich bereits wußte. Oder sagen wir, wovon ich überzeugt war.«

»Ich warte noch immer auf den Namen.«

Gerold lehnte sich zurück und sog scharf Luft ein. »Die Markgräfin von Stade, die Mutter unserer Mitschwester Richardis. Sie ist ebenfalls eingeweiht.«

Kuno merkte, daß seine Hände zu zittern begannen. Es war nur ein leichtes Zittern, aber er konnte es nicht unterdrücken. Gleichzeitig registrierte er, wie sein Mund staubtrocken wurde.

»Du bist der Markgräfin begegnet?« fragte er mit blecherner Stimme. »Wann?«

»Unmittelbar nachdem ich den Rupertsberg erworben hatte«, sagte Gerold. »Sie traf gerade zu Pferde ein, als ich das Gut verließ, und verschwand im Haus des Grafen. Ich war schon ein gutes Stück gewandert, als ich plötzlich Hufschlag hinter mir vernahm. Es war die Gräfin mit ihren Begleitern. Sie wollte mich sprechen.«

»Sie wollte dich sprechen?«

»Ja. Sie hatte vom Grafen von Wenerde erfahren, daß ich den Rupertsberg erworben hatte, und war schrecklich enttäuscht, da sie das Gelände selbst hatte kaufen wollen, um es Schwester Hildegard zu schenken. Jedenfalls hatte sie ihr das versprochen. So eine selbstlose Person, die Gräfin! Und nun war ich ihr um wenige Augenblicke zuvorgekommen. Sie tat mir richtiggehend leid.«

»Was geschah dann?« Kunos Stimme war nicht mehr die seine. Zu allem Überfluß zuckte jetzt auch noch sein linkes Auge.

»Wir plauderten eine Weile. Dann machte mir die Gräfin auf einmal einen Vorschlag, den ich zunächst sehr überraschend fand, der mir nach reiflicher Überlegung jedoch mehr und mehr zusagte.« Wieder legte sich ein Schimmer von Stolz auf Gerolds Antlitz. »Ein Vorschlag, von dem letztendlich beide Seiten einen Nutzen hätten. – Ich sehe es dir an, Kuno, du ahnst es bereits!«

Kuno war, als mache jedes seiner Körperteile, was es wolle. Alle Muskeln seines Leibes spannten sich immer wieder unvermittelt an, ohne daß er in der Lage gewesen wäre, etwas dagegen zu tun. Er war nicht mehr Herr seines eigenen Körpers. Dazu kam, daß er zu ertauben begann. Nur noch von fern, als spreche Gerold im Nebenraum, drang an sein Ohr, was der Mönch sagte.

»Die Markgräfin wollte gegenüber ihrer Freundin nicht wortbrüchig werden. Also bot sie mir für das Gelände immerhin das Doppelte von dem, was ich bezahlt hatte. Ich sagte mir, ob der Rupertsberg nun auf dem Umweg über dich oder über die Gräfin an Schwester Hildegard gehen würde, bliebe sich ja gleich. Nur daß ich, wenn ich das Angebot der Markgräfin annähme, für den Konvent ein nettes Sümmchen verdienen könnte. Also schlug ich ein. Die notwendigen Schriftsätze fertigten wir gleich an Ort und Stelle aus, die Markgräfin hatte alles bei sich. Die nunmehr auf Hildegard ausgestellte Besitzurkunde wird sie, wie gesagt, heute oder morgen mittels Boten überbringen lassen. – Kuno, was hast du? Fühlst du dich unwohl? – Bruder Herbrand! Bruder Paul! Zu Hilfe!«

Abt Kuno war vom Stuhl gekippt und lag röchelnd und mit verdrehten Augen auf dem Boden. Seine Atmung ging flach und stoßweise, sein Puls raste. Vorsichtig trugen ihn die Herbeigerufenen ins Schlafgemach. Als Herbrand meinte, es sei vielleicht das beste, Meisterin Hildegard zu rufen, begann Kuno zu toben und um sich zu schlagen. Erst nach einer halben Stunde beruhigte er sich einigermaßen und schlief erschöpft ein.

Mitten in der Nacht wurde Kuno wach. Herbrand, der bei ihm wachte, reichte ihm einen Becher Wasser. Nachdem Kuno getrunken hatte, sank er zurück auf sein Laken und murmelte:

»Nun kann sie nur noch ein Wunder aufhalten.«

Rupertsberg – Oktober 1149

Ein halber Tag Regen hatte genügt, um das Gelände völlig aufzuweichen. Knietief stand der Schlamm abseits der mit Reisig befestigten Wege. Und selbst auf ihnen sank man noch bis über die Knöchel ein. Inzwischen war die Sonne wieder herausgekommen und brannte vom Himmel. Von den Pfützen stieg Dampf auf, und der Schlamm begann zu stinken. Kleidung, Decken, Zelte – alles war feucht und roch nach Moder und Verwesung. Die Nerven derer, die unter diesen Umständen leben und arbeiten mußten, lagen blank.

Plötzlich ertönte ein Schrei. Schwester Mechthild, die Tochter eines wohlhabenden Kaufmannes aus Koblenz, die erst im letzten Winter dem Konvent beigetreten war, war vom Pfad abgekommen und in die Grube gestürzt, die für die Fundamente von Backhaus und Schule ausgehoben worden waren. Am Rand der Grube lehnte ein entrindeter Baumstamm mit links und rechts eingekerbten Stufen, den die Arbeiter als Leiter benutzt hatten. Da Mechthild aber schwerfällig und ungeschickt war, kam sie damit nicht zurecht. Nach zwei mißglückten Versuchen setzte sie sich einfach in den kleinen See, der sich auf dem Grund der Grube gebildet hatte, und heulte.

»Wir müssen sie da rausholen«, sagte Richardis, die gleichzeitig mit den Zwillingen Alma und Thea an der Unglücksstelle eintraf. »Sonst holt sie sich noch eine Lungenentzündung.«

»Soll sie doch«, sagte Alma. »Wahrscheinlich hat sie wieder geträumt, statt auf den Weg zu achten.«

»Wie sprichst du von deiner Schwester?« fuhr Richardis die knapp zehn Jahre Jüngere an. »Ich glaube kaum, daß Mechthild freiwillig abgestürzt ist.«

»Alma hat aber recht«, sagte Thea. »Mechthild steckt ständig in irgendwelchen Schwierigkeiten, und den Ärger haben immer wir. Als ob wir ohne sie nicht schon genug am Hals hätten.«

»Ich verbiete euch, so zu reden! Geht und holt ein Seil. Ich werde selbst hinunterklettern.«

Während die Zwillinge sich mißmutig trollten, raffte Richardis Kutte und Unterrock und stieg mit Hilfe der Baumleiter in die gut zwei Stockwerke tiefe Grube. Eine nicht ganz ungefährliche Kletterpartie, da ihre Holzschuhe ständig von den regennassen Stufen abzurutschen drohten. Mehr als einmal jagte der Schreck Richardis' Herzschlag hoch.

»Bist du verletzt?« fragte sie Mechthild, die noch immer in der Pfütze saß.

Die schüttelte nur den Kopf.

»Dann steh auf.«

»Ich kann nicht. Meine Beine sind steif.«

»Das kommt von dem Schreck«, sagte Richardis. »Gib mir deine Hand, ich helfe dir auf.«

»Es geht nicht.«

»Was ist denn nun schon wieder?«

»Meine Arme sind auch ganz steif.«

»Jetzt stell dich nicht so an.« Richardis streckte der Verunglückten ihre Hand entgegen. »Bemüh dich. Gemeinsam schaffen wir es.«

Ohne es auch nur versucht zu haben, ließ Mechthild den Kopf hängen und schluchzte erneut auf.

»Nun reiß dich zusammen!« Richardis machte noch einen Schritt auf Mechthild zu und stand mit ihrem rechten Fuß bereits im Tümpel. »Oder willst du den Rest deines Lebens hier zubringen?«

Zur Antwort schüttelte Mechthild den Kopf, aber das war auch die einzige Bewegung, die sie zustande brachte. Dicke Tränen bahnten sich den Weg durch den Schmutz, der ihr Gesicht überzog. Richardis wurde zunehmend ungehaltener.

»Meine Geduld neigt sich ihrem Ende«, sagte sie eindringlich. »Entweder du reißt dich jetzt am Riemen, oder ich lasse dich hier sitzen, bis du schwarz wirst.«

Mechthild steigerte noch einmal die Lautstärke ihres Winselns und setzte eine Terz höher an, rührte sich aber kein Stückchen.

»Du elendes Stück!« schrie Richardis und verpaßte der Dicken zwei schallende Ohrfeigen. »Mach, daß du auf die Beine kommst!«

Entsetzt kreischte Mechthild auf. Mit einer Behendigkeit, die ihr niemand zugetraut hätte, kroch sie aus der Pfütze. Schleier und Stirnband rutschten ihr vom Kopf und landeten im Dreck. Alma und Thea, die ein Seil besorgt hatten, standen mit offenen Mündern am Grubenrand. Auf einmal wurden sie energisch zur Seite geschubst.

»Wage es noch einmal, die Hand gegen deine Schwester zu erheben«, rief eine schneidend scharfe Stimme, »und du sollst mich kennenlernen!«

Richardis kam augenblicklich zur Besinnung und blickte nach oben.

Neben den Zwillingen stand, die Hände in die Hüften gestemmt, Hildegard.

*

Sie hatten sich im Schatten der kleinen rupertinischen Kirche niedergelassen, die der Abtei nach ihrer Renovierung als Friedhofskapelle dienen sollte. Hildegard hatte vom Disibodenberg frisches Brot und gedämpfte, mit Honig gesüßte Äpfel mitgebracht, aber nach Essen stand ihnen nicht der Sinn. Obwohl der Zorn der Mater inzwischen verflogen war, machte Richardis nach wie vor einen geknickten Eindruck. Mechthild lag im Schlafzelt, wo die Zwillinge ihr einen Beruhigungstee einflößten.

»Hätte ich gewußt, wie wenig du dich zügeln kannst«, sagte Hildegard, »hätte ich dir die Aufsicht über den Klosterbau nicht anvertraut. – Ach, was schelte ich dich. Mir selbst sollte ich den Vorwurf machen, nicht öfter nach dem Rechten gesehen zu haben. Aber die Arbeit an ›Scivias‹ nimmt mich dermaßen in Anspruch, daß ich kaum noch weiß, wo mir der Kopf steht.«

»Du hast recht«, sagte Richardis mit gesenktem Kopf. »Ich hätte mich beherrschen müssen. Mir sind einfach die Nerven durchgegangen. Wenn du wüßtest, mit welchen Unbilden wir hier zu kämpfen haben. Vor einer Woche hat uns der letzte Tagelöhner verlassen, und auch er hatte schon seit Tagen nur für Kost und ein gutes Wort gearbeitet. Seitdem müssen wir alle Arbeiten allein verrichten.«

»Daß du erzürnt warst, kann ich verstehen. Aber du hättest Mechthild nicht schlagen dürfen, Richardis. Zum einen, weil sie deine Schwester ist, zum anderen, weil wir uns nicht noch einen Austritt erlauben können.«

»Haben schon wieder welche den Konvent verlassen?«

»Nur Sigrid, aber damit haben wir ja gerechnet. Auch ihr Vater verlangt die Rückgängigmachung seiner Schenkungen, wie schon die Verwandten von Adelheid und Bella. Alle kommen mit derselben Begründung, ihre Töchter würden bei uns nicht im Geiste des Herrn erzogen, sondern als billige Arbeitskräfte benutzt. Wenn ich sehe, wie ihr hier schuften müßt, kann ich es ihnen nicht einmal verdenken.«

»Die Mädchen sind verwöhnt, das ist alles. Wenn du gesehen hättest, wie Mechthild sich in der Grube angestellt hat. Sie saß einfach da und war durch nichts zum Aufstehen zu bewegen. Dabei hat sie sich bei ihrem Sturz nicht einmal eine Schramme zugezogen. Mit Mädchen aus einfachen Familien, die es gewohnt sind zuzupacken, täten wir uns leichter.«

»Du scheinst zu vergessen, daß du selbst aus adligem Hause stammst«, sagte Hildegard. »Ich denke, die Einstellung ist entscheidend, nicht die Herkunft.«

»Aber warum mangelt es fast allen unseren Novizinnen daran?«

»So willkommen mir das Anwerben von Neuzugängen durch deine Mutter war, Richardis, nun zahlen wir den Preis dafür. Ich fürchte, bei den jungen Damen wurden falsche Vorstellungen geweckt, wie es bei uns zugeht. Auf dem Disibodenberg die qualvolle Enge, hier, auf dem Rupertsberg, dieses Lagerleben und die harte, körperliche Arbeit. Das haben die adligen Fräulein gewiß nicht erwartet.«

»Mutter hat es nur gut gemeint.«

»Gewiß hat sie das«, sagte Hildegard und ließ ihren Blick über das Gebiet schweifen. »Ohne ihre Unterstützung wäre hier noch kein Stein bewegt worden.«

Die Tagelöhner, die ihnen die Markgräfin von Stade zur Verfügung gestellt hatte, hatten noch im letzten Jahr das Gelände gerodet und das Brunnenloch an der Stelle gegraben, die der Wassersucher festgelegt hatte. Wie nicht anders zu erwarten, waren sie schon nach wenigen Klaftern auf Grundwasser gestoßen. Im Frühjahr errichteten sie dann zur Nahe hin eine mächtige Stützmauer und schütteten das Gelände zu einem künstlichen Plateau auf. Die übrigen Mauern, die das künftige Klosterareal einfriedeten, zogen sie im Sommer hoch, und zu guter Letzt mauerten sie auch noch den Brunnenschacht aus.

Dann drohte eine Einstellung der Arbeiten, weil die Markgräfin sich finanziell übernommen hatte. Die Beschäftigung des berühmten Baumeisters Eberhard – eines eigensinnigen, verdrehten Menschen, dem seine Ideen wichtiger waren als die Wünsche Hildegards –, das Ausarbeiten der Pläne und der Kauf der Baumaterialien hatten weitaus mehr Geld verschlungen, als sie veranschlagt hatten.

Notgedrungen setzte Hildegard die gesamten Ersparnisse der Klause ein, damit die Arbeiten fortgeführt werden konnten. Zusammen mit dem, was an Spenden einging, gelang es ihr, die Arbeiter wenigstens so lange zu bezahlen, bis die Ausschachtungsarbeiten und die Gründung für die Abteikirche und die unmittelbaren Nebengebäude erfolgt waren. Seit zwei Wochen waren jedoch auch die letzten Rücklagen aufgezehrt. Die Ordensfrauen waren nunmehr auf sich allein gestellt.

Die Gruppe, die unter der Leitung von Richardis die Arbeiten weiterführte, bestand aus zehn Schwestern. Sieben waren Novizinnen, nur drei hatten bereits die Profeß geleistet. Aber auch sie gehörten zu den jüngeren Nonnen des Konvents, den älteren war die schwere körperliche Arbeit nicht zuzumuten. Geschlafen, gekocht, gegessen und gebetet wurde in eigens dafür errichteten Zelten. Als Glockenersatz diente eine hölzerne Klapper, und zum Schutz vor unerwünschten Besuchern hatte Hildegard einige Hunde anschaffen lassen. Noch erlaubte die Witterung dieses Leben unter freiem Himmel, aber spätestens in sechs Wochen würde es damit vorbei sein.

Die Krux war, daß Erzbischof Heinrich aus Angst, einen Präzedenzfall zu schaffen, noch immer keinen Entscheid in Sachen Mitgiften und Erträge aus den Bermersheimer Gütern getroffen hatte. Um sich abzusichern, korrespondierte er mit seinen Amtskollegen im gesamten Land, die ihrerseits mit ihren Beratern Rücksprache hielten. Kostbare Zeit verstrich. Da fruchteten auch alle Interventionen seitens der Markgräfin von Stade nichts. Lediglich Hildegards Wunsch, nur ihn als Schutzpatron für den Rupertsberg zu akzeptieren, hatte der Erzbischof wohlwollend zur Kenntnis genommen. Die Sorge, sich einem Vogt unterwerfen zu müssen, war somit von ihr genommen worden. Ein Erfolg, der jedoch nichts daran änderte, daß Hildegards Rechnung nicht aufgegangen war.

Auch die Mitgiften und Schenkungen, die das knappe Dutzend Novizinnen, das während der letzten sechzehn Monate dem Konvent beigetreten war, eingebracht hatte, konnten nur bedingt helfen. Viele Übereignungen waren noch nicht vollzogen, bei anderen wurde schon wieder versucht, sie rückgängig zu machen. So mußten die Nonnen mit dem Wenigen auskommen, das früher schon kaum gereicht hatte, um die Aufgaben der Klause wahrzunehmen. Davon zusätzlich den Neubau eines Klosters zu finanzieren, war schlicht unmöglich.

»Wie soll es nur weitergehen?« fragte Richardis, und Verzagtheit schwang in ihren Worten mit.

Hildegard nahm die Hände der Jüngeren in die ihren. »Ich werde nach Bacharach zu meinen alten Freunden, Pfalzgraf Hermann von Stahleck und Gemahlin Gertrud, reisen. Sie haben erfahren, wie es um uns steht, und werden uns jetzt, da die Erntezeit zu Ende geht, mit einigen Knechten aushelfen können. Entscheidend ist jedoch, daß wir fest zusammenstehen, geliebte Tochter, denn nur so wird unser Traum Wahrheit werden. Du mußt Vertrauen haben. In Gott und in dich selbst.«

Abends lag Richardis noch lange wach. Sicher hatte sie Vertrauen in Gott, und sicher glaubte sie nach wie vor an den gemeinsamen Traum. Trotzdem überkam sie hier und jetzt die nackte Verzweiflung.

Sie zog sich das Leinenlaken über den Kopf und weinte sich in den Schlaf.

Kloster Rupertsberg – November 1177

Es war das erste Mal, daß sie sich bereits nachmittags getroffen hatten. Jetzt, da die Feldfrüchte geerntet, der Wein gelesen und das Vieh – um es nicht durch den Winter füttern zu müssen – geschlachtet war, fand sich auch tagsüber gelegentlich eine Mußestunde. Zwar beherbergte das Kloster zur Zeit einige Gäste, glücklicherweise jedoch keine berühmten, die eine eingehende Betreuung erfordert hätten. Man sah es Hildegard und Wibert regelrecht an, daß sie es genossen, endlich einmal nicht bei Kerzenschein zusammensitzen zu müssen. Vor allem Wiberts Augen dankten es.

»Bei aller Achtung, verehrte Mutter, besonders tröstlich waren deine Worte nicht«, sagte Wibert, nachdem er noch einmal seine Notizen überflogen hatte. »Das klingt mehr nach Ansporn zum Durchhalten als nach berechtigter Hoffnung.«

»Ach, Wibert«, seufzte sie. »Ich war doch selbst so verzweifelt. Wie hätte ich da besseren Trost spenden können? Mutlos, wie ich war, war ich schon froh, daß ich nicht in Gegenwart der Schwestern in Tränen ausbrach.«

»Stand es denn so schlimm?«

»Schlimmer. Was ich dem engen Kreis – Volmar, Richardis, Clementia und Hiltrudis – über die Finanzlage anvertraute, war geschönt. Wir haben im wahrsten Sinn des Wortes von der Hand in den Mund gelebt. Dabei dauerte mich am meisten, daß die Kranken und Aussätzigen, die niemanden außer uns hatten, auch von den Sparmaßnahmen betroffen waren. Und das alles nur, weil es mir an Durchsetzungsvermögen gefehlt hat.«

»Glaubst du wirklich, daß es daran lag?«

»Man kann es natürlich auch anders herum sehen: Ich hatte mehr Hoffnungen geweckt, als ich erfüllen konnte. Insbesondere bei den Frauen, von denen ich ja auch die weitaus meiste Unterstützung erfuhr. Die Herren der Schöpfung hingegen betrachteten mich mit einem gerüttelt Maß Mißtrauen. Manche fürchteten, ich würde an ihren Stühlen sägen, viele sahen in mir gar eine Gefahr für die Kirche. Sich mit meinen Visionen zu schmücken, sich als meine Förderer aufzuspielen – zumindest, solange es nichts kostete –, das gefiel ihnen. Aber wehe, das Weib vom Disibodenberg wuchs über die ihr zugewiesene Rolle hinaus.«

»Ganz im Sinne von Kolosser drei Vers achtzehn: ›Ihr Weiber seid untertan euren Männern im Herrn‹.«

»Meinem Manne bin ich untertan«, sagte Hildegard sehr ernsthaft. »Aber nur ihm und keinem anderen. Schon gar nicht irgendeinem eitlen Kirchenfürsten.«

»Wie ich höre, schlummert das Aufbegehrende noch immer in dir.«

»Dachtest du, ich wäre sonst so alt geworden und hätte es so weit gebracht?«

Wahrhaft eine Frau von Format, dachte Wibert, beließ es aber bei einem bewundernden Blick. Laut sagte er: »Hast du denn Hilfe von Graf und Gräfin von Stahleck erhalten?«

»Glücklicherweise ja. Und auch hier war es die Frau, auf die mehr Verlaß war. Hermann war zeitlebens ein vorsichtiger und bedächtiger Mensch, dem es vor allem darauf ankam, es sich mit niemandem zu verderben. Während er noch grübelte, ob er mich unterstützen sollte, organisierte Gertrud bereits Hilfe. Keine Woche nach meinem Besuch standen uns zehn Knechte zur Verfügung, die sich zudem selbst versorgten, so daß uns weder zusätzliche Arbeit noch Kosten entstanden.«

»War das der Wendepunkt?«

»Ja und nein. Der Winter stand vor der Tür, und mit zehn Mann, die Feldarbeiter und keine Maurer sind, kann man kein Kloster erbauen. Aber es war ein Anfang, auch wenn die Widersacher sich noch im Vorteil wähnten.«

»Wibert schüttelte ungläubig sein massiges Haupt. »Willst du damit sagen, daß Kuno noch immer glaubte, den Klosterbau verhindern zu können? Ich dachte, er hätte sich inzwischen mit dem Unvermeidlichen abgefunden.«

»Nicht, solange noch ein Quentchen Hoffnung für ihn bestand. Er hat nach wie vor alles daran gesetzt, um uns so viele Knüppel wie irgend möglich zwischen die Beine zu werfen.«

»Was war es diesmal?«

»Eine besonders hinterhältige Geschichte, die zu einer großen Tragödie führte«, sagte Hildegard und schien dabei durch Wibert hindurch in die Vergangenheit zu blicken. »Ein Unheil, an dem Kunos ›guter Geist‹ ausnahmsweise keinen Anteil hatte.«

»Richtig, der gute Geist«, sagte Wibert. »Du hast mir noch immer nicht gesagt, um wen es sich dabei handelte.«

»Ich sagte doch bereits, mit dem, was nun folgt, hatte er nichts zu tun. Du wirst deine Neugier also noch eine Weile zügeln müssen. So, und nun spitze deine Ohren.«

Bereits nach zwei Sätzen war Wibert so gefesselt, daß er alles andere vergaß.

Kloster Disibodenberg – Oktober 1149

Schon seit der Prim saßen sie zusammen, und Herbrand erläuterte Kuno den Lagebericht für den Monat September. Die Zahlen waren beeindruckend, in allen Bereichen hatten die Brüder die Ergebnisse des Vergleichsmonats aus dem Vorjahr übertroffen. Dennoch machte der Abt ein Gesicht, als zwicke ihn der Darm.

»Du bist wohl nie zufrieden«, sagte Herbrand. »Was sollen die Brüder denn noch tun? Nachts arbeiten? Der Begründer unseres Ordens hat einst einen Ablauf festgelegt, der auch heute noch Gültigkeit hat, nämlich den ausgewogenen Wechsel von Gebet und Arbeit, Studium und geistlicher Lesung, gemeinschaftlichem Leben und Klausur. Auf dem Disibodenberg gibt es jedoch nur noch einen Wechsel, und zwar den von Arbeit zu Arbeit.«

»Na, na, na, so ist es ja nun auch wieder nicht«, sagte Kuno. »Ich lasse den Brüdern durchaus Zeit zum Beten und für ihre persönlichen Dinge. Außerdem kommt der gestiegene Wohlstand allen zugute.«

»Inwiefern?«

Kuno legte die Stirn in Falten. »Die Frage verstehe ich nicht.«

»Was gibt es daran nicht zu verstehen? Ich habe deine Behauptung hinterfragt. Darauf wirst du wohl antworten können.«

»Na, wie schon?« Der Abt zuckte die Achseln. »Den Brüdern geht es hier doch sehr viel besser als in anderen Klöstern. Oder etwa nicht?«

»Weißt du das bestimmt?«

»Bisher hat sich jedenfalls keiner beklagt.«

»Weil sie Angst vor dir haben.«

»Nur du nicht, wie?«

»Genau so ist es. Jede Stubenfliege ist mir unheimlicher als du.«

»Was soll das sein?« fragte Kuno und kniff die Augen derart zusammen, daß nur noch Schlitze übrigblieben. »Eine Drohung?«

»Nur eine Feststellung«, sagte Herbrand leichthin. »Ich habe mich nämlich abgesichert. Über alle deine Schandtaten habe ich genauestens Buch geführt. Sollte mir irgendwann etwas Unvorhergesehenes widerfahren, oder solltest du plötzlich auf die Idee kommen, ohne mich auskommen zu wollen, geht die Sammlung an den Erzbischof.«

»Ich ahne schon lange, daß ich mit dir eine Natter an meiner Brust nähre«, sagte Kuno und mimte den menschlich Enttäuschten. »Und das nach allem, was ich für dich getan habe. Schämen solltest du dich.«

»Statt zu jammern, solltest du stolz auf mich sein, bin ich doch ein wahrhaft gelehriger Schüler meines Herrn und Meisters.«

Kuno suchte Herbrands Blick, um herauszufinden, ob er das ernst meinte. So ruhig und gelassen, wie der Adlatus guckte, war dem wohl so. Da ihm keine passende Replik einfiel, beschloß er, das Thema zu wechseln.

»Du hast mir noch nicht mitgeteilt, was unser guter Geist diese Woche zu melden hat.«

»Nichts als Gewäsch.«

»Wieder nichts? Das ist schon die zweite Woche.«

»Die dritte.«

»Ob er abtrünnig geworden ist?«

»Das glaube ich nicht. Sein Unmut auf Schwester Hildegard wächst in dem Maße, wie sich die Lebensumstände im Frauenkonvent verschlechtern. Es passiert einfach nichts.«

»Oder Hildegard hat etwas gemerkt.«

»Der gute Geist gehört nach wie vor zum inneren Kreis. In dieser Runde gibt es keine Geheimnisse, es sei denn, die Vorsteherin hat sie vor allen.«

»Trotzdem gefällt mir das nicht. Wir erhalten so gut wie keine Nachrichten, wie es auf dem Rupertsberg vorangeht. Dort spielt zur Zeit die Musik, und dort müßten wir einen Gewährsmann haben.«

»Was siehst du mich so an? Wir haben dort niemanden.«

»Eben. Ich erwarte deine Vorschläge.«

Herbrand stülpte wie üblich die Unterlippe vor, was an diesem Tag aber nichts half. Ihm blieb nichts weiter, als die Schultern zu zucken.

»Pfeife!« sagte Kuno und freute sich. »Dafür habe ich eine Idee. Wir suchen zwei Brüder aus, die sich als Tagelöhner auf der Baustätte verdingen. Einmal die Woche wirst du dann nach Bingen reiten und dich heimlich mit ihnen treffen. Nun, was sagst du dazu?«

»Und was versprichst du dir davon?«

»Neuigkeiten. Wissen ist Macht. Das Prinzip beherzigst du doch selbst.«

Der Adlatus blies die Backen auf. Er verließ das Kloster nur äußerst ungern, da er fürchtete, Entscheidendes könnte sich während seiner Abwesenheit zutragen. Daher bedrückte ihn die Vorstellung, jede Woche nach Bingen reiten zu müssen, mehr, als hätte Kuno ihm täglich zehn Stockhiebe in Aussicht gestellt.

»Hast du schon jemanden für diese Aufgabe ins Auge gefaßt?« fragte er.

»Allerdings. Gunter und Fabian. Die beiden können wir am ehesten entbehren.«

»Gunter ist vierundsiebzig und Fabian achtundsechzig. Der eine ist so gut wie blind, der andere hat ein steifes Bein. Außerdem kennt Richardis beide.«

»Hältst du sie deswegen für ungeeignet?«

»Mit Verlaub, ich dachte, die beiden sollen sich als Arbeitskräfte beim Klosterbau anwerben lassen.«

Kuno wedelte mit der Hand. »Wenn du einen besseren Vorschlag hast, bin ich selbstverständlich offen dafür.«

Wieder bewegte sich die Unterlippe des Adlatus nach vorn, diesmal mit mehr Erfolg. »Meiner Meinung nach sollten wir mit dieser Aufgabe überhaupt keine Brüder beauftragen. Auch wenn sie sich verkleiden, die Gefahr, daß sie enttarnt werden, ist viel zu groß. Ich schlage vielmehr vor, zwei Bauernburschen aus dem Tal anzuwerben, die sich als Wanderarbeiter ausgeben.«

»Die werden Geld verlangen.«

»Umsonst ist nur der Tod, ehrwürdiger Vater. Aber ich denke, die klösterliche Kasse wird so viel hergeben.«

»Einverstanden«, sagte Kuno mit leidender Miene, als müsse er sich jeden Pfennig vom Munde absparen. »Schließlich ist es ja für einen guten Zweck.«

*

Am Nachmittag des gleichen Tages standen Hiltrudis und Clementia Seite an Seite in der Wäscherei von Disibodenberg und walkten die Leinenwäsche im Bottich. Stickige feuchte Luft wie in einem sommerheißen Wald nach einem zu schwachen Gewitter verschlug ihnen den Atem. Der Schweiß rann ihnen in Strömen übers Gesicht, wobei die übergewichtige Clementia erstaunlicherweise weniger transpirierte als die magere Hiltrudis.

»Ich fühle mich, als würde ich mich gleich auflösen«, keuchte Hiltrudis.

»Das sind nur die unreinen Gedanken, die die Hitze dir austreibt«, entgegnete Clementia ungerührt.

»Du hast wahrlich den Humor eines Henkers.« Hiltrudis stützte sich auf den Rand des Bottichs. »Ich muß kurz an die Luft, sonst verliere ich die Besinnung.«

Das Waschhaus gruppierte sich zusammen mit der Spinnerei, der

Näh- und der Backstube, der Kerzengießerei und Hildegards Amtsstube um einen nur wenige Schritte messenden Hof, wobei jedes der Gebäude kaum größer war als eine Hütte. Hiltrudis wollte einen Augenblick ganz allein sein, und so schlüpfte sie in den Durchgang zwischen Waschhaus und Kerzengießerei und lehnte sich dort an die Lehmwand.

Die frische Luft war eine Wohltat. Hiltrudis schloß die Augen und atmete tief durch. Der Schweiß auf Stirn und Wangen, der ihr eben noch unangenehm gewesen war, verwandelte sich durch die kühle Brise, die durch die Gassen der Klause wehte, in eine Erfrischung, als hätte sie ihr Gesicht mit Quellwasser benetzt. Schon nach wenigen Atemzügen ging es ihr besser.

Gerade als sie wieder hineingehen wollte, um Clementia die Arbeit nicht allein tun zu lassen, vernahm sie ein leises Schmatzen, wie es nackte Füße machen, wenn sie sich vom Boden lösen. Das war eigenartig. Niemand in der Klause lief barfuß, alle trugen stets Sandalen oder Holzschuhe. Sich schon beinahe sicher, daß es sich um einen Dieb handeln mußte, wagte Hiltrudis einen vorsichtigen Blick um die Hausecke.

Es war jedoch kein Dieb, der da über den Hof geschlichen kam, sondern Volmar. Die Holzpantinen hatte er ausgezogen und trug sie in der Hand. Immer wieder blickte er sich um, um sich zu vergewissern, daß ihn niemand bemerkte. Zuerst dachte Hiltrudis, der Sekretär der Äbtissin sei auf dem Weg zur Backstube, bis er plötzlich die Richtung änderte und in Hildegards Amtsstube verschwand.

Hiltrudis war verwirrt. Was hatte Volmar während Hildegards Abwesenheit in ihrem Offizium zu suchen? Daß die Mater nicht anwesend war, wußte sie. Schließlich hatte sie gesehen, wie Hildegard mit den Novizinnen, die nicht beim Klosterbau halfen, die Klause verlassen hatte, um sie in Pflanzen- und Kräuterkunde zu unterrichten. Und wieso benahm sich Volmar, diese Rechtschaffenheit in Person, wie ein Eierdieb? Ob er etwas Unrechtes im Schilde führte? Das war unvorstellbar. Aber welchen Grund hatte sein seltsames Verhalten dann?

Obwohl ihr das Herz bis zum Hals klopfte, überquerte Hiltrudis den Hof mit eiligen Schritten und legte ihr Ohr an die Tür der Amtsstube. Leises Rascheln war zu vernehmen. Offenbar hantierte Volmar mit Pergamenten. Vielleicht hatte er irgendwelche Unterlagen vergessen, die er für die Reinschrift von »Scivias« benötigte. Nur, wenn dem so war, warum war er nicht ganz offen gekommen, um sie zu holen?

Ohne einen besonderen Entschluß gefaßt zu haben, legte sie die Hand auf den Griff und drückte die Tür auf.

Volmar, der mit dem Rücken zur Tür stand, fuhr herum. Mit aufgerissenen Augen starrte er Hiltrudis an. Sie trat schnell auf ihn zu und blickte über seine Schulter. Er hatte sich an den Grundrißplänen des Klosters Rupertsberg zu schaffen gemacht.

»Ich hörte ein Geräusch und dachte, die Mater sei zurück«, sagte sie und zeigte auf die Pergamente, die auf dem Pult lagen. »Sind das die Baupläne des neuen Klosters?«

Volmar grinste verzerrt, als habe der Scharfrichter ihn gebeten, auf dem Weg zum Schafott ein freundliches Gesicht zu machen.

»Pläne? Ach, die Pläne. Ja, das ist der Rupertsberg. Ich wollte nur nachschauen, ob ...«

»Ja?«

»Nun ja, ob die ehrwürdige Mutter auch einen Raum für mich vorgesehen hat.«

»Und, hat sie?«

»Ich glaube, ja«, sagte Volmar hastig, rollte die Pergamente wieder zusammen und legte sie zurück in ihr Fach. »Ein kleines Arbeitszimmer.«

Dann wollte er eilig hinaus, aber der Raum war zu klein, als daß sie aneinander vorbeigepaßt hätten. Also verließ zuerst Hiltrudis die Stube. Als beide auf dem Hof standen, verriegelte Volmar die Tür.

»Nun denn«, sagte er und vermied, der Nonne in die Augen zu sehen. »Dann geh ich mal wieder.«

Kaum war der Sekretär in dem Durchgang zwischen Backstube und Kerzengießerei verschwunden, tauchte Clementia auf.

»Wo bleibst du denn?« fragte sie. »Ich dachte schon, dir sei etwas zugestoßen. – War das gerade Volmar?«

»Ja, das war Volmar.«

»Und was wollte er?«

»Er hat die Pläne für das neue Kloster studiert. Angeblich, um nachzusehen, ob die Mater einen Raum für ihn vorgesehen hat.«

»Die Brüder ziehen ihn schon seit einiger Zeit damit auf, Hildegard werde nach dem Umzug auf seine Dienste verzichten. Glaubst du ihm etwa nicht?«

»Er wirkte ertappt und schuldbewußt«, sagte Hiltrudis nachdenklich. »Man könnte meinen, er führte etwas anderes im Schilde.«

Rupertsberg – November 1149

Was da langsam, aber unaufhaltsam aus der Grube wuchs, würde einmal der Dormentbau des Klosters sein. Neben dem Kapitelsaal, dem Leseraum und den Einzelzellen sollte er im Untergeschoß das Hypokaustum beherbergen, von dem aus über ein ausgeklügeltes System von Röhren Heißluft in Wände und Böden der einzelnen, zur Beheizung vorgesehenen Räume geleitet werden würde. Eine aufwendige und kostspielige Angelegenheit, auf der Hildegard aber beharrt hatte, um den Schwestern in der kalten Jahreszeit die schrecklichen und manchmal lebensbedrohenden Erkältungskrankheiten zu ersparen.

Eine andere und für ihre Zeit ausgesprochen fortschrittliche Einrichtung waren getrennte Leitungssysteme für Frisch- und Abwasser. Wie Hildegard im Rahmen ihrer medizinischen Tätigkeit festgestellt hatte, war unsauberes Wasser eine der hauptsächlichen Ansteckungsquellen. Ebenso hatte sie veranlaßt, daß die Exkremente vom Necessarium aus nicht einfach in den Fluß geschwemmt, sondern in einer Grube gesammelt wurden, wo sie sich mit Kalk und Holzspänen abgestreut zersetzen konnten.

Solche – durchaus sinnvollen – Sonderwünsche hatten natürlich ihren Preis. Und sie sorgten für Verzögerungen, da immer wieder Spezialisten zu Rate gezogen werden mußten, auch wenn Richardis sich mehr und mehr in die Thematik einarbeitete. Zu guter Letzt hatte die junge Nonne sich ein Wissen angeeignet, das sie nach Hildegards Einschätzung befähigt hätte, sich als Bauleiter zu verdingen.

Nun, Anfang November, da die Nächte bereits empfindlich kalt waren, wenn auch noch kein Frost eingesetzt hatte, verlangte Richardis den Knechten der Gräfin von Stahleck das Äußerste ab. Sie setzte alles daran, daß wenigstens ein Gebäude vor Einbruch des Winters fertiggestellt wurde, denn das Leben in den Zelten war zunehmend unerträglicher geworden. Außerdem plante sie, in dem Gebäude eine Behelfswerkstatt einzurichten, damit die Arbeiten im Winter – wenn auch eingeschränkt – weitergehen konnten.

Das eifrige Treiben auf dem Rupertsberg hatte natürlich die Neugier der Bewohner der am anderen Naheufer gelegenen Stadt Bingen geweckt. Waren die Dörfler anfangs nur zum Gaffen gekommen und hatten nur im Notfall mal mit angefaßt, so erschienen seit einer Woche regelmäßig einige Männer und arbeiteten mit. Zu Verdienen gab es nichts, aber es hatte sich herumgesprochen, daß es drei ordentliche Mahlzeiten am Tag gab, und das war mehr, als die meisten von ihnen hatten.

Auch an diesem naßkalten, nebelverhangenen Morgen standen wieder zwei Burschen vor dem primitiven, aus Weidenruten gefertigten Tor und begehrten Einlaß. Richardis selbst ließ sie herein. Sie waren groß, kräftig und rotwangig und sahen einander ähnlich. Wie sich herausstellte, handelte es sich um ein Brüderpaar, das angab, aus der Nähe von Ingelheim zu stammen. Hunger, so sagten sie, habe sie von zu Hause weggetrieben, und sie seien bereits froh, wenn sie für ihre Arbeit einen Kanten Brot bekämen.

Da jede Hand gebraucht wurde, stellte Richardis die beiden ein, obwohl sie den Wahrheitsgehalt ihrer Geschichte anzweifelte. Zwar waren die Brüder zerlumpt gekleidet, sahen aber im Vergleich zu den großäugigen Hungerleidern aus Bingen zu wohlgenährt aus. Der Anführer der von Stahleckschen Knechte, der sinnigerweise Rupert hieß, besah sich die Burschen kurz und teilte sie dann zum Steineschleppen ein.

Richardis ging zum Küchenzelt, vor dem an einem mannshohen Dreibein ein eiserner Kessel hing. Unter dem Kessel qualmte ein Feuer. Der Qualm brannte in den Augen und löste bei Richardis einen Hustenreiz aus.

»Ich habe dir schon hundertmal gesagt, du sollst zum Kochen kein nasses Holz nehmen«, fuhr sie Alma an, die mit einer Schöpfkelle in dem Kessel rührte. »Wir wollen schließlich keinen Schinken räuchern.

Eigens zum Kochen haben wir getrocknetes Holz in der Kapelle eingelagert.«

»Wem sagst du das? Ich habe das Feuer nicht angezündet.« Dann drehte Alma sich zum Zelt um und sagte betont laut: »Unter uns gibt es einige, die sind zu faul, die paar Schritte bis zur Kapelle zu laufen, und nehmen lieber Bauholz.«

»Auch noch Bauholz, das wir für teures Geld kaufen müssen! Wer war das?«

»Na, wer schon?«

Richardis trat in das Halbdunkel des Zeltes. Mechthild saß mit den Händen im Schoß auf einem Hocker und machte das Gesicht eines schmollenden Kindes. Auf dem Tisch türmte sich ungeputztes Gemüse.

»Hast du das Feuer angezündet?« fragte Richardis.

Mechthild nickte.

»Wieso hast du kein Brennholz genommen?«

»In der Kapelle sind so viele Spinnen. Da mag ich nicht reingehen.«

»Das ist doch lachhaft! Dann hättest du eben Alma bitten können, das Holz zu holen, und hättest statt dessen – was weiß ich – das Fleisch geschnitten oder was auch immer.«

»Dann hätte sie nur wieder über mich gelacht.«

Richardis drehte sich mit geballten Fäusten einmal um die eigene Achse und schickte ein Stoßgebet zum Himmel, der Herr möge ihr beistehen, nicht wieder die Beherrschung zu verlieren.

»Was ist mit dem Gemüse?« preßte sie zwischen zusammengebissenen Zähnen hervor. »Denkst du, weil du Feuer gemacht hast, dein Tagewerk sei vollbracht?«

Anders als sonst senkte Mechthild nicht den Blick, sondern sah Richardis herausfordernd an. »Ich werde heute abgeholt. Deshalb tu ich nichts mehr.«

Daran hatte Richardis nicht mehr gedacht. Natürlich, heute wollten Mechthilds Eltern kommen und ihre Tochter abholen. Endlich würde sie diesen verhaßten Ort verlassen können, an dem sie nach ihren eigenen Worten nur schikaniert und mißhandelt wurde.

»In dem Augenblick, in dem deine Eltern hier erscheinen, enden deine Pflichten«, sagte Richardis. »Bis dahin unterliegst du jedoch den Regeln der Gemeinschaft und wirst wie jede andere die dir zugewiesene Arbeit erledigen.«

»Ich denke nicht daran«, sagte Mechthild trotzig und warf den Kopf in den Nacken.

Richardis legte ihrer Noch-Mitschwester die Hände auf die Schultern und beugte sich so weit hinab, daß ihre Nasenspitzen nur eine Handbreit voneinander entfernt waren.

»Du hast die Wahl«, sagte sie leise. »Entweder du putzt das Gemüse, und zwar aufs Feinste, oder es geschieht das gleiche, was in der Grube geschehen ist. Nur, daß ich diesmal richtig zuschlage.«

»Das wagst du nicht! Die Oberin hat es dir ausdrücklich verboten!«

»Wo kein Zeuge, da kein Richter.«

»Alma kann uns hören.«

»Glaubst du ernsthaft, Alma würde zu deinen Gunsten aussagen? So einfältig kannst nicht einmal du sein.«

»Gott sieht alles!«

»Vor allem die Faulen, die versuchen, sich auf Kosten ihrer Mitschwestern ein bequemes Leben zu machen.« Richardis rückte noch ein Stück näher. »Also, wie entscheidest du dich?«

Mechthild schluckte einmal so schwer, daß ihr Kopf ruckte, und sagte dann: »Das Gemüse.«

»Fein«, sagte Richardis. »Wenn deine Eltern kommen, rufe ich dich.«

*

Der Koblenzer Kaufmann Julius Canisius und seine Gattin Orphelia erschienen kurz vor der Non. Der beleibte Mann hatte sich auf der Reise rheinaufwärts eine geharnischte Ansprache zurechtgelegt, die Richardis gleich zu Anfang mit dem Hinweis abwürgte, Beschwerden seien ausschließlich an die Mutter Oberin persönlich zu richten. Entrüstet, daß er seinem aufgestauten Ärger keine Luft machen konnte, führte er Frau und Tochter zu dem vor dem Tor wartenden Wagen. Dabei streckte Mechthild Richardis die Zunge raus, wofür Alma ihr einen Lehmklumpen an den Kopf warf. Unter dem tosenden Gelächter der versammelten Arbeiter trat die Familie einen schmachvollen Rückzug an.

Richardis flüchtete sich ins Küchenzelt, damit niemand sah, daß auch sie lachte, bis ihr die Tränen kamen.

*

Rupert hatte Richardis um eine Unterredung gebeten. Da es begonnen hatte zu nieseln, setzten sie sich im Zelt der von Stahlecker Knechtschaft zusammen. Im Hintergrund verrührte der Koch Mehl, Eier und Milch zu einem glatten Teig. Heute standen Pfannkuchen mit Speck und Bohnen auf dem Speiseplan.

Rupert hatte eine niedrige Stirn, weit auseinanderstehende Augen und einen extrem breiten Mund, was durch große, einzeln stehende Zähne noch betont wurde. Auch wenn er keine Schönheit war, bei den Mädchen in Bingen hatte er einen Schlag. Er war stets freundlich und wohlgelaunt, wodurch er den meist griesgrämigen Rheingauern wie ein Wesen aus einer anderen Welt vorkommen mußte. Selbst jetzt lächelte er, obwohl das, was er mit Richardis zu besprechen hatte, ernster Natur war.

»Ich brauche Geld für Werkzeug und Baumaterial«, sagte er ohne Umschweife. »Ich habe es überschlägig berechnet: Das Mindeste sind achtzig Denare.«

Richardis war entsetzt. »Ich habe Euch doch erst letzte Woche vierzig Denare gegeben. Habt Ihr die schon ausgegeben?«

»Durch die Mehrstunden, die Ihr uns abverlangt, geht es natürlich schneller voran. Ihr seht ja selbst, daß das Gerüst beinahe täglich wächst. Bis die Firsten gemauert sind, wird noch so mancher Baum für Stangen und Planken draufgehen. Des weiteren brauche ich Seile und Umlenkrollen für den Flaschenzug. Und ich will noch einige Hämmer und Meißel und eine zweite Säge anschaffen.«

»Wozu das alles? Ich dachte, mit Werkzeug seien wir bestens ausgestattet.«

»Was nützen mir all die Arbeitskräfte, wenn ich sie nicht beschäftigen kann? Glatt vier Mann könnte ich noch beim Zuhauen der Quader einsetzen. Aber dazu muß ich ihnen Werkzeug in die Hand geben. Und die Säge, die wir haben, macht es nicht mehr lange. Über kurz oder lang wird eine neue fällig. Da können wir sie auch gleich mit besorgen.«

»Das kommt völlig unerwartet. Braucht Ihr das Geld denn sofort?«

»Zwei, bestenfalls drei Tage kann ich die Leute noch so beschäftigen. Aber dann wird's eng.«

»Wieviel würde es denn ohne die Säge machen?«

Rupert zog die Mundwinkel runter. »Ein paar Denare würden wir sparen. Aber, wie gesagt, lange macht es die alte nicht mehr.«

»Ich will sehen, was ich tun kann«, sagte Richardis und stand auf. »Aber Ihr solltet Euch für alle Fälle einen Ersatzplan zurechtlegen. – Übrigens, wie machen sich eigentlich die zwei Burschen, die ich Euch heute morgen geschickt habe?«

»Gut, sie schuften wie die Pferde. Und sie lügen, daß es kracht.«

»Wie meint Ihr das?«

»Haben sie Euch nicht erzählt, sie seien aus der Nähe von Ingelheim?«

»Ja. Stimmt das nicht?«

»Jakob, einer aus unserem Haufen, kennt sie. Er hat sie mal auf dem Viehmarkt zu Alzey gesehen. Sie sind die Söhne des freien Bauern Achim von der Eiche aus Rothenkirchen.«

»Ist er sich sicher?«

»Die beiden haben in Alzey eine ziemliche Rauferei angezettelt. Daher sind sie ihm im Gedächtnis geblieben.«

»Warum geben sie sich für andere aus? Versteht Ihr das?«

Rupert machte eine hilflose Geste. »Einen Sinn vermag ich darin nicht zu erkennen.«

Richardis kam ein Verdacht. »Und wenn sie hier sind, um uns auszukundschaften?«

»Glaubt Ihr?«

»Ich weiß es nicht. Aber denkbar wäre es doch.«

»Macht Euch keine unnötigen Sorgen, ich werde sie im Auge behalten. Und meine Männer weise ich auch entsprechend an.«

»Habt vorerst Dank«, sagte Richardis, aber sie war alles andere als beruhigt.

Wollten die Schwierigkeiten denn überhaupt kein Ende nehmen? Binnen drei Tagen mußte sie achtzig Denare auftreiben, hatte aber nicht die geringste Ahnung, woher. Die Kasse der Klause war leer. Ihr blieb nur, ihre Mutter um Hilfe anzugehen, aber ob die Markgräfin so kurzfristig aushelfen konnte, war fraglich. Sicher, die Ernte war eingefahren, aber noch war nicht alles verkauft. Zu allem Überfluß trieben sich jetzt auch noch zwei merkwürdige Burschen auf dem Gelände herum.

Als sie vor das Zelt trat, dämmerte es bereits. Die Knechte hatten ein großes Feuer angefacht, um sich aufzuwärmen. Nach dem Essen würde einer von ihnen zur Laute greifen, und dann würden sie gemeinsam singen. Vielleicht kämen auch wieder ein paar Mädchen vom Dorf herüber, um mit den Burschen das Tanzbein zu schwingen. Ein Spaß, den Richardis ihnen gönnte, auch wenn sie sich Sorgen machte, daß es wegen der Frauenzimmer zu Schlägereien kommen könnte. Aber bisher hatte Rupert solche Auswüchse zu unterbinden gewußt.

Sie machte sich auf den Weg zum Küchenzelt der Schwestern, das dort aufgeschlagen war, wo später einmal die Schule stehen sollte. Als sie an der Krypta der künftigen Abteikirche vorbeiging, kam plötzlich eine riesige Gestalt wie aus dem Nichts und verstellte ihr den Weg. Der Körperhaltung nach handelte es sich um einen Mann. Richardis blieb beinahe das Herz stehen.

»Wer seid Ihr?« flüsterte sie, obwohl sie es in dem Moment bereits ahnte.

Statt zu antworten, nahm der Mann die Kapuze seines Umhangs ab. Pechschwarzes Haar fiel ihm in Wellen bis weit über die Schultern. Als er lächelte, zeigte er eine Reihe makelloser weißer Zähne.

»Man sagte mir, hier würden noch Arbeitskräfte benötigt«, sagte er. »Ist dem so?«

»Dem ist so«, sagte Richardis mit einem leichten Beben in der Stimme. »Seid willkommen, Graf Jerome.«

Als sie nach dem Nachtmahl noch ein paar Schritte gingen, sprach Richardis an, was ihr zuvor bereits aufgefallen war.

»Bereitet Euch Euer Bein noch immer Probleme?« fragte sie.

»Das linke ist seit dem Bruch ein Stück kürzer«, antwortete Jerome. »Die Knochen müssen schief zusammengewachsen sein. Schwierigkeiten macht mir das aber nur auf längeren Märschen.«

Sie erklommen die Wendeltreppe zum Wehrerker, der wie ein Schwalbennest an der Stützmauer klebte. Vor ihnen glänzte die Nahe im Mondlicht wie flüssiges Silber. Die Lufttemperatur lag nur knapp über dem Gefrierpunkt, aber da es windstill war, froren sie nicht. Trotzdem hatte Richardis sich vorsorglich ihren Schaffellmantel übergeworfen.

»Ehrlich gesagt, ich dachte, der Klosterbau wäre weiter vorangeschritten«, sagte Jerome. »Es ist beinahe zwei Jahre her, daß Eure Mutter Oberin die päpstliche Erlaubnis erhielt.«

»Wir hätten gewiß mehr erreicht, würden wir endlich über die Mittel verfügen können, die uns zustehen«, sagte Richardis. »Aber der Erzbischof und besonders unser Abt behindern uns, wo sie nur können.«

»Euer Abt? Der war doch in Trier so klein.« Mit Daumen und Zeigefinger zeigte Jerome, wie winzig er Kuno in Erinnerung hatte. »Gibt er denn immer noch keine Ruhe?«

»Der Mann ist ein Scheusal. Anfangs habe ich ihn nur für einen Frauenhasser gehalten, aber inzwischen glaube ich, daß er niemanden leiden kann. Nicht einmal sich selbst.«

»Könnt ihr diesem Ränkeschmied denn nicht beikommen, indem ihr euch noch einmal an den Papst wendet?«

»Die Mater möchte den Erzbischof nicht noch einmal übergehen. Außerdem ist das Kirchenrecht in vielen Punkten strittig. So besteht durchaus die Möglichkeit, daß wir doch auf unsere Mitgiften verzichten müssen.«

»Wie bezahlt ihr die Arbeiten denn überhaupt?«

»Wir haben treue Freunde«, sagte Richardis und erzählte, welche Opfer ihre Mutter und die Pfalzgräfin erbracht hatten, um sie zu unterstützen. »Aber auch ihnen sind Grenzen gesetzt. Augenblicklich sind wir wieder an einem Punkt, an dem nichts mehr geht.«

»Wieviel benötigt ihr denn?«

»Im Augenblick sind es nur achtzig Denare. Aber jede Woche fällt etwas Neues an.«

Jerome griff in den Beutel, den er am Gürtel trug, und stapelte Silbermünzen auf die Mauer.

»Fürs erste«, sagte er.

»Das kann ich nicht annehmen«, sagte Richardis. »Die Mater würde es nicht erlauben. Nicht von Euch.«

»Pardon?«

»Allein, wenn sie wüßte ...«

»Ja?«

»Daß Ihr hier seid. Sie würde ihre schlimmsten Befürchtungen bestätigt sehen.«

Jerome lachte so schallend auf, daß Richardis befürchtete, er sei verrückt geworden.

»Wollt Ihr wohl still sein!« fuhr sie ihn an. »Man kann Euch ja bis Bingen hören.«

Japsend beruhigte er sich wieder.

»Zu komisch«, sagte er. »Eure Oberin traut uns also tatsächlich etwas Unschickliches zu?«

»Was ist daran lächerlich? So etwas ist schon vorgekommen.«

»Zum Beispiel bei Abaelard und Héloïse.«

»Zum Beispiel.«

»Wofür der arme Kerl von Heloises Onkel entmannt wurde.«

»Das ist nur ein Gerücht.«

»Ich kenne jemanden, der behauptet, danach hätte der Pater durchaus im Knabenchor singen können.«

»Davon will ich nichts mehr hören«, sagte Richardis und wandte sich brüsk ab. »Das ist ekelhaft.«

»Pardon, aber Ihr wart es, die davon anfing.«

Eine Weile herrschte ein bedrückendes Schweigen wie kurz vor einem Urteilsspruch. Jerome setzte an, etwas zu sagen, ließ es dann aber doch, weil Richardis ihm noch immer den Rücken zukehrte. Schließlich war sie es, die die Sprachlosigkeit beendete.

»Ich habe Euch so ganz anders in Erinnerung«, sagte sie, ohne sich jedoch umzudrehen. »Edler.«

»Wie meint Ihr das?«

»So etwas wie eben hättet Ihr damals nie ausgesprochen.«

»Wovon redet Ihr? Die Sache mit dem Knabenchor?«

»Ja. Und daß Ihr gelacht habt. Das war gewöhnlich. Ihr habt Euch verändert.«

»Ihr Euch aber auch. Ihr seid empfindlich geworden. Wenn ich da an Tronecken denke … Da wolltet Ihr mir sogar ein unmoralisches Angebot machen.«

Richardis schoß herum, daß Jerome einen Schritt zurückwich.

»Das mußte ja jetzt kommen!« fauchte sie. »Schämen solltet Ihr Euch, daß Ihr überhaupt noch an diesen Akt der Verzweiflung denkt! Ihr seid nicht mehr der, den ich zu kennen glaubte. Bitte verlaßt den Rupertsberg bei Morgengrauen. Ich weiß ohnehin nicht, warum Ihr überhaupt hierhergekommen seid.«

Damit wollte sie davonstürmen, aber Jerome streckte den Arm aus. Er brauchte sie nicht einmal zu berühren, sie blieb sofort stehen.

»Ich wollte Euch wiedersehen«, sagte er.

»Was versprecht Ihr Euch davon? Ihr wißt doch, daß ich einem anderen gehöre.«

»Das habe ich damals geachtet, und das achte ich auch heute. Ich bin schon glücklich, wenn ich nur in Eurer Nähe sein darf. Ihr seid für mich wie ... wie eine Blume in Nachbars Garten. Ich darf sie betrachten, aber ich darf sie nicht pflücken.«

»Das soll ich Euch glauben?«

»Ihr tut es doch bereits.«

»Ihr seid Euch Eurer Wirkung sehr sicher, Graf Jerome, wie?«

»Ich komme viel herum. Da lernt man sich einzuschätzen.«

»Eure Unverschämtheit ist beispiellos, aber sie wird von Eurer Überheblichkeit noch übertroffen.«

»Solltet Ihr als Nonne nicht zuerst das Gute in einem Menschen sehen?«

»Und das wäre in Eurem Falle?«

»Ich bin hier, um zu helfen. Wie schon einmal. Und ohne eine Gegenleistung zu fordern.«

Trotz des dicken Schaffellmantels war deutlich zu sehen, wie Richardis ihre Schultern, die sie in ihrer Entrüstung gestrafft hatte, sinken ließ.

»Ich habe wohl etwas überspannt reagiert«, sagte sie. »Verzeiht.«

»Bei dem, was Ihr um die Ohren habt, kein Wunder.«

»Es ist großherzig von Euch, Nachsicht zu üben. Mein Gott, ich habe Euch noch nicht einmal gefragt, woher Ihr kommt und wie es Euch ergangen ist, seit wir uns zuletzt gesehen haben.«

Jerome lehnte sich gegen die Mauer. »Besonders aufregend war die Zeit nicht. Ich hatte keine Gelegenheit mehr, mich als Held zu betätigen. Ich bin einfach nur umhergezogen. Zuletzt war ich in Ravenna.«

»Italien muß wunderschön sein.«

»Vor allen Dingen versteht man dort zu kochen.«

»Die italienischen Frauen sollen einen besonderen Liebreiz haben, sagt man.«

»Stimmt. Die schönsten sehen aus wie Ihr.«

Das magere Licht des Mondes reichte aus, um zu erkennen, daß Richardis errötete.

»Ihr habt mir nie erzählt, warum Ihr auf der Flucht seid«, sagte sie hastig. »Verfolgt man Euch denn noch immer?«

Jerome rieb sich mit dem Zeigefinger die Nase. »Meine Feinde haben Blutrache geschworen. Das heißt, sie geben erst auf, wenn ich tot bin.«

»Wer sind diese Leute?«

»Eine mächtige Sippe aus Asturien. Das liegt im Norden Spaniens.«

»Habt Ihr einen von ihnen getötet?«

»Mehrere.«

»Warum?«

»Das ist eine lange Geschichte«, sagte Jerome. »Ich glaube nicht, daß ich sie Euch erzählen möchte.«

»Ist Eure Rolle dabei etwa eine unrühmliche?«

Jerome lachte. »Ihr seid geschickt, aber ich laß mich zu nichts hinreißen.«

»Begleitet Ihr mich zurück?«

»Gern. Vergeßt nicht Euer Geld.«

Sie verließen den Erker über die Wendeltreppe. Das Lagerfeuer der Knechte war heruntergebrannt. Bis auf einen, der Wache hielt, schliefen alle. Vom Mond beschienen wirkte er mit seiner geschulterten Lanze wie ein Scherenschnitt.

»Ich verstehe noch immer nicht, warum die Hunde bei Euch nicht angeschlagen haben«, sagte Richardis. »Sonst ist auf sie Verlaß.«

»Hunde mögen mich im allgemeinen«, sagte Jerome. »Zumindest die vierbeinigen.«

Zu beiden Seiten des schmalen Wegs türmten sich Kanthölzer und Pfosten. In der Ferne schrie eine Eule.

Plötzlich blieb Richardis stehen und griff nach Jeromes Arm. »Habt Ihr das auch gehört?«

»Ja«, flüsterte er. »Geht weiter, als sei nichts geschehen. Ich komme gleich nach.«

Lautlos verschwand er zwischen den aufgestapelten Balken und verschmolz mit der Dunkelheit. Richardis ging mit einem mulmigen Gefühl weiter. Lieber wäre ihr gewesen, der Graf wäre an ihrer Seite geblieben.

Auf einmal hörte sie einen dumpfen Schlag, und jemand sagte: »Uff!« Gleich darauf tauchte der Graf mit einem Mann auf, den er am Kragen hielt.

»Kennt Ihr den Burschen?« fragte er und zog den Kopf des Mannes an den Haaren nach hinten, damit Richardis sein Gesicht erkennen konnte. »Er hat uns nachgestellt.«

»Er ist einer von zwei Brüdern, die ich heute morgen eingestellt habe«, sagte sie. »Sie haben behauptet, sie seien aus Ingelheim, stammen aber in Wirklichkeit aus Rothenkirchen.«

»Wollt Ihr ihn befragen?«

Der Bursche knickte vor Angst immer wieder in den Knien ein. Außerdem blutete er aus der Nase.

»Nein. Laßt ihn laufen. Sagt ihm nur, er und sein Bruder sollen noch heute nacht verschwinden. Ich will sie hier nicht mehr sehen.«

»Wenn sie erst einmal fort sind, werdet Ihr nie erfahren, was es mit den beiden Halunken auf sich hat.«

»Laßt ihn gehen«, sagte Richardis. »Ich denke, ich weiß auch so, wer sie geschickt hat.«

Kloster Disibodenberg

Herbrand brannte so darauf, seine Neuigkeit loszuwerden, daß er sein Pferd nicht am Tor abgab, sondern bis zum Abteibau weiterritt. Dort drückte er einem der vorbeikommenden Novizen die Zügel in die Hand und ging stracks in die Amtsstube seines Abtes. Zwei Atemzüge später war er schon wieder draußen.

»Weißt du, wo unser verehrter Vater sich aufhält?« fragte er einen jungen Bruder.

Der Novize zeigte stumm nach oben.

»Im Himmel?«

»Beinahe.«

»Liegt er im Sterben?«

»Nicht doch. Er ist auf dem Dach.«

Herbrands Blick folgte dem ausgestreckten Arm des angehenden Mönchs. Tatsächlich, Kuno saß in seinen Pelz gehüllt rittlings auf dem Dachfirst des Abteibaus, des nach der Kirche zweithöchsten Gebäudes des Klosters, und fuchtelte mit den Armen.

»Was, in aller Heiligen Namen, treibt er da oben?«

»Das Dach hat ein Loch«, erklärte der Novize. »Da die Brüder, die es ausbessern sollen, nach Meinung des verehrten Vaters zu langsam arbeiten und außerdem pfuschen, überwacht er sie persönlich.«

Herbrand formte die Hände zu einem Trichter.

»Kuno, komm herunter!« rief er. »Ich habe eine äußerst wichtige Mitteilung für dich!«

Kuno guckte erst in die falsche Richtung, entdeckte seinen Adlatus dann aber doch.

»Was willst du?« rief er. »Du siehst doch, daß ich beschäftigt bin.«

»Es ist aber äußerst dringend!«

»Wenn es derart eilt, dann komm herauf!«

Herbrand dachte zuerst, er habe sich verhört. Aber die Gesten, die der Abt machte, waren eindeutig.

»Worauf wartest du?« ertönte es von oben. »An der Stirnwand sind die Steigsprossen.«

Der Novize grinste von einem Ohr zum anderen. »Der verehrte Vater hat es auch geschafft.«

»Noch einen Ton, und ich werde deinen Hinauswurf beantragen«, schnauzte Herbrand und stapfte um die Hausecke.

Die Stirnseite des Abteibaus ragte vor ihm in den herbstgrauen Himmel wie die Nordwand des Eiger, den er vor zig Jahren anläßlich seiner einzigen Reise nach Italien zu Gesicht bekommen hatte. Gut, etwas niedriger mochte der Bau sein, aber seine drei Stockwerke hatte er. Dazu kam der Giebel, der so hoch war wie ein viertes. Herbrand mußte an Bruder Egbert und dessen gebrochenes Rückgrat denken. Wenn er sich irgendwohin bewegen wollte, mußte er seine Brüder bitten, ihn mit dem Leiterwagen zu ziehen. Ein jämmerliches Schicksal. Dann wäre es vorbei mit der Karriere. Niemand wählt einen Abt, der nicht laufen kann.

Raunen und Gemurmel drang an sein Ohr. Mindestens ein Dutzend Brüder drängte sich an der Hausecke und wartete auf die Sensation – den fliegenden Geier. Aber das Vergnügen würde er ihnen nicht bereiten.

Eines der Blitzgebete murmelnd, die er eigens für solche Situationen hatte, machte er sich an den Aufstieg. Ruhig und gleichmäßig, als handele es sich um seinen täglichen Verdauungsspaziergang. Dabei waren die Eisen so kalt, daß er fast mit den Fingern klebenblieb. Als er oben ankam und nach den Dachhaken griff, um auf den First zu steigen, machte er den Fehler, nach unten zu sehen. Da passierte es. Er schämte sich fürchterlich, aber das änderte nun auch nichts mehr.

Auf allen vieren, den Blick stier auf die Firstpfannen gerichtet, kroch Herbrand zu seinem Abt. Die Strecke kam ihm unendlich lang vor. Fünf Gebete brauchte er.

»Na, ist die Aussicht nicht prächtig?« fragte Kuno munter und wies mit dem Arm über sein Reich. »Wir sitzen auf der Höhe der Glocken.«

»Ich bin beeindruckt«, sagte Herbrand.

»Du hast dich doch noch gar nicht richtig umgesehen.«

Das hatte Herbrand auch nicht vor. Seinem Abt auf drei Ellen Entfernung gegenübersitzend, starrte er ausschließlich diesen an, als würde ihn jeder Blick in eine andere Richtung in die Tiefe reißen. Ein Stück unterhalb seines linken Fußes mußte das Loch sein, denn von dort erklang Hämmern und Schimpfen. Hinzusehen wagte er jedoch nicht.

»Ganz schön hoch, wie?« fragte Kuno.

»Zu hoch für meinen Geschmack«, sagte Herbrand.

»Sei froh, daß es nicht stürmt. Also, was gibt's?«

Herbrands Kopf war leer wie ein umgekippter Eimer. Vergeblich versuchte er sich zu erinnern, weswegen er diesen Wahnsinn auf sich genommen hatte.

»Was ist nun?« meckerte Kuno. »Ich hab nicht ewig Zeit.«

»Ich hab's vergessen.«

»Das gibt es doch nicht.«

»Anscheinend doch. Es muß an der Höhe liegen.«

»Das ist doch kein Grund, daß der Kopf nicht arbeitet. – Wonach stinkt es hier eigentlich?«

»Bestimmt nach Fisch«, sagte Herbrand eilig. »Heute ist Freitag.«

»Na, wenigstens das weißt du noch. Aber das ist kein Fisch. Das ist … Sag mal, bist du das?«

Herbrand schlug die Augen nieder und nickte.

»Konntest du das nicht unten erledigen?« fragte Kuno.

»Unten verspürte ich noch nicht diesen Drang.«

»Und warum bist du nicht wieder runtergeklettert, als du den Drang dann verspürtest?«

»Weil ich hier nie wieder runterkomme!« schrie Herbrand. »Weil ich hier oben verrecken werde!«

»Ganz ruhig, ganz ruhig«, sagte Kuno sanft und rückte ein Stück ab, da er sich plötzlich an Geschichten erinnerte, in denen vor Angst Irrsinnige ganze Seilschaften in den Tod gerissen hatten. Dann beugte er sich zur Seite und brüllte nach unten.

»Zwei Mann aufs Dach! Und bringt Seile mit! Bruder Herbrand hat die Hosen voll!«

*

»Das hättest du nicht sagen dürfen«, sagte Herbrand. »Selbst die Dümmsten unter den Brüdern lachen nun über mich.«

Er saß in dem reichhaltig verzierten und bestickten Sessel, der eigentlich hochrangigen Besuchern vorbehalten war. Auf Kunos Anweisung war das Möbel eigens vom Empfangssaal in seine Amtsstube geschafft worden. Frisch gebadet und gewandet erging sich der Adlatus darin nun seit einer Viertelstunde in Selbstmitleid. Dabei inspizierte er zum x-ten Mal seine Fingernägel. Immer wenn er eine Stelle fand, die ihm mißfiel, knabberte er daran herum.

»Jedwede Achtung hab ich verloren«, jammerte er. »Ich sehe sie nach der Arbeit schon zusammensitzen und Spottlieder singen.«

»Was kletterst du auch aufs Dach, wenn du Angst vor der Höhe hast?« fragte Kuno.

»Ich wollte mir vor den Brüdern nicht die Blöße geben.«

»Na, das ist dir ja bestens gelungen.«

»Jetzt überschüttest auch du mich noch mit Häme.« Theatralisch reckte Herbrand seine Arme zur Zimmerdecke. »Eli, Eli, lama asabthani?«

Kuno verdrehte die Augen. Eigentlich hatte er angenommen, mit der Zur-Verfügung-Stellung des Sessels Wiedergutmachung genug geleistet zu haben, aber jetzt erkannte er, daß er noch ein wenig nachlegen mußte.

»Vor dem Abendessen werde ich den Brüdern verkünden, daß man dir in Bingen verdorbenen Fisch serviert hat. Mehr kann ich aber wirklich nicht für dich tun.«

»Ob sie das glauben werden?«

»Das ist doch völlig gleich! Vergammelter Fisch ist die offizielle Version, und wer künftig etwas anderes behauptet, kriegt es mit mir zu tun. Fertig, Aus und Ende!«

Herbrand guckte noch immer wie ein Bräutigam, den auf dem Weg zum Traualtar die Nachricht von der Auflösung der Verlobung erreicht, aber Kuno hatte nun endgültig die Nase voll davon.

»Kein weiteres Gejammer!« blaffte er. »Ich will jetzt endlich wissen, welche Neuigkeit dir so auf der Zunge brannte, daß du dafür Kopf und Kragen riskiert hast.«

Herbrand schob die Hände in die Ärmel seiner Kutte und suchte an seinen eigenen Ellbogen Halt.

»Zeizolf und Meginhard sind aufgeflogen«, sagte er knapp.

»Aha. Muß ich die kennen?«

»Zumindest solltest du sie kennen. Sie sind die Söhne des Bauern Achim aus Rothenkirchen.«

»Bauer Achim?« Endlich verstand Kuno und wuchs in seinem Sessel um eine ganze Elle. »Unsere Gewährsmänner?«

»Genau die.«

»Hab ich's nicht gleich gesagt? Aber das hast du zu verantworten. Ich war von Anfang an gegen irgendwelche dahergelaufenen Burschen, die man nicht einschätzen kann. – Wissen die Weiber, daß wir dahinterstecken?«

»Die Burschen haben nichts zugegeben, also kann von Wissen keine Rede sein. Bestenfalls ahnen sie etwas.«

»Jetzt stehen wir wieder da, wo wir angefangen haben. Schlimmer noch, das Ungeschick dieser Tölpel macht es uns unmöglich, noch mal jemanden auf dem Rupertsberg einzuschleusen. Dort wird nun gewiß jeder Neuankömmling mit Argusaugen begutachtet. – Dafür stehst du gerade. Das hast du verbrochen. Nur du allein.«

»Vielleicht hab ich ja gar nichts verbrochen«, sagte Herbrand sibyllinisch.

»O nein, mein Lieber«, sagte Kuno, dem der Unterton völlig entgangen war. »So einfach wirst du dich nicht aus der Verantwortung stehlen. Ich hoffe nur, du hast den Burschen keinen Vorschuß gezahlt.«

»Vorschuß nicht, aber ich habe sie nach unserem heutigen Treffen ordentlich entlohnt.«

»Das ist sehr vernünf– … Was hast du getan?«

»Jedem ein paar Pfennige gegeben. Sie hatten sie sich redlich verdient.«

Kuno schlug sich mit der flachen Hand vor die Stirn. »Langsam zweifle ich an deiner Zurechnungsfähigkeit. Muß ich denn hier alles allein machen?«

»Du hast mir nicht zugehört«, sagte Herbrand. »Ich sagte, sie hatten es sich verdient.«

»Womit denn, bitte schön?«

Herbrand zog seine Hände aus den Ärmeln, fächerte die Finger und lehnte sie mit den Spitzen aneinander. »Der Franzose ist auf dem Rupertsberg.«

Kuno benötigte den üblichen Augenblick, bis er schaltete. »Der aus Trier? Der, der den Weibern zur Flucht aus Tronecken verholfen hat?«

»Der und kein anderer. Zeizolf hat Richardis und ihn belauscht. Dabei hat ihn der Franzose zwar erwischt, aber was der Bauernbengel bis dahin gehört hatte, ist mehr als aufschlußreich.«

»Worauf wartest du? Spuck's aus.«

Herbrand kostete die Spannung voll aus. Wäre ein Staubkorn zur Erde gefallen, es hätte wie ein Paukenschlag gedröhnt.

»Hildegards Lieblingstochter hat allem Anschein nach ein Verhältnis mit diesem französischen Grafen«, sagte er schließlich.

Kuno pfiff durch die Zähne. »Hat er sie beim … Fupp-Fupp erwischt?« fragte Kuno.

»Fupp-Fupp?«

»Na, du weißt schon.« Kuno bildete mit Daumen und Zeigefinger der linken Hand einen Kreis, auf den er mit der flachen rechten Hand einschlug.

»Äh … nein, das nicht«, sagte Herbrand mit einem Anflug von Röte. »Aber die beiden trafen sich nachts, als alle anderen bereits schliefen, an der Klostermauer. Dabei muß der Graf geäußert haben, er sei nur zurückgekehrt, um Richardis wiederzusehen. Außerdem schmeichelte er ihr fortwährend. Und dann müssen sie sich auch noch ganz ohne Scheu über Abaelard und Héloïse unterhalten haben.«

»Aufschlußreich, aufschlußreich. Wenn es mich auch wundert, woher ein Bauernbursche weiß, wer Pierre Abaelard ist.«

»Natürlich kennt er ihn nicht. Aber er hat sich den Namen gemerkt.«

Kuno ließ das Berichtete eine Weile auf sich wirken.

Dann fragte er mit dem Gesichtsausdruck eines gewohnheitsmäßigen Weinpanschers: »Weiß Hildegard davon?«

»Das genau ist der Punkt. Richardis muß sich in etwa so geäußert haben, wüßte die Mater, daß Graf Jerome de Carcasso sich auf dem Rupertsberg aufhalte, würde sich damit ihre schlimmste Befürchtung bestätigen.«

»Oh, das ist Balsam auf die zahlreichen Wunden, die mir dieses Weibsbild zugefügt hat«, sagte Kuno und rieb sich die Hände. »Und gleichzeitig das Salz, das ich Körnchen für Körnchen in Hildegards blutendes Herz reiben werde. Bleibt die Frage, wie wir ihr davon Kunde geben.«

»Die größte Wirkung hat so etwas, wenn es von oben kommt.«

»Von oben? Du meinst vom Erzbischof?«

Herbrand nickte nur.

»Natürlich«, sagte der Abt gedehnt. »Unzucht im Frauenkonvent. Man stelle sich nur vor, der Erzbischof würde eines Tages eine Abtei weihen, auf deren Boden zuvor Orgien gefeiert wurden. Unvorstellbar! – Schnapp dir Pergament und Feder, Herbrand. Wir wollen ein Schreiben aufsetzen über das, was uns aus wohlunterrichteten und besorgten Kreisen zu Ohren gekommen ist.«

»Verzeih, wenn ich widerspreche, aber ich denke, in dem Fall wäre es sinnvoller und gewiß auch wirkungsvoller, Erzbischof Heinrich würde sich selbst ein Bild von den schändlichen Verhältnissen machen.«

»Einverstanden«, sagte Kuno händereibend. »Bereite alles vor, damit wir noch vor Tagesanbruch losreiten können. Hildegard wird noch ihr blaues Wunder erleben.«

Diesmal zögerte Hiltrudis nicht, sondern packte gleich zu, als sie ihn entdeckte. Wie ein Adler auf seine Beute stürzte sie aus der Backstube auf den Hof und riß ihn am Arm herum. Volmar erschrak derart, daß ihm die Beine versagten. Hiltrudis hatte alle Mühe, ihn wieder aufzurichten. Halb zog sie ihn, halb trug sie ihn zu der kleinen Bank, die vor dem Backhaus stand. Nur langsam kam der Sekretär wieder zu Atem.

»Gütiger Himmel, Hiltrudis, beinahe hättest du mich umgebracht«, sagte er stoßweise. »Du weißt doch, daß ich ein schwaches Herz habe, das nur noch dank der Arzneien der verehrten Mutter Oberin schlägt.«

Obwohl es im Hof bis auf den Lichtschein, der aus der Backstube fiel, stockfinster war, war unübersehbar, wie schlecht es Volmar ging. Seine Haut war wachsweiß, die Lippen bläulich verfärbt. Hiltrudis machte sich ernste Vorwürfe, so rabiat vorgegangen zu sein. Nur offen zugeben mochte sie es nicht.

»Ich dachte, du wärst ein Dieb«, log sie deshalb. »Mit dir habe ich nun wirklich nicht gerechnet. Was hast du hier so spät zu suchen? Üblicherweise liegt ihr doch um diese Zeit längst in den Federn.«

»Auf Stroh, wie ihr«, sagte Volmar und wischte sich Schweiß von der Stirn, obwohl es klirrend kalt war. »Ich muß die Meisterin sprechen. Und zwar nulla mora interposita.«

»Das ist unmöglich. Du weißt doch, daß ihr ein Husten auf die Brust geschlagen ist. Sie hat ein Küchlein aus Reiherschnabel, Muskatnuß und Bertram zu sich genommen und wird jetzt schlafen.«

»Du mußt sie wecken, ich beschwöre dich!«

»Komm zur Vernunft, Volmar. Du führst dich ja auf, als ginge es um Leben und Tod.«

»Um nichts anderes geht es, verdammte Närrin! Oder glaubst du, ich hätte mich zum Vergnügen mitten in der Nacht aus dem Dormitorium geschlichen?«

Hiltrudis schlug die Hand vor den Mund, denn daß Volmar fluchte, war so selten wie eine Sonnenfinsternis. Genauer gesagt hatte sie von dem einen wie dem anderen bisher nur gerüchteweise gehört.

»Wenn es so ist«, sagte sie. »Ich werde nachsehen.«

Volmar lehnte sein Haupt erschöpft gegen die Hauswand. »Ich bitte darum.«

*

Hildegard hatte sich aufgesetzt. Sie sah elend aus. Vor dem riesigen Kissen, das Hiltrudis ihr in den Rücken gestopft hatte, wirkte sie wie ein kleines Kind.

»Bleib mir ein wenig fern, treuer Freund«, sagte sie matt. »Mein Husten ist ansteckend.«

»Wie du es wünschst«, sagte Volmar und rückte den Hocker noch ein Stückchen weiter zum Fußende des Bettes.

Es war das erste Mal, daß er Hildegards Zelle betrat. Die Ausstattung des winzigen Raumes war so bescheiden wie seine Bewohnerin. Ein Tisch, ein Schemel, eine kleine Truhe und über dem Bett – als wunderschöne Schnitzarbeit – der Herr am Kreuz. Licht spendete eine einzelne Kerze auf dem Tisch.

»Wie geht es dir, verehrte Mater?« fragte er, nachdem er Platz genommen hatte.

»Ich glaube, dieser scheußliche Husten konnte nur Gewalt über mich erlangen, weil ich mich in den letzten Wochen völlig verausgabt habe. Die Dreifachbelastung durch die alltäglichen Pflichten, den Klosterneubau und die Arbeit an ›Scivias‹ kosten mich mehr Kraft, als ich habe.« Sie lächelte, auch wenn deutlich zu sehen war, wie schwer es ihr fiel. »Aber deswegen bist du nicht gekommen, mein lieber Volmar. Was hat dich in solche Aufregung versetzt, daß du mich zu nachtschlafender Zeit sprechen mußt?«

Jetzt, da er reden konnte, blieben dem Sekretär und Beichtvater die Worte im Halse stecken.

»Beginne irgendwo«, sagte Hildegard. »Ich lege mir die Geschichte dann schon zurecht.«

»Mir ist etwas Unvorstellbares zu Ohren gekommen«, begann er. »Genau genommen war es Bruder Tobias, der zufällig etwas belauscht hat.«

»Lauschen ist nie zufällig. Dein Bruder hätte sich entfernen können.«

»Ich weiß, daß du den Lauscher verachtest, wie auch ich es tue. Aber in diesem Fall solltest du eine Ausnahme machen und dir anhören, was Tobias in Erfahrung gebracht hat.«

»Wir werden sehen. Wie kam es dazu?«

»Tobias und drei weitere Brüder mußten den schweren Besuchersessel vom Empfangssaal in die Amtsstube unseres Abtes schleppen.

Danach ging Tobias noch ein zweites Mal zur Amtsstube, um die Kissen, die zu dem Sessel gehören, abzuliefern. Als er ankam, war die Tür nur angelehnt, und da hörte er, was Kuno und Herbrand besprachen.«

»Warum hat er nicht geklopft?«

»Er hatte beide Arme voll und hat auf einen günstigen Augenblick gewartet, um einzutreten. Aber der ergab sich nicht. So wurde er zum unfreiwilligen Zeugen.«

»Warum hat er dir davon erzählt?«

»Er war so erschüttert über das, was ihm zu Ohren kam, daß er irgendwem sein Herz ausschütten mußte. Und derjenige war ich.«

»Betrifft es den Frauenkonvent?«

»Ja.«

»Nun gut, machen wir eine Ausnahme. Schließlich bedient sich dein Abt auch nicht immer sauberer Mittel. Berichte, was Tobias dir erzählt hat.«

Volmar wand sich auf seinem Hocker. »Es handelt sich um eine deiner Töchter.«

»Wen?« fragte Hildegard und war auf einmal hellwach.

»Richardis.«

»Was ist mit ihr?«

»Nun, sie hat ... sie soll ...«

»Jetzt druckse nicht herum!«

»Sie ist nicht allein auf dem Rupertsberg«, sagte Volmar eilig.

»Natürlich nicht.«

Plötzlich dämmerte ihr, daß Volmar wohl etwas anderes meinte. »Du willst sagen, sie ...«

Er nickte mit zusammengekniffenen Lippen. »Richardis hat sich nachts, während alle anderen schliefen, heimlich mit einem Mann getroffen.«

»Woher wollen Kuno und Herbrand das wissen?«

»Der Adlatus war in Bingen.«

»Hat Herbrand behauptet, Richardis beobachtet zu haben?«

»Nein. Kuno und er hatten jemanden eingeschleust. Zwei Burschen, die beim Bau geholfen haben.«

»Spitzel?«

»Ja, in der Art.«

»Pah!« Hildegard verzog den Mund, als habe man ihr Essig angeboten. »Solche Leute lügen das Blaue vom Himmel, nur um ihren Judaslohn einstreichen zu können.«

»Ganz so war das in dem Fall wohl nicht.«

»Sondern?«

»Es gibt genaue Angaben zu dem Mann.«

»Kennst du ihn?«

»Nein. Aber was Tobias erzählte, rief mir sofort deinen Bericht über eure Reise nach Trier in Erinnerung.«

Alles Leben wich aus Hildegards Gesicht, als sei sie stundenlang zur Ader gelassen worden. Zurück blieb eine starre Maske.

»Das ist noch nicht das Schlimmste«, sagte Volmar, der die Veränderung in Hildegards Äußerem noch nicht wahrgenommen hatte. »Kuno will in aller Herrgottsfrühe nach Mainz reiten und den Erzbischof dazu bringen, ihn nach Bingen zu begleiten. Deshalb bin ich ja auch so schnell ich konnte ... Um Himmels willen, Mater, was ist mit dir?«

Hildegard hatte sich von ihrem Lager erhoben und schritt zur Tür. Steifgliedrig und mit der ausdruckslosen Miene einer Schlafwandlerin. Volmar berührte sie vorsichtig am Arm.

»Bei Gott, wohin willst du, Meisterin?«

»Zum Rupertsberg«, sagte sie mit einer Stimme, die aus einem Grabgewölbe aufzusteigen schien. »Vielleicht komme ich noch rechtzeitig, um das Schlimmste zu verhindern.«

Rupertsberg

Statt des sonst üblichen Lärms herrschte Friedhofsruhe auf dem Berg oberhalb der Nahemündung. Drüben in Bingen wurde das Fischerfest gefeiert, und Richardis hatte Rupert und seinen Leuten den Nachmittag freigegeben, damit sie an der Volksbelustigung teilnehmen konnten. Gaukler, Musikanten und fahrende Händler, aber auch Bettler und Taschendiebe waren von nah und fern angereist und sorgten für Stimmung. Je nachdem, wie der Wind stand, waren Fetzen von Musik und Gejohle selbst auf der Klosterbaustätte zu hören.

Die Schwestern hatten den Nachmittag ebenfalls zur freien Verfügung. Da sie ständig bis an die Grenze ihrer Leistungsfähigkeit schufteten, brauchten auch sie ein wenig Abwechslung und Entspannung. Mittags waren sie unter der Führung von Schwester Ruth zu einer Wanderung die Nahe aufwärts aufgebrochen, wurden aber vor Einbruch der Dunkelheit zurückerwartet. Lediglich zwei Personen waren auf dem heiligen Berg geblieben: Richardis, die im Küchenzelt über dem Wirtschaftsbuch saß und nachtrug, was sie seit Tagen versäumt hatte, und Jerome, der dabei war, das Dach der rupertinischen Kapelle winterfest zu machen.

Nachdem er tags zuvor das kleine Gebäude zusammen mit zwei Knechten eingerüstet hatte, hatte er bis zum Mittagsmahl Holzschindeln auf das Gerüst geschafft. Nun turnte er in schwindelerregender Höhe auf den Bohlen herum, als habe er zeitlebens nichts anderes getan. Die Arbeit schien ihm Spaß zu machen. Richardis hatte eigens die Zeltplane zurückgeschlagen, damit sie sein fröhliches Pfeifen hören konnte. Doch auf einmal ertönte etwas anderes. Ein leiser Schmerzensschrei gefolgt von einem saftigen Fluch. Richardis ließ alles stehen und liegen und lief zur Kapelle. Jerome saß in der Dachtraufe und lutschte an seinem Daumen.

»Das habe ich nicht mehr getan, seit ich die Wiege gegen den Pferdesattel eingetauscht habe«, sagte er bei Richardis' Eintreffen.

»Was ist passiert?« fragte sie.

»Ich habe schlecht gezielt und statt des Meißels den Daumen getroffen.«

»Schmerzt es sehr?«

»Ach was. Ich hoffe nur, daß der Nagel sich nicht ablöst.«

»Ich werde Euch eine Tinktur aus Mariendistel, Salbei und Schafgarbe anrühren, die das verhindert.«

»Macht Euch keine Mühe. Das wird schon wieder.«

»Die Tinktur ist schnell gemacht. Steckt derweil den Daumen wieder in den Mund, das ist das Beste.«

Richardis brauchte tatsächlich kaum länger, als es dauert, eine Forelle zu braten. Jerome wollte vom Gerüst heruntersteigen, aber sie bestand darauf, auch einmal die Aussicht zu genießen, wie sie sich ausdrückte. Er nahm das Töpfchen an, den Aufstieg über die Querstangen bewerkstelligte sie allein. Oben angekommen war Richardis enttäuscht. Zu sehen war nur unwesentlich mehr als von unten, was aber auch kein Wunder war, da die Gesamthöhe des Gerüstes gerade mal zwei Mannslängen betrug. Beeindruckender war schon, wie das Gebilde schwankte, obwohl es an der Kapellenmauer befestigt war.

»Man könnte meinen, man stehe auf den Planken eines Schiffes«, sagte sie.

»Hattet Ihr schon mal das Vergnügen?« fragte er.

»Nur auf der Glahn. Und das Schiff war ein Nachen. Aber Ihr seid doch gewiß schon zur See gefahren, oder nicht?«

»Einmal nach Korsika. Die Hinfahrt war angenehm, aber auf der Rückreise hatten wir schweren Seegang. Seitdem ziehe ich jedes Gerüst einem Schiff vor.«

»Nun zeigt mir aber erst einmal Euren Daumen.«

Das erste Glied und der Nagel hatten bereits eine bläuliche Färbung angenommen. Mit einem wollenen Tupfer trug Richardis die Tinktur auf. Jerome spürte sofort eine kühlende Wirkung. Schließlich umwickelte Richardis den Daumen noch mit einem Streifen Leinen, dessen Anfang und Ende sie doppelt verknotete.

»Der Auftrag muß drei Tage lang morgens wie abends wiederholt werden«, sagte sie. »Dann bleibt Euch der Nagel erhalten. Solltet Ihr dennoch Schmerzen haben ...«

»Ja?«

»... so seid mannhaft und ertragt sie.«

Richardis machte Anstalten, sich an Jerome vorbeizuquetschen, was auf der schmalen Bohle einem Selbstmordversuch gleichgekommen wäre.

»Wo wollt Ihr hin?« fragte er.

»Ich habe noch keinen Blick nach hinten geworfen. Hinter der Kapelle soll doch der Friedhof angelegt werden.«

Jerome kletterte in die Dachtraufe und gab damit den Durchgang frei. »Seid aber vorsichtig. Jenseits der Mauer geht es steil bergab.«

Im Westen war auch der Hang außerhalb des eigentlichen Klostergeländes abgetragen worden, um eine ausreichend hohe und damit Schutz bietende Mauer errichten zu können. Seitdem stand die rupertinische Kapelle, deren Rückseite mit der Mauer abschloß, gewissermaßen auf einem künstlichen Berg. Vom Gerüst, das sich auf Höhe des

Kapellendachs befand, ging es vier bis fünf Mannslängen senkrecht in die Tiefe. Richardis wagte nur einen flüchtigen Blick.

»Das ist ja lebensgefährlich«, sagte sie.

»Man gewöhnt sich daran«, sagte Jerome, der bereits wieder auf der Bohle stand. »Außerdem schaut man ja nicht den ganzen Tag hinunter.«

Wieder standen sie vor dem Problem, daß sie nicht aneinander vorbeipaßten. Diesmal machte Jerome jedoch keine Anstalten, in die Traufe auszuweichen.

»Erwartet Ihr, daß ich über das Dach klettere?« fragte Richardis.

»Was haltet Ihr davon, wenn ich Euch herumschwinge?«

»Ich würde über dem Abgrund schweben!«

»Nur für einen Augenblick.«

»Immerhin.«

»Vertrauen müßtet Ihr mir schon.«

»Ich weiß nicht ... Außerdem wäre es unschicklich. Wir kämen uns sehr nahe.«

»Es wäre doch nur zum Spaß. Kommt, sagt ja.«

Richardis schüttelte den Kopf, allerdings nicht sehr energisch.

»Niemand würde es sehen«, sagte Jerome.

»Einer sieht es immer.«

»Der gibt aber nichts auf den Augenschein, sondern schaut in Euer Herz und erkennt, daß es rein ist.«

Richardis seufzte. »Sei es drum. Ihr gebt ja doch keine Ruhe, ehe ich nicht einwillige.«

Sie drehte sich um, und Jerome umfaßte von hinten ihre Taille. Kräftig waren seine Hände, wie Schraubzwingen. Sie fühlte sich geborgen, keineswegs ausgeliefert, auch wenn ihr wegen des bevorstehenden Nervenkitzels ein kleiner Schauer über den Rücken lief. Mit einem »Auf geht's!« hob Jerome sie hoch und schwang sie im Halbkreis herum. Einen Herzschlag lang schwebte sie zwischen Himmel und Erde, in seinen Händen lag der Unterschied zwischen Leben und Tod. Dann setzte er sie punktgenau in der Mitte der Bohle wieder ab.

Auf Armeslänge vor ihr stand Mater Hildegard.

*

»Also stimmt es doch, was man sich erzählt«, sagte Hildegard mit rauher Stimme. »Ich wollte es nicht glauben, aber nun, da ich es mit eigenen Augen sehe, kann ich nicht umhin.«

»Was erzählt man sich?« fragte Richardis unsicher. »Was glaubst du? Du denkst doch nicht etwa ...«

»Sprich es ruhig aus, meine Tochter. Den Mut zu sündigen hattest du. Also habe auch den Mut, die Sünde beim Namen zu nennen.«

»Welche Sünde? Ich habe nicht gesündigt.«

»Dann werde ich es dir sagen: Ehebruch ist ihr Name. Du hast deinen Bräutigam, dem du ewige Treue geschworen hast, betrogen.«

»Das ist nicht wahr! Wer das behauptet, lügt!«

»Dann bezichtigst du mich also der Lüge?«

»Du versuchst mich mit Worten in die Enge zu treiben. Aber ich sage dir, ich habe mir nichts vorzuwerfen. Gott ist mein Zeuge!«

»Daß du es wagst, in diesem Zusammenhang den Namen des Herrn in den Mund zu nehmen! Glaubst du etwa, er würde falsches Zeugnis für dich ablegen?«

»Mater, was ist mit dir? Wieso glaubst du mir nicht?«

»Weil ich dich und diesen Mann beobachtet habe.«

»Und, was hast du gesehen? Ist dir irgend etwas aufgefallen, dessen ich mich schämen müßte?«

»Die Hände dieses Mannes liegen noch immer auf deinen Hüften.«

Der Satz war wie ein Urteil. Beide, Richardis wie Jerome, fühlten sich plötzlich nackt und bloß, als hätte Hildegard sie in einer schmutzigen Absteige beim Liebesakt ertappt. So mußten sich Adam und Eva nach der Vertreibung aus dem Paradies gefühlt haben. Mit dem Unterschied, daß das erste Menschenpaar tatsächlich gesündigt hatte. Richardis und Jerome hingegen hatten in keinen Apfel gebissen, sie hatten noch nicht einmal einen gepflückt. Dieses Wissen gab der jungen Nonne Kraft, erneut gegen die Aburteilung aufzubegehren.

»Das«, sagte sie nachdrücklich, während Jerome sie losließ, »ist aber auch das einzige, was du mir vorwerfen kannst.«

»Dies ist nicht euer erstes Treffen«, sagte Hildegard mit eisiger Stimme.

»Woher willst du das wissen?«

»Kuno hat euch überwachen lassen. Seine Spitzel haben euch beobachtet und belauscht.«

»Die Bauernburschen, die angeblich aus Ingelheim stammten.« Richardis schnaubte verächtlich. »Sie haben sich ihre Anstellung mit einer Lüge erschlichen. Schenkst du ihnen etwa mehr Glauben als mir?«

»Was ich glaube, ist nicht mehr von Bedeutung. Kuno ist auf dem Weg nach Mainz, um dem Kunde zu geben. Der Fall zieht bereits seine Kreise.«

»Mein Gott!«

Richardis war sichtlich erschüttert, und auch Jerome war angesichts derartiger Niedertracht fassungslos. Eine Lösung jedoch konnte er nicht bieten. Das war eine Sache, die die beiden Frauen miteinander ausmachen mußten. Ihn ärgerte nur, daß er die beiden Bengel nicht gehörig zur Rechenschaft gezogen hatte.

»Trotzdem«, sagte Richardis tapfer, »für mich ist entscheidend, was du glaubst. Wenn du mir vertraust, kann ich bestehen, sollte mich auch der Rest der Welt verurteilen.«

Hildegard rang mit sich. Wo war nur ihre Gabe, auf die sie sich bei ihrem Urteil sonst immer verlassen konnte, nämlich in die Herzen der Menschen blicken zu können? Bei Richardis versagte sie auf einmal. Die junge Nonne, die ihr mehr bedeutete als jede andere ihrer Töchter, verweigerte ihr den Einblick in ihr Innerstes. Das zeigte sich schon in ihrem trotzigen Gesichtsausdruck. Anstatt sich zu unterwerfen und zu bereuen, pochte sie auf ihr Recht. Das konnte nur bedeuten, daß sie ihr Herz entgegen allen Beteuerungen einem anderen geschenkt hatte.

»Ich hatte gehofft, du würdest eines Tages meine Nachfolge antreten«, sagte Hildegard bitter. »Nicht zuletzt deshalb habe ich mich trotz aller Schwierigkeiten zum Bau dieses Klosters entschlossen. Nun muß ich erkennen, daß ich dich verloren habe, und unsere neue Heimstatt vermutlich noch dazu.«

Richardis brachte es tatsächlich fertig zu lächeln. Aber ihr Lächeln war eine einzige Qual, eine Mischung aus Wehmut und unendlicher Traurigkeit.

»Daß du mir nicht glaubst, Mater, ist der größte Schmerz, den ich in meinem bisherigen Leben spüren mußte. Warum nur verschließt du dich so gegen die Wahrheit? Man könnte meinen, du handeltest aus Eifersucht.«

»O Hochmütige! Wie kannst du nur annehmen, ich ließe mir von verletzten Gefühlen den Blick trüben. Ich habe Sorge für den ganzen Konvent zu tragen, dessen Zukunft du durch deine Leichtlebigkeit in Gefahr gebracht hast.«

»Dann sag mir, was ich tun soll. Soll ich die Gemeinschaft verlassen?«

»Du sollst deine Verfehlungen gestehen, tätige Reue zeigen und dich dem Urteil des Bischofs unterwerfen, wie immer es lauten möge.«

»Mein Geständnis wäre eine Lüge.«

»Solltest du auf dem beharren, was du Wahrheit nennst, wird dir niemand glauben«, fauchte Hildegard und machte einen Schritt auf Richardis zu. »Dir bleibt nur, auf Gnade vor Recht zu hoffen.«

»Das ist doch Irrsinn!« mischte Jerome sich zum ersten Mal ein. »Ihr liefert Eure Tochter wider besseres Wissen dem Scharfrichter aus. Würdet Ihr Euch vor sie stellen, könnte niemand ihr etwas anhaben. Ich jedenfalls werde zugunsten Richardis' aussagen.«

»Euch wird man ebensowenig glauben!«

Erneut trat Hildegard einen Schritt vor, und Richardis wich zurück. Die Bohle kam bedenklich ins Schwanken, wodurch die Jüngere das Gleichgewicht zu verlieren drohte. Ohne zu zögern schlang Jerome den Arm um sie.

»Laßt meine Tochter los!« schrie Hildegard.

Richardis fest im Griff bewegte Jerome sich rückwärts und suchte Halt an der Dachkante, verfehlte sie jedoch. Hildegard setzte erneut einen Fuß vor. Mit ausgestrecktem Arm hätte sie Richardis berühren können.

»Nehmt die Hände von meiner Tochter!«

»Mater! So steh doch still!« rief Richardis voller Angst. »Wir werden alle abstürzen!«

Die Bohle schaukelte sich auf, als sei ein Sturm losgebrochen. Ihre Konstruktion war für ruhende Lasten ausgelegt, nicht für Bewegungen. Plötzlich gab Jerome Richardis frei. Durch einen weiteren Schritt nach hinten war er mit der Kniekehle gegen die letzte Querstange gestoßen und ins Straucheln geraten. Er konnte das Gleichgewicht nicht halten. Seine Hände griffen ins Leere.

Richardis drehte sich um und blickte ihn an. Es lag keine Angst, nicht einmal Erstaunen in seinen Zügen, nur ein unendliches Bedauern. Im nächsten Augenblick war er verschwunden.

Der Aufprall seines Körpers war nicht lauter, als falle ein überreifer Apfel zu Boden.

Kloster Rupertsberg – November 1177

Nun war es doch wieder nach Mitternacht geworden, und Wiberts Sitzfleisch schmerzte.

»Welch eine Tragödie«, seufzte er. »Welch schicksalhafter Zwist von Freiheit und Notwendigkeit, von Schuld und Sühne. Nur, daß dieses Werk von keinem griechischen Meister ersonnen wurde, sondern vom Leben.«

Hildegard wirkte noch immer entrückt. Während ihrer Erzählung hatte sie die Ereignisse, die mehr als ein Vierteljahrhundert zurücklagen, noch einmal durchlebt. Auch heute noch schien ihr unbegreiflich zu sein, was geschehen war. So oft sie sich im Laufe der Jahre auch gefragt hatte, wie es zu dem Unglück hatte kommen können, nie hatte sie eine befriedigende Antwort gefunden. Und wieder wurden die bekannten Fragen gestellt, diesmal von Wibert.

»Hast du damals wirklich geglaubt, Richardis habe gesündigt?« fragte er.

Hildegard zuckte leicht zusammen, als erwache sie aus einem Tagtraum.

»Heute weiß ich, daß sie unschuldig war, und damals hätte ich es wissen müssen«, sagte sie. »Ich war nur so verunsichert, weil meine Gabe, in das Herz eines anderen blicken zu können, ausgerechnet dann versagte, als ich sie am dringlichsten brauchte. Die Schuld dafür gab ich Richardis, die ich verdächtigte, sich mir bewußt zu verschließen. Dabei lag der Fehler einzig bei mir.«

»War es die Eifersucht, wie deine Tochter behauptete?«

»Meine Blindheit mit Eifersucht zu erklären, wäre zu einfach. Was damals in mir vorging, war vielschichtiger. Schon in dem Augenblick, als Volmar mir sagte, daß der Mann der Franzose war, machte ich mir erneut heftige Vorwürfe, Richardis auf Tronecken der Versuchung ausgesetzt zu haben. Hätte ich damals kühlen Kopf bewahrt und unsere Gefangenschaft durchgestanden, wären Richardis wie mir diese Qualen erspart geblieben.«

»Du glaubst also, auch Richardis hat gelitten?«

»Sehr sogar, möglicherweise mehr als ich. Graf Jerome war ihr nicht gleichgültig. Ihre Gefühle haben sie in Versuchung geführt, aber sie hat der Versuchung widerstanden. Es muß ein langer, zäher, quälender Kampf gewesen sein. Sie war damals so jung und so schön. Wer kann ihr verdenken, daß sie sich an den Schmeicheleien des Grafen erfreute? Und ausgerechnet dann, als es für sie am schwersten war, ließ ich sie im Stich, indem ich ihr mein Vertrauen entzog.«

Bevor er seine nächste Frage stellte, erwog Wibert bedächtig jedes einzelne Wort. »Wie ist deine Einschätzung aus heutiger Sicht: Wäre Richardis mit dem Grafen gegangen, wenn er nicht zu Tode gestürzt wäre?«

»Wenn sie zu dem Zeitpunkt den Konvent verlassen hätte, dann – trotz allem, was ich ihr angetan habe – aus Liebe zu mir und zu den Schwestern, nicht aus Liebe zu jenem Mann. Ich glaube auch nicht, daß sie ihm gefolgt wäre, hätte sie uns schon damals verlassen. Entweder wäre sie in ein anderes Kloster eingetreten, oder sie hätte sich als Eremitin zurückgezogen.«

Hildegard schüttelte den Kopf über ihr damaliges Unverständnis. »Richardis war so stark. Hätte sie diesen Mann wirklich geliebt, dann hätte sie sich zu ihm bekannt und wäre mit ihm gegangen, und keine Macht der Erde hätte sie davon abhalten können. Daß sie es nicht tat, hätte mir Hinweis genug sein müssen, wem ihre wahren Gefühle galten. Nur war ich zu verblendet, das zu begreifen. Ein unverzeihlicher Fehler.«

»Ist nicht das eigentlich Tragische, daß du sie trotz des Todes des vermeintlichen Rivalen verloren hast?«

»Deine Betrachtungsweise ist mir zu unchristlich, Wibert. Wir sind keine Zuschauer in einem Amphitheater. Auf der Bühne des Lebens stehen keine maskierten Darsteller, sondern Menschen. Unser Mitgefühl hat dem Grafen de Carcasso zu gelten. Er starb durch meine Mitschuld.«

»Er war noch jung an Jahren, Mater, aber durch seine lange Flucht muß er über reichlich Lebenserfahrung verfügt haben. Er hätte wissen müssen, daß man sich nicht in eine Ordensfrau verliebt, und sei sie noch so anziehend.«

»Ob er versucht hat, das Feuer wider besseres Wissen anzufachen, kann ich nur vermuten«, sagte Hildegard und lieferte gleich darauf die stichhaltigste aller Begründungen. »Er war ein Mann und noch dazu ein gutaussehender.«

Wibert, der sich von Anfang an schwer getan hatte, Sympathie für den Grafen zu entwickeln, nahm den zeitlichen Faden wieder auf. »Unmittelbar nach dem Todessturz habt ihr den Mann verscharrt. Ist das richtig?«

»Ich habe ihn verscharrt. Ich allein. Während der ganzen Zeit stand Richardis auf dem Gerüst und sah auf mich herab. Ihr Blick brannte wie Feuer auf meinem Rücken.«

»War das ihre einzige Reaktion? Hat sie nichts gesagt?«

»Ich hatte sie gebeten, mir zu helfen. Wir mußten ihn umgehend bestatten, niemand durfte von der Tragödie erfahren. Das hätte neue Fragen, neue Untersuchungen heraufbeschworen, die gewiß das Ende des Klosters bedeutet hätten. Wer vertraut schon seine Töchter einer Äbtissin an, die im Verdacht steht, einen französischen Grafen ermordet zu haben.«

»So vermag ich das nicht zu sehen! Sein Tod war ein Unfall!« wandte Wibert ein.

»Ein Unfall, der nur durch meine Schuld hat geschehen können. Und wäre es zu einer Untersuchung gekommen, hätte ich nicht beweisen können, daß ich nicht tatsächlich Hand an ihn gelegt hatte. Ja, ich weiß nicht einmal, ob ich das gewollt hätte. Auch Richardis schien ebenso zu denken. Es war geradezu erschreckend, wie gefühlskalt sie reagierte. Sie schrie nicht, sie weinte nicht, sie beschimpfte mich nicht. Sie beobachtete nur, wie ich den Grafen begrub. Ich wühlte wie eine Wahnsinnige in der harten Erde, ständig in Panik, daß Richardis mir eine Schindel auf den Kopf werfen oder sich zu Tode stürzen könnte. Oder daß Erzbischof Heinrich plötzlich neben mir stünde und mich fragte, was ich da tue.«

»Aber nichts dergleichen geschah.«

Hildegard bestätigte. »Auf einmal war Richardis verschwunden. Ich sah noch, wie sie das Klostergelände verließ. In dem Augenblick dachte ich, sie ginge für immer. Erst spät in der Nacht kam sie zurück. Als ich sie ansprechen wollte, zischte sie mir eine einzige Frage zu, die mir den Mund verschloß.«

»Was sagte sie?«

Auch heute noch, nach all den Jahren, wurde Hildegard blaß. »Wie fühlt man sich, wenn man ein Leben auf dem Gewissen hat?«

Wibert war taktvoll genug, sich jeden Kommentars zu enthalten und mit seiner nächsten Frage eine Weile zu warten.

»Wann hat sich euer Verhältnis wieder entspannt?«

»Eigentlich nie wieder«, seufzte die Mater. »Richardis hat zwar später ihren Vorwurf zurückgenommen, und eine Weile schien es, als könnte unser Miteinander noch einmal so herzlich und liebevoll werden wie einst, aber das war nur Wunschdenken meinerseits. Der Todessturz des Grafen schwebte wie ein dunkler Schatten über unserer Beziehung.«

»Ihre Mitarbeit am ›Liber Scivias‹ hat sie aber doch fortgesetzt.«

»Ja, natürlich. Ich habe sie als Bauleiterin abgelöst und sie wieder in die Niederschrift meiner Visionen eingebunden, weil ich hoffte, sie so auf andere Gedanken zu bringen. Sie hat ihre Arbeit auch klaglos und zufriedenstellend verrichtet, aber es brannte kein Feuer mehr in ihr. Hätte ich sie mit Brotbacken beauftragt, hätte sie das mit dem gleichen Eifer getan.«

»Hat sie die von dir verbreitete offizielle Version, Graf de Carcasso sei abgereist, mitgetragen?«

»Mit Rücksicht auf den Konvent, ja.«

Wibert wußte, daß er mit seiner nächsten Frage einen besonders wunden Punkt berühren würde, daher räusperte er sich zunächst einmal ausgiebig.

»War es unter diesen Umständen nicht das Beste für euch beide, daß es nach dem Umzug hierher und der Fertigstellung des ›Liber Scivias‹ zur Trennung kam?«

Hildegards lächelte milde.

»Du spielst auf meine heftige Reaktion an, als Richardis mir mitteilte, sie werde als Äbtissin nach Bassum bei Bremen gehen«, sagte sie. »Es gab drei Gründe, warum ich das unter allen Umständen verhindern wollte. Erstens: Ich hielt sie schlichtweg für zu unreif für diese Aufgabe. Zweitens: Ihre Weglobung war auf eine Initiative Kunos zurückzuführen, der ihrer Mutter, der Markgräfin, den Floh ins Ohr gesetzt hatte, Richardis sei zu Höherem berufen, und ihm gab ich mich nun einmal nicht gern geschlagen. Drittens, und das ist der wichtigste Punkt: Ich hoffte noch immer, die Zeit würde die Wunde heilen, die ich Richardis zugefügt hatte, und wir würden eines Tages wieder zueinanderfinden. Heute weiß ich, daß das Wunschdenken war.«

»Ich muß trotzdem noch einmal auf die von dir schon angesprochene Heftigkeit deiner Reaktion zurückkommen. Du hast sogar an den Papst geschrieben, um Richardis' Ernennung zu verhindern, von Bischöfen und anderen Personen mal ganz zu schweigen. Dabei muß dir doch klar gewesen sein, daß du dir nur Abfuhren einhandeln würdest.«

»Darüber habe ich damals nicht nachgedacht. Ich wußte nur, wenn Richardis erst einmal fort war, würde ich nie mehr die Gelegenheit haben, wieder aufzubauen, was ich zerstört hatte. Heute weiß ich, daß ich es auch dann nicht vermocht hätte, wäre sie geblieben.«

Wibert ließ es damit auf sich beruhen, da er sah, wie sehr diese Erinnerungen die Mater aufwühlten. Er wollte sich nicht zum Vorwurf machen müssen, sie so aufgeregt zu haben, daß sie später nicht in den Schlaf fand. Ein Punkt war jedoch noch zu klären.

»Was ist eigentlich aus Abt Kunos Vorhaben geworden, den Erzbischof zum Rupertsberg zu führen?« fragte er.

»Ein Schlag ins Wasser, wie man so schön sagt. Als Kuno in Mainz eintraf, lag Heinrich mit einer Grippe im Bett, die ihn fast das Leben gekostet hätte. An eine Reise war überhaupt nicht zu denken, er hat Kuno nicht einmal empfangen, um sich sein Ansinnen anzuhören. Also blieb meinem Abt nichts anderes übrig, als einen Brief zu hinterlegen, in dem er den Sittenverfall in unserem Konvent anprangerte. Zwei Tage später schlug ein Blitz in die erzbischöfliche Kanzlei ein. Ein Feuer brach aus, und Kunos Brief verbrannte zu Asche. Da Graf Jerome, wie alle glaubten, den Rupertsberg inzwischen verlassen hatte, wurde der Fall nicht weiter verfolgt.«

»Alle Aufregung war also umsonst. Das macht den Fall nur um so tragischer. Aber sei beruhigt, Mater, ich vermag kaum eine Mitschuld deinerseits zu erkennen. Ich muß gestehen, ich war auf ein schlimmeres Geständnis gefaßt.« Fast fröhlich fuhr Wibert fort: »Und nun, da die Umstände geklärt sind, unter denen der junge Adlige zu Tode kam, kannst du mir endlich verraten, wer Kunos guter Geist war.«

»Soweit ist es noch lange nicht, Wibert. Meine Geschichte ist noch nicht zu Ende.«

»Was soll das heißen?«

»Das soll heißen, daß Graf Jerome de Carcasso nicht der einzige ist, für dessen Tod ich die Verantwortung trage.«

»Bei Gott!« entfuhr es Wibert. »Wer denn noch?«

»Wie sprach schon der Prediger Salomon: Für alles gibt es eine bestimmte Zeit«, sagte Hildegard mit seltsam leerem Blick. »Ja, eine Zeit für jede Angelegenheit unter den Himmeln. Ich denke, für heute sollten wir es dabei bewenden lassen.«

»Fürwahr, fürwahr.« Wibert wirkte übertrieben munter in seinem Bemühen, den Schock zu überspielen. »›Quandoque bonus dormitat Homerus‹, wie Horaz zu sagen pflegte.«

Die Mater schien aus einer Entrücktheit zu erwachen und straffte ihre Schultern. »Zweifellos hat er damit recht gehabt.« Ihr Körper straffte sich. Als wäre nichts geschehen, fuhr sie fort: »Morgen werde ich dir von einer physikalischen Entdeckung berichten, die ich zufällig machte, und die für den Fortgang der Geschichte von besonderer Bedeutung ist.«

»Eine physikalische Entdeckung?« fragte Wibert, der nicht folgen konnte, so sehr hatte ihn Hildegards zweites Geständnis aufgewühlt. »Was hast du denn –«

»Morgen«, unterbrach ihn Hildegard. »Nicht heute.«

Kloster Rupertsberg – April 1152

In diesen Tagen glich die Abtei einem Bienenstock. Mehr als vierzig Schwestern eilten umher, um alles und jedes auf Hochglanz zu bringen, denn ein bedeutendes Ereignis stand unmittelbar bevor – die Einweihung der Basilika.

Fehlte es nach dem Umzug vor eineinhalb Jahren noch an mancher Bequemlichkeit, wie einem vernünftigen Badehaus oder einem Schulgebäude, so waren alle lebensnotwendigen Einrichtungen, die zur Eigenversorgung unabdingbar waren, vorhanden. Dazu zählten der Obst- wie Nutzgarten, die Imkerei, die Kornscheune, der Fruchtspeicher, die Darre, die Kleintier- und die beiden kreisrunden Hühnerställe. Ferner das Wirtschaftsgebäude mit angeschlossenem Waschhaus, das Backhaus, der Laienspeisesaal und der Abteibau, bestehend aus Dormitorium und Refektorium nebst einigen Werkstätten und dem Westflügel, der außer den Wohnräumen der Äbtissin auch die Vorratskammern und den Weinkeller beherbergte. Von Primitivität und Behelfsmäßigkeit wie in den Anfängen konnte jedenfalls keine Rede mehr sein.

Entsprechend war die Stimmung im Konvent. Nach der entbehrungsreichen Zeit prosperierte das Kloster zusehends. Fast monatlich waren Neueintritte zu verzeichnen, und endlich war man auch in der Lage, Herrgottsgäste aufzunehmen. Noch waren es weniger als zehn, aber ein Anfang war gemacht. Die Zukunft war voller Verheißungen, woran nicht zuletzt auch der sonnige und warme Frühling dieses Jahres seinen Anteil hatte.

Im vergangenen Winter hatte Hildegard, die die Chronik der Abtei von Anfang an selbst führte, zwei betrübliche Ereignisse zu verzeichnen gehabt.

Zur Jahreswende war die Markgräfin von Stade, ihre langjährige Freundin und Förderin, nach langer Krankheit verschieden. Seit Hildegards vehementem Aufbegehren gegen Richardis' Weggang und ihre Berufung zur Äbtissin hatte sich das einst innige Verhältnis zur leiblichen Mutter ihrer Lieblingsnonne stark abgekühlt. Durch ihre Erkrankung zeitweise geistig verwirrt, bemerkte die Markgräfin nicht, daß Kuno sie für die Durchsetzung seiner Interessen mißbrauchte. Dennoch beschrieb die Mater den Verlust ihrer einstigen Weggefährtin als herben Verlust.

Am 15. Februar war König Konrad, der einzige deutsche König seit Otto dem Ersten, der nicht die Kaiserkrone trug, an der Malaria gestorben, an der er während des Kreuzzugs erkrankt war. Somit wurde er wie so viele andere ein spätes Opfer der Predigten Bernhard von Clairvaux'. Anfang März bestieg sein Neffe Friedrich, den der Volksmund später nur Rotbart nennen sollte, den Königsthron und ließ die Ingelheimer Pfalz zu einem seiner Hauptwohnsitze ausbauen.

Vor etwas mehr als zwölf Monaten, noch bevor Richardis den Konvent verließ, beendete Hildegard ihr Werk »Liber Scivias«. Seitdem waren die Schwestern, die im Scriptorium eingesetzt waren, pausenlos damit beschäftigt, Abschriften des mehr als zweihundertseitigen Buches anzufertigen. Klöster, Kardinäle, Bischöfe und allen voran den Heiligen Vater dürstete es nach einem Exemplar. Hildegard wurde zu einer Lichtgestalt ihrer Zeit, um deren Gunst sich die gesamte christliche Welt bemühte. So hatte sich Erzbischof Heinrich von Mainz erboten, die Abteikirche auf dem Rupertsberg einzuweihen. Für ihn und die anderen Ehrengäste galt es nun, das Kloster herauszuputzen.

*

In der Backstube herrschten Temperaturen wie in der Hölle. Seit Tagen wurde der Ofen ohne Unterbrechung eingeheizt. Hunderte von Broten waren für die bevorstehende Festlichkeit bereits gebacken worden, und noch einmal die gleiche Anzahl würde folgen. Um die Arbeit in der Stube riß sich niemand. Jeweils nach vier Stunden wurden die Schwestern abgelöst, länger hielt es keine aus. Erst am Vortag waren wieder zwei ohnmächtig geworden.

Heute waren es Eulalia und Hiltrudis, die in der Backstube Dienst taten, Teig kneteten und die Laibe in den Ofen schoben.

Für Hiltrudis, deren Kreislauf auch an milderen Sommertagen häufig zusammenbrach, war die Arbeit in der Backstube wahrhaft Folter. Mit feuerrotem Gesicht und schwitzend, als sei sie im Fieberwahn, walkte sie mit immer gefühlloser werdenden Fingern den Sauerteigklumpen, als plötzlich schwarze Punkte vor ihren Augen zu tanzen begannen. Ein untrügliches Zeichen, daß es höchste Zeit für eine Pause war. Ihre Trinkschale, die auf dem Fensterbrett stand, war leer.

»Agneta!« rief sie zornig. »Du solltest mir doch Wasser bringen!«

Schwester Agneta, die Tochter eines Freiherrn aus der Nähe von Hagenau, war dem Konvent erst auf dem Rupertsberg beigetreten. Sie war ein fröhliches, nicht mehr ganz junges Ding, deren stets gute Laune ansteckend wirkte. Zur Zeit war sie als Gehilfen in der Backstube eingeteilt. Als sie Hiltrudis' Ruf vernahm, kam sie aus der Kornkammer herüber.

»Das habe ich doch«, sagte sie.

»Und was ist das?« rief Hiltrudis und knallte der Novizin die Holzschale vor die Füße. Unter den Schwestern war man sich nicht einig, was schwerer wog: Hiltrudis' Kreislaufschwäche oder ihr labiles Nervenkostüm. »Leer! Du hast es vergessen.«

»Das ist nicht wahr. Gleich nachdem du es mir gesagt hast, habe ich die Schale aufgefüllt.«

»Ach, und wer hat das Wasser getrunken? Etwa der Geist des heiligen Rupert?«

»Vielleicht war es die Katze.«

»Nichts als Ausreden«, sagte Hiltrudis und packte Agneta am Arm. »Ich beobachte dich schon eine ganze Weile. Während wir hier schuften wie die Sklaven, machst du dir nebenan ein gemütliches Leben. Aber damit ist nun Schluß. Den Fall werden wir der Mutter Oberin vortragen.«

*

Hildegard saß in ihrer Amtsstube und brütete über dem Ablauf des Einweihungszeremoniells. Kleine Kiesel, die sie mit Initialen beschriftet hatte, dienten ihr als Hilfsmittel, um festzulegen, wo Gäste und Klosterbewohner Aufstellung nehmen sollten. Zu ihren Füßen ruhte Fido, ein struppiger grauer Hirtenhund, der, seit sie auf den Rupertsberg gekommen war, nicht mehr von ihrer Seite wich. Bei Hiltrudis' und Agnetas Eintreten hob Fido lediglich ein Lid, um sich zu vergewissern, daß er die Besucherinnen kannte.

»Meine Töchter, was kann ich für euch tun?« fragte die Meisterin.

Hiltrudis schubste Agneta vor. »Los, erzähl der Mater, was du getan hast.«

»Ich habe nichts getan, verehrte Mutter«, sagte Agneta.

»Genau das ist es«, sagte Hiltrudis. »Ich hatte Agneta gebeten, weil ich vor Durst fast umgekommen bin, mir Wasser in meine Schale einzuschenken. Statt sich darum zu kümmern, hat sie sich in der Kornkammer herumgedrückt und gefaulenzt.«

»Ist das wahr?« fragte Hildegard.

»Nein«, sagte Agneta mit fester Stimme. »Gleich nachdem Schwester Hiltrudis mir die Anweisung erteilt hatte, habe ich die Schale gefüllt. Als sie dann trinken wollte, war sie jedoch leer.«

»Ist das alles, weswegen ihr über Kreuz liegt?«

»Das ist nur der Tropfen, der das Faß zum Überlaufen gebracht hat«, sagte Hiltrudis. »Agneta drückt sich vor der Arbeit, wo sie nur kann.«

»Das stimmt nicht, Mater«, sagte Agneta. »Manche Tätigkeit ist mir natürlich noch ungewohnt, aber –«

»Laß es gut sein, meine Tochter«, sagte Hildegard. »Mir scheint, Schwester Hiltrudis möchte an diesem Fall ein Exempel statuieren. Ich denke, wenn wir dieses Problem lösen, werden sich damit auch alle anderen Anschuldigungen entweder bestätigen oder als haltlos erweisen. Sehe ich das richtig?«

Hiltrudis war sofort einverstanden, während Agneta murmelte: »Das ist ja wie ein Gottesurteil.«

»So schlimm wird es schon nicht werden«, sagte die Mater. »Gehen wir in die Backstube.«

Ohne aufgefordert worden zu sein, trottete Fido hinterher.

In der Backstube hatte Eulalia Hiltrudis' Platz am Knettisch eingenommen.

»Meine Güte«, rief sie beim Eintreten der drei Frauen. »Wie sollen wir jemals fertig werden, wenn meine Mitschwestern ständig ihre Arbeit liegenlassen und streiten?«

»Bitte keine Verallgemeinerungen«, sagte Hiltrudis indigniert.

»Schluß damit!« sagte die Mater. »Wo ist Schwester Hiltrudis' Trinkschale?«

»Ich habe sie wieder auf das Fensterbrett gestellt«, sagte Eulalia. »Hiltrudis hat sie auf der Erde liegenlassen. Beinahe wäre ich darüber gestolpert und hätte mir den Hals gebrochen.«

Hildegard nahm die hölzerne Schale in die Hand.

»Siehst du?« sagte Hiltrudis. »Staubtrocken. Da war den ganzen Tag noch kein Tropfen Wasser drin.«

»Wo genau hast du die Schale hingestellt, nachdem du sie gefüllt hattest?« wandte sich die Mater an Agneta.

»Links auf die Fensterbank.«

»In die Sonne?« fragte Hildegard, weil die rechte Hälfte der Bank im Schatten lag.

»Als ich sie abstellte, lag noch die ganze Bank in der Sonne. Es gab keinen Schatten.«

Eulalia tat keinen Handschlag mehr. Gebannt beobachtete sie, wie Hildegard das Gefäß drehte und wendete und sich die Innenseite besah.

Dann feuchtete die Meisterin ihre Fingerspitze an und tupfte etwas von dem weißen Bodensatz auf, der sich in der Schale befand.

»Es schmeckt leicht salzig«, sagte sie. »Versucht auch einmal.«

Nacheinander stippten Hiltrudis und Agneta ihre Finger in das Gefäß und bestätigten die Geschmacksrichtung. Dann wollte auch Eulalia kosten. Ihr Urteil entsprach dem der anderen.

»Was ist das?« fragte Agneta.

»Mineralische Rückstände«, sagte Hildegard. »Normalerweise sind sie im Wasser gelöst. Verdampft das Wasser, bleiben sie zurück. Wieviel Zeit ist denn zwischen deiner Bitte um Wasser und dem Augenblick vergangen, als du die Trinkschale zur Hand genommen hast?«

»Das weiß ich nicht mehr«, sagte Hiltrudis.

»Hast du unmittelbar nach der Schale gegriffen?«

»Nein, das nicht. Sie stand schon halb im Schatten.«

»Das paßt zeitlich«, sagte Hildegard. »Bei der trockenen Hitze in der Backstube und der Sonneneinstrahlung ist das Wasser verdunstet. Ich denke, nun ist eine Entschuldigung bei deiner Schwester vonnöten.«

Nachdem Agneta Hiltrudis' verlegen vorgebrachte Abbitte angenommen hatte, sagte sie: »Schade, daß man das Wasser, das verdunstet, nicht irgendwie auffangen kann.«

»Wieso?« fragte Hildegard.

»Es müßte doch besonders rein sein, wenn es alle Mineralstoffe zurückläßt. Damit wäre es doch ein wundervolles Weihwasser.«

»Ein interessanter Gedanke«, sagte Hildegard. »Ich werde mich gelegentlich damit beschäftigen. So, und nun macht, daß ihr wieder an die Arbeit kommt.«

Kloster Disibodenberg – Mai 1152

»Hinlegen!«

Alle Mönche warfen sich da, wo sie gerade standen, zu Boden. Kaum hatten die Staubwolken sich verzogen, ertönte das nächste Kommando.

»Auf und weiter!« brüllte Kuno und klatschte in die Hände. »Und zwar ein bißchen schneller, meine Söhne. – Was ist, Bruder Gerold? Hast du Blei in den Beinen?«

Keuchend und mit krebsrotem Gesicht taumelte der Angesprochene über den Hof. Da die Mönche im Kreis liefen, war er schon zweimal überrundet worden.

»Los, los! Raff die Kutte und leg einen Schritt zu!«

Statt seine borstigen Waden zur Schau zu stellen, verdrehte Bruder Gerold die Augen und schlug der Länge nach hin.

»Spiel hier nicht den Müden!« rief Kuno. »Auf mit dir!«

Herbrand, der in diesem Augenblick um die Ecke der Abteikirche bog, erkannte sofort den Ernst der Lage. Er ging neben dem Gestürzten auf die Knie und fühlte dessen Puls. Dann winkte er zwei Brüder aus der Reihe der Trabenden heraus und wies sie an, den völlig erschöpften Gerold zur ehemaligen Frauenklause zu schaffen, die seit dem Auszug der Nonnen als Krankenstation diente.

»Was soll das?« rief Kuno und zitierte Herbrand zu sich. »Hier gibt nur einer Befehle, und das bin ich.«

»Willst du Bruder Gerold umbringen?« fragte Herbrand zurück. »Du weißt doch, daß er oft an Luftnot leidet.«

»Ein bißchen Bewegung hat noch keinem geschadet.«

»Ihm schon. Sein Puls war kaum noch zu spüren. Was veranstaltest du hier eigentlich?«

»Mehr als die Hälfte der Brüder hat zuviel Speck auf den Rippen. Kein Wunder, daß sie ständig mit ihrem Arbeitspensum im Rückstand sind.«

»Da habe ich ja Glück, daß ich zu den Mageren zähle.«

»Bei denen sieht es nicht besser aus. Die sind morgen dran.«

Herbrand ging einen Schritt auf Abstand. »Du wirst mich doch nicht über den Hof scheuchen wollen?«

Der Abt musterte seinen Adlatus herausfordernd. »Warum eigentlich nicht?«

»Weil ich mit nichts, aber auch gar nichts im Rückstand bin. Im Gegenteil.«

Kunos Zunge schoß kurz hervor.

»Bäh, reingefallen! War doch nur ein Scherz. – Hast du dich mit unserem guten Geist getroffen?«

»Ja, an der Drususbrücke bei Bingen«, sagte Herbrand. »Ich bin eben erst zurückgekommen. Er hat mir etwas Interessantes mitgeteilt, worüber wir sprechen sollten.«

»Geh schon mal in meine Amtsstube. Ich komme gleich nach.« Dann klatschte Kuno in die Hände. »Wer hat euch fauler Bande etwas von Spaziergang gesagt? Vorwärts, ich will euch galoppieren sehen!«

*

»Eine Frechheit, was das Weib sich mit mir erlaubt hat«, polterte Kuno, als er die Tür hinter sich schloß.

Herbrand hatte nicht zum ersten Mal Schwierigkeiten, der Sprunghaftigkeit seines Abtes zu folgen. »Verzeihung, aber von wem sprichst du?«

»Von wem wohl? Anstatt mich bei der Kircheneinweihung im Gefolge meines Bischofs zu plazieren, hat sie mich doch glatt bei den anderen Klostervorstehern untergebracht. Links von mir saß Abt Dietmar von St. Walburg, dieser Langweiler, und rechts Abt Withelo von St. Georgen, der nur einmal im Jahr badet und wie ein Wallach stinkt. Grauenhaft. Und das alles nur, um mich zu demütigen.« Während seiner Tirade hatte Kuno Platz genommen, so daß sie sich nun gegenübersaßen. »Aber dir ist es ja egal, wenn dein Abt brüskiert wird.«

»Die Einweihung der Basilika hat vor drei Wochen stattgefunden. Seitdem mußte ich mir dein Gejammer bestimmt zwanzigmal anhören, und jedesmal habe ich gesagt: ›Armer, armer Abt!‹ Aber irgendwann muß es auch mal gut sein. Das Leben geht weiter. Außerdem warst du zwischen deinen Amtsbrüdern ganz gut aufgehoben.«

»Fällst du mir also doch in den Rücken!«

»In Erzbischof Heinrichs Gefolge wärst du der Kleinste gewesen, man hätte dich übersehen können. Die anwesenden Äbte hingegen waren – merkwürdigerweise – alle sehr kurz geraten.«

Eine Begründung, die Kuno überhaupt nicht schmeckte, aber er wollte das Thema auch nicht vertiefen. Wer wußte schon, was Herbrand sonst noch alles einfallen würde.

»Nun, was tut sich auf dem Rupertsberg?«

»Befremdliches«, sagte Herbrand. »Hildegard hat neue Regeln eingeführt, die unserem guten Geist – aber wohl nicht nur ihm – heftiges

Unbehagen bereiten. So haben sich die Schwestern zum Empfang der heiligen Kommunion herauszuputzen, als schritten sie zur Vermählung. Gekleidet in weiße Gewänder, mit Schleiern, Kränzen und Ringen geschmückt soll das der Huldigung des himmlischen Bräutigams dienen. Ach ja, und ihre Haare tragen sie dabei offen.«

»Offene Haare? Was sind das denn für Sitten?« Kunos hohe Stirn legte sich in unzählige Falten. »Das Treiben der Weiber war mir schon verdächtig, als sie noch in der Klause gehaust haben. Bereits damals habe ich geahnt, daß dort etwas nicht stimmt. Endlich bestätigen sich meine Vermutungen.«

»Was vermutest du denn?«

»Kannst du dir das nicht denken?«

»Vorstellen kann ich mir vieles. Ich weiß nur nicht, worauf du hinaus willst.«

»Ich denke da an«, sagte Kuno und machte eine kunstvolle Pause, »widernatürliches Verhalten.«

»Widernatürliches Verhalten?«

»Du bist aber auch in einem Maße begriffsstutzig, zumal wenn es um diese Dinge geht!« wetterte der Abt. »Gleichgeschlechtliche Liebe, kannst du damit was anfangen?«

»Du meinst ...?«

»Ja, ja, ja. Genau das meine ich.«

»Unter Frauen? Ich weiß, daß es das zwischen Mönchen gibt, aber –«

»Nicht in meinem Kloster!«

»Erinnerst du dich nicht mehr, wie ich die Brüder Esau und Jakob dabei überrascht habe, als sie gerade ihre –«

»Das war vor zwei Jahren. Rausgeflogen sind die beiden. Auf der Stelle. Seitdem ist nichts Derartiges mehr vorgefallen.«

»Weiß man's?«

»Was soll das heißen?«

»Vielleicht sind diejenigen, die so etwas tun, nur vorsichtiger geworden.«

»Ist dir etwas zu Ohren gekommen? Hast du was beobachtet?«

»Nein, das nicht. Aber –«

»Dann beunruhige mich gefälligst nicht mit deinen albernen Unterstellungen, Kreuzdonnerwetter noch einmal!« blaffte Kuno. »Als ob ich nicht bereits Schwierigkeiten genug am Hals hätte. – Wo waren wir stehengeblieben?«

»Bei dem widernatürlichen Verhalten der Schwestern vom Rupertsberg.«

»Genau. – Hast du jemals erlebt, daß eine Äbtissin ein solches Theater veranstaltet hat wie Hildegard beim Weggang von Richardis? Von Pontius zu Pilatus ist unsere teure Freundin gelaufen und hat alle Welt mit ihren Bitt- und Protestschreiben belästigt. Ich sage dir, auch da hat mehr dahintergesteckt als mütterliche Liebe.«

»In dem Fall sollten wir dem Erzbischof unverzüglich Meldung machen.«

»Das wäre heikel. Solange wir keine Beweise haben, sollten wir uns tunlichst bedeckt halten. Aber wir könnten mal wieder Gerüchte verbreiten. Frei nach dem Wahlspruch: Wo es qualmt, da ist auch Feuer. Die Sache mit diesem Herausputzen bei der Kommunion ist dabei ein vorzüglicher Aufhänger.«

»Noch diese Woche reist eine Gruppe von uns zu einem Gegenbesuch der Brüder von St. Heribert nach Deutz. Wir könnten sie dazu veranlassen, überall dort, wo sie Halt machen, das eine oder andere Wort fallenzulassen.«

»Hervorragend«, sagte Kuno. »Ich denke, auf eine Reaktion werden wir nicht lange warten müssen.«

Kloster Rupertsberg – Juli 1152

Das reinste Wasser, das »Aqua destillata«, war giftig. Warum, wußte niemand, aber wenn man davon trank, starb man. Herausgefunden hatte das zu Hildegards großer Betrübnis Fido. Eines Abends war der Hund versehentlich in dem Kellerraum eingesperrt worden, in dem der von Hildegard ersonnene Destillationsapparat seinen Platz hatte. Von nächtlichem Durst geplagt hatte er die große Auffangschale voll reinen Wassers leergesoffen. Am nächsten Morgen hatte ihn Clementia, die auf dem Rupertsberg die Aufgaben der Cellarin wahrnahm, mit blutiggebissenen Läufen verendet aufgefunden. Nach dem verzerrten Ausdruck seines Gesichtes zu urteilen, mußte er entsetzliche Qualen gelitten haben.

Trotzdem ließ Hildegard das Aqua destillata weiter herstellen, um es als Weihwasser zu verwenden. Allerdings wurde es, seit seine Unverträglichkeit für Mensch und Tier bekannt geworden war, nur noch in eigens gekennzeichneten Krügen gelagert, um einer Verwechslung vorzubeugen. Von ihrem ursprünglichen Vorhaben, das Wasser auch an andere Klöster oder Diözesen abzugeben, war Hildegard wegen seiner Gefährlichkeit abgekommen.

An diesem Tag war es heiß und knochentrocken, eine Kombination wie sie für das Rheingau eher untypisch ist. Dazu wehte ein starker Wind, der einen Sand fein wie Staub mit sich führte. Wer konnte, vermied es, die Gebäude zu verlassen, wer dennoch über den Hof mußte, hielt sich ein Tuch vor Mund und Nase. Zwischen Sext und Non, als die Hitze ihren Höhepunkt erreichte, meldete der zweite Torwächter Hildegard zwei Pilger, die rheinaufwärts reisend auf dem Rupertsberg eine Rast einlegen und sie persönlich sprechen wollten. Da die Äbtissin an diesem Tag nur wenig zu tun hatte, ließ sie die beiden in ihre Amtsstube führen.

Es handelte sich um ein Brüderpaar, im Fleisch wie im Herrn. Der eine war groß und dünn, der andere klein und genauso dünn, und beide hatten ausgesprochene Galgenvogelgesichter. Blutunterlaufene Augen, krumme Nasen und wülstige Lippen, die sie pausenlos mit ihren Zungen benetzten. Hildegard, die es in der Regel vermied, sich aufgrund des äußeren Erscheinungsbildes ein Urteil zu bilden, war sich beim Anblick der beiden nicht so sicher, ob sie ihrem Prinzip treu bleiben sollte.

»Wir sind die unwürdigen Brüder Hermann und Josef vom Kloster Altenberg bei Köln und entbieten dir, geliebte Mutter vom heiligen Rupertus, der freien Braut Jerusalems, unseren untertänigsten Gruß«, sabberte der Längere und holte mit seinen krallenartigen Fingern ein Pergament aus seinem Umhang. »Dies ist ein Brief, den uns die ehrenwerte Meisterin Tengswich vom Kanonissenstift St. Marien in Andernach zur Überstellung an dich anvertraute.«

Hildegard streckte die Hand aus, aber Josef hielt den Brief zurück.

»Die Meisterin meinte, du würdest uns gewiß eine kleine Anerkennung für unsere Dienste gewähren.«

»Hat Tengswich das wirklich gesagt?«

»So drückte sie sich aus«, sagte Hermann und grinste, wobei er quittengelbe Zähne zeigte. »Eine kleine Anerkennung.«

»Ihr wißt doch, daß es unter Glaubensbrüdern unüblich ist, für die Überbringung von Nachrichten einen Lohn zu verlangen, oder nicht?«

»Von uns aus würden wir ja auch nichts verlangen, verehrte Meisterin Hildegard, aber da die Meisterin von Andernach es uns nun einmal versprochen hat –«

»Ich verstehe. Nebenbei gefragt, wie geht es eigentlich eurem Abt, dem ehrwürdigen ... jetzt ist mir doch sein Name entfallen. Helft mir auf die Sprünge, Brüder.«

Die beiden sahen sich an, als sei in den Baum, unter dem sie Schutz gesucht hatten, der Blitz eingeschlagen.

»Äh ... Rudolf«, sagte Hermann. »Abt Rudolf. Rudolf der Erste.«

»Rudolf?« fragte Hildegard und zog die Stirn kraus.

Sie hatte nicht den leisesten Schimmer, wie der derzeitige Abt des Klosters Altenberg hieß. Aber wenn sie sich nicht täuschte, waren die angeblichen Benediktiner genauso ahnungslos.

»Nein, Brüder, ihr müßt euch irren«, sagte sie deshalb. »War sein Name nicht Arno?«

»Natürlich!« rief Josef und schlug sich die Hand vor die Stirn. »Arno! Natürlich, Rudolf war doch sein Vorgänger! Er ist letztes Jahr gestorben. Gott hab ihn selig. Daß du die beiden aber auch immer verwechselst, Hermann!«

»Und ihm geht es gut?«

»Ausgezeichnet«, sagte Josef. »Doch, doch.«

»Dann gebt mir jetzt den Brief.«

»Und unsere Anerkennung?«

»Wird sich finden.«

Josef zögerte erneut. »Du wirst dich vielleicht wundern, aber ...«

»Ja?«

»Das Siegel ist gebrochen. Hermann trug gestern den Brief und ist gestürzt. Dabei ist es gebrochen.«

»Na, so was. Aber, ich denke, solange ihr den Brief nicht gelesen habt, ist das nicht weiter tragisch.«

»Natürlich nicht«, sagte Josef und schob endlich das Pergament über den Tisch. »So was machen wir nicht.«

Hildegard entfaltete das Schreiben. Mittig, links und rechts des Textes zeichneten sich deutlich Schmutzfingerabdrücke ab. Sie griff nach dem kleinen tönernen Glöckchen auf ihrem Tisch und bimmelte. Umgehend erschien Agneta, die derzeit in Hildegards Sekretariat aushalf.

»Du hast mich gerufen, Mater?« fragte sie.

»Ja, mein Kind«, sagte Hildegard. »Geh doch bitte zum Tor und richte dem Wächter und seinem Gehilfen aus, sie möchten bitte in meine Amtsstube kommen und ihre Knüppel mitbringen. Ach ja, und sie sollen die Hunde nicht vergessen. Hier sitzen zwei falsche Mönche, die sich redlich eine Abreibung verdient haben.«

Bevor Hildegard ihren Satz beendet hatte, waren die beiden Betrüger durch die Tür.

*

Der Kreuzgang war der einzige Ort im Freien, der bei diesem Wetter ein wenig Schutz bot. Zwar fand sich auch hier der staubfeine Sand auf allen Simsen, aber in den offenen Bogenhallen war es kühl und immerhin so windstill, daß die Schwestern nicht befürchten mußten, daß ihnen der Schleier vom Kopf gerissen wurde. Jetzt, kurz nach der Non, hatte die Mutter Oberin den Gang für sich allein. Eine Einsamkeit, die ihr angesichts der Stimmung, in der sie sich befand, durchaus angenehm war.

Hildegards Niedergeschlagenheit hatte jedoch nichts mit dem betrügerischen Brüderpaar zu tun, das sie hatte hinauswerfen lassen. Die beiden Galgenvögel zogen mit ihrer Masche wahrscheinlich von Kloster zu Kloster, um sich Kost und Unterkunft zu erschwindeln und nebenbei ein paar Pfennige mit Dienstleistungen wie dem Überbringen von Briefen zu verdienen. Die Zeiten waren hart, und wären sie ihr nicht gar so unangenehm gewesen, hätte sie vielleicht sogar Mitleid mit ihnen gehabt. Nein, was Hildegard im Magen lag, war der Inhalt des Briefes, den die Äbtissin Tengswich ihr geschrieben hatte.

Diese verlieh in dem Schreiben ihrer Verwunderung Ausdruck, in welcher Aufmachung die Schwestern auf dem Rupertsberg die Festtage begingen. Ausführlich ging sie darauf ein, wie die Schwestern sich zurechtzumachen pflegten: mit herabwallendem Haar, gehüllt in weiße

Schleier, mit goldgewirkten Kränzen auf dem Haupt und goldenen Ringen an den Fingern. Die Kränze hatte sie sogar bis in die kleinste Einzelheit beschrieben. So wußte sie, daß beidseits und hinten Kreuze und über der Stirn das Bildnis des Lamms eingeflochten war. Ein Auftreten, über das Tengswich sich ereiferte, da es ihrer Meinung nach im Widerspruch zum Gebot des Oberhirten stand, der verfügt hatte: »Die Frauen sollen sich sittsam halten, nicht mit Haargeflecht und Gold und Perlen oder mit kostbarem Gewand sich schmücken.«

Ferner führte sie Klage, daß Hildegard in ihre Gemeinschaft nur Frauen aus begütertem und adligem Hause aufnahm. Und das, obwohl bereits der heilige Petrus gesagt hatte: »In Wahrheit habe ich erfahren, daß bei Gott kein Ansehen der Person gilt.« Ein Vorwurf, den die Seherin sich häufig anhören mußte. Daß die wirtschaftlichen Schwierigkeiten beim Baubeginn des Klosters sie dazu gezwungen hatten, wollte offenbar niemand sehen. Dennoch bemühte sie sich um einen Ausgleich, indem sie vermehrt Herrgottsgäste aufnahm und neuerdings sogar eigens eine Küche zur Armenspeisung eingerichtet hatte. Zu beiden Vorwürfen erbat Tengswich Hildegards Stellungnahme und Antwort.

Was Hildegard bedrückte, waren jedoch nicht die Anfeindungen selbst, denn Unverständnis oder Neid schlugen ihr häufig entgegen. Sorgen bereitete ihr vielmehr, daß man in Andernach überhaupt davon wußte. Natürlich war die Zusammensetzung des Konvents kein Geheimnis, aber über die Verkleidung zur Kommunion und an den Festtagen war zwischen den Nonnen Stillschweigen vereinbart worden. Ein bereits früher gehegter Verdacht schlich sich erneut in Hildegards Herz – in der Gemeinschaft mußte es einen Verräter geben. Jemand, der bewußt Informationen, die dem Kloster schadeten, nach außen trug. Nur, wem war so etwas zuzutrauen?

Sie war so in Gedanken, daß sie fürchterlich erschrak, als sie plötzlich eine Hand auf ihrer Schulter spürte. Hinter ihr stand Clementia und hielt ein angebissenes Stück Gemüsekuchen in der Hand.

»Was ist mit dir?« fragte die Ältere. »Du siehst so niedergeschlagen aus.«

»Ach, Clementia«, seufzte Hildegard und lehnte sich bei ihrer Schwester an. »Dieser heiße Wind geht mir aufs Gemüt, und zudem erhielt ich heute noch einen unerfreulichen Brief.«

»Willst du dich mir anvertrauen?«

»Gern.«

Hildegard erzählte, wie sie den Brief bekommen hatte, wer der Absender war und gab Clementia eine Zusammenfassung des Inhalts. Die hörte schweigend zu, aß aber währenddessen ihren Kuchen auf.

»Was geht Tengswich an, was wir hier tun?« fragte sie, nachdem Hildegard zu Ende gekommen war. »Sie soll sich um ihre eigenen Angelegenheiten kümmern.«

»Ich habe nichts dagegen, im Gegenteil, ich finde es sogar gut, daß sie sich ihre Gedanken macht. Darum geht es mir nicht. Ich möchte wissen, wie Tengswich davon erfahren hat.«

»Na, wie schon? Einer sagt's dem anderen, und schwupp – weiß es die halbe Welt.«

»Clementia, wir hatten einander versprochen, niemandem davon zu erzählen. Außerdem ist es nicht das erste Mal, daß ich Dinge, die unter uns bleiben sollten, plötzlich von außerhalb des Klosters zu hören bekomme.«

»Du meinst, eine von uns plaudert?«

»Plaudern würde ich das schon nicht mehr nennen. Das geschieht mit voller Absicht.«

Clementia zog die Brauen hoch. »Hast du jemanden in Verdacht?«

»Nein. Aber eigentlich kommt nur jemand aus dem Kreise meiner Vertrauten in Frage. Ist dir etwas aufgefallen?«

In dem Augenblick öffnete sich auf der gegenüberliegenden Seite des Kreuzgangs die Tür zum Refektorium, und Volmar trat heraus. Ohne die Schwestern zu bemerken, die im Schatten des Bogens standen, eilte er zum westlichen Flügel und verschwand im Durchgang zum Klosterhof. Clementia warf ihm einen vielsagenden Blick nach, der Hildegard nicht entging. Und auf einmal war es der Mater, als könne sie Gedanken lesen. Klar und deutlich erkannte sie, was ihre Schwester dachte.

»Volmar?« fragte Hildegard mit brüchiger Stimme. »Mein Volmar?«

»Wer weiß das schon«, sagte Clementia mit einem Schulterzucken und ließ ihre Schwester allein.

Kloster Rupertsberg – September 1152

In den ersten Tagen nach Erhalt des Briefes der Meisterin Tengswich hatte Hildegard ernsthaft erwogen, jeden einzelnen aus ihrem Umfeld auf die Probe zu stellen. Der Gedanke, daß jemand aus dem inneren Kreis ihr Vertrauen mißbrauchte und Vertrauliches preisgab, hatte sie zutiefst erschüttert. Aber je intensiver sie überlegte, wie eine solche Probe aussehen könnte, desto abwegiger erschien ihr ihr Vorhaben. Bald kam sie sich selbst fast wie eine Verräterin vor, als sie bemerkte, mit welchem Argwohn sie Volmar und ihre Töchter beobachtete. Also ließ sie den Gedanken wieder fallen und hatte ihn bald darauf ganz vergessen.

Den Brief der Andernacher Meisterin hatte Hildegard in der ihr eigenen Art mit einer niedergeschriebenen Schau beantwortet, was ihrem Schreiben ein gesetzesgleiches Gewicht verlieh. So hatte sie geäußert, das Gebot, daß die Frauen sich sittsam halten und nicht schmücken sollen, betreffe ausschließlich verheiratete Frauen, nicht jedoch Jungfrauen, die im Heiligen Geiste der Heiligkeit vermählt sind. Diese sollten sich dem Hohepriester vielmehr nähern wie ein gottgeweihtes Brandopfer. Deshalb stehe es der Jungfrau auch zu, sich zu schmücken und ein leuchtendes Gewand als klare Hindeutung auf ihre Vermählung mit Christus anzulegen.

Betreffs der ständischen Gliederung in ihrem Kloster erläuterte Hildegard der Meisterin aus Andernach, daß diese bereits von Gott gesetzt worden sei, der im Himmel zwischen Engeln, Erzengeln, Cherubim und Seraphim unterscheide. Alle werden sie von Gott geliebt und haben doch nicht den gleichen Namen. Gleiches gelte für die Menschen, zwischen denen sie bewußt unterscheide, um Neid und Mißgunst von der Gemeinschaft fernzuhalten. Damit war das Thema erledigt, und Anfeindungen dieser Art blieben forthin aus.

Die letzten Stationen auf Hildegards täglichem Inspektionsgang waren die Latrinen, das Backhaus und die Schule, bevor sie zum Abschluß in der Laienkapelle neben dem Tor ein kurzes Gebet sprach. Die Necessaria waren vorschriftsmäßig sauber ebenso wie die Backstube. Alles schien zum besten zu stehen, aber als die Mater sich der Schule näherte, drang aus dem Gebäude ein Geschrei und Geheul, als gehe es um Leben und Tod.

Im Unterrichtsraum bot sich ihr ein erschütterndes Bild. Fünf ausgemergelte triefnasige Bengel von höchstens zehn Jahren standen mit vorgestreckten Armen in Reih und Glied. Vor ihnen, wie ein Feldherr vor seiner Truppe, hatte sich Schwester Magdalena aufgebaut. Sobald einer der Burschen die Arme sinken ließ, schlug sie ihm mit dem Rohrstock auf die Finger. Wie lange diese Züchtigung schon währte, ließ sich daran erkennen, daß keiner der Bengel mehr Kraft in den Armen hatte, wofür es natürlich einen Hieb nach dem anderen setzte. Alle fünf heulten vor Schmerz und Scham. Der Rest der Kinder folgte dem entwürdigenden Schauspiel mit verängstigtem Blick.

Bevor Magdalena erneut zuschlagen konnte, fiel Hildegard ihr in den Arm, nahm ihr den Stock ab und schob sie aus dem Raum. Kein leichtes Unterfangen, die Schwester Lehrerin war einen Kopf größer und wog annähernd das Doppelte. Aber der Zorn verlieh der Mater ungeahnte Kräfte. Noch ein letzter Schubser, und sie standen vor dem Gebäude. Magdalena wußte kaum, wie ihr geschah.

»Bist du des Wahnsinns?« fauchte Hildegard. »Wie kannst du es wagen, diese Kinder derart zu mißhandeln?«

»Sie waren unaufmerksam«, stammelte Magdalena und rang um Fassung. »Sie haben geschwätzt. Einer war sogar so frech und hat nach Essen gefragt.«

»Wieso fragte einer nach Essen? Hast du ihnen vor dem Unterricht nichts gegeben?«

»Natürlich nicht. Plenus venter non studet libenter, heißt es doch.«

»Unsinn! Was glaubst du eigentlich, warum die Kinder zu uns kommen?«

»Sie dürstet nach Unterweisung im Wort des Herrn.«

Hildegard lachte auf. »Das glaubst nur du. Sie kommen, um sich wenigstens einmal am Tag satt essen zu können. Dafür nehmen sie den Katechismus gern in Kauf.«

»Das ist aber die falsche Einstellung.«

»Wem der Magen knurrt, fragt nicht nach der richtigen Einstellung. Gib ihnen vor dem Unterricht ein Stück Brot, und du hast die aufmerksamsten und gehorsamsten Schüler.«

»Ich will aber, daß sie aus Liebe zu Jesus kommen«, sagte Magdalena und stampfte mit dem Fuß auf.

»Wenn ich mich recht entsinne, bist du seinerzeit weniger aus Hingabe für den Herrn zu uns gestoßen, als vielmehr, weil dein Bräutigam dich hatte sitzenlassen und deine Eltern dich nirgendwo anders unterzubringen wußten. Sei gnädig mit den Kindern, wie wir es mit dir waren, und gewähre ihnen Zeit. Vielleicht werden sie dann auch so glaubensstark, wie du es heute bist.«

Selbst nach all den Jahren wurde Magdalena bei der Erwähnung der schmählichen Umstände ihres Klostereintritts noch rot. Trotzdem wollte sie so schnell nicht klein beigeben.

»Sie werden mir auf der Nase herumtanzen, wenn ich in meiner Strenge nachlasse«, sagte sie.

»Im Gegenteil, sie werden dir dankbar sein und dich lieben«, sagte Hildegard. »Zu Hause wird ihnen oft genug das Fell gegerbt, da wissen sie es zu schätzen, wenn du es ihnen ersparst. So, und nun geh wieder hinein zu deinen Schäfchen und führe sie erst einmal ins Laienrefektorium.«

*

In der Kapelle neben dem Tor war die Mater diesmal nicht allein. Clementia kniete im Gebet vor dem Altar. Während Hildegard noch stumme Zwiesprache hielt, verließ die Ältere das kleine Gotteshaus bereits wieder, wartete aber vor dem Eingang.

»Hast du einen Augenblick Zeit?« fragte sie.

»Natürlich«, sagte Hildegard und hakte sich bei ihrer Schwester unter. »Was kann ich für dich tun?«

»Was ich dir sagen will, trage ich schon länger auf dem Herzen. Es berührt einen etwas heiklen Punkt, und ich hoffe, du bist mir nachher nicht böse.«

»So schlimm wird es schon nicht werden.«

»Wie du meinst«, sagte Clementia und platzte dann heraus: »Ich bin froh, daß Richardis nicht mehr bei uns ist.«

Für den Bruchteil eines Augenblicks verzögerte Hildegard ihren Schritt. »Das mußt du mir erklären.«

»Sie hat zwischen uns gestanden. Nicht nur zwischen dir und mir, auch zwischen dir und allen anderen Schwestern.«

»Das ist nicht wahr.«

»Hast du nicht das Aufatmen bemerkt, das durch den Konvent ging, als sie nach Bassum abreiste?«

»Bei Gott, nein!«

»Natürlich nicht. Deine Gedanken waren ja nur bei ihr, die dich verließ. O Schwester, wie haben deine Töchter darunter gelitten, nur zweitrangig zu sein.«

Jetzt blieb Hildegard doch stehen. »So kraß habt ihr das empfunden? Warum habt ihr nie etwas gesagt? Insbesondere du?«

»Wie hättest du das aufgenommen? Hättest du nicht gedacht, wir wären bloß eifersüchtig?«

»Ich weiß es nicht«, sagte die Mater nach einem Augenblick des Nachdenkens. »Anfangs – vielleicht. Auf jeden Fall wäre ich erschüttert gewesen, wie ich es auch jetzt bin. Gewiß habe ich mit Richardis die meiste Zeit verbracht. Das lag aber daran, daß sie an der Niederschrift von ›Scivias‹ mitgewirkt hat.«

»Andere wären dir dabei auch gern behilflich gewesen.«

»Und ich dachte immer, euch sei es recht gewesen, daß sie ... Mein Gott, wie war ich blind!«

»Niemand kann alle Menschen im gleichen Maß lieben, so sehr er sich auch bemüht. Auch unsere Eltern hatten ihre Lieblingskinder. Leider war ich keines davon. Aber weil ich darum weiß, kann ich dir auch nicht böse sein.«

»Danke, daß du so milde über mich urteilst und mich nur für ein schwaches Geschöpf Gottes hältst. In Wirklichkeit war ich eine gefühllose Närrin, daß ich nicht gemerkt habe, was in euch vorging.«

Arm in Arm gingen sie weiter und durchschritten das innere Tor.

»Ich werde mich bei euch allen entschuldigen«, sagte Hildegard. »Noch heute abend. Sie sollen wissen, daß ich mir meiner Fehler bewußt geworden bin.« Sie tätschelte Clementias Hand. »Dank deiner Hilfe.«

»Ehrwürdige Mutter!« ertönte ein Ruf vom Tor. »Bitte wartet!«

Sie blieben stehen. Der Torwärter kam ihnen nachgehumpelt, so schnell es sein steifes Bein zuließ. In der Hand hielt er einen Brief.

»Den hat soeben ein Bote gebracht«, sagte er außer Atem. »Wenn ihr ihn mitnehmt, hab ich mir den Weg gespart.«

»Natürlich«, sagte Hildegard. »Gib ihn mir.«

Sie brach das Siegel und überflog das Geschriebene.

»Was ist?« fragte Clementia. »Du blickst so ernst. Sind es schlechte Nachrichten?«

»Der Brief ist von Richardis«, sagte Hildegard mit belegter Stimme. »Sie ist schwer erkrankt. Und sie ...«

»Ja?«

Die Mater hatte Mühe, ihre Tränen zurückzuhalten. »... sie bittet mich um Erlaubnis, zurückkehren zu dürfen.«

Clementias Miene versteinerte sich. »Was wirst du tun?«

»Was würdest du tun?«

»Es ist deine Entscheidung. Du bist die Äbtissin.«

Da Hildegard nichts entgegnete, wandte Clementia sich ab und ging davon, drehte sich jedoch nach wenigen Schritten noch einmal um.

»Allerdings hoffe ich in unser aller Interesse«, sagte sie, »daß du eine weise Entscheidung treffen wirst.«

Kloster Disibodenberg

Bereits am nächsten Tag traf die Nachricht am Zusammenfluß von Glahn und Nahe ein. Herbrand schritt an den Waschtischen vorbei, an denen sich eine Handvoll Brüder vorgebeugt die Oberkörper wuschen, und teilte den Vorhang am Ende des Raums. Wie erwartet aalte Kuno sich in einem der Zuber.

»Verflixt noch mal, hat man denn nicht einmal im Bad seine Ruhe?« schimpfte der Abt.

»Was ich dir mitzuteilen habe, duldet keinen Aufschub«, sagte der Adlatus, was die Brüder an den Waschtischen veranlaßte, die Ohren aufzustellen. »Deswegen hätte ich dich sogar vom Lokus geholt.«

»Der Papst steht vor dem Tor«, sagte Kuno.

»Wenn es nur das wäre. Richardis kehrt zu Hildegard zurück.«

Mit allem hatte Herbrand gerechnet, nur nicht damit, daß Kuno einfach unter Wasser tauchte. Erst als Herbrand sich schon Sorgen zu machen begann, kam er wieder hoch.

»Dinge mir irgendeinen ruchlosen Burschen und zahle ihm, was er verlangt, damit er das Weibsstück umbringt!« rief Kuno und schüttelte sich mit dem kleinen Finger Wasser aus dem Ohr.

Herbrand mußte sich am Vorhang festhalten. »Ich dachte schon, du könntest mich mit nichts mehr überraschen, aber da war ich wohl etwas voreilig. Du erwägst ernsthaft, einen Mörder auf Richardis anzusetzen?«

»Glaubst du etwa, ich sehe tatenlos zu, wie Hildegard am Ende doch noch triumphiert?«

»Es gibt weniger drastische Möglichkeiten.«

»Welche?« spottete Kuno. »Beten?«

»In dem Fall wäre das vielleicht gar nicht mal so unangebracht. Richardis soll schwer krank sein.«

»Wie schwer?«

»Man muß wohl auf das Schlimmste gefaßt sein. Die Frage ist nur –«

»Ja?«

»– zu wem man in diesem Fall beten soll.«

Kuno schlug mit der flachen Hand aufs Wasser, daß es nur so spritzte. »Ich würde zu jedem beten, der mir verspricht, meinen Wunsch zu erfüllen.«

»Etwa auch zum Leibhaftigen?« fragte Herbrand.

Statt einer Antwort stimmte der Abt ein teuflisches Lachen an, das den Brüdern jenseits des Vorhangs das Blut in den Adern gefrieren ließ.

Kloster Rupertsberg – November 1152

Kühl und sehr trocken war es in dem Raum, der im Keller des Westflügels lag. Wer ihn zum ersten Mal betrat, konnte leicht auf den Gedanken kommen, hier stehe die Welt Kopf. Dicht an dicht, zu Hunderten, wenn nicht zu Tausenden, hingen Blumen aller Arten zum Trocknen kopfüber von der Decke. Ein einziges Blumenmeer, farbig leuchtend, sogar noch schwach duftend, und trotzdem tot.

Am einzigen Tisch des Raumes saß Hildegard seit Tagen und flocht Kränze und Girlanden mit denen sie das Kloster zum Empfang der verlorenen, aber heimkehrenden Tochter schmücken wollte. Keine ihrer

Töchter sollte behaupten können, sie hätte zum Gefallen der ungeliebten Schwester arbeiten müssen.

Ja, Richardis würde zurückkehren. Eine Entscheidung, die Hildegard sich nach eigener Einschätzung nicht leicht gemacht hatte. Auch wenn sie sie schon einen Tag nach Erhalt des Briefes getroffen hatte. Dabei war ihr durchaus bewußt, daß es böses Blut geben würde. Aber durfte sie eine Tochter nur um des lieben Friedens willen verstoßen?

Zudem hatte Richardis geschrieben, sie sei schwer erkrankt, ohne allerdings auszuführen, an welcher Krankheit sie litt. Zwischen den Zeilen meinte Hildegard gelesen zu haben, daß die geliebte Tochter sogar mit ihrem Tod rechnete und bat, heimkehren zu dürfen, um zu Hause zu sterben.

Deshalb hatte Hildegard die leerstehende Kammer unmittelbar neben der ihren vorbereiten lassen. Sofern Richardis keine ansteckende Krankheit hatte, wollte sie sie im Ostflügel und nicht im Krankensaal unterbringen. Auch erwog sie, die Pflege persönlich zu übernehmen, um den anderen den Vorwand für Unmut zu nehmen.

Eine Antwort aus Bassum, wann Richardis in Bingen eintreffen werde, hatte sie noch nicht erhalten, aber sie rechnete täglich damit. Hoffentlich kam die Tochter noch vor dem Weihnachtsfest, damit sie es gemeinsam begehen konnten.

Hildegard stand auf und streckte sich, da ihr Rücken schmerzte. Langes Sitzen war für sie ungewohnt.

Über Volmar, der noch immer Verbindung mit den Brüdern vom Disibodenberg pflegte, war ihr zu Ohren gekommen, wozu Kuno sich hatte hinreißen lassen. Er würde sogar ein Bündnis mit dem Antichristen eingehen, habe er geäußert, wenn er dadurch Richardis' Rückkehr verhindern könnte. Eine Blasphemie, die ihm selbst seine treuesten Anhänger im Konvent nicht mehr nachsehen mochten. Und was Gott, der Lichtherrliche, davon hielt, hatte er ihr erst gestern in einer Schau mitgeteilt: Die Zeit des Abtes war abgelaufen, die Zeit seines Dahinschwindens stand bevor. Es war das erste Mal, daß Hildegard den bevorstehenden Tod eines Menschen mit einem Seufzer der Erleichterung begrüßte.

Sie streckte sich noch einmal und nahm dann wieder Platz. Die Girlande aus Mohn- und Strohblumen, Gräsern und Ähren wollte sie noch fertigstellen, dann sollte es für heute genug sein.

Plötzlich vernahm sie schlurfende Schritte im Gang, die sie sofort erkannte, und unmittelbar darauf klopfte es an der Tür. Auf ihr »Herein!« trat Volmar ein. Besonders groß war er nicht, aber wegen der Blumen zog er dennoch den Kopf ein.

»Heute spiele ich den Hermes«, sagte er.

»Ein Brief? Von Richardis?«

»Nein, von ihrem Bruder, dem Bischof.«

Hildegard nahm die Pergamentrolle mit gemischten Gefühlen entgegen. Was wollte Hartwig, der Bischof von Bremen, von ihr? Damals hatte er sich vehement dafür ausgesprochen, daß Richardis den Rupertsberg verließ. Ob er sich nun erneut einmischte, um ihre Rückkehr zu verhindern?

Daß dem nicht so war, erfuhr Hildegard gleich im ersten Satz nach den üblichen einleitenden Floskeln. Für einen Augenblick verschwamm die Schrift vor ihren Augen, dann sah sie wieder klar.

»Richardis ist den Weg allen Fleisches gegangen«, sagte sie zu Volmar. »Wir werden sie nicht wiedersehen.«

Die junge Äbtissin war am 29. Oktober gestorben. Es war der Tag, an dem Hildegard ihr geschrieben hatte, sie erlaube ihr die Heimkehr.

Kloster Rupertsberg – November 1177

Es war ein sonniger, nicht allzu kühler und windstiller Tag, als sei der Spätsommer noch einmal zurückgekehrt. Hildegard schlug vor, die am Vortag unterbrochene Unterredung bei einem Spaziergang durch die Weinberge fortzusetzen.

»Ich muß doch meine Aufzeichnungen machen«, wandte Wibert ein. »Am Stock gehen und gleichzeitig in die Wachstafel ritzen, das ist unmöglich.«

»Du hast ein ausgezeichnetes Gedächtnis«, sagte Hildegard. »Du wirst dir schon merken, was wir besprechen.«

»Aber –«

»Außerdem tut ein bißchen Bewegung deiner geschundenen Kehrseite gut. Wie hat sich übrigens die Würze bewährt, die ich dir gegeben habe?«

»Ihre Heilkraft wird einzig von der Grausigkeit ihres Geschmacks übertroffen.«

Über Hildegards Antlitz huschte ein Lächeln. »Und das Roggenbrot?«

»Es ist reichlich ungewohnt zwischen den Afterbacken, aber seine heilende Wirkung ist unbestreitbar.«

»Wenn du jetzt noch deine Ernährung umstellst, bist du in ein paar Wochen kuriert. Dein Abt wird dich nicht wiedererkennen, wenn du nach Hause zurückkehrst.«

Das Bewußtsein, daß seine Zeit auf dem Rupertsberg begrenzt war, überrollte Wibert mit der Geschwindigkeit und der Wucht einer Lawine. Natürlich hatte er das von Anfang an gewußt, aber er hatte es verdrängt. In nur fünf Monaten war das Kloster an der Nahemündung so sehr sein Zuhause geworden, daß er sich eine Rückkehr nach Gembloux kaum noch vorstellen konnte. Zumal es dann ein Abschied für immer wäre. Augenblicklich beschloß er, die ihm verbleibenden Tage noch ausgiebiger zu nutzen.

»Nun guck nicht wie ein geprügelter Hund«, sagte Hildegard, die wieder einmal seine Gedanken erraten hatte. »Bis dahin gehen noch fast zwei Jahre ins Land. Komm, auf geht's. Carpe diem!«

»Es heiß aber auch: Romanus vincit sedendo.«

»Du bist Wallone, kein Römer. Somit gilt der Spruch nicht für dich.« Sie öffnete die Tür. »Beeile dich. Ich warte am Tor.«

*

Die Trauben waren gelesen. Nackt und beschnitten machten die Rebstöcke einen armseligen Eindruck. Hätte Wibert es nicht besser gewußt, hätte er ihnen niemals zugetraut, im Frühjahr erneut auszutreiben.

»Ich hoffe, ich reiße keine alten Wunden auf«, sagte er. »Aber ich würde gern erfahren, was du beim Erhalt der Todesnachricht empfunden hast.«

Die Mater ließ ihren Blick über das Rheintal schweifen. Irgendwo auf der anderen Seite, zu weit entfernt, um es mit dem bloßen Auge erkennen zu können, lag Kloster Eibingen, die kleine Tochter des Rupertsbergs.

»Eine große Verlassenheit«, sagte sie. »Ich fühlte mich um meine Zukunft betrogen. So ähnlich müssen Eltern empfinden, die ihre Kinder verlieren. Auch wenn es unrealistisch war, insgeheim hegte ich noch immer die Hoffnung, Richardis würde dereinst meine Nachfolge antreten. Erst als ich erfuhr, daß sie monatelang an blutigem Auswurf gelitten hatte, vermochte ich dem Herrn zu danken, daß er sie erlöst hatte.«

»Sie hat ja leider nicht mehr erfahren, daß du ihr die Erlaubnis zur Rückkehr erteilt hattest.«

»Dabei hatte ich mir so gewünscht, sie wäre in dem Bewußtsein abberufen worden, daß ich ihr vergeben hatte.«

»Wie hat der Konvent die Nachricht aufgenommen?«

»Würde ich sagen, mit Freude, würde ich den Schwestern, glaube ich, bitter Unrecht tun. Aber erleichtert waren sie wohl. Die eine oder andere vielleicht auch aus Sorge um mich, weil ich mich bei der Pflege völlig aufgerieben hätte.«

»Aber einer hat, nehme ich an, ein Freudentänzchen aufgeführt.«

»Ob Kuno tatsächlich getanzt hat, weiß ich nicht, aber Volmar wußte nach Aussage der Brüder zu berichten, daß er ausnehmend guter Laune gewesen sein muß. Jedoch nur zwei Tage lang, dann warf ihn eine Seuche aufs Lager. Es stand so schlecht um ihn, daß der Seelsorger ihm die letzte Ölung erteilte. Ich sah das als Erfüllung der Weissagung an, die ich erhalten hatte.«

»Hat man dich nicht um Hilfe gebeten?«

»Doch, aber ich habe mich geweigert, nach ihm zu sehen. Genauer gesagt habe ich eine Unpäßlichkeit vorgetäuscht. Das hatte ich nie zuvor und habe es auch nie wieder seitdem getan. Kuno ist der einzige Kranke, dem ich meine Hilfe verweigert habe. Hiltrudis hat sich statt meiner um ihn gekümmert. Aber auch sie konnte ihm nicht helfen.«

»Trotzdem hat er die Seuche überlebt.«

»Die Brüder um ihn herum sind gestorben wie die Fliegen, aber er hat sich wieder erholt. Offenbar hatte ich die Prophezeiung falsch verstanden.«

»War damals möglicherweise der Wunsch der Vater des Gedanken?«

»Damit würden wir zu der schon einmal geführten Diskussion

zurückkehren, ob ich mit meiner seherischen Gabe aus selbstsüchtigen Gründen Mißbrauch treibe.«

»Es muß sich ja nicht um Vorsatz handeln. Gibt es kein Zwielicht, in dem das Geschaute und deine eigenen Gedanken sich überlagern könnten?«

»Wenn ich schaue, höre ich die Stimme des hellstrahlenden Lichts. Dann bin ich das Sprachrohr oder, wie ich mich selbst gern bezeichne, die Posaune Gottes. Dieser Zustand ist eindeutig und unverwechselbar. Es mag bestenfalls sein, daß ich nachts im Traum noch einmal durchlebe, was ich tagsüber geschaut habe. Dadurch könnte es am nächsten Morgen, wenn ich mich an das Geträumte erinnere, zu Fehldeutungen kommen.«

»Wie tröstlich für mich zu hören, daß auch du nicht vollkommen bist.«

Hildegard lachte kurz auf. »Von Vollkommenheit bin ich so weit entfernt, wie dieser – was ist das für ein Vogel? – von der Erde.«

Wibert hob den Kopf und blinzelte in den Himmel. »Ein Milan, würde ich sagen.«

»Ich beneide dich um deinen scharfen Blick, mein Sohn. Iß immer reichlich Karotten, dann bleibt dir deine Sehkraft bis ins Alter erhalten. Ich habe leider zu spät damit begonnen.«

Oberhalb des Rheinbogens stand eine Bank, die die Mater eigens hatte aufstellen lassen. Dort legten sie eine Rast ein. Hildegard entnahm der Tasche ihres Umhangs zwei Äpfel, von denen sie einen Wibert anbot.

»Wofür ist der gut?« fragte er.

»Für alles«, sagte sie. »Zwei Äpfel am Tag ersparen den Medicus, pflegte meine Mutter zu sagen.«

Wibert biß krachend ab. Nachdem er den Bissen gekaut und runtergeschluckt hatte, sagte er:

»Ich nehme an, sobald es Kuno wieder besser ging, hat er seine Schurkereien fortgesetzt.«

»Du befindest dich im Irrtum«, sagte Hildegard. »Ihn von da an als lammfromm zu bezeichnen, wäre übertrieben, aber die Pestilenz hatte ihm doch ein Gutteil seiner niederträchtigen Kraft genommen. Den ganzen Winter über habe ich nichts von ihm gehört. Zu Pfingsten anno 53 wurde dann auch noch sein Förderer Heinrich des Amtes enthoben, und mit dem neuen Erzbischof, Arnold dem Ersten, tat Kuno sich schwer.«

»Das war das Jahr, in dem du das erste Mal mit Kaiser Barbarossa zusammengetroffen bist.«

»Richtig, obwohl er zu der Zeit nur König war. Zum Kaiser wurde er erst zwei Jahre später gekrönt. Jedenfalls hatte der Rotbart mich auf seine Pfalz nach Ingelheim eingeladen. Er erwies sich als äußerst kluger und temperamentvoller junger Mann. Damals wie heute stehe ich ihm kritisch gegenüber, insbesondere beklage ich seine Politik gegenüber Rom und dem Heiligen Stuhl, aber trotz unserer unterschiedlichen Ansichten haben wir uns vom ersten Augenblick an prächtig verstanden. Ich nutzte die Gelegenheit, einen kaiserlichen Schutzbrief für den Rupertsberg zu erbitten. Friedrich sagte sofort zu, obwohl es dann doch noch zehn Jahre dauerte, bis er ihn letztendlich ausstellte.«

»Das klingt nach eitel Sonnenschein.«

»Wie auch immer, es war die ruhigste und friedvollste Zeit, die der Konvent auf dem Rupertsberg bis dahin erlebt hatte. Mehr als zwei Jahre währte dieser paradiesische Zustand. Aber wie es immer ist, wenn alles harmonisch verläuft, man läßt sich einlullen und wird unaufmerksam. So traf mich die nächste Intrige Kunos wie ein Blitz aus heiterem Himmel. Es war im gleichen Jahr, in dem die entsetzliche Heuschreckenplage das Land heimsuchte. Ein wahres Annus horribilis.«

»Was hat Kuno bewogen, nach einer für seine Verhältnisse langen Zeit der Friedfertigkeit erneut loszuschlagen?«

»Ich vermute, er spürte sein Ende nahen, und wollte es mir, bevor er von der Bühne des Lebens abtrat, noch einmal so richtig zeigen. An Bösartigkeit war seine List jedenfalls kaum zu überbieten.«

»Erfahre ich dann auch endlich, wer der gute Geist war und wen … an wessen Tod du die Verantwortung trägst?«

»Nur keine Scheu«, sagte Hildegard. »Ja, du brauchst dich nicht länger zu bezähmen. Beides wirst du erfahren, denn beides ist untrennbar miteinander verbunden.«

Kloster Disibodenberg – Juni 1155

»Wie tief seid ihr?« rief Kuno.

Auf die Unterarme gestützt lehnte er Seite an Seite mit Herbrand aus einem der Fenster des Refektoriums und blickte in den Küchengarten, wo die Mönche dabei waren, ein Loch zu graben.

Beide waren alt geworden, der Abt wie sein Adlatus. Der einst quirlige Klostervorsteher war zu einem Mann mit schleppendem Gang und dem ständigen Bedürfnis, sich zu setzen, geworden. Seit den Tagen, in denen die Pestilenz gewütet hatte, war seine Hakennase schmal wie eine Sichel. Seine Augen, die früher immer zu groß erschienen waren, lagen nun zumeist halb verborgen hinter den hängenden Lidern. Geduld war noch immer nicht seine Stärke, aber er war müde geworden, wofür die Mönche, die ihn noch anders erlebt hatten, täglich dem Herrn dankten.

Herbrand hatten die letzten Jahre einen Buckel beschert, und da er noch weiter an Gewicht verloren hatte, wirkte sein langer, dünner Hals nun noch gestreckter. Nie war er seinem Spitznamen gerechter geworden als jetzt. Seinen Traum, Kuno auf dem Stuhl des Abtes beerben zu können, hatte er längst begraben, ja, er glaubte nicht einmal mehr, daß er seinen Abt überleben würde. Jede noch so kleine Erkältung schwächte ihn derart, daß er für Tage das Bett hüten mußte.

»Ungefähr zwanzig Fuß«, rief Bruder Anton, den der Abt zum Aufseher über die Grabungsarbeiten bestimmt hatte.

»Das reicht nicht«, sagte Kuno. »Grabt weiter.«

Herbrand spuckte einen zerbissenen Kürbiskern aus dem Fenster.

»Du sollst die Dinger runterschlucken und nicht ausspucken«, sagte Kuno.

»Das tu ich ja auch. Aber der hier war bitter.«

Herbrand litt seit Tagen an einem Blähbauch und Verstopfung. Bruder Maximilian, der, seit Bruder Paul vor zwei Jahren bei der großen Seuche das Zeitliche gesegnet hatte, die Krankenstation leitete, hatte ihm deswegen verordnet, täglich zwanzig Kürbiskerne zu kauen. Die erhoffte Linderung war bisher jedoch ausgeblieben.

»Bist du sicher, daß das die richtige Stelle ist?« fragte Herbrand nach einer Weile.

»Völlig«, sagte Kuno. »Zwischen Küche und Refektorium hat es geheißen. Und genau da liegt der Garten.«

»Was sagt Bruder Ewald denn dazu, daß du ihm den Kräuter- und Gemüsegarten zerstörst?«

Ewald war der Koch der Abtei. An dem kleinen Garten hing sein ganzes Herz.

»Er sitzt im Keller und heult. Der Kerl will nicht begreifen, daß es um mehr geht als um Suppengrün.«

»Auf jeden Fall werden unsere Mahlzeiten in der nächsten Zeit erheblich fader ausfallen.«

»Dann soll er stärker salzen. Außerdem kann er das Grünzeug ja neu anbauen, sobald die Grube wieder zugeschüttet ist.«

Herbrand schob mit der Zunge den nächsten Kürbiskern zwischen die beiden ihm noch verbliebenen Backenzähne. Beim Zerbeißen knirschte es, als zertrete er eine Küchenschabe. Ein Geräusch, das Kuno einen Schauer über den Rücken jagte.

»Den Plan würde ich gern mal sehen«, sagte der Adlatus, als sein Mund wieder leer war.

»Hä?«

»Oder war es nur eine Beschreibung?«

»Wovon redest du?«

»Von dem Schatz«, sagte Herbrand und steckte sich einen weiteren Kern in den Mund. »Ist seine Lage in einem Grundrißplan des Klosters eingezeichnet?«

»Nein«, sagte Kuno. »Ich hatte eine Vision.«

Herbrand verschluckte den Kürbiskern und erlitt einen lebensbedrohlichen Hustenanfall. Er bellte und würgte, bis ihm die Tränen aus den Augen liefen.

»Eine Vision?« keuchte er mit dem Schnupftuch vor dem Gesicht.

»Ja. Nenn es von mir aus eine Schau. Das, was Hildegard auch immer hat.«

»Wann hattest du diesen … Zustand?«

»Letzte Nacht. Eine göttliche Stimme erzählte mir von dem Schatz und wo er vergraben liegt. Ich habe mir jedes Wort gemerkt.«

»Woher willst du wissen, daß es die Stimme Gottes war?«

»Denkst du etwa, ich habe mit Satan gesprochen?«

»Nein, natürlich nicht«, erwiderte Herbrand wenig überzeugt.

»Na, also.«

Herbrand trocknete seine letzten Tränen. »Hat die Stimme dir auch gesagt, woraus der Schatz besteht?«

»Gold, Geschmeide, Münzen, was weiß ich. Eben alles, was die Mönche so vergraben haben, bevor die Wikinger kamen.«

»So lange soll der Schatz schon da unten liegen?«

»Allerdings. Hatto hat ihn vergeblich gesucht. Aber ich habe ihn gefunden.«

»Noch hast du ihn nicht. – Wer ist Hatto?«

»Hatto der Zweite.«

»Der Name sagt mir nichts.«

»Mein Gott, bist du ungebildet! Hatto war Erzbischof von Mainz. Anno 970 hat er das Kloster schließen und den Berg fünf Jahre lang nach dem Schatz umgraben lassen. Damals ist kein Stein auf dem anderen geblieben. Aber alle Müh war vergebens. Danach durften die Mönche zurückkehren.«

»Hatto hatte eben keine Vision.«

»Mach du dich nur lustig. Wenn ich heute abend in einem Zuber voller Gold bade, wird dir das Lachen schon vergehen.«

Eine Zeitlang schwiegen sie und ergötzten sich am Anblick der schwitzenden Brüder.

Plötzlich fragte Herbrand:

»Was hat die Stimme eigentlich bezüglich des Fundortes genau gesagt?«

»Das hab ich dir doch erzählt.«

»Ich meine den genauen Wortlaut. Hat sie gesagt ›Grabe im Küchengarten deines Klosters vierzig Fuß tief, Kuno‹, oder wie hat sie sich ausgedrückt?«

»So ähnlich. Sie sagte: ›Einst erkor der Abt den Platz zwischen Küche und Refektorium zum Versteck. Grabe dort so tief, als wolltest du einen Brunnen anlegen.‹«

»Dachte ich es mir doch.«

»Was hast du dir gedacht? Ich habe es so wiedergegeben, wie die göttliche Stimme es mir kundtat.«

Herbrand streckte sich und stützte sich mit den Händen auf.

»Der Abt im neunten Jahrhundert kann unmöglich gewußt haben, wo beim Klosterneubau im Jahre 1108 Küche und Speisesaal errichtet werden würden«, sagte er. »Folgerichtig kann der Hinweis sich nur auf die ehemalige Klosteranlage beziehen.«

Kuno guckte, als habe ihm soeben eine Natter ihre Giftzähne ins Fleisch geschlagen.

»Wenn ich die alten Pläne richtig memoriere«, fuhr der Adlatus ungerührt fort, »steht an der angegebenen Stelle unsere Schmiede. Solltest du dir sicher sein, daß du vergangene Nacht eine Vision und nicht lediglich einen Traum hattest, wirst du sie abreißen lassen müssen.«

Wie versteinert trat Kuno vom Fenster zurück und ließ sich auf die erstbeste Sitzbank fallen. Seine Augen waren so lebendig wie die eines Geblendeten.

»Sag ihnen, sie sollen das vermaledeite Loch wieder zuschaufeln«, murmelte er.

*

Nach dem Komplet unternahmen sie noch einen Spaziergang, während die übrigen Brüder bereits auf ihren Strohmatratzen lagen. Himmel, Wolken und Sonnenuntergang präsentierten sich in einer Farbenpracht, die kein Maler nachahmen konnte. Die Luft war lau und voller Düfte. Der Weg führte sie zur Schmiede, wo Kuno ein paar Mal prüfend gegen die Mauer trat. Aber da wackelte nichts, schließlich war das Gebäude erst im letzten Jahr errichtet worden.

»Ich werde Volmar zurückbeordern«, sagte er plötzlich zu Herbrands größter Verblüffung.

»Warum?«

»Wir brauchen jede Hand. Der Konvent hat noch nicht wieder die Stärke der Zeit vor der Seuche erreicht.«

»Das ist doch Unfug. Was glaubst du, was man mit einem, der fünfzehn Jahre als Beichtvater unter Nonnen gelebt hat, noch anfangen kann? Volmar käme doch bei uns gar nicht mehr zurecht.«

»Trotzdem.«

»Also geht es dir in Wirklichkeit gar nicht um Volmar, sondern darum, Hildegard einen weiteren Schlag zu versetzen. Beim Allmächtigen, ich kann nicht begreifen, daß nach all den Jahren noch immer solch ein Haß in dir lodert. Willst du die Fehde mit der Seherin nicht endlich beilegen?«

Der kleine Abt wurde krebsrot.

»Beilegen? Niemals! Jawohl, Haß lodert in mir wie das Höllenfeuer, wenn ich daran denke, was aus dieser Abtei hätte werden können, wäre Hildegard mit ihren Töchtern hier geblieben. Wir wären eine wahre Wallfahrtsstätte geworden. Nun pilgert alle Welt zum Rupertsberg, und zu uns verirrten sich bestenfalls diejenigen, die sehen wollen, wo Hildegard ihre ersten Jahre verbracht hat. Um Ruhm und Ehre hat mich dieses Weib mit ihrer Selbstsucht gebracht. Und dafür werde ich sie von ganzem Herzen hassen bis zu meinem letzten Atemzug.«

»Haß ist jedoch ein schlechter Ratgeber. Alle deine Versuche, Hildegard Schaden zuzufügen, haben letztendlich nichts gefruchtet. Im Gegenteil. Du hast eigentlich immer nur dir selbst geschadet. Und so wird es auch mit der Abberufung Volmars sein.«

»Du kannst das sehen, wie du willst. Jedenfalls wird er zurückbeordert, und damit Schluß. Gleich morgen wirst du zum Rupertsberg reiten und ihm das mitteilen.«

»Hildegard wird sich weigern, ihn gehen zu lassen.«

»Das kann sie nicht.«

»O doch. Laut Vertrag steht ihr einer unserer Mönche als Sekretär und geistlicher Beistand zu.«

»Dann werden wir ihr gleich morgen den Ersatzmann darbieten.«

»Hast du schon jemanden im Auge?« fragte Herbrand erstaunt.

»Allerdings.«

Da jede weitere Einlassung unterblieb, sah der Adlatus sich genötigt, nachzuhaken. »Wen soll ich denn mitnehmen?«

»Niemanden.«

»Niemanden? – Das hieße ja ... Das kannst du nicht machen!«

»Und wie ich kann«, sagte Kuno und reckte sein Kinn in die Höhe. »Ich bin der Abt.«

Herbrand mußte erst einmal Spucke sammeln. »Das lasse ich nicht mit mir machen! Ich habe dir schon vor Jahren gesagt, daß ich Buch über jede deiner Schandtaten geführt habe. Wenn ich damit zum Erzbischof gehe, dann bist du ... Was feixt du so? Glaubst du etwa, ich würde meine Drohung nicht wahr machen?«

»Doch, doch. Die Frage ist nur, ob du das auch kannst.«

»Was willst du damit sagen?«

»Wann hast du das letzte Mal überprüft, ob sich dieses Buch noch an seinem Platz befindet?«

Herbrand wurde bleich. »Vergangene Woche. Weshalb?«

»Und du meinst, es liegt noch immer da?«

»Wieso nicht?«

»Vielleicht hat es ja ein Mäuslein gefressen.«

»Mäuslein?« Herbrand schwankte. Mit den Händen suchte er nach einem Halt. Vergeblich. Sie standen mitten auf dem Hof.

»Mäuslein«, bestätigte Kuno und schlug seine Zähne im Stakkato aufeinander. »Knabber, knabber, knabber. Davon gibt es hier viele. Zum Beispiel in der Nische hinter dem Schrein des heiligen Disibod.«

Herbrands Beine gaben nach, und er sank auf die Knie, ohne auf die herumliegenden Pferdeäpfel zu achten. Tränen kullerten über seine Wangen, als er Kuno flehentlich die Arme entgegenstreckte. »Sag, daß das nicht wahr ist!«

»Du erpreßt mich nicht mehr«, sagte der Abt und klang auf einmal wieder so kaltherzig wie in seinen besten Tagen. »Ich habe alles verbrannt. – So, und nun hoch mit dir und hör auf zu flennen. Was soll Hildegard denken, wenn ihr neuer Sekretär mit verheulten Augen aufkreuzt?«

Kloster Rupertsberg

»Freue dich mit mir, Herrin und Tochter des ewigen Königs!« diktierte Hildegard. »Denn der Finger Gottes schreibt in dich hinein, damit du das Wort des Lebens kündest. – Bin ich dir zu schnell?«

»Nein, nein«, sagte Volmar. »Mich hat es nur an der Nasenspitze gejuckt.«

»Benetze sie mit kaltem Wasser. Dann läßt das Jucken nach.«

»Es wird auch so gehen, Meisterin. Sprich nur weiter.«

Sie saßen in Hildegards Amtsstube im Erdgeschoß des Westflügels, und beide Fenster standen angesichts des herrlichen Wetters weit offen. Ab und zu sah man den Schleier einer vorbeieilenden Nonne.

Der Brief, den Volmar in Hildegards Namen schrieb, war an Elisabeth von Schönau gerichtet.

Elisabeth war eine junge Benediktinerin, der Hildegard sich seelenverwandt fühlte, weil sie ebenfalls über eine seherische Gabe verfügte, auch wenn sie ihre Visionen im Gegensatz zur Äbtissin vom Rupertsberg nur im Zustand des Entrücktseins empfing. Ähnlich wie einst Hildegard fürchtete Elisabeth den Spott ihrer Mitmenschen, aber die Mater ermunterte sie, dieses einzigartige Geschenk anzunehmen und das Geschaute kundzutun.

»Ach, wenn ich dich nicht hätte«, sagte Hildegard nach Beendigung des Diktats. »Meine Finger sind oft so steif, daß ich die Feder unmöglich führen könnte.«

»Nun übertreibe nicht. Hättest du mich nicht, hättest du einen anderen.«

»Das hört sich an, als sei es dir gleichgültig, ob du hier oder anderswo lebtest.«

Volmar blickte sie erschrocken an. »So habe ich das nicht gemeint. Ich wollte nur nicht, daß du mich –«

»Schon gut, mein Bester«, sagte Hildegard und schmunzelte. »Ich weiß, was du damit zum Ausdruck bringen wolltest. Schaffst du noch einen Brief?«

»Wenn es sein muß auch ein Dutzend. An wen richtet er sich?«

Bevor Hildegard antworten konnte, klopfte es. Eine der Novizinnen meldete, Mönch Herbrand vom Disibodenberg warte im Vorraum und begehre, die Mutter Oberin zu sprechen. Hildegard ließ bitten.

Herbrand trat ein, und Volmar verließ den Raum. Die beiden Mönche hatten nur ein knappes Kopfnicken füreinander übrig. Der Äbtissin hingegen küßte der Adlatus huldvoll die Hand. Hildegard war erschüttert, wie schlecht Herbrand aussah. Sie bat ihn, Platz zu nehmen, und fragte nach seinem Anliegen.

»Ich bin dein neuer Sekretär«, sagte er und grinste wie ein Idiot.

»Hast du getrunken?«

Das Grinsen verschwand wie weggeblasen. »Ich wollte, dem wäre so, Meisterin. Aber leider ist das bitterer Ernst. Kuno beordert Volmar zurück und entsendet mich statt seiner.«

»Hat er jetzt völlig den Verstand verloren? Was verspricht er sich davon?«

»Zumindest ist er mich erst einmal los. Wir hatten in der letzten Zeit wiederholt Differenzen.«

»Die gibt es immer mal wieder. Meine Güte, ihr seid doch wie ein altes Ehepaar. Jeder von euch weiß genau, wie viele Haare dem anderen aus der Nase wachsen. Da trennt man sich doch nicht so mir nichts, dir nichts.«

»Das dachte ich auch«, jammerte Herbrand.

»Nein, nein«, sagte Hildegard. »Da steckt ganz etwas anderes dahinter. Mit seiner Anordnung will er mich treffen. Mir Volmar zu nehmen hieße, mir meinen rechten Arm zu nehmen. Damit wirft er mir nach all den Jahren erneut den Fehdehandschuh hin.«

»Nimmst du ihn auf?«

»Was bleibt mir übrig? Dieser Quälgeist läßt mir keine andere Wahl. Dabei bin ich des Streitens so müde. Dieser Mann hingegen scheint mit jeder Faser seines Körpers aus Haß zu bestehen.«

»Wenn es hart auf hart kommt, müssen wir uns Kunos Willen beugen. Das weißt du.«

»Ja«, sagte Hildegard gedehnt. »Die Frage ist nur, ob –«

Vor dem Fenster gab es ein Geräusch, als sei ein Sack Getreide umgefallen. Mit einem Kopfrucken zeigte Herbrand, daß auch er es vernommen hatte. Gemeinsam standen sie auf und sahen hinaus.

Auf den Pflastersteinen unter dem Fenster lag Volmar. Zweifellos hatte er gelauscht, und was er zu hören bekommen hatte, hatte ihm die Besinnung geraubt.

*

»Ich weiß nicht, was in mich gefahren ist«, sagte Volmar. »Ich wollte nicht lauschen, Mater. Das mußt du mir glauben. Aber als ich am Fenster vorbeiging, hörte ich Herbrand sagen, er sei dein neuer Sekretär. Da konnte ich nicht anders. Ich schäme mich so.«

»Laß es gut sein«, sagte Hildegard. »Ich verzeihe dir.«

Hildegard hatte ihren Sekretär in den Krankensaal schaffen lassen.

Dort rieb sie ihm Kampfer unter die Nase, was ihn schnell wieder zu sich brachte. Nun saß sie an seiner Seite und hielt seine Hand, während Herbrand am Fenstersims lehnte und mit düsterer Miene in den Hof starrte.

Volmar schluckte. »Stimmt es denn, was Herbrand gesagt hat?«

»Nun, wenn es allein nach Kunos Willen ginge, gewiß. Aber da haben auch andere noch ein Wörtchen mitzureden.«

»Warum tut er so etwas? Er weiß doch, daß es mir das Herz zerreißen würde, müßte ich dich und deine Töchter verlassen. Ihr seid mein Leben.«

»Ja, warum tut er das? Du hast gehört, welche Ansicht ich vertrete. Nun gilt es zu überlegen, wie wir seinen Plan vereiteln können.«

»Das Recht ist auf seiner Seite«, brummte Herbrand im Hintergrund.

»So einfach ist das nicht«, sagte Hildegard. »Der Sekretär, den Kuno für mich abstellt, muß gewissen Anforderungen genügen. Zum Beispiel muß er der Litterae ignotae mächtig sein, in denen ich meine Notizen abfasse.«

»Damit kann ich nicht dienen.«

»Eben. Volmar ist der einzige Mensch außer mir, der diese Schrift beherrscht. Was ihn gewissermaßen unersetzlich macht.«

»Damit wirst du Kuno nicht beeindrucken können.«

»Aber so verschaffen wir uns Zeit. Die nutzen wir, um Beschwerdebriefe zu schreiben. An Erzbischof Arnold, an Kaiser Friedrich und an Papst Anastasius. Sie alle haben mir ihre Hilfe angeboten, wann immer ich sie benötigen sollte. Nun haben sie die Gelegenheit, ihr Versprechen einzulösen.«

»Aber das wird dauern«, sagte Volmar und klang wie ein Klageweib. »Wochen, wenn nicht Monate.«

»Fürs erste bist du hier sicher. Du bist krank, und wir müssen zunächst einmal klären, ob es sich bei deinem Zusammenbruch nicht um Fallsucht handelt. Herbrand wird derweil zum Disibodenberg zurückkehren und seinem Abt mitteilen, daß er als Sekretär nicht in Frage kommt, weil er den Anforderungen nicht genügt.«

»Irgendwann bin ich aber wieder gesund, und wenn bis dahin niemand ein Machtwort gesprochen hat, dann ...« Volmar biß sich vor Verzagtheit auf die Lippen. »Ich darf gar nicht daran denken.«

»Selbst wenn du zu deinen Brüdern zurückkehren müßtest, es würde nicht für lange sein«, sagte Hildegard. »Schon vor der großen Seuche habe ich geschaut, daß Kunos Zeit auf Erden abgelaufen ist.«

»Aber er lebt!«

»Bisher haben sich die Weissagungen des hellstrahlenden Lichts noch immer erfüllt, und das wird auch diesmal so sein. Manchmal dauert es eben ein bißchen länger.«

Interessiert hatte Herbrand sich genähert. »Habe ich dich richtig verstanden? Gott hat dir mitgeteilt, Kunos Abberufung sei beschlossene Sache?«

»Dein Abt ist bereits überfällig seit den Tagen, in denen meine Tochter Richardis von uns ging«, sagte Hildegard über die Schulter. »Du kannst im Gästehaus übernachten, Herbrand. Morgen reitest du dann zurück.«

Dann ließ sie Volmars Hand los und erhob sich.

»Und du schläfst dich nach dem Schrecken erst einmal aus. Morgen sehen wir weiter.«

»Jawohl, Mater«, sagte er und schloß die Augen. »Morgen sehen wir weiter.«

*

Volmar schreckte hoch, weil er dachte, er hätte die Glocke zu den Laudes gehört. Dem war jedoch nicht so. Zwar wurde die Dunkelheit durch einen Streifen am Horizont erhellt, aber wie ihm ein Blick aus dem Fenster bewies, im Westen. Die Sonne war also gerade mal untergegangen. Er konnte nur wenige Stunden geschlafen haben.

Er kehrte zurück zu seiner Pritsche, setzte sich und trank Wasser aus dem Becher, den ihm die Schwester auf den Beitisch gestellt hatte. Es tat ihm gut. Die Reste seines quälenden Traums begannen sich aufzulösen und schafften Raum für klare Gedanken.

Als er von Kunos Anordnung gehört hatte, war er derart in Aufruhr geraten, daß er im ersten Augenblick an Selbstmord gedacht hatte. Lieber wollte er sterben, als auf den Disibodenberg zurückkehren zu müssen. Dann aber war ihm bewußt geworden, daß er sich damit um eine Ruhestätte in geweihter Erde bringen würde. Selbstmörder wurden nicht auf dem Friedhof beigesetzt, sondern auf irgendeinem

Acker verscharrt, wo die Hunde sie ausgruben und ihre Knochen fraßen.

Nachdem er aus seiner Bewußtlosigkeit erwacht war, hatten ihn zunächst Hildegards zuversichtliche Worte beruhigt. Dafür hatten ihn dann im Schlaf um so bösere Vorahnungen heimgesucht. Die Bemühungen der Mater, ihn bei sich zu behalten, würden vergeblich sein. Kuno würde sich durchsetzen.

Das durfte nicht sein! Das mußte er verhindern! Nur wie?

Außer Volmar lag noch ein weiterer Kranker in dem Saal. Waren seine gleichmäßigen Atemzüge bisher die einzigen Geräusche gewesen, so vernahm Volmar plötzlich eine Stimme.

Nur schwach, wie aus großer Ferne, aber dafür um so eindringlicher. Volmar sah sich nach allen Richtungen um, aber woher die Stimme kam, war nicht auszumachen. Mit jeder Silbe zog sie ihn stärker in ihren Bann. In einfachen Worten vermittelte die Stimme ihm eine Erkenntnis, die ihn wie ein Blitz aus heiterem Himmel traf.

Hatte das hellstrahlende Licht der Mater nicht eingegeben, Kunos Zeit auf Erden sei bereits verstrichen? Und trotzdem lebte der Abt noch. Bei Gott, das konnte nur bedeuten, daß er erneut mit dem Leibhaftigen im Bunde war. Wie schon einmal, als er den Satan angefleht hatte, Richardis' Rückkehr zu verhindern, was schließlich auch gelungen war. Also kämpfte die Mater nicht nur gegen einen irdischen Widersacher, nein, sie hatte es außerdem mit dem Antichristen zu tun!

Welch eine Gegnerschaft!

Nun wechselte die Stimme in den Befehlston, und was sie Volmar befahl, war ungeheuerlich. Gleichzeitig aber war es auch – und das war das Aberwitzige daran – in höchstem Maße einleuchtend. Volmar schlug sich vor den Kopf. Warum war er eigentlich nicht von selbst darauf gekommen?

Ohne zu zögern stand er auf, verließ den Saal und tat, was ihm befohlen worden war.

Hildegard wollte gerade zu ihrem morgendlichen Rundgang aufbrechen, als Agneta in ihre Amtsstube kam. Die junge Nonne machte ein Gesicht, als habe ihr jemand eine Rechenaufgabe gestellt, die sie nicht lösen konnte.

»Was gibt dir Rätsel auf, meine Tochter?« fragte die Äbtissin.

»Volmar.«

»Volmar? Hat sich sein Zustand verschlechtert?«

»Das weiß ich nicht. Er ist verschwunden.«

»Was soll das heißen?«

»Er liegt nicht in seinem Krankenbett.«

Hildegard atmete auf. »Er wird zur Latrine gegangen sein. Oder er ist in seinem Amtszimmer, obgleich ich ihm gesagt habe, er solle sich schonen.«

Agneta schüttelte den Kopf. »Da ist er nicht. Ich habe an beiden Orten nachgesehen. Ich habe überall nachgesehen, wo er sein könnte. Er ist unauffindbar.«

»Warst du schon im Scriptorium? Und in der Küche?«

»Selbstverständlich. Es ist, als hätte er sich in Luft aufgelöst. Dabei habe ich dir noch nicht alles gesagt.«

»Soll ich mich lieber setzen?«

»Nein, es ist nicht schlimm, es ist nur seltsam. Seine Sandalen stehen noch vor dem Bett.«

»Das ist allerdings merkwürdig«, sagte die Mater und setzte sich nun doch. »Volmar läuft nie barfuß, er verabscheut das. Hast du auch einen Blick in seine Schlafkammer geworfen?«

»Gewiß doch. Das Bett ist unberührt.«

»Nun gut. Schick mir den Torwächter her. Ich will wissen, ob er etwas bemerkt hat.«

Als hätte der Wächter nur auf sein Stichwort gewartet, stand er im Rahmen und klopfte ans Türblatt. Da er von allen nur Wächter genannt wurde, wußte kaum einer, daß er eigentlich Randolf hieß. Manche nannten ihn auch den Buckligen, weil er von Geburt an verwachsen war. Ihm war es gleich, solange er ein Dach über dem Kopf und ausreichend zu essen hatte.

»Das muß Gedankenübertragung gewesen sein«, sagte Hildegard, während Agneta den Mund nicht mehr zubekam.

»Wie?« fragte Randolf.

»Nichts. Was führt dich zu mir?«

Vor Verlegenheit rieb er sich die Nase. »Irgendwer hat die weiße Stute gestohlen. Aber es muß einer von hier gewesen sein.«

»Jemand aus dem Kloster? Was veranlaßt dich zu der Annahme?«

»Gegen Mitternacht war ich mal kurz auf dem Lokus. Als ich zurückkam, stand das Tor offen. Zuerst dachte ich, ich hätte es nicht richtig verriegelt, und der Wind hätte es aufgedrückt. Aber als ich heute morgen sah, daß die Stute fehlte, wurde mir klar, was da gelaufen ist.«

»Volmar«, sagte Agneta. »Wieso reitet er mitten in der Nacht davon? Noch dazu ohne Sandalen?«

Hildegard war sogleich in Sorge, Volmar könnte aus Furcht vor der Abberufung geflohen sein. Andererseits entsprach ein solches Verhalten gar nicht seiner Natur.

»Volmar hat den Gaul gestohlen?« fragte Randolf. »Unser Volmar? Verdammich, von ihm hätte ich das am wenigsten erwartet.«

»Hier wird nicht geflucht!« schimpfte Hildegard. »Außerdem ist noch gar nichts erwiesen.«

Unerwartet tauchte Clementias Kopf neben dem des Buckligen auf.

»Nur herein«, sagte Hildegard. »Es ist noch Platz.«

Clementia schob sich zwischen Agneta und Randolf hindurch.

»Ich muß dich kurz sprechen«, sagte sie. »Unter vier Augen.«

Hildegard entließ die anderen und bot ihrer Schwester einen Stuhl an, aber Clementia zog es vor stehenzubleiben. Sie verschränkte die Hände unter ihrem mächtigen Busen und atmete einmal tief durch.

»Es ist etwas Unangenehmes passiert«, sagte sie. »Ich habe einen Einbruch entdeckt.«

»Was ist das nur für ein Tag«, sagte Hildegard. »Heute kommt aber auch alles zusammen. Wo ist eingebrochen worden?«

»Im Keller. In den Raum, in dem der Destillationsapparat steht.«

Hildegard merkte, wie ihre Gesichtszüge gefroren. »Wurde etwas gestohlen?«

»Nur eine kleine Amphore mit Aqua destillata. Der Schaden an der Tür wiegt schwerer.«

»Wenn du dich da nur nicht irrst«, sagte Hildegard und fühlte sich auf einmal völlig kraftlos. Nicht einmal ihren Arm hätte sie heben können.

»Was hast du, Schwester? Hätte ich gewußt, daß die Nachricht dich dermaßen mitnimmt, hätte ich dir nichts davon gesagt.«

Die Meisterin schloß die Augen und lehnte ihren Kopf gegen das Nackenpolster des Stuhls. Deutlich sah sie vor ihrem geistigen Auge, was geschehen war und noch geschehen würde.

Und es gab nichts, aber auch gar nichts, was sie dagegen tun konnte.

Kloster Disibodenberg

Der Tag begann mit einem Sonnenaufgang von solcher Schönheit, daß Volmar anhielt, aus dem Sattel stieg und ein Gebet sprach. Wie Lichtfinger tasteten sich die ersten Strahlen durch das Geäst und machten aus Tautropfen Diamanten und aus Spinnennetzen feinste Spitze. Die Reinheit und Würzigkeit der Luft machte schlichtes Atmen zu einem betörenden Genuß. Noch nie hatte Volmar sich seinem Schöpfer so nahe gefühlt wie in diesem Augenblick.

Es war der Tag des Johannes, der 24. Juni 1155. An diesem Tag würde Abt Kuno vom Disibodenberg seinen sechzigsten Geburtstag begehen.

Auf dem Weg den Berg hinauf wunderte Volmar sich über die eigenartige Stille. Kein Geräusch drang vom Kloster durch den Wald. Dabei herrschte um diese Zeit sonst lebhaftes Treiben. Allein die Werkstätten machten einen Lärm wie eine mittelgroße Stadt. Da wurde für gewöhnlich gemahlen, gehämmert, genagelt und gesägt, die Töpferscheiben jaulten, und außerdem kam einem sonst der eine oder andere talwärts eilende Mönch entgegen. Hätte Volmar nicht gewußt, daß sich hinter den Bäumen ein Kloster verbarg, er hätte es niemals vermutet. Ihm kam es vor, als reite er auf einen Friedhof zu.

Selbst als er unmittelbar vor der Pforte hielt, war nichts zu hören. Nicht einmal ein Vogel zwitscherte. Eine Lautlosigkeit, die ihm zunehmend unheimlicher wurde. Als die Stute plötzlich schnaubte, wäre Volmar vor Schreck beinahe aus dem Sattel gefallen.

Er stieg ab und legte ein Ohr an den Torflügel. Nichts. Wenn da etwas zu hören war, dann ein Holzwurm, aber kein von Menschen verursachtes Geräusch. Bang fragte er sich, ob alle tot waren. Der Gedanke war zwar absurd, aber eine vernünftigere Erklärung für diese Grabesstille wollte ihm nicht einfallen.

Gerade als Volmar seine Hand nach der Glockenschnur ausstrecken wollte, knarrte das Tor. Stückchen für Stückchen öffnete es sich, bis ein Auge, ein Nasenflügel und der halbe Mund eines Mönchs sichtbar wurden. An der tiefen Narbe, die sich von der Nasenwurzel zum Mundwinkel zog, erkannte Volmar ihn. Es war Gotthilf, mit dem er sich ganz gut verstand.

Bevor Volmar einen Ton sagen konnte, machte Gotthilf: »Pst!«

»Was ist los?« flüsterte Volmar. »Habt ihr ein gemeinschaftliches Schweigegelübde abgelegt?«

»Ich hab jetzt nicht die Zeit, dir das zu erklären«, sagte Gotthilf ebenso leise. »Wenn du willst, kannst du hereinkommen. Aber laß dein Pferd draußen.«

Volmar ergriff rasch sein Bündel, in dem auch die Amphore steckte, und schlüpfte durch die Pforte, die Gotthilf umgehend wieder schloß. Nachdem er auch noch den Riegel vorgelegt hatte, nahm er Volmar am Arm und führte ihn die Friedhofsmauer entlang zum Wirtschaftshof, wo sie hinter zwei Fässern in Deckung gingen. Volmar setzte erneut an und wollte fragen, was das Ganze zu bedeuten habe, aber Gotthilf legte den Zeigefinger auf die Lippen.

»Das wirst du schon sehen«, hauchte er.

Da ihm in der Hocke die Beine einschliefen, kniete Volmar sich hin. In der Haltung war es auch einfacher, einen Blick über den Rand des Fasses zu werfen. Und plötzlich entdeckte er sie.

Die einen hatten sich hinter Strohballen verborgen, die anderen hinter Stapeln von Schnittholz. Wieder andere duckten sich auf der Ladefläche eines vierrädrigen Wagens. Zwei weitere machte Volmar im Schutz der Marienkapelle aus. Es sah aus, als erwarteten die Brüder die Rückkehr der Normannen.

Auf einmal knarrte eine Tür. Volmar wußte zunächst nicht, wo, denn mit den Geräuschen auf dem Disibodenberg war er nicht mehr vertraut. Dann aber erkannte er, daß es sich um den Eingang zur Sakristei handelte. Anstelle der Mordbrenner aus dem hohen Norden trat ein kleinwüchsiger Mann heraus. Keine Frage, es war Kuno.

Krachend fiel die Tür ins Schloß, und Kuno blickte sich um, entdeckte aber niemanden.

»Ja, gibt's denn das?« hörte Volmar ihn sagen. »Wo seid ihr denn alle?«

Eilig lief der Abt bis zur Ecke der Abteikirche, aber auch dort war niemand zu sehen. Also kam er wieder zurück und stellte sich mitten auf den Hof. Volmar sah, wie er die Fäuste ballte und Luft holte. Gleich würde er brüllen.

»Seid ihr denn alle verrückt geworden? Wird hier nicht mehr gearbeitet?« Da jede Antwort ausblieb, legte Kuno noch einmal an Lautstärke zu. »Wo auch immer ihr steckt, kommt heraus! Sonst setzt es was!«

In dem Augenblick ertönte ein Pfiff, und alle Brüder sprangen aus ihren Verstecken. Musik von Psalter, Harfe und Flöten setzte ein, und ein vielstimmiger Lobgesang hob an. Einige Brüder warfen Blumen, die sie umgehängten Weidenkörben entnahmen. Von irgendwo kam ein Hund und bellte. Alle strebten auf Kuno zu und gingen – achtungsvollen Abstand wahrend – im Kreis um ihn herum. Der kleine Abt war völlig verdattert.

Die heitere Stimmung wurde durch den Hund jäh zunichte gemacht. Er schlich sich von hinten an Kuno heran und zerrte knurrend an dessen Kutte. Kuno verscheuchte ihn, aber der Köter kam wieder und versuchte diesmal, dem Abt ans Bein zu pinkeln. Dafür verpaßte Kuno ihm einen Tritt, daß er mitten zwischen die im Kreis gehenden Brüder flog. Das brachte die Musiker aus dem Takt, die Sänger verstolperten ihren Text, und auf einmal stand der ganze Reigen still.

Verlegen, von einem Fuß auf den anderen tretend, stand die Brüderschaft herum, bis unter dem Gemurmel der Menge Bruder Arno, der dickste von allen, nach vorne drängte. Er überreichte Kuno ein kleines Buch mit Illustrationen biblischer Szenen, die die Mönche in ihrer freien Zeit angefertigt hatten. Der Abt wirkte gerührt und nahm die Glückwünsche der Brüder ab, die einer nach dem anderen seine Hand küßten. Die bereits gratuliert hatten, fanden sich zu Grüppchen und tuschelten.

»Habt vielen Dank«, sagte Kuno, dann klatschte er in die Hände. »So, und nun – husch, husch! – an eure Arbeit. Versucht, die versäumte Zeit nachzuholen.«

Die Menge zerstreute sich mit hängenden Köpfen, und erst da bemerkte der Abt Volmar, der als einziger stehengeblieben war. Überraschung spiegelte sich in seinem Gesicht, aber auch Genugtuung.

»Dein Ruf erreichte mich, mein Vater, und ich bin ihm gefolgt«, sagte Volmar mit einer leichten Verbeugung.

»Folgsame Söhne lobe ich mir«, entgegnete der Abt dem gerade mal fünf Jahre Jüngeren. »Komm mit in meine Amtsstube. Ich habe mit dir zu reden.«

*

»Auch einen Becher Wein?« fragte Kuno mit schräggelegtem Kopf.

»Du weißt doch, daß ich seit damals weder Wein noch Bier anrühre«, sagte Volmar. »Gegen einen Becher Wasser hätte ich allerdings nichts einzuwenden. Die Straßen sind staubig.«

Kunos Amtsstube sah noch genau so aus, wie Volmar sie in Erinnerung hatte. Nichts hatte sich verändert, kein Möbel war verrückt worden, nur das Kruzifix neben der Tür hing schief. Selbst die beiden Krüge, der schlanke für Wein, der bauchige für Wasser, waren noch dieselben. Volmar fragte sich, wann er den Raum das letzte Mal betreten hatte.

»Mit deinem Eintreffen habe ich, ehrlich gesagt, nicht so bald gerechnet«, sagte Kuno, nachdem beide einen Schluck genommen hatten. »Ich hatte erwartet, die verehrte Meisterin Hildegard würde sich gegen meine Anordnung sperren.«

»Keinen Augenblick. Nachdem Herbrand deine Gründe erläutert hatte, hatte sie vollstes Verständnis für deine Maßnahme. Ich natürlich auch. Und, nebenbei gesagt, fühle ich mich sehr geehrt.«

»So?« Kunos Brauen bogen sich aufwärts, während seine Mundwinkel absackten. »Ich dachte, du ... Ist dir der Abschied denn gar nicht schwergefallen?«

»O doch, natürlich. Nach all den Jahren ist das doch verständlich. Andererseits reizt mich natürlich die neue Aufgabe. Nie hätte ich gedacht, daß du ausgerechnet mich dafür auswählen würdest.«

Kuno beschlich das dumpfe Gefühl, daß da ein wie auch immer geartetes Mißverständnis im Raume stand.

»Mich würde interessieren, was Herbrand euch erzählt hat«, sagte er. »Könntest du das sinngemäß wiederholen?«

»Er hat nur das wiedergegeben, was du ihm aufgetragen hast.«

»Eben daran habe ich so meine Zweifel. In letzter Zeit hatte Herbrand nämlich des öfteren –«, Kuno machte mit dem Zeigefinger eine kreisende Bewegung neben der Schläfe, »– gewisse Schwierigkeiten.«

Volmar ließ die Schultern hängen. »Dann war dein Ruf an mich also ein Irrtum?«

»Natürlich nicht! Ich habe dir doch schon gesagt, daß ich froh bin, dich zu sehen, verflixt noch mal. Fängst du jetzt auch schon so an? Es geht nur um die Begründung, die Herbrand abgegeben hat. Also, was hat er Hildegard erzählt?«

Volmar räusperte sich und schlug die Augen nieder. »Zu unser aller Betroffenheit äußerte er, daß du mit deinem baldigen Ableben rechnest, zuvor aber noch die Nachfolge im Amt des Vorstehers regeln möchtest.«

Kuno machte ein Gesicht, als sei ihm eine Ratte unter die Kutte gekrochen und rase nun sein Bein hinauf.

»Dieser Wahnsinnige!« keuchte er. »Wie kommt er dazu, so etwas zu erzählen? Er muß den Verstand verloren haben!«

»Das dachte ich zunächst auch«, sagte Volmar. »Aber schnell wurde ich eines Besseren belehrt. Denn kaum, daß er uns diese betrübliche Mitteilung gemacht hatte, hatte die verehrte Mater eine Vision.«

»Eine ihrer Schauen? Etwa mich betreffend?«

»Allerdings. Durch sie als Sprachrohr bestätigte das hellstrahlende Licht, was Herbrand zuvor geäußert hatte.«

»Das ist doch völliger Unsinn! Wer glaubt denn an … Wann?«

»Wann was?«

»Wann ich vor den Allmächtigen treten soll.«

Volmar schlug die Augen nieder. »Noch heute.«

Kuno griff sich an die Kehle und streckte die Zunge heraus. Es sah aus, als erwürge er sich selbst. Und tatsächlich schwollen die Adern an seinen Schläfen bedrohlich an.

»Gleichzeitig ließ der Lichtherrliche durch die Mater verkünden, es bestehe eine Möglichkeit, dieses Ereignis um Tage, wenn nicht Wochen hinauszuschieben«, beeilte Volmar sich zu sagen. »Vermutlich, damit du mich als deinen Nachfolger in aller Ruhe –«

»Was für eine Möglichkeit?« fiel ihm Kuno ins Wort. »Was hat sie gesagt?«

»Die Mater spricht nur aus, was ER ihr eingibt«, korrigierte Volmar. »Also hat nicht sie es gesagt, sondern –«

»Schluß mit dieser Haarspalterei! Es ist doch völlig gleich, wer wem was gesagt hat. Ich will nur eines wissen: Was muß ich tun?«

Volmar bückte sich zu seinem Bündel, das er neben dem Stuhlbein abgelegt hatte, und entnahm ihm die entwendete Amphore, ein schlichtes, tönernes Gefäß von knapp einem Fuß Höhe. Behutsam stellte er sie auf den Tisch.

»Diese Amphore enthält ein besonders reines, geweihtes Wasser von großer Heilkraft. Wenn du täglich einen vollen Becher davon trinkst, kannst du das Unvermeidbare hinauszögern.«

»Und wenn nicht?«

»Geht es noch heute mit dir zu Ende.«

Trotz aller Panik äugte Kuno mißtrauisch. »Stimmt das auch wirklich? Kannst du das beschwören?«

»Wäre ich sonst durch die Nacht geritten, um noch rechtzeitig hier einzutreffen?« fragte Volmar und bot dem Abt seine Handflächen dar.

Einen Augenblick zögerte Kuno. Dann griff er nach der Amphore, entkorkte sie und füllte seinen Becher. Bevor er ihn an die Lippen setzte, schnupperte er an der Flüssigkeit.

»Es riecht wie gewöhnliches Wasser«, sagte er. »Nach nichts.«

»In Aussehen, Geruch und Geschmack gibt es keinen Unterschied«, sagte Volmar. »Sein Geheimnis liegt in der Reinheit.«

»Ist es wirklich geweiht?«

»Sogar vom Erzbischof.«

»Nun denn«, sagte Kuno, nippte und verkostete das Wasser mit leisem Schmatzen. »Schmeckt annehmbar. Kein Unterschied zu dem, das bei uns aus der Zisterne kommt. Und das soll helfen?«

»Du mußt den Becher leeren.«

»Auf einmal?«

Volmar nickte. »So hieß es.«

Kuno hob den Becher, als trinke er Volmar zu, und setzte ihn an. Schluck für Schluck rann das Aqua destillata durch seinen Schlund. Nur ein paar Tropfen gingen daneben und liefen ihm übers Kinn, das er mit dem Ärmel seiner Kutte abwischte.

»Was starrst du mich so an?« fragte er, nachdem er den Becher abgesetzt hatte. »Hab ich etwas falsch gemacht?«

»Im Gegenteil«, sagte Volmar, erhob sich und nahm die Amphore wieder an sich.

»Was soll das? Wieso packst du sie wieder ein? Ich denke, ich soll jeden Tag …«

Kuno stockte der Atem. Binnen eines Wimpernschlages hatte sich Volmars gutmütiges Gesicht in eine haßverzerrte Fratze verwandelt.

»Na, spürst du schon, wie der Tod seine eiskalten Finger nach dir ausstreckt?« spie der vermeintlich heimgekehrte Sohn aus.

»Tod? Was für ein Tod?«

»Du hast soeben einen Becher reinsten Giftes getrunken und wirst diese Stunde nicht überleben. Und diesmal wird dir auch dein Pakt mit dem Satan nichts nützen. Denn Gott selbst hat schon vor langem beschlossen, daß deine Zeit abgelaufen ist!«

Kuno versuchte, sich aus seinem Sessel hochzustemmen, aber seine Arme waren völlig kraftlos. Keuchend rang er nach Luft und zerrte am Halsausschnitt seiner Kutte.

»Du Schwein!« japste er. »Dafür wirst du in der Hölle –«

»O nein, du wirst in die Hölle fahren!« schrie Volmar. »Noch heute! Hinab zu deinem Bundesgenossen, um für alle Ewigkeiten am Spieß zu braten!«

Dicke Schweißtropfen perlten auf Kunos Stirn. Er riß den Mund auf und wollte schreien, aber er brachte nur ein Röcheln zustande. Zitternd hob er den rechten Arm und griff sich an die Brust. Ein Stöhnen entwich seinem Mund, und wie von einer unsichtbaren Hand bewegt, bäumte er sich auf. Dann brachen seine Augen, und er sackte in sich zusammen. Mit einem kaum wahrnehmbaren Seufzer hauchte er sein Leben aus.

Angesichts des Todes bekreuzigte Volmar sich. Dann verstaute er die Amphore in seinem Bündel, setzte die Brüder von Kunos plötzlichem Ableben in Kenntnis und verließ den Disibodenberg unbehelligt noch vor Mittag.

Daß er die ganze Zeit barfuß gewesen war, war niemandem aufgefallen.

Kloster Rupertsberg

Den ganzen Tag und die halbe Nacht kniete Hildegard nun schon vor dem Altar der Abteikirche und betete. Nicht weil sie glaubte, das Entsetzliche dadurch verhindern zu können. Nein, seit Stunden flehte sie Gott einzig um Gnade für Volmars Seele an.

Sie hatte keinen Zweifel, welche Todsünde er beging.

Ihre Beine waren taub, wie abgestorben, und ihre Knie und ihr Rücken schmerzten. Aber sie war gewillt, so lange auszuharren, bis der Verlorene heimkehrte. Nun richtete sie ihr Flehen an die Mutter Gottes.

»Heilige Maria, Mutter Gottes, gebenedeit bist du unter den Weibern und gebenedeit ist die Frucht deines –«

Die Eingangstür knarrte. Erst beim Öffnen, dann beim Schließen. Dann schnappte der Riegel zurück, was sich vom Altar aus kaum lauter ausnahm, als lande eine Münze in einen wohlgefüllten Opferstock.

Schritte näherten sich. Müde, schleppend und mit dem Schmatzen nackter Füße. Ohne sich umzusehen, wußte Hildegard, wer da das Mittelschiff heraufkam. Rasch dankte sie Maria, daß er wenigstens zurückgekehrt war.

Mit knackenden Gelenken sank Volmar an ihrer Seite auf die Knie, senkte den Kopf und bekreuzigte sich. Er rief Gott an, ein Recht, daß er durch seine Tat eigentlich verwirkt hatte. Oder hatte er die bereits erhobene Hand im letzten Augenblick doch noch zurückgezogen? Für einen Augenblick keimte Hoffnung in Hildegard.

Volmar schlug erneut das Kreuz und murmelte »Amen«. Dann erhob er sich stöhnend und mühselig und schritt davon, wie er gekommen war. Diesmal drehte Hildegard sich um. Volmar hatte eine Blutspur von der Tür bis zum Altar gezogen.

Und auf der ging er wieder zurück.

*

»Rohes Fleisch«, sagte Hildegard. »Nichts als rohes Fleisch. Man könnte meinen, du wärst den ganzen Weg zu Fuß gegangen.«

»Nur das letzte Drittel des Rückwegs bin ich gelaufen«, sagte Volmar. »Das Pferd lahmte. Ich hätte unendlich weiterlaufen können. Ich war überhaupt nicht müde. Ich fühlte mich wie auf einer Wallfahrt.«

Er lag auf der Pritsche im Behandlungsraum. Die Hände hatte er unter dem Kopf verschränkt und beobachtete, wie Hildegard seine zerschundenen Füße versorgte.

Zuerst reinigte die Mater die Fußsohlen, die eine einzige offene Wunde waren, mit Kamillenwasser. Eingetretene Steinchen entfernte sie mit einem spitzen Messer. Dann trug sie eine dünne Schicht Wundsalbe auf, um die Füße zu guter Letzt mit einem besonderen Verbandsstoff zu umwickeln, der aus feinstem Hanfgarn gewirkt war. Während der ganzen Prozedur verzog Volmar keine Miene.

»Du hast dich also wie ein Geißler regelrecht in Ekstase gelaufen.« Hildegards Verachtung für diese neue Bewegung war nicht zu überhören. »Das einzig Gute daran ist, daß du so keine Schmerzen empfindest. Das Fatale, daß du unter anderen Umständen so lange weitergelaufen wärst, bis dein Herz versagt hätte. Ekstase macht blind, taub und gefühllos.« Hildegard legte den bandagierten Fuß ab. »Du hast Kuno getötet, nicht wahr?«

Der unvermittelte Themenwechsel überraschte Volmar in keiner Weise.

»Ich war das Werkzeug Gottes«, sagte er und lächelte heiter. »Ich habe seinen Willen erfüllt.«

Die Mater schob Volmars Beine ein Stück zur Seite und setzte sich auf den Rand der Pritsche.

»ER hat sogar zu mir gesprochen«, sagte Volmar. »In allen Einzelheiten hat ER mir gesagt, was ich tun sollte. Es war so einfach.«

Hildegard runzelte die Stirn. »Du hast eine Stimme gehört?«

»Ja, die des Herrn.«

»Hast du auch das hellstrahlende Licht gesehen?«

»Nein«, sagte Volmar. »Gesehen habe ich nichts. Ich habe nur seine Stimme gehört.«

»Weißt du noch, wie die Anweisungen lauteten, die die Stimme dir gab?« fragte sie leise.

Volmar stützte sich mit den Ellbogen auf.

»Zunächst einmal klärte die Stimme mich auf, daß Kuno erneut mit dem Leibhaftigen im Bunde stand. Denn nur durch diesen Pakt war es möglich, daß er trotz der anderslautenden Weissagung noch am Leben war. Ich schämte mich beinahe, daß ich nicht von selbst darauf gekommen war, so einleuchtend war das. Schließlich hatte Kuno den Satan ja schon einmal um Beistand angefleht.«

»Sprichst du von Richardis' Tod?«

»Ja.«

»Dafür gab es nie einen Beweis«, sagte Hildegard und hielt einen Augenblick inne, weil sie meinte, Schritte auf der Treppe vernommen zu haben. »Das einzige Mal, als ich Kuno in der Zeit danach getroffen habe – anläßlich der Beisetzung von Erzbischof Heinrich – habe ich ihn ohne Umschweife auf dieses Gerücht angesprochen. Er hat heftig bestritten, in diesem Zusammenhang auch nur den Namen des Leibhaftigen in den Mund genommen zu haben.«

»Das hätte wohl jeder getan. Außerdem frage ich mich, wenn die Behauptungen Herbrands aus der Luft gegriffen waren, warum hat Kuno ihm nicht den Mund gestopft?«

»Das Verhältnis der beiden war schon immer eigenartig. Kuno hat Herbrand Dinge nachgesehen, für die er jeden anderen des Klosters verwiesen hätte. Man konnte beinahe den Eindruck gewinnen, Herbrand habe etwas gegen seinen Abt in der Hand, so dreist trat er bisweilen auf.«

»Ist er wieder abgereist?«

»Nein. Er bat, noch bleiben zu dürfen. Es geht ihm nicht besonders.«

»Dann sollten wir ihn danach fragen«, sagte Volmar.

»Später – vielleicht. Berichte erst, wie es weiterging.«

Nüchtern und leidenschaftslos, als gebe er Erlebnisse Dritter wieder, erzählte Volmar, was sich auf dem Disibodenberg zugetragen hatte.

Nicht einmal die Schilderung von Kunos Todeskampf wühlte er auf. Hildegard war erschüttert über so viel Gleichmut, bis sie sich ins Gedächtnis rief, daß Volmar sich ja keines Unrechts bewußt sein konnte.

Er glaubte, ihm Auftrag des Allmächtigen gehandelt zu haben.

Plötzlich gab es im ersten Stock ein lautes Gepolter.

Schritte und Stimmen waren zu vernehmen, wenn auch im Erdgeschoß nicht zu verstehen war, was geredet wurde. Dann kamen die Schritte mit erheblichem Lärm die Treppe herunter. Die Tür flog auf, und Herbrand wurde höchst unsanft in den Raum gestoßen. Wer derjenige war, der ihn geschubst hatte, konnten Hildegard und Volmar erst erkennen, als der Adlatus einen Schritt zur Seite trat.

Es war Clementia.

*

»Der Lauscher an der Wand hört seine eigene Schand'«, sagte Clementia. »Nur, daß dieser hier am Boden gehorcht hat.«

»Wo hast du ihn entdeckt?« fragte Hildegard. »Im Krankensaal?«

»Ich ging ein paar Schritte über den Hof, weil ich wegen der Schwüle nicht schlafen konnte. Und wen sehe ich da vom Gästehaus zur Krankenstation schleichen? Ihn hier.« Clementia drückte Herbrand auf den Hocker neben der Tür zum Aderlaßraum. Besonders schuldbewußt sah der Adlatus allerdings nicht aus. »Ich bin ihm in den ersten Stock gefolgt, wo er unter eines der Betten gekrochen ist. Zweifellos wollte er euch belauschen.«

»Kann man denn dort oben überhaupt verstehen, was hier unten gesprochen wird?«

»Wo er lag, ist ein Astloch im Boden. Durch das kann man fast den ganzen Raum überblicken. Ich habe es selbst versucht. Ich denke, wenn man sein Ohr daran legt, versteht man auch, was hier geredet wird.«

Hildegard wandte sich an Herbrand. »Was hast du gehört?«

»Nichts«, sagte er. »Ihr habt zu leise gesprochen. Außerdem hat Clementia mich ja gleich gepackt und rausgezogen.«

»Gibt es einen Grund für dein ungebührliches Verhalten?«

Der Adlatus zuckte gleichgültig die Achseln. »Ich habe vom Fenster meiner Kammer aus gesehen, daß Volmar wieder da ist. Da war ich verständlicherweise neugierig, was er vom Disibodenberg zu berichten hatte.«

Die Mater stutzte. »Wieso vom Disibodenberg? Wie kommst du darauf, daß er dort war?«

»Es wurde doch hier im Kloster von früh bis spät über nichts anderes gesprochen.«

»Mitnichten. Es war lediglich bekannt, daß Volmar das Kloster verlassen hatte. Mit welchem Ziel, wußte außer Clementia und mir niemand.«

»Dann ... Dann habe ich es mir eben selbst zusammengereimt.«

»Du scheinst über eine beachtliche Kombinationsgabe zu verfügen, mein lieber Herbrand. Aber du hast natürlich recht. Volmar war tatsächlich in eurem Heimatkloster. Und er hat gute Neuigkeiten mitgebracht: Abt Kuno wird uns morgen besuchen, um alle noch strittigen Fragen zu klären.«

Herbrand machte ein Gesicht, als hätte er eine Hummel verschluckt. »Kuno? Ich dachte, er sei ...«

»Ja?«

»Nichts.«

»Dachtest du, er sei tot?«

»Tot? Warum sollte ich denken, er sei tot?«

»Woher wußtest du, daß da oben ein Astloch ist?«

»Wie?«

»Du hast verstanden, was ich gesagt habe, oder nicht?«

»Ja, aber ...«

»Clementia, zeig mir bitte, unter welches Bett Herbrand gekrochen ist.« Und an den Adlatus gewandt sagte sie: »In der Zwischenzeit rührst du dich nicht von der Stelle.«

Die beiden Ordensfrauen verließen den Raum und waren keine zehn Wimpernschläge später wieder zurück.

»Es handelt sich um das Bett, in dem in der vergangenen Nacht Volmar lag«, verkündete die Mater. »Nun wollen wir etwas anderes versuchen. Steh auf, Herbrand.«

Hildegard schob den Hocker, auf dem der Adlatus gesessen hatte, an die Stelle, über der sich in der Zimmerdecke das Astloch befand. »Rauf mit dir. Ich will sehen, ob du mit deinem Kopf bis an die Decke reichst.«

»Der Hocker wackelt zu sehr«, sagte Herbrand. »Man muß den ...«

»Ja? Vielleicht den Stuhl nehmen? So, wie du es letzte Nacht getan hast?«

Herbrand tapste heran und sank auf dem Hocker zusammen. »Du hast wirklich das Zweite Gesicht.«

»Das hat mit Gesichten nichts zu tun«, sagte Hildegard. »Ich habe nur eins und eins zusammengezählt.«

»Ich verstehe überhaupt nichts«, sagte Volmar, der noch immer auf der Pritsche saß. »Was hat Herbrand getan?«

Hildegard ging zu ihm und ergriff seine Hand. »Es war Herbrands Stimme, die dir befohlen hat, Kuno zu töten.«

»O nein!«

»Also ist mein Plan doch aufgegangen«, sagte Herbrand und nickte selbstgefällig, wofür Clementia ihm eine Ohrfeige verpaßte, daß er mitsamt dem Hocker umstürzte.

»Nicht, Clementia«, sagte Hildegard, während sie Volmars Kopf an ihrer Brust barg.

»Ich bin kein Werkzeug Gottes«, wimmerte der Sekretär, von Weinkrämpfen geschüttelt. »Ich bin ein ganz gewöhnlicher Mörder! Ein Mörder! Ein Mörder!«

»Beruhige dich.« Hildegard strich ihm übers Haar wie einem Kind. »Was geschehen ist, war nicht deine Schuld. Herbrand hat deine Redlichkeit und dein Gottvertrauen ausgenutzt.«

»Aber ich habe Kuno vergiftet! Ich! Ich! Dafür werde ich in der Hölle schmoren.«

Zwischenzeitlich hatte Clementia die Amphore aus Volmars Bündel genommen und wog sie in den Händen.

»Die ist ja noch fast voll«, sagte sie. »Wieviel hat Kuno davon getrunken?«

»Einen ganzen Becher«, schluchzte Volmar.

Clementia lachte spitz auf, was in der Situation wie blanker Hohn klang.

»Was soll das?« fragte Volmar entrüstet, während Hildegard den Kopf über das seltsame Benehmen ihrer Schwester schüttelte. Auch Herbrand, der noch immer auf dem Boden saß und seine brennende Wange hielt, schaute auf.

»Wirklich einen ganzen Becher?«

Spott schwang in Clementias Frage mit. Während die anderen sich irritierte Blicke zuwarfen, öffnete die Cellarin die Amphore, nahm einen der zinnernen Becher vom Regal und schenkte randvoll ein.

»Einen Becher wie diesen hier?« fragte sie.

Volmar begriff zwar nicht, was das sollte, nickte aber.

»Dann paßt mal auf.«

Mit einem kurzen Nicken, wie um sich selbst Mut zuzusprechen, setzte Clementia den Becher an die Lippen und leerte ihn mit einem Zug.

Hildegard entfuhr ein »Allmächtiger!«, während Volmar die Augen verdrehte und die Besinnung verlor.

*

»Hört endlich auf, mich so anzustarren«, sagte Clementia. »Das ist ja grauenhaft. Ich kriege weder schwarze Flecken im Gesicht, noch verfaule ich bei lebendigem Leib. Und tot umfallen werde ich schon gar nicht. An einem Becher Aqua destillata stirbt man nicht.«

»Aber Fido ...«, sagte Hildegard.

»Ich vermute, daß das Verhältnis der getrunkenen Menge zum Gewicht des Körpers entscheidend ist. Nach dem, was wir wissen, hat Fido in jener Nacht eine ganze Schüssel leergesoffen. Außerdem hatte er bestenfalls ein Fünftel des Gewichtes eines durchschnittlichen Menschen.«

»Dann verstehe ich nicht, woran Kuno gestorben ist«, sagte Volmar, dessen Ohnmacht nur von kurzer Dauer gewesen war. Vorsichtshalber ruhte er aber noch immer mit hochgelegten Beinen auf der Pritsche. »Sicher war er kleinwüchsig und leichtgewichtig, aber gemäß deiner Theorie hätte ein Becher Wasser auch ihn nicht umbringen dürfen.«

»Woran auch immer er gestorben ist, daran jedenfalls nicht.«

»Die Anzeichen, die Volmar geschildert hat, treffen ebensogut auf einen Herzschlag zu«, sagte Hildegard und wandte sich an ihren Sekretär. »Jedenfalls brauchst du dir nicht länger Vorwürfe zu machen, Kuno ermordet zu haben.«

»O doch«, sagte Volmar und klang beleidigt, als wolle man ihm einen Verdienst absprechen. »An meiner Schuld ändert das gar nichts. Immerhin hatte ich den Vorsatz, ihn zu töten, und tot ist er. Auch wenn sich nun herausstellt, daß er nur ein Opfer der Aufregung wurde, die ich ihm bereitet habe.«

»Schluß damit!« sagte Clementia und zeigte auf den Adlatus, der noch immer auf seinem Schemel kauerte. »Dort sitzt der Übeltäter. Dieser heimtückische Ränkeschmied. Wobei er uns noch immer nichts über seine Beweggründe gesagt hat.«

»Kuno war ein Schwein«, sagte Herbrand mit einer Verachtung, als spreche er über Judas Ischarioth. »Er hat die Brüder schlechter behandelt als das Vieh. Unter jedem Kerkermeister hätten wir besser gelebt.«

»Spiel dich nicht so auf, Herbrand«, sagte Hildegard. »Wenn man dich hört, könnte man meinen, du hättest Kunos Ermordung deinen Mitbrüdern zuliebe betrieben. Dabei habt ihr, du und dein Abt, die meisten Schandtaten doch gemeinsam ausgeheckt. Solange du eine Möglichkeit gesehen hast, sein Nachfolger zu werden, hast du mit ihm an einem Strang gezogen. Nein, nein, Herbrand, du kannst dir keinen Tyrannenmord zugute halten. Deine Triebfeder war Rache, weil Kuno dich fallenließ.«

Der Angesprochene reckte das Kinn vor. »Ich bereue nichts!«

»Das habe ich auch nicht erwartet. Deine Unbelehrbarkeit wird dir nur nichts nützen, wenn du dich dereinst vor dem Schöpfer zu verantworten hast.«

»Davor fürchte ich mich nicht, denn ich habe gegen niemanden die Hand erhoben.«

»Aber du hast die Arglosigkeit deines Bruders ausgenutzt. Am Tag des Jüngsten Gerichts wirst du als Anstifter zur Rechenschaft gezogen werden.«

Clementia bemerkte, daß die Kerze heruntergebrannt war. Vorsorglich nahm sie eine neue aus dem Regal und entzündete sie an der alten.

»Letztendlich bleiben nur zwei Fragen, die noch zu beantworten sind«, sagte Hildegard, während sie ihre Schwester beobachtete. »Woher wußte Herbrand von der Existenz des Aqua destillata? Und woher wußtest du, Clementia, daß es nur in größeren Mengen giftig ist?«

Clementia verscheuchte einen Nachtfalter, der in der Flamme der Kerze die Feuerfestigkeit seiner Flügel testen wollte, und seufzte. »Beide Fragen hängen unmittelbar miteinander zusammen, und ich bin gern bereit, sie dir zu beantworten. Allerdings ist das, was ich zu sagen habe, nur für deine Ohren bestimmt.«

»Du fürchtest wohl, ich könnte gewisse Dinge ans Licht bringen, die du lieber im dunkeln lassen möchtest, wie?« geiferte Herbrand.

»Nein«, sagte Clementia bestimmt, aber auch würdevoll. »Ich besitze durchaus den Mut, meiner Schwester zu gestehen, daß ich die Verräterin war. Die, die all die Jahre Spitzeldienste für Kuno und für dich geleistet hat.«

*

»Warum nur?« fragte Hildegard erschüttert

Clementia zögerte lange mit ihrer Antwort.

»Ich fühlte mich vernachlässigt«, sagte sie schließlich.

Sie waren in Hildegards Amtsstube gewechselt, während Volmar und Herbrand sich in ihre Kammern zurückgezogen hatten. Den Adlatus hatte die Äbtissin aufgefordert, das Kloster bei Sonnenaufgang zu verlassen.

»Von mir?«

»Von dir. Von unseren Eltern. Ich bin nie geliebt worden.«

»Das ist nicht wahr.«

»Doch. Vielleicht lag es daran, daß ich immer robust und einfach war. Ich war nie krank und hatte auch sonst keine Schwierigkeiten. Um mich brauchte man sich nicht zu kümmern. Du hingegen, das Nesthäkchen, hast von Geburt an gekränkelt. Mir haben unsere Eltern nicht ein Quentchen der Aufmerksamkeit gewidmet, die sie dir geschenkt haben.«

»Haben die anderen das auch so gesehen? Schließlich waren wir zu zehnt.«

»Das weiß ich nicht. Ich habe nie mit ihnen darüber gesprochen.«

»Das muß sich aber doch spätestens geändert haben, als ich als Achtjährige in die Klause eingetreten bin.«

»Im Gegenteil. Du warst zwar körperlich nicht mehr anwesend, dennoch wurde fast nur über dich gesprochen. Ich habe mich dann beizeiten ebenfalls für ein Leben im Kloster entschieden. Aber auch da mußte ich erkennen, daß du wieder einmal bevorzugt wurdest. Diesmal von Gott.«

»Weil ich die Visionen habe?«

»Ja. Aber nicht der damit verbundene Ruhm und das Ansehen sind es. Es ist die Nähe zu Gott, die ich dir neide. Zu dir spricht er, zu mir schweigt er.«

»Ich hatte doch als Kind bereits diese mystische Veranlagung.«

»Zum Schrecken unserer Kinderfrau, ich weiß.«

Zum ersten Mal, seit sie sich zusammengesetzt hatten, lächelte Clementia.

Hildegard wäre am liebsten aufgesprungen und hätte ihre Schwester in den Arm genommen, so nah fühlte sie sich ihr auf einmal. Aber sie spürte auch, daß ein solcher Zuneigungsbeweis zu diesem Zeitpunkt irritierend gewesen wäre, denn Clementia hatte ihr noch lange nicht alles gesagt, was sie auf dem Herzen hatte.

Die Miene der vier Jahre Älteren verfinsterte sich wieder. »Als ich erkannte, daß ich trotz aller Anstrengungen nie so innig mit Gott werden würde wie du, habe ich verstärkt deine Nähe gesucht. Ich hoffte, mit deiner Hilfe an eurer einzigartigen Beziehung teilhaben zu können. Nur war der Platz an deiner Seite bereits besetzt.«

»Du spielst auf Richardis an.«

»Ja. Durch sie war mir der Zugang zu dir versperrt. Sie wußte, daß sie deine Lieblingstochter war, und verstand es, diese Begünstigung zu verteidigen.«

»Aber du hast immer zum inneren Kreis gehört. Du warst und bist eine meiner engsten Vertrauten.«

»Gewiß, aber du hast es gerade selbst bestätigt: Ich bin nur eine unter mehreren. Dabei wäre ich gern eine besondere Vertraute gewesen.«

»Bei Gott, ich wußte nicht, daß dir daran lag.«

»Wie gern hätte ich dir zum Beispiel bei der Niederschrift von ›Scivias‹ geholfen. Aber wieder hast du andere stärker ins Vertrauen gezogen. Richardis und Volmar waren diejenigen, die deine Visionen zu Pergament bringen durften.« Ein Lächeln huschte über Clementias Gesicht. »Dann kam der Tag der offiziellen Anerkennung deiner Sehergabe, und ich war stolz auf dich wie nie zuvor. Ich weiß noch, wie wir alle zusammensaßen, Volmar, Hiltrudis, Richardis, du und ich, und beschlossen haben, den Heiligen Vater um die Genehmigung zur Klostergründung zu bitten. Und auf einmal hast du alle außer Richardis hinausgeschickt. Ihr allein hast du den Brief diktiert. In diesem Augenblick wurde mir endgültig klar, wo ich stand. Noch am gleichen Tag beging ich das erste Mal Verrat.«

Clementia drehte den Kopf zum Fenster. Stockfinster war die Nacht, Wolken waren aufgezogen und verdeckten Mond und Sterne. Das einzige Licht, das draußen zu leuchten schien, war das Spiegelbild der Kerze.

»Auf einmal fühlte ich mich mächtig«, fuhr sie nach einer Weile fort. »Endlich hatte etwas, das ich tat, Bedeutung.«

»Du hast versucht, den Bau dieses Klosters zu verhindern. Wäre dir das gelungen, hättest du damit nicht nur mich, sondern auch deine Mitschwestern getroffen.«

»An die Folgen meines Tuns hab ich zu der Zeit nicht gedacht. Ich genoß es einfach, gebraucht zu werden. Das blieb so, bis Richardis uns verließ. Obwohl ich mit den Vorgängen, die zu eurem Zerwürfnis und ihrem Wechsel nach Bassum führten, nichts zu tun hatte, wurde mir da zum ersten Mal bewußt, wie schändlich ich mich verhielt. Vielleicht weil ich sah, wie du littst.«

»Von da an hast du nichts mehr nach außen getragen?«

»Einmal ist mir etwas herausgerutscht. Es war die Geschichte, weswegen dir die Meisterin Tengswich den harschen Brief geschrieben hat. Aber Verrat geübt habe ich nur noch ein einziges Mal.«

»Als Richardis zurückkommen wollte«, stellte Hildegard fest.

»Richtig. Obgleich es nicht ihr Wunsch war, der mich dazu veranlaßte.«

»Dann war es meine Einwilligung.«

»Nein, auch sie war es nicht.« Clementia suchte Hildegards Blick. »Erinnerst du dich noch an unser Gespräch, das wir an jenem Nachmittag vor der Nikolauskapelle geführt haben?«

»An jedes Wort. Damals hast du mir die Augen geöffnet, wie sehr die Schwestern unter meinem besonderen Verhältnis zu Richardis gelitten haben.«

»Weißt du auch noch, was du unmittelbar bevor der Torwächter den Brief aus Bassum brachte, gesagt hast?«

Hildegard schüttelte den Kopf. »Nein.«

»Du sagtest: ›Ich werde mich bei euch allen entschuldigen. Noch heute abend.‹ Aber dann kam Richardis' Brief, und alles andere war vergessen. All dein Sehnen, Hoffen und Bangen richtete sich nur noch auf deine Lieblingstochter. Deine Bitte um Verzeihung bist du den Schwestern bis heute schuldig. – Das war übrigens der Abend, an dem ich herausfand, daß ein Becher Aqua destillata nicht genügt, um zu sterben.«

»Allmächtiger! Hattest du etwa vor, dir das Leben zu nehmen?«

Wieder blickte Clementia zum Fenster. Nichts hatte sich geändert. Nur das Kerzenlicht spiegelte sich einen Finger breit tiefer.

»Ich fühlte mich so schmutzig, nachdem ich die Nachricht an Herbrand geschrieben hatte«, sagte sie. »Ich haßte mich dafür, erneut Verrat geübt zu haben. Andererseits wollte ich Richardis' Rückkehr um jeden Preis verhindern, weil ich wußte, daß sie diesmal zu einer Zerreißprobe für den Konvent geworden wäre.«

»Du hättest dich umsonst getötet. Tags darauf ist Richardis entschlafen.«

»So etwas hätte man dann wohl Ironie des Schicksals genannt.« Clementia atmete tief durch. »Wenn du es wünschst, werde ich das Kloster noch heute nacht verlassen. Solltest du mir erlauben, unverdienterweise zu bleiben, werde ich ab sofort jenes Gelübde einhalten, das ich am Tag nach der mißglückten Selbsttötung abgelegt habe.«

»Wie lautet dein Gelübde?«

Clementia hob den Kopf und reckte das Kinn vor. Eine Haltung, die ihr einen geradezu heroischen Zug verlieh.

»Ich habe gelobt, ab dem Tag, an dem ich dir die Wahrheit gesagt haben würde, für den Rest meiner Zeit zu schweigen.«

Hildegard schloß die Augen. Was Clementia von ihr verlangte, war unmenschlich. Wie auch immer sie sich entscheiden würde, auf die eine wie die andere Weise würde sie ihre Schwester endgültig verlieren. So vermochte sie nur stumm zu nicken, während ihr die Tränen unter den geschlossenen Lidern hervorquollen.

Kloster Rupertsberg – November 1177

»Hat Clementia wirklich nie wieder ein Wort gesprochen?« fragte Wibert.

»Nie wieder, bis zu ihrem Tod«, sagte Hildegard. »Neun lange Jahre. Aber in dieser Zeit hat sie ihren Frieden gefunden. Und ich habe den meinen mit ihr gemacht. So hatte ich sie zwar in gewisser Weise verloren, gleichzeitig aber auch gewonnen, denn wir waren uns gefühlsmäßig nie so nah wie in diesen Jahren.«

Wibert überflog seine Notizen. »Wie ist Volmar damit fertig geworden, als ›Mörder‹ benutzt worden zu sein? Er hat dir ja noch bis vor vier Jahren als Sekretär gedient.«

»Seine Schuldgefühle waren wie eine Wunde, die schlecht heilt. Es hat sehr lange gedauert, aber schließlich hat er sich damit abgefunden, betrogen worden zu sein. Auf seinem Sterbebett fing er noch einmal an, sich Vorwürfe zu machen, aber ich konnte ihn mit dem Hinweis trösten, Gott hätte ihn wohl kaum so alt werden lassen, wenn er ihm ernstlich zürnen würde.«

»Was im Umkehrschluß bedeutet, Sünder sterben früh.«

»Mein Trost ist kein Lehrsatz, der einer eingehenden Überprüfung standhält. Es ging mir darum, Volmar den Abschied leichter zu machen. Und das ist mir gelungen.«

Wibert war gerührt und mußte blinzeln.

»Bleibt noch Herbrands Schicksal«, sagte er, nachdem er sich geräuspert hatte. »Ach, da sehe ich, du hast mir noch nicht erzählt, woher er von dem destillierten Wasser wußte.«

»Von Clementia«, sagte Hildegard. »Sie hatte ihm von unserer ›Erfindung‹ berichtet. Ihm erschien die Sache anfangs wohl ohne Bedeutung, aber im entscheidenden Augenblick hat er sich daran erinnert.«

»Hattest du keine Sorge, daß Herbrand nach seiner Rückkehr auf den Disibodenberg Volmar bei den Brüdern anschwärzen würde?«

»Natürlich, und Volmar erst recht. Aber dazu ist es ja dank einer glücklichen Fügung nicht gekommen.«

Wibert machte ein erstauntes Gesicht. »Verzeih, wenn ich dir nicht ganz folgen kann. Von welcher Fügung sprichst du?«

»Davon, daß Herbrand sein Heimatkloster mit den Füßen voran erreicht hat. Er ist auf dem Weg von hier zum Disibodenberg an einem Schlangenbiß gestorben.«

»Ernsthaft? Das mußt du mir genau erzählen.«

»Am Morgen, nachdem ich ihn überführt hatte, ist er in Begleitung zweier Mönche aus Schönau in Richtung Heimat aufgebrochen. Unterwegs haben die drei eine Rast eingelegt. Dabei hat Herbrand sich auf eine Ringelnatter gesetzt, die sich in der Sonne wärmte.«

»Ringelnatter?«

»Eine Natrix natrix.«

»Die ist doch ungiftig!«

»Herbrand muß sie für eine Vipera berus gehalten haben, die hier häufig vorkommt.«

»Aber woran ist er gestorben? Doch nicht an Gift.«

»Woran ist Kuno gestorben?«

Wibert schwankte zwischen Fassungslosigkeit und Faszination.

»Die Wege des Herrn sind wirklich unergründlich«, sagte er schließlich ehrfürchtig. »Schöner hätte die Strafe für Herbrand gar nicht ausfallen können.«

»Unter diesem Gesichtspunkt habe ich seinen Tod bisher noch nicht betrachtet«, sagte Hildegard, und wer mit den Nuancen ihrer Stimmlage vertraut war, konnte durchaus einen tadelnden Unterton heraushören. »Außerdem neigen wir Menschen für meinen Geschmack viel zu häufig dazu, Gott für Ereignisse verantwortlich zu machen, die wir uns selbst zuzuschreiben haben.«

»Dann müßte sich dein Verhältnis zu den Mönchen ja eigentlich verbessert haben«, sagte Wibert, dem Hildegards kleine Rüge keineswegs entgangen war, der sie aber geflissentlich überging. »Jetzt, wo die Widersacher von der Bühne abgetreten waren.«

»Der Konvent wählte Helenger, einen blutarmen Wertebewahrer zu Kunos Nachfolger. Er und ich hatten in etwa soviel Gemeinsamkeiten wie Fisch und Huhn. Aber wir haben einander ertragen und uns nicht bekämpft. – Doch, das Leben ist seit Kunos Dahinscheiden um ein Mehrfaches leichter geworden.«

Da es nun um den seiner Meinung nach entscheidenden Punkt nach all den Gesprächen ging, setzte Wibert sich gerade.

»Du hast dich selbst als schuldig am Tod eines weiteren Menschen bezeichnet«, sagte er. »Bei allem Respekt, vermochte ich schon beim Tod des Grafen keine Schuld deinerseits auszumachen, so kann ich deine Einschätzung in diesem Fall erst recht nicht nachvollziehen.«

»Nein? Dann hast du nicht richtig zugehört.«

»Stört es dich, wenn ich sage, daß du mir damit Unrecht tust?«

Hildegard mußte ob dieser kruden Formulierung lachen. »O Wibert, du bist wahrlich ein Schelm.« Dann wurde sie wieder ernst. »Wir hatten einmal darüber gesprochen, daß ich durchaus mit meinen Visionen hätte Mißbrauch treiben können.«

»Was du bestritten hast. Du räumtest lediglich ein, Geträumtes könnte dir unter Umständen wie Geschautes vorgekommen sein.«

»Was Kuno betrifft, bin ich mir heute sicher, daß ich mich schlichtweg geirrt habe. Das hellstrahlende Licht wollte mich trösten, indem es mir sagte, auch Kunos Zeit sei nicht unbegrenzt, was ich so ausgelegt habe, als stünde sein Ende unmittelbar bevor.« Hildegard zupfte ihre

Ärmel gerade. »Aber ob es nun eine Fehldeutung, Wunschdenken oder ein Traum war, ist nicht ausschlaggebend. Meine Sünde war meine Geschwätzigkeit. Was der Lichtherrliche mir über Kuno verkündete, war in diesem Fall ausschließlich für mich bestimmt. Ich aber habe das – und dann auch noch falsch – weitergegeben, ohne die Folgen zu bedenken.«

Sie sah Wibert in die Augen. »Ist dir nun klar, wer die Verantwortung dafür trägt, nicht nur, daß Abt Kuno starb, sondern daß Volmar bereit war, die Todsünde schlechthin zu begehen?«

Wibert fröstelte auf einmal, aber er sagte kein Wort.

»Ich, nur ich allein! Die Posaune Gottes! Mit meinem leichtfertigen Gerede von der Schau, in der der Lichtherrliche mir Kunos baldiges Ableben angekündigt hatte, habe ich die Saat der Untat gesät! Der arme Volmar war nur der fruchtbare Boden, in dem die Saat aufgegangen ist. Er war sich dabei keines Unrechts bewußt, da er ja nur vollstreckte, was nach seiner Meinung Gottes erklärter Wille war.«

»Es konnte doch niemand ahnen, daß daraus ein Mord erwachsen würde«, wagte Wibert einzuwenden.

Mit einer Handbewegung wischte Hildegard Wiberts Bemerkung fort. »So leicht kann ich das nicht abtun. Ich hätte es wissen müssen! Ich bin ja nichts weiter als ein Sprachrohr Gottes. Es ist allgemein bekannt, daß das, was ich im Zustand der Schau äußere, die Worte des Lichtherrlichen sind und keineswegs meine eigenen Ansichten. Also betrachtet ein jeder, was ich in diesem Zustand kundtue, als göttlich, mißt ihm mehr Gewicht als päpstlichen oder kaiserlichen Verlautbarungen bei. Das verleiht mir eine ungeheure Macht, macht mich aber auch für alle daraus entspringenden Folgen verantwortlich. Eine Macht, der ich nicht würdig war.«

Es blieb lange still. Schließlich schüttelte Wibert den Kopf.

»Dann hätten wir also drei Mörder«, sagte er. »Volmar, der tötete, Herbrand, der ihn dazu anstiftete, und du, die du der Tat unabsichtlich den Nährboden bereitetest. Das sind für mein Rechtsempfinden zwei zuviel.«

»Erfolge haben oft viele Väter. Untaten auch.«

»Wäre der Fall vor ein weltliches Gericht gekommen, wäre einzig Volmar abgeurteilt worden.«

»Da siehst du, wie unvollkommen die Menschen sind. Volmar war von uns dreien der Unschuldigste.«

»Worüber Gott befinden wird, nicht du. Zu deinem eigenen Besten, wie ich hinzufügen möchte.«

Hildegard lächelte fast dankbar. »Meine Geschichte endet hier. Sieh zu, daß du dies alles zu Pergament bringst und in meine Vita einfügst. Hast du schon begonnen, deine Aufzeichnungen auszuformulieren?«

»Es geht schleppend voran, da ich zur Niederschrift die Litterae ignotae verwende.«

»Wozu soll das gut sein?«

»Damit niemand vor der Zeit erfährt, was da geschrieben steht.«

»Vergiß nicht, den Text rechtzeitig zu übertragen«, sagte Hildegard, zog sich an ihrer Krücke hoch und trat ans Fenster. »Sonst wäre mein Geständnis vergeblich gewesen.«

Was Wibert darauf sagte, entging ihr, denn sie war gefesselt von dem, was sich vor dem Fenster abspielte.

In großen, langsam herabschwebenden Flocken fiel der erste Schnee ihres vorletzten Winters.

Ende

Glossar

Adlatus – Gehilfe
Albe – weißes liturgisches Gewand
Alea iacta est (lat.) – Die Würfel sind gefallen.
Amphore – bauchiges, enghalsiges Gefäß mit zwei Henkeln
Annus horribilis – Jahr des Schreckens
Canis curvatus – krummer Hund
Carpe diem (lat.) – Nutze den Tag.
Circulus vitiosus – Teufelskreis
Dalmatika – liturgisches Obergewand
Darre – Vorrichtung zum Trocknen von Malz, Getreide, Obst etc.
Dormentbau – Gebäude, in dem sich das Dormitorium befindet
Dormitorium – Schlafsaal der Mönche/Nonnen
Eli, Eli, lama asabthani? (hebr.) – Mein Gott, mein Gott, warum hast du mich verlassen?
Gutta cavat lapidem (lat.) – Der Tropfen höhlt den Stein.
Herrgottsgäste – bedürftige Laien, die kostenfrei im Kloster leben
Homo sum; humani nil me alienum puto (lat.) – Ich bin ein Mensch; nichts Menschliches ist mir fremd.
Humerale – unter der Albe getragenes liturgisches Schultertuch
Hypokaustum – Heizraum
Kasel – seidenes Meßgewand, das über den anderen Gewändern getragen wird
Katechismus – Lehrbuch für den christlichen Glaubensunterricht
Kodex – Buch (im Gegensatz zur (Schrift)rolle)
Komplet – siehe Kanonische Stundengebete
Konzil – Versammlung von Bischöfen und anderen hohen Klerikern zum Zwecke der Erörterung und Entscheidung theologischer und kirchlicher Fragen
Lapsus calami – Schreibfehler
Laudes – siehe Kanonische Stundengebete
Liber Scivias – die mystische Glaubenslehre der Hildegard von Bingen; ihre erste große Visionsschrift
Liber Vitae Meritorum – das »Buch der Lebensverdienste«; zweite große Visionsschrift der Hildegard von Bingen

Lingua ignota – von Hildegard von Bingen erdachte, etwa tausend Wörter umfassende und nur aus Substantiven bestehende Geheimsprache

Litterae ignotae – von Hildegard von Bingen entwickelte, aus dreiundzwanzig eigenwilligen Charakteren bestehende Schrift, die sich bis auf die fehlenden Buchstaben *j*, *v* und *y* an unser Alphabet anlehnt.

Manipel – am linken Unterarm getragenes, besticktes Band des Meßgewandes

Mater – Mutter

Matutin – siehe Kanonische Stundengebete

Mea culpa – meine Schuld

Medicus – Heilkundler, Arzt

Necessarium – Abort

Non – siehe Kanonische Stundengebete

Novize – jemand, der im Kloster eine Vorbereitungszeit verbringt, bevor er die Gelübde ablegt

Nulla mora interposita – ohne jeden Verzug

Pallium – Schulterbinde des Ornats

Plenus venter non studet libenter (lat.) – Voller Bauch studiert nicht gern.

Pontifex maximus – der Oberste Priester (Papst)

Prim – siehe Kanonische Stundengebete

Prior – Vorsteher eines Mönchsklosters

Profeß – das Ablegen des Ordensgelübdes

Prophetissa teutonica – die deutsche Weissagerin

Quandoque bonus dormitat Homerus (lat.) – Zuweilen schläft sogar der gute Homer.

Refektorium – Speisestube

Romanus vicit sedendo (lat.) – Der Römer siegt im Sitzen.

Scivias – Wisse die Wege. Abkürzung von »Scivias Domini« = »Wisse die Wege des Herrn, vgl. *Liber Scivias*

Scriptorium – Schreibsaal

Sext – siehe Kanonische Stundengebete

Stola – langer, schmaler mit Ornamenten versehener Stoffstreifen, der um Schultern und Arme gelegt wird

Subito! (ital.) – Plötzlich!

Synode – beratende, beschließende und gesetzgebende Versammlung von Bischöfen in einem Konzil
Te Deum Laudamus! – Dich, Gott, loben wir!
Terz – siehe Kanonische Stundengebete
Tiara – dreifache Krone des Papstes
Ultima ratio divina – Das letzte Mittel Gottes
Vesper – siehe Kanonische Stundengebete
Veto! – Ich verbiete!
Vipera berus – Kreuzotter
Vita – Lebensbeschreibung
Vomunt ut edant, edunt ut vomant (lat.) – Sie übergeben sich, damit sie essen können; sie essen, damit sie sich übergeben können.

Kanonische Stundengebete:
Matutin – Nachtgottesdienst (frühmorgens zwischen 2 Uhr 30 und 3 Uhr)
Laudes – Morgenlob (zwischen 5 und 6 Uhr, so daß der Gottesdienst bei Anbruch der Helligkeit endet)
Prim – Erste Stunde (gegen 7 Uhr 30, kurz bevor es hell wird)
Terz – Dritte Stunde (gegen 9 Uhr)
Sext – Sechste Stunde (12 Uhr mittags)
Non – Neunte Stunde (zwischen 14 und 15 Uhr)
Vesper – Abendgottesdienst (gegen 16 Uhr 30, bei Einbruch der Dämmerung)
Komplet – Nachtgebet (gegen 18 Uhr, um 19 Uhr hatten die Nonnen und Mönche zu schlafen)

Spannung im Emons Verlag

Frank Schätzing

Tod und Teufel

Ein Krimi aus dem Mittelalter
Paperback, 380 Seiten
ISBN 3-89705-122-2
19,80 DM

Köln im September 1260: Erzbischof und Bürger versuchen, einander mit allen Mitteln in die Knie zu zwingen. Jeder steht gegen jeden. Jacop der Fuchs, Herumtreiber und Nichtstuer, zeigt an den erzbischöflichen Äpfeln indes mehr Interesse als an der hohen Politik. Was ihm nicht gut bekommt: In den Ästen sitzend, wird er Zeuge, wie ein höllenschwarzer Schatten den Dombaumeister vom Gerüst in die Tiefe stößt. Er hat den Mord als einziger gesehen. Aber der Schatten hat auch ihn gesehen. Er heftet sich an Jacops Spuren und bringt jeden um, den Jacop einweiht. Als Jacop begreift, daß der Sturz vom Dom nur Auftakt einer unerhörten Intrige war, ist es fast schon zu spät.

»Schätzings Mittelalter-Krimi besticht durch sein historisches Flair, die authentische Schilderung des damaligen Lebensgefühls. Sprachgewaltig und einfühlsam schreibt Schätzing eine Kriminalgeschichte, mit der gehörigen Portion Witz und deftigem mittelalterlichem Kolorit.«

Rheinische Post

Schreibwerkstatt im Emons Verlag

James N. Frey

Wie man einen verdammt guten Roman schreibt

6. Auflage
Gebunden, Fadenheftung
ISBN 3-924491-32-1
200 Seiten, 32,– DM

Wie schreibt man einen Roman? Diese Frage beschäftigt viele. Denn so manches lernt man auf Schule und Uni, aber das bestimmt nicht.
James N. Frey, erfolgreicher Romanautor und Dozent für kreatives Schreiben in den USA, legt eine praktische, systematische und witzige Anleitung für das Schreiben eines Romans vor.
Ihm geht es nicht um die Frage, was ist Literatur, sondern um das Handwerk des Schreibens.
Geschrieben in einem klaren, knappen Stil, ist das Buch perfekt für Anfänger und professionelle Autoren, die einen handfesten Crash-Kurs in den grundlegenden Techniken des Geschichtenerzählens brauchen, aber auch für Leser, die die Elemente des Romans besser kennenlernen wollen.

»Spritzig, witzig mit angelsächsischem ›common sense‹ und ohne Einschüchterungsgehabe buchstabiert Frey das ABC des Erzählens von Krimis und anderen Romanen, warnt vor allfälligen Klischees und gibt Beispiele für die Komposition von Dialogen«

Spiegel Special

weitere Informationen über Bücher aus dem Emons Verlag erhalten Sie in jeder guten Buchhandlung oder im Internet unter **http://www.emons-verlag.de**.

Emons Verlag · Lütticher Straße 38 · 50674 Köln